DER DUFT VON ORANGENBLÜTEN

ALEXANDRA MAZAR

Alexandra Mazar

Alexandra Mazar

Der Duft von Orangenblüten

3. Auflage

Alexandra Mazar

Mountain Sky UG

Ruhrallee 185

45136 Essen

Cover: Rainer Wekwerth

www.kreatives-schreiben.net

Unter Verwendung von:

„chikovnaya - stock.adobe.com“

„irinelle - stock.adobe.com“

Lektorat und Korrektorat:

Marion Mergen

www.korrekt-getippt.de

ISBN 978-3-96698-329-7

Bestellung und Vertrieb:

Nova MD GmbH, Vachendorf

Für meine Mutter, die ein Wunderkind ist.

FÜR ROSE …

»Was ist alles?
Alles Wasser in allen Ozeanen sind doch nur
Viele Tropfen

Was ist alles?
Alle Sonnen aller Universen sind doch nur
Viele Sterne.

Was ist alles?
Jeder Atemzug von dir ist mir alles,
so wie du einfach

Viel bist. Mehr bist. Alles bist.

Für mich.

Alexander

PROLOG

Ich denke an die Sierra Nevada. An die zerklüfteten Gipfel, die im April vom Schnee bedeckt in ihrer kargen Schönheit verborgen liegen. Wenn die Sonne das weiße Kleid der Berge zum Glitzern bringt, flüstern die Märchen der Vergangenheit in mein Ohr. Unversehrt ist diese Schönheit, kalt und unberührt, so perfekt, dass ich die Augen schließen will, und doch ist es mir nicht möglich, ich kann mich nicht belügen.

Fast hasse ich den Schnee, der die Landschaft in bleichen Frieden taucht, trügerisch in seiner Perfektion. Ich warte auf die wilde Wirklichkeit des Sommers, unverhüllt, bizarre Formen, strahlende Gipfelketten, harter Stein, zerklüftet, unmöglich zu erklimmen und das Schönste, was ich jemals gesehen habe.

Ich habe den Gipfeln der Sierra alles erzählt, die Lügen ließ ich dort, der nächste Winter wird seinen Mantel darüberlegen und sie werden ins Vergessen hinabsinken, wie es das Schicksal aller Lügen sein sollte.

Meine Tränen nahm ich mit, hüte und liebe sie, wie es das

Schicksal meiner Tränen sein wird. Denn ich habe sie aus einem Grund geweint, der mein Geheimnis sein soll.

Ich bin erfüllt von dem Geruch der Sierra, ich kann mich an jeden Augenblick erinnern. Die morgendliche Frische des nassen Grases, noch schwer bedeckt vom Tau, die leichte Süße der Kräuter, die eine sanfte Brise vor sich herträgt. Später am Tag, wenn die Hitze den Tau verschlungen und den Boden getrocknet hat, rieche ich die dunkelrote Erde, gefüllt mit Leben und mit Tod. Dann die Nacht. Die Sierra gibt her, was sie an Düften am Tag gefangen hat, und ich stehe unter einem funkelnden Sternenhimmel, lasse den Duft in mich strömen, bewahre etwas davon bei mir.

Ich denke an die Sierra Nevada, die so viel mehr ist und immer bleiben wird, denn ich bin ein Teil von ihr und sie bleibt ein Teil von mir.

Vergangenheit, Gegenwart und Zukunft.

DAVOR

1

Die meisten Menschen sterben zwischen drei und fünf Uhr morgens. Während dieser Zeit befindet sich der Körper in einer Regenerationsphase, der Herzschlag verlangsamt sich, die Funktionen der Organe sind reduziert. Der unsichtbare Schutzschild ist gesenkt, unser Organismus verweilt im Überlebensmodus, arbeitet auf Sparflamme, ist angreifbarer und verletzlicher. Ich arbeite seit fünfzehn Jahren als Krankenschwester, davon drei Jahre im Nachtdienst, hier im Hospital *Zum Heiligen Geist* in Frankfurt, und ich habe oft erlebt, dass sich der Tod vor allem in dieser Zeit genommen hat, was wehrlos war. Während dieser zwei Stunden, zwischen drei und fünf Uhr morgens, bin ich unruhiger, patrouilliere in kürzeren Abständen durch die Gänge und suche in den halbdunklen Nischen des alten Gebäudes nach einem verborgenen Schatten, den ich zu vertreiben bereit bin. Selbstverständlich weiß ich es besser, doch nachts verschwimmt die Realität und vermischt sich mit der Stille und meinen Erinnerungen zu einer anderen Wahrheit.

Jetzt ist es fünf Uhr, der letzte Kontrollgang. In einer Stunde werde ich von meinen Kollegen der Tagschicht abgelöst. Zu Hause erwartet mich ein Frühstück mit meinem Mann und danach ein weiches Bett, welches derselbe vielleicht für eine Stunde mit mir teilen wird. Aber noch bin ich hier. Eine Patientin liegt mir besonders am Herzen. Emilia Rose, die alte Dame mit einem Namen, der mich an den flüchtig süßen Duft dunkelroter Rosen erinnert. Sie wurde bewusstlos zu Hause aufgefunden. Einer Nachbarin war aufgefallen, dass die Jalousien in Frau Roses Wohnung seit Tagen geschlossen waren, deshalb hatte sie die Polizei alarmiert. Vor zwei Tagen wurde Emilia Rose bei uns eingeliefert, dehydriert, abgemagert, mit schwachem Herzen und kaum noch Leben in ihr. »Schätzchen«, hatte sie in der ersten Nacht unserer Bekanntschaft in mein Ohr geflüstert und meine Hand dabei erstaunlich stark gedrückt. »Schätzchen, mir geht es gut. Es ist alles so, wie es sein soll.« Sie lächelte mich an. »Wie schön Sie sind.« Ihre Finger strichen über meine langen roten Haare und tätschelten mein Gesicht. Normalerweise mag ich es nicht, angefasst zu werden, doch einem Impuls folgend, schmiegte ich meine Wange in die Mulde ihrer Hand. Mir war, als würde ich sie kennen, sie und ihr Schicksal.

»Frau Rose, es geht Ihnen wieder besser nach ihrem Schwächeanfall, doch Sie müssen auf sich aufpassen.« Ich setzte mich an ihr Bett und nahm ihre schmale Hand in meine, die Haut war dünn wie Pergament, ihre Finger verkrümmt wie die Krallen eines Vogels. Frau Rose rührte mich, scheinbar zart und zerbrechlich, doch ihre Augen erzählten eine andere Geschichte.

»Leben Sie allein? Gibt es jemanden, der sich um Sie kümmert?« Ich fuhr mit den Fingerspitzen vorsichtig über ihre Hand und fühlte den Puls unter der Pergamentpapierhaut flattern wie ein Schmetterling. »Mein Mann hat sich um mich gekümmert und ich mich um ihn. Mein Alexander ist vor sechs Monaten gestorben.« Ihr Blick verlor sich in der

Ferne. »Es waren siebzig Jahre, Schätzchen. Ich dachte, dass ich vor ihm gehen werde. Verstehen Sie?«

Sprachlos nickte ich. Eine unfassbar lange Zeit. Siebzig Jahre! Ein ganzes Leben. »Bitte geben Sie nicht auf!« Traurig legte ich Frau Rose die Sauerstoffmaske an, sie ließ es geschehen. Die Enttäuschung in ihrem Blick schmerzte mich, ich hatte das Gefühl, etwas Falsches zu tun. Paul und ich waren seit fünf Jahren verheiratet und schon die Ausnahme in unserem Freundeskreis. Siebzig Jahre, mein Gott! Wie funktioniert das nur? Ich sah auf meine Hand mit dem Ehering, ein schlichter, schmuckloser Reif aus geklopftem Silber. Nachdenklich saß ich am Bett der alten Dame, lauschte ihrem Atem, der tiefer wurde, kontrollierte zum x-ten Mal die Infusion, Tropfen für Tropfen nahm Frau Roses zierlicher Körper die Flüssigkeit auf. Als ich sicher war, dass sie ruhig schlief, verließ ich das Zimmer und begann mit meiner Arbeit. Frau Roses Geschichte begleitete mich den Rest der Nacht und die folgenden Dienste.

Auch heute saß ich an ihrem Bett und lauschte ihrer Geschichte. Sie erzählte von Alexander, ihrem Ehemann. Er war Handwerker gewesen mit einer künstlerischen Ader. »Gedichte, Kindchen, Gedichte. Das waren meine Diamanten und Reisen in unsere gemeinsame Seele. Alexanders Gedichte. Er war so begabt und er hat mich so geliebt.«

Schon die Erwähnung seines Namens riss Frau Rose aus ihrer Lethargie und hauchte ihrem Körper Energie ein. Die beiden mussten sich sehr geliebt haben. Tränen stiegen in mir auf, ich hätte gern mehr über das Leben und die Liebe der alten Dame erfahren, doch ihre Zeit lief ab. Trotz der Infusionen und den Medikamenten verschlechterte sich ihr Zustand, sie schien weniger zu werden, ihr Leuchten verglühte wie eine Sternschnuppe in der Nacht. Seit vielen

Jahren war es das erste Mal, dass ich das Schicksal eines Patienten so nah an mich heranließ.

Ich öffne leise die Zimmertür, will sie nicht wecken. »Nicht heute Nacht«, flüstere ich in die Dämmerung. »Falls da ein Schatten hinter mir ist, ich warne dich! Komm nicht näher, bleib weg!«

Dann betrete ich das Zimmer.

Mein erster Gedanke ist, das Bett wirkt leer, denn ich kann sie zuerst nicht entdecken. Die zierliche alte Frau verschwindet fast unter der Decke, nur ihr rotes verschwitztes Gesicht hebt sich vom weißen Kissen ab. Sie atmet schwer und sieht mich mit aufgerissen Augen an.

»Ich bin da!«, sage ich schnell und stürze an ihre Seite. »Sie bekommen schlecht Luft, mit dem Sauerstoff wird es gleich besser«, verspreche ich ihr und stelle das Kopfteil des Bettes in eine aufrechte Position. Obwohl sie sich sträubt, lege ich ihr die Sauerstoffmaske wieder an, die sie sich offensichtlich selbst abgenommen hat, und ermahne sie, tief Luft zu holen. Emilia Rose schüttelt den Kopf, möchte etwas sagen und nimmt die Maske ab. »Ich habe Alexander gesehen. Er stand neben meinem Bett.«

Auf meinem Nacken kribbelt es und ich bin versucht zu sagen, dass sie geträumt hat und es diese Art Traum ist, in der sich die größten Wünsche manifestieren; eine Illusion, ein flüchtiges Bild, nicht mehr. Doch ich schweige und streichle ihr Gesicht.

»Sie dürfen die Maske nicht abnehmen. Auf keinen Fall.« Vorsichtig befestige ich die Halterung und kontrolliere die Menge des Sauerstoffs. Ihre blauen Augen strahlen, sehen durch mich hindurch in eine Welt, die mit Alexander darin die einzig wertvolle ist, und ich verstehe. Emilia Rose hat die

Tür in die Ewigkeit aufgestoßen, einen Blick hineingeworfen und kann es nicht erwarten, endlich hindurchzugehen.

Ich bleibe an ihrer Seite sitzen und halte ihre Hand, bis sie eingeschlafen ist. Ihre Vitalwerte sind in Ordnung, sie atmet gleichmäßig. Ein Lächeln umspielt ihre Lippen, unendliche Ruhe geht von ihr aus und überträgt sich auf mich. *Ist das Liebe?*

Ich denke an Paul, meinen Mann, seine kräftige Statur, seine Haare, die stets etwas zu lang in seine hohe Stirn fallen und seinem Gesicht einen jungenhaften, legeren Ausdruck verleihen. Doch das täuscht, und in meinem Bauch kribbelt es, wenn ich daran denke. Er ist ein Mann, der weiß, was er in seinem Leben erreichen möchte. Ein Alphatier, natürlich, sonst wäre er immer noch in Anstellung und hätte kein gutgehendes Architekturbüro. Sehnsucht nach ihm und seiner Stärke überfällt mich. Wann habe ich ihm das letzte Mal gesagt, dass ich ihn liebe? Wie selbstverständlich ist er für mich?

Frau Rose schläft tief, ich sehe auf meine Uhr, es wird Zeit, mein Dienst ist in dreißig Minuten zu Ende. Vorsichtig, um die Träumende nicht zu wecken, gehe ich aus dem Zimmer, obwohl ich glaube, dass es keine Rolle spielt, ob ich laut bin oder leise. Frau Rose ist da, wo sie lächeln kann.

Die Übergabe an den Tagdienst dauert heute etwas länger. Wir besprechen Patient für Patient, ich gebe die relevanten Informationen an meine Kollegen weiter. Obwohl es nicht wesentlich ist, erzähle ich über Frau Rose und diese siebzig Jahre Ehe.

»Mit dir könnte ich mir auch vorstellen, so lange zusammen zu sein.« Mein Lieblingskollege und Dauerflirt Ben zwinkert übertrieben in meine Richtung.

»Diese roten laaangen Haare … Du weißt doch, was man über rothaarige Frauen sagt?« Er grinst mich an.

»Ja, weiß ich. Besonders über große Frauen mit dunkelroten Haaren. Und weißt du was? Es ist alles wahr!«

Ben fasst sich übertrieben an sein Herz und schüttelt seine dunklen Dreadlocks. »Was tust du mir an? Heirate mich!«

Ich muss lachen. Ben und ich kennen uns seit zehn Jahren. Er war der begehrteste Junggeselle auf meiner Hochzeit, er ist ein Sonnenschein und guter Freund.

»Das nächste Mal heirate ich dich, versprochen.« Lächelnd hauche ich ihm einen Kuss auf die Wange, dann tausche ich meine Arbeitskleidung gegen Jeans, Pulli, Winterjacke, Mütze und Schal. Geschützt gegen das nasskalte Januarwetter, trete ich ins Freie und atmete tief ein. Es ist so kalt, dass meine Nasenlöcher schmerzen. Ich hauche in meine Hände und reibe über mein kaltes Gesicht. Obwohl es erst früh am Morgen ist, herrscht auf den Straßen ein reges Treiben und die Laune der gestressten Autofahrer ist wie üblich nicht die beste. Energisches Hupen ist zu hören, Wolkenmassen türmen sich auf, bilden eine Wand aus Dunkelheit und Tristesse, schieben sich bedrohlich auf das Krankenhaus zu und animieren mich, die zwanzig Minuten bis zum Schweizer Platz zügigen Schrittes zurückzulegen. Es sieht nach Schnee aus oder vielmehr nach einem Schneesturm. Die ersten Flocken tanzen bereits vor meinem Gesicht, zögerlich erst, dann wirbelt sie der kalte Wind umher. Ich ziehe den Schal fester um meinen Hals, bedecke Mund und Nase. Als ich am Schweizer Platz ankomme, fühle ich mich wie ein Eiszapfen. Es schneit nicht, dieser Ausdruck impliziert Wärme, Kuschelzeit, nein, es hagelt spitze Kristalle vom dunklen Himmel. Ich stemme mich gegen die schwere Haustür, stapfe die ausgetretenen Holztreppen in den zweiten Stock. Dort schließe ich die Tür auf, lasse meine

Arbeit fallen wie einen schweren Rucksack und betrete meine Insel, mein privates Paradies mit vier Meter hohen Decken, glänzendem Parkett und komfortablen Möbeln. Kaffeeduft strömt mir verlockend entgegen und mit einem Mal ist alles vergessen, die Müdigkeit, die Kälte, die Tristesse.

Paul steht in der offenen Küche und lächelt mir entgegen. »Einen wunderschönen guten Morgen! Komm her, du Arme.« Er küsst mich auf meine sicherlich knallrote Nasenspitze und nimmt mir Schal und Mütze ab. »Möchtest du zuerst duschen oder gleich frühstücken?«

»Eine Tasse Kaffee wäre schön, ich springe schnell unter die Dusche.«

Paul nickt und drückt mich an sich. Er spürt, dass ich Ruhe brauche.

Unser Badezimmer ist riesig. Paul wollte einen Wellnessbereich in unsere Wohnung integrieren und so fiel ein Pseudo-Kinderzimmer der Renovierung zum Opfer. Ich stelle mich vor den schrankgroßen Spiegel und öffne meinen Zopf. Ungebändigt fallen meine Haare bis auf die Hüften und umrahmen mein blasses Gesicht wie ein Feuerkranz. Mit fünfunddreißig müsste ich wohl frischer aussehen, aber die Nachtschichten hinterlassen Spuren. Sind das etwa Falten um meine Augen? Ich ziehe an meiner Haut und runzle die Stirn, meine grauen Augen mustern mich skeptisch. Paul betritt das Badezimmer und stellt summend eine Tasse Kaffee auf das Waschbecken.

»Sehe ich alt aus?«, frage ich ihn. Er kommt näher und stellt sich hinter mich. Der Ausdruck seiner braunen Augen wird sanft. »Uralt und wunderschön. Du weißt doch, ich finde reife Frauen einfach sexy.«

Wir grinsen uns im Spiegel an. Paul zieht mich an seine Brust und küsst meinen roten Schopf. »Soll ich dir beim

Ausziehen helfen? Bist du schon gebrechlich und benötigst Unterstützung?«

Vorsichtig löse ich mich aus seiner Umarmung. »Nein, danke. Das geht gut allein.«

Die letzte Nacht im Krankenhaus war verwirrend genug. Ich habe Nähe zugelassen, was mich zutiefst erschüttert hat. Meine Gefühle sind seltsam und unbekannt, deshalb muss ich heute zumindest körperlich nur für mich sein. Paul ist enttäuscht, ich weiß es, aber er lässt sich nichts anmerken und geht aus dem Bad, nicht ohne vorher die Dusche anzustellen. Ich ziehe meine Kleidung aus und betrachte mich nackt im Spiegel. Uralt und wunderschön, das ist doch was. Ich habe die Figur einer Läuferin, meine Beine sind trainiert, straff und schlank. Ich mag sie. Seufzend lege ich die Hand auf meinen Bauch, der irgendwann mal genauso straff war. Ich muss öfter laufen.

Es dampft aus der Dusche, Sekunden später bin ich eingehüllt in den warmen Nebel und atme tief durch. Mein Ehemann hat irgendein Massageprogramm eingestellt, das meinem Körper guttut. Das heiße Wasser prasselt auf meine verspannten Muskeln, ein angenehmer Schmerz, und ich muss mich fast zwingen, die Dusche zu verlassen. Paul wartet mit dem Frühstück und irgendwann muss er auch ins Büro und ich den Schlaf nachholen.

Fünf Minuten später sind meine Haare gebändigt und in ein Handtuch gewickelt. Ich sitze meinem Mann im Bademantel am Tisch gegenüber.

»Bleibt es heute Abend beim Kino?«

Ich schäle eine Orange, der Geruch, süß und herb zugleich, erfüllt den Raum. Ich liebe diesen Duft! Paul überlegt, runzelt seine Stirn und wischt sich eine Strähne aus dem Gesicht. Er könnte auch zum Frisör gehen.

»Ich habe um 15.00 Uhr dieses Treffen mit den Investoren,

du weißt schon. Da geht es um wirklich viel Geld, doch ich sage mal ja. Wir können uns direkt beim Kino treffen oder bist du zu müde?«

Paul und seine Investoren. Ich weiß, wie wichtig diese Besprechung für ihn ist. Das Projekt wäre gewaltig und für Paul der Sprung in die ganz große Architektenriege Frankfurts.

»Ist doch kein Problem. Das Kino kann wirklich warten. Ich schlafe eine Runde, gehe dann laufen und wir treffen uns zu Hause oder wir gehen einen Happen essen. Ich richte mich nach dir. Die nächsten fünf Tage habe ich frei, also keinen Stress!«

»Das hast du dir verdient. War die Nacht schlimm?«

»Nicht wirklich, aber ... Kannst du dir vorstellen, siebzig Jahre verheiratet zu sein?«

»Du spielst auf diese Dame an, die so heißt wie eine Blume?«

»Frau Rose, ja. Sie trauert nicht, sie bereitet sich vor, zu ihrem Mann hinüberzugehen.«

Paul schüttelt den Kopf und nippt an seinem Orangensaft. »Das ist doch romantisch und nicht besonders außergewöhnlich nach solch einer langen Zeit des Zusammenlebens. Warum nimmt dich das so mit?« Er wirft mir einen liebevollen Blick zu. »Mein komplizierter Schatz, was geht nur unter deinem Rotschopf vor?«

Das ist eine gute Frage. Ich rühre in meiner Tasse. Ich weiß es doch selbst nicht, woher diese Gefühle kommen. »Na ja, keine Ahnung. Ich bin müde und werde erst mal schlafen. Du ziehst das Geschäft an Land und ich laufe meine Runde. Wir treffen uns zu Hause oder lieber im *Schweizer's*?«

»Das hört sich sehr gut an. Im *Schweizer's* wäre mir lieber. Lauf doch ein bisschen später als sonst, dann werden wir gleichzeitig fertig.«

Ich nicke und muss gähnen. »Später laufen ist okay. Dunkel ist es so oder so.«

Paul steht auf und reicht mir die Hand. »Dann komm, du gehörst ins Bett! Gegessen hast du übrigens wie ein Spatz.«

»Schadet nichts ...«

Paul verdreht die Augen, küsst meinen Hals und schubst mich sanft Richtung Schlafzimmertür.

»Schlaf gut, mein Schatz! Wenn sich etwas ändert, melde ich mich. Ansonsten 19.00 Uhr?«

»Perfekt. Ich liebe dich«, murmle ich müde.

Er schließt die Tür hinter sich und ich bin in einer anderen Welt. Unser Schlafzimmer ist mein Lieblingsraum und mit viel Leidenschaft von Paul geplant und möbliert worden. Ein Ort der Ruhe, eine Insel aus Sand- und Brauntönen, die harmonisch aufeinander abgestimmt sind. Meine nackten Füße stehen auf einem dicken flauschigen Teppich. Barfuß zu gehen, erdet mich und mein Gedankenkarussell stoppt, sobald ich den weichen Untergrund spüren kann. Der Bademantel fällt zu Boden, dort kann er auch bleiben, bis ich wieder aufstehe. Ich schlüpfe nackt ins Bett, ziehe die große schwere Decke über meinen Körper und drehe mich zum Fenster. Es gibt weder Vorhänge noch Jalousien vor den Fenstern, ich mag es, vom Licht geweckt zu werden, und auch nach einem Nachtdienst kann ich ohne Probleme bei Helligkeit schlafen. Draußen wirbeln die Flocken nach wie vor vom Wind getrieben. Ich beobachte ihren Tanz und genieße das wohlige Gefühl zu wissen, im warmen Bett zu liegen. Heute muss ich nicht zur Arbeit und mit den anderen Massen gestresster Menschen durch die Straßen hetzen. Ich liege in meiner Oase und beobachte das Fallen der Schneeflocken. Ich jogge gern im Schnee, der Winter hat mich noch nie vom Laufen abgehalten. Leider schneit es selten in Frankfurt, doch vielleicht habe ich heute Glück.

Meine Augen werden schwerer, die Müdigkeit lässt meinen Körper schweben. Ich wehre mich noch, zu schön ist das Gefühl der Hingabe an den Schlaf, weggetragen zu werden in den Traum. Bevor ich meine Augen schließe, sehe ich noch Frau Roses leuchtende blaue Augen und ihre Stimme, die flüstert: »Siebzig Jahre, Schätzchen. Ein ganzes Leben.«

2

Wie immer erwache ich auf dem Bauch liegend und ohne Decke. Liegt Paul nicht neben mir, wandere ich, während ich schlafe, von einer Seite zur anderen. Jetzt ist mein Körper ausgekühlt und ich krieche zurück unter die wärmende Bettdecke. Die Uhr auf meinem Nachtkästchen zeigt 15.00 Uhr. Es schneit nicht mehr, der Himmel sieht allerdings so aus, als hätte er noch Schneeflocken abzugeben. In Gedanken rufe ich meine Liste auf. Was habe ich alles zu tun?

Mein Wort des Tages fällt mir ein, und es passt einfach so gut: *zeitvergessen*. Ich rolle mich auf den Rücken, nehme mein Notizbuch zur Hand, das immer griffbereit neben mir am Bett liegt, und schlage es auf. Mein Gekritzel, Seite für Seite gefüllt mit Wörtern, Anmerkungen und kleinen Geschichten. Mein ganz eigenes, spezielles *Worte-die-mich-glücklich-machen-Buch*. Ich blättere zu einer leeren Seite und trage *zeitvergessen* ein, das Datum und die Uhrzeit schreibe ich dazu. *Verschwenderisch* lese ich noch und *Kamelle*. Das letzte Wort brachte mir Paul mit und freute sich so darüber, als ich es in mein Buch geschrieben habe. Nur besonders schöne Wörter schreibe ich hinein, unbekannte Ausdrücke, seltene Kompositionen, die sich mir erst beim Nachdenken vollends erschließen.

Meine Zehen sind immer noch kalt, ich wickle die Decke um meine Füße und ziehe sie unter mein Kinn. Es ist so leise im Zimmer, die restliche Welt mit ihrem Lärm ist ausgeschlossen. Mein eigener, ganz privater Kokon mit Reißverschluss, denn so sehr ich die Ruhe und Abgeschiedenheit schätze, brauche ich auch Leben und Menschen um mich herum. Mit Schwung setze ich mich auf, greife nach meinem Bademantel, schlüpfe hinein und ziehe den Gürtel fest um meine Taille. Im diffusen Licht des düsteren Nachmittages gehe ich in die Küche, um mir einen Tee aufzubrühen. Ein Blick zur Uhr bestätigt mir, dass ich mich langsam fertigmachen sollte. Mein Magen knurrt, ich esse eine Banane, das muss erst einmal reichen. Heute Abend beim Essen würde ich es mir gut gehen lassen, als Vorspeise einen Salat und danach vielleicht Fisch ...

Zügig bin ich zurück im Schlafzimmer und nehme meine Sportkleidung aus dem Schrank. Ich habe mir erst kürzlich diese warme Laufjacke gegönnt und bin sehr zufrieden damit. Zusammen mit Mütze, Schal und Handschuhen stopfe ich sie in meine Sporttasche. Mein Handy beginnt wild zu kreischen, mein Wecker, ich sollte jetzt los, sonst werde ich in den Feierabendverkehr kommen, und das braucht kein Mensch. Im Bad mache ich mich frisch. Ich sehe immer noch müde aus, da hilft auch kein kaltes Wasser. Die Bewegung an der kalten Luft wird mir guttun und alle trüben Gedanken aus dem Kopf blasen. Nach einem letzten Blick in den Spiegel und einem großen Schluck Tee verlasse ich die Wohnung und laufe die Stufen zur Haustür nach unten.

Der Schnee hat seinen Reiz verloren, er liegt als schmutziger Brei auf der Straße. Die Autos bewegen sich im Schneckentempo und ich verdrehe genervt die Augen. Typisch!

Kaum schneit es ein wenig, kennen viele Autofahrer nur noch den zweiten Gang. Fünfzig Meter von unserer Wohnung entfernt steht mein Auto, ein roter Flitzer, nichts Besonderes, doch mein kleiner Schatz. Ich steige ein und streichle über das Lenkrad. »Mach keinen Mist, Baby, und spring an. Bitte!«

Sobald es kalt wird, macht er Mucken. Hoffentlich nicht heute! Nein, er tut mir den Gefallen und springt sofort an. Dafür spendiere ich ihm ein bisschen Benzin. Ich habe noch Zeit, zur Tankstelle zu fahren. Perfekt! Ich schere aus der Parklücke und reihe mich in den träge dahinfließenden Verkehr. Mein Ziel ist der Frankfurter Stadtwald, ein riesiges Areal mit hohen Bäumen, das im Sommer überbevölkert ist, mir aber im Winter die Möglichkeit bietet, allein zu laufen. Die Wege sind befestigt, oftmals auch beleuchtet, doch das spielt für mich keine Rolle. Ich habe eine Lampe, meine Musik und ich kenne die Strecke gut.

Die Tankstelle ist völlig überfüllt, Auto reiht sich an Auto, als gäbe es nur noch diese eine hier im Viertel. Ich habe keine Lust, so lange zu warten. Deshalb lenke ich zurück auf die Straße und fahre durch ein Frankfurt, das sich heute nicht von seiner schönen Seite zeigt. Nach zwanzig Minuten bin ich am Parkplatz angekommen. Kalter Wind zerrt an meinen Haaren, als ich aussteige. Der Gummi reißt und ich habe Mühe, meine Mähne unter die Mütze zu stopfen. *Wenn es jetzt zu regnen beginnt, fahre ich wieder zurück.* Hoffend starre ich zu den dunklen Wolken, beschließe dann aber zu laufen.

Ich stöpsle die Kopfhörer in meine Ohren und schalte meine Playlist an. Die Musik berauscht mich augenblicklich. Im Takt des zuerst langsamen Stücks laufe ich los, am leeren Spielplatz entlang. Traurig warten die verwaisten Schaukeln und Rutschen auf den Frühling, die ersten wärmenden Sonnenstrahlen und Kinderlachen. Ich zähle meine Schritte, lasse meine Arme vor und zurück schwingen, schüttle meine

Schultern, ziehe sie beim Einatmen nach oben und lasse sie beim Ausatmen nach unten fallen. Am Waldrand springe ich über Wurzeln, laufe auf dem Weg weiter. Es wird bereits dunkel, die Landschaft verändert sich in der Dämmerung. Die riesigen kahlen Eichen unter diesem düsteren Wolkenhimmel üben einen besonderen Reiz auf mich aus. Nicht zum ersten Mal stelle ich mir vor, durch ein bizarres Märchenland zu laufen, die Bäume sind verzauberte Menschen, ihre Arme sind in die Luft gestreckt, hilfesuchend ... Ich verlängere meine Schritte, durch die Nase einatmen, durch den Mund aus, sich anpassen, nicht nachdenken, etwa über die schmerzenden Beine, die Müdigkeit oder Bilder in meinem Kopf. Ich laufe schneller, stoße den Atem aus, weißer Dunst, der scheinbar existenzlos mit der Dunkelheit verschmilzt.

Die Kälte kriecht durch meine Haut, nimmt meinen Körper und mein Denken in Besitz. Ich beschleunige mein Tempo, die Musik wird lauter, zu den Streichern gesellt sich der Klang des Pianos. Beim Laufen höre ich immer klassische Musik, die mich beflügelt. Rechts von mir begrüßt mich eine mächtige Buche, ihr Wurzelwerk scheint sich unter der Last der ausladenden Äste zu krümmen und haltsuchend in die Erde zu krallen. Das verwesende Blattwerk raschelt unter meinen Füßen, der Geruch ist scharf und schwer. So riecht der Tod und doch entsteht daraus etwas Neues, der Kreislauf, aus dem es kein Entkommen gibt. Dann ist er da, dieser Moment, den ich ersehne, der mich überhaupt erst dazu bringt zu laufen, zu rennen. Wie in Zeitlupe löse ich mich von meinem Körper, meine Beine verrichten weiterhin ihren Dienst, doch ICH bin jetzt nur noch da, um das Glückgefühl zu spüren, reine Euphorie. Jede Anstrengung ist verschwunden, ich erhöhe die Geschwindigkeit weiter, könnte jetzt immer laufen, Kilometer für Kilometer hinter mich bringen.

Ich jage dem Geruch von Krankheit davon, den Tränen und Schmerzen, schneller, immer schneller.

Eine Gestalt steht in der Mitte des Weges, ein Mann. Instinktiv verlangsame ich meinen Rhythmus. Er trägt keine Jacke, nur ein dunkles Kapuzenshirt. Friert er denn nicht? Plötzlich habe ich ein ungutes Gefühl. Was will der Typ? Er winkt mir zu. Ich versuche, mich zu beruhigen. Wahrscheinlich braucht er meine Hilfe, vielleicht hat er seinen Hund verloren und sein Handy hat keinen Akku mehr. Ich laufe weiter, direkt auf ihn zu, bin schon nahe bei ihm, er verschmilzt mit der Dunkelheit, doch der Lichtkegel meiner Lampe fängt den Ausdruck seines Gesichts ein. Er grinst, starrt mich an.

Er wartet auf mich. Die Erkenntnis rast durch meinen Kopf wie ein Hochgeschwindigkeitszug, gleichzeitig überfällt mich eine namenlose Angst. Hier stimmt etwas nicht. Was soll ich tun, vom Weg abbiegen und quer durch den Wald zurücklaufen? Ich könnte es schaffen, es ist nicht so weit bis zu meinem Auto, doch es ist dunkel und an dieser Stelle des Waldes stehen die großen Eichen und ich würde sicherlich in der Dunkelheit über ihre Wurzeln fallen und mir ein Bein brechen. Trotz der Angst, die in mir wütet, beschließe ich, an ihm vorbeizurennen, so schnell ich kann. Jetzt bin auf seiner Höhe, beschleunige mein Tempo. *Flüchten!,* schreien meine Gedanken, das Adrenalin pumpt durch meinen Körper, gibt mir Kraft.

Der Typ greift nach mir, ich weiche aus und renne. Schneller! Mein Herz trommelt an die Rippen, doch ich habe noch Kraft, ich schaffe es, muss es schaffen. Niemals wieder werde ich bei Dunkelheit hier laufen, nie wieder! Lieber Gott, bitte lass es mich schaffen, bitte, ich verspreche dir auch ...

Ich drehe mich um, gehe damit das Risiko ein, langsamer zu werden, doch der Gedanke an diese Gestalt, die mich jagt, drängt mich dazu. Ich muss wissen, ob ich verfolgt werde. Sein Schemen steht an der gleichen Stelle, ich bin sicher, er folgt mir nicht. Erleichterung steigt in mir auf, ich habe es geschafft, meine Panik war unbegründet. Glücklich wende mich nach vorn und laufe etwas langsamer, da sehe ich aus dem Augenwinkel etwas seitlich auf mich zustürmen. Bevor ich darauf reagieren kann, stürze ich, knalle in vollem Schwung zu Boden.

Der Aufprall schleudert mich über den Waldweg, ich falle auf mein Handgelenk und schreie. Der Schmerz ist heftig, ich bin verletzt, habe mir sicherlich die Hand gebrochen. Etwas Klebriges rinnt über mein Gesicht, in meinen Mund. Ich schmecke Blut. *Aufstehen!*, denke ich verzweifelt. Ich muss aufstehen und weglaufen, doch ich kann nicht. Was ist passiert? Neben mir sehe ich klobige Stiefel und weiß, dass ich verloren habe. Zwei Männer, sie lachen. Ich weine, meine Angst ist unaussprechlich, nimmt mir den Atem, ich flehe, obwohl ich es nicht möchte: »Tut mir nichts, bitte, tut mir nicht weh!«

Lachen ist die Antwort und dann spüre ich eine Hand auf meinem Mund, sie riecht nach Zigarettenqualm. Ich will sie abschütteln, doch der Druck wird stärker, zwei Finger pressen sich auf meine Nasenflügel. Ich bekomme keine Luft mehr. Sie werden mich töten. Ich werde sterben.

»Leise, Schätzchen!«, zischt eine Stimme. »Wir wollen doch nicht, dass dich jemand quieken hört und um dein Vergnügen bringt.«

Schätzchen, das sagte Frau Rose zu mir, *Schätzchen* …

Hände packen mich, zerren meinen vor Angst erstarrten Körper den Waldweg entlang. Die Schmerzen rauben mir fast die Besinnung und sämtliche Kraft. An der Seite des Weges sehe ich ein Auto, groß, weiß, ein Lieferwagen. Die beiden

Männer schleifen mich dorthin. *Das darfst du nicht zulassen! Sie dürfen dich nicht ins Auto bekommen!*

Ich wehre mich, schreie: »Hilfe!«

Dann muss ich husten, etwas brennt in meiner Lunge, ich habe mein Blut eingeatmet.

Kämpfe!

Trotz meiner Schmerzen und der lähmenden Angst schreie ich, wehre mich gegen meine Peiniger. Der Schlag auf meinen Kopf ist heftig. Ich falle, liege flach auf dem Boden, mir ist schlecht und alles dreht sich. Da ist der Kerl mit dem Kapuzenpulli, er beugt sich über mich. Wäre ich doch nur durch den Wald davongelaufen.

»Bleib bloß ruhig, sonst kannst du was erleben!«

Er stellt einen Fuß auf meinen Rücken. Ich spüre die Erde, die Blätter und Wurzeln unter mir, könnte ich doch nur in den Boden sinken, mich auflösen wie das tote Laub und genauso verschwinden. Sie werden mir wehtun, mich töten ... Und was ist dann mit Paul? Der Gedanke an meinen Mann lässt mich wimmern. Seine Augen, ich möchte mir sein Gesicht ins Gedächtnis rufen, seinen Geruch und seine Stimme, vielleicht wird es dann nicht so schlimm. Doch ich kann es nicht, sein Gesicht ist leer, da ist nichts, ein Geist, ich habe ihn verloren.

Mit einem Ruck werde ich nach oben gezogen und auf die Ladefläche des Lieferwagens geworfen. Wieder zuckt die Qual wie ein Peitschenhieb durch meinen Körper, aber ich bin erleichtert. Es hat nicht mehr so wehgetan. Dann sind die Kerle neben mir, ich kann ihre Fratzen nicht erkennen, immer noch läuft Blut in meine Augen und nimmt mir die Sicht. Wieder senkt sich diese stinkende Hand auf meine Nase, meinen Mund, nimmt mir die Luft, zwingt mich, liegenzubleiben. Einer der beiden zerrt mir die Hose von den Hüften, meine Schuhe sind kein Hindernis für ihn. Ich zittere vor Kälte und Schock.

»Gleich wird dir heiß, das verspreche ich dir!«

Lachen dringt zu mir, in dem Hass und Genugtuung mitschwingt. Kälte! Sie ergreift von mir Besitz, lähmt mich. Einer der Männer hat ein Messer gezückt, schneidet mir Jacke und Pulli vom Körper. Ich spüre die Schnitte, Blut fließt über meine nackten Brüste. Meine Beine werden gepackt, auseinandergezogen und ich trete zu, einmal, zweimal, Kapuzenpulli packt meine Arme und zieht sie nach hinten.

»Halt schön still, dann tut's nicht weh!«

Der Druck auf mein verletztes Handgelenk lässt mich laut schreien. Noch nie in meinem Leben hat mein Körper solche Schmerzen aushalten müssen. Eine Welle der Übelkeit spült mich zurück an die Oberfläche meines Bewusstseins. Jemand kniet zwischen meinen Beinen, drückt sie mit Gewalt auseinander und stößt in mich. Ich werde erniedrigt, bespuckt und missbraucht, als wäre ich kein Mensch, sondern nur ein Ding. Die Männer stacheln sich gegenseitig an, lachen und grölen, ich werde mit dem Messer verletzt, geschnitten, immer wieder spüre ich das Brennen der Klinge. Plötzlich bin ich frei, der Druck auf meine Arme ist verschwunden und ich denke schon, wie schön das Leben ohne Schmerzen ist, da legt sich der andere auf mich, brüllt und schlägt mir ins Gesicht, dringt in mich ein, penetriert meinen Körper und meine Seele. Immer wieder trifft seine Faust mein Gesicht, ich höre die Nase brechen, mein Kopf schlägt hart auf den Boden, wird hin und her geschleudert. Doch da ist kein Schmerz, nur noch Gleichgültigkeit. Mein Körper ist eine leere geschundene Hülle. Ich werde sterben.

Wie eine Puppe werde ich herumgeworfen, verdreht und passend gemacht. Ich bin noch da, irgendwo, tief vergraben und bereit zu gehen, begierig, diesen Körper zu verlassen, der für immer ein anderer sein wird. Die Schmerzen kommen zurück, dumpf, doch erträglich für mein vergrabenes Ich. Für meinen Körper allerdings verheerend. Dort, wo ich bin, gibt es keine Zeit, sie spielt keine Rolle. Ich sehe Kapuzenpulli in die Augen, er beschimpft mich, hält mich fest und drückt die Klinge auf mein Gesicht, schneidet wieder und wieder in meine Haut. Ich wehre mich nicht mehr, bin kaum noch hier, aber spüre es genau.

Irgendwann liege ich allein auf dem Boden, kann mich nicht bewegen und frage mich, ob ich schon tot bin, doch dann kommen die Schmerzen, greifen nach mir, beherrschen meinen Körper. Ich friere, es ist so kalt. Meine Finger tasten über den Boden, ich liege auf der nackten Erde, bin nicht mehr in diesem Lieferwagen. Langsam öffne ich meine Augen, um mich herum ist es dunkel. Lebe ich noch? Allmählich kann ich etwas erkennen. Ich liege im Wald. Hier wird mich niemand finden, ich werde erfrieren. Es ist mir egal, kraftlos schließe ich die Augen.

Lautes Bellen reißt mich aus der Schwärze meiner Bewusstlosigkeit. Ich öffne die Augen, sage etwas, das ich mir wahrscheinlich nur einbilde: »Guter Hund, bleib bei mir, lass mich nicht allein!« Ich bin allein, noch nicht tot, aber fast. Dann ist da plötzlich ein Schrei, der in meinem Kopf wütet wie ein Orkan. Was bedeutet das? Ich bin so müde, ich muss schlafen. Paul, wartest du auf mich?

DANACH

3

Menschen sind um mich herum und dieses helle Licht, dass in meinen Augen schmerzt. Ich will schlafen. Geht doch weg, lasst mich! Es soll vorbei sein, ich will fallen. Das Nichts wartet auf mich.

Etwas zerrt mich aus der Dunkelheit, da ist jemand, doch ich bin zu müde, kann die Augen nicht öffnen. Wo ist Paul? Nur noch ein wenig ausruhen.

Irgendwann bin ich wach, die Realität hat mich wieder. Ein Summen ist um mich herum, meine Finger bewegen sich vorsichtig tastend, da ist kein harter kalter Boden mehr, mein Körper liegt auf etwas Weichem und Warmen. Meine Augen verweigern mir den Dienst, wollen sich nicht öffnen. Dieses Summen dröhnt in meinem Kopf, ich versuche, mich zu konzentrieren und erkenne Pauls Stimme: »Wach auf, mein Schatz, wach bitte auf!«

Aber ich bin doch wach, ich bin hier. Siehst du mich nicht? Angst steigt in mir hoch, ich kann nicht richtig atmen und dann ist die Dunkelheit zurück und greift nach mir.

. . .

Endlich kann ich meine Augen öffnen. Ich blinzle, es ist so hell. Langsam fokussieren sich meine Augen. Ich liege in einem Bett, aus meinen Armen ragen Schläuche, neben mir Apparaturen, die leuchten und Töne von sich geben. Die Erkenntnis tröpfelt sacht in meinen Verstand. Ich bin in einem Krankenhaus. In Sicherheit?

Ich versuche, etwas zu erkennen, will mich aufrichten und zucke zurück. Das hat wehgetan! Warum kann ich mich nicht bewegen? Da erkenne ich einen blonden Schopf an meinem Bett. Es ist Paul. Er hat seinen Kopf auf die Decke gelegt und schläft. Was ist denn passiert? Ich krame in meinem Gedächtnis, doch da ist nichts, was meinen Zustand erklären könnte. Keine Erinnerung. Ich werde unruhig, habe starken Durst, mein Mund brennt. Paul schreckt hoch, sieht mich an und stammelt: »Du bist wach! Wie geht es dir?«

Tränen laufen über sein Gesicht, das maskenlos keine Gefühle im Verborgenen lässt.

Mein Mund öffnet sich, doch ich bleibe stumm, bringe keinen Ton heraus. Paul bemerkt meine Bemühungen und streichelt mein Gesicht.

»Schhhhschhhh!« Er streichelt mich, hält meine Hand. »Ich bin so froh.«

»Durst. Bitte!«

Meine Stimme ist mir fremd. Paul hält einen Strohhalm an meine Lippen und stützt meinen Kopf. Ich nehme einen winzigen Schluck, dann noch einen. Das Brennen im Hals lässt augenblicklich nach und ich fühle mich fähig, Fragen zu stellen: »Was ist passiert?«

Ich trinke noch einen Schluck, wenigstens kann ich sprechen. »Bin ich verletzt? Meine Hand tut so weh. Ich kann mich nicht bewegen. Hatte ich einen Autounfall? Ich habe so Durst.«

»Woran kannst du dich denn erinnern?« Paul drückt auf einen roten Knopf. Die Tür geht auf und weiß gekleidete Menschen betreten den Raum.

»Frau Karl! Schön, Sie wieder bei uns zu haben. Mein Name ist Doktor Marić. Wir waren in Sorge um Sie. Ihr Mann ist drei Tage nicht von Ihrer Seite gewichen.« Er nickt Paul zu, der sich mit einem Taschentuch über das Gesicht wischt. »Ich möchte Sie nur kurz untersuchen.«

Drei Tage, so lange haben ich geschlafen? Mein Herz schlägt so schnell, als würde ich für einen Marathon trainieren. Doktor Marić lächelt auf mich herunter und berührt vorsichtig meinen Kopf. Der Mann ist riesengroß und erinnert mich mit seiner Mähne und der kräftigen Gestalt an Hagrid aus Harry Potter, ohne Bart allerdings. Mein Blick gleitet an ihm auf und ab, er zwinkert mir zu und mein ungutes Gefühl schwindet. Er hat ebenso etwas von einem überdimensionalen freundlichen Bären mit einer akkurat sitzenden Brille.

Ruhig bleiben, es wird sich gleich alles auflösen. Paul hat Tränen in den Augen, streichelt über meine Hand. Doktor Marić leuchtet mit einer Stablampe in meine Augen, drückt auf verschiedene Stellen meines Körpers.

»Was ist denn passiert? Wie lange bin ich hier? Weshalb die vielen Verbände? Ich bin Krankenschwester und weiß, was Sie hier tun! Kann ich etwas zu trinken haben?«

Paul reicht mir die Tasse mit dem Strohhalm.

»Ich bin sehr zufrieden mit Ihnen, Frau Karl. Was ist das Letzte, an das Sie sich erinnern können?«

»Zeitvergessen. Ich habe das Wort in mein Buch geschrieben, dann bin ich aufgestanden.«

»Sehr gut. Wirklich sehr gut.«

Doktor Marić präsentiert mir ein strahlendes Lächeln. Es könnte ansteckend wirken, wenn da nicht dieser Blick wäre. Meine Hand fährt erschrocken zu meiner rechten Wange.

»Das tut weh! Was ist das?«

Erinnerungen steigen auf, fragmentiert, unklar, ich muss sie festhalten, da war ein Blitzen, ich schließe die schmerzenden Augen. Ich muss mich erinnern. Da liegt jemand auf mir, es tut weh. Ein Mann, er hat ein Messer.

»Er hat mich geschnitten«, stammle ich und plötzlich ist alles wieder da. Für einen Augenblick liege ich wieder auf dem Boden im Auto und sehe das Unaussprechliche, spüre die Demütigung.

»Zwei«, flüstere ich. »Sie waren zu zweit.«

Dann schreie ich. Paul springt auf und stolpert rückwärts. *Es waren zwei,* denke ich immer wieder, gefangen im stoßenden Rhythmus der Schmerzen, der Schnitte, der Vergewaltigung. Im Chaos der Erinnerungen richte ich mich auf, schlage die Bettdecke zurück. Ich trage Verbände am ganzen Körper, was haben sie mir angetan? Ich hätte sterben können. Ich hätte sterben sollen.

»Ich will tot sein«, rufe ich laut durch das Krankenhauszimmer. Es fühlt sich gut an, darüber kann ich bestimmen und niemand sonst.

»Ich will tot sein«, kreische ich, fasse in mein Gesicht, spüre unter meinen Fingern die Mullbinde, reiße sie von meiner Haut.

»Was ist das?«

Meine Haut wurde genäht, ich kann die Fäden fühlen. Die Erinnerung lauert über mir wie ein Raubtier, das zum Sprung ansetzt und mich zerreißen wird.

»Katharina, bitte beruhige dich doch bitte! Du tust dir weh.«

Mein Ehemann hält meine Hände fest. Das ist zu viel, mehr als ich ertragen kann.

»Fass mich nicht an!«

Seine Berührung lässt meine Haut wie Feuer brennen, es ist unerträglich. Mein Arm zuckt instinktiv zurück, er fasst nach.

»Was willst du von mir? Fass mich nicht an, bitte, bitte, du tust mir weh!«

Ich weiche vor ihm zurück, so weit es im Bett möglich ist, biege den Oberkörper nach hinten, stoße an die ausgestreckten Hände des Arztes, der beruhigend auf mich einspricht und mich sanft in die Kissen drückt.

Mein Körper brennt, ich bin erschöpft und würde mich am liebsten zusammenrollen wie ein krankes Tier und schlafen. *Erinnerungsverseucht,* das Wort kommt mir in den Sinn, als ich durch das Fenster nach draußen sehe. Grausame Fratzen haben sich in den schmutziggrauen Wolken versteckt, andere haben sich in mein Gedächtnis gegraben. Die düstere Masse türmt sich immer höher und höher, es ist keine Struktur zu erkennen, kein Anfang und kein Ende.

»Leidvoll«, flüstere ich dem Dunst zu, als könne er mir antworten. »Hast du gesehen, was geschehen ist?«

»Gleich geht es ihnen besser, Frau Karl. Sie werden ruhen und Sie werden wieder zu Kräften kommen.«

Gleichmut und Gelassenheit breiten sich in meinem Körper aus, der Dunst sitzt jetzt in meinem Kopf und frisst alles auf, was die Gleichgültigkeit stört. *Medikamente,* denke ich und drifte allmählich in einen künstlichen Schlaf, der meinen Körper genesen lassen wird. Meine Seele kämpft weiter gegen die Wolken, die Fratzen, die Düsternis, gegen mein Schuldgefühl. *Warum warst du im Wald? Es ist deine Schuld, nur deine Schuld.*

»Ich liebe dich.« Eine Stimme, rau wie der erste morgendliche Schritt im tiefen Schnee, reißt mich aus meinem Dämmerzustand. »Alles wird gut.«

Nein, nie mehr! Es ist auch egal, ich habe es verdient.

Zeitvergessen, leidvoll, erinnerungsversucht. Wo ist nur mein Buch? So viele schöne Wörter und ich kann mich nur an wenige erinnern. »Mein Buch«, flüstere ich, »bring mir bitte mein Buch!«

Dann lasse ich los und das Gefühl zu versinken tröstet mich.

Schon als Kind habe ich mich in schöne Wörter und ihre Magie verliebt. Hatte ich keinen Hunger, rief mich meine Großmutter mit den Worten: »Katharina! Wie das Brot duftet! Komm!«

Der Klang dieses Wortes verknüpfte die Synapsen in meinem Gehirn auf besondere Weise. Die Versuchung, den süßen, malzigen und leicht bitteren Geruch tief einzuatmen, war zu verlockend. Ich unterbrach dann meine Hausaufgaben und eilte in die Küche. Jetzt knurrt mein Magen, wenn ich daran denke, und ich erinnere mich an diesen Augenblick, als wäre es gestern gewesen und nicht viele Jahre, Erinnerungen und ein Davor und Danach später.

Es war meine Großmutter Margarete, die mir das erste magische Wort schenkte und die Sehnsucht danach, sie aufzuschreiben und zu bewahren. Die Suche nach Schönheit, Vollkommenheit und Magie des Wortes brachte diese Eigenschaften in mein Leben. Ich suchte und mein Dasein veränderte sich.

»Betörend«, flüsterte Margarete in mein Ohr und liebkoste mein Haar mit ihren langen starken Fingern. »Katharina, du bist betörend schön.«

Das erste magische Wort, und als ich abends in den Spiegel

sah, waren die Pickel nicht mehr so wichtig, sie schienen im dunklen Rot meiner Mähne und den hellgrauen Augen unterzugehen. Ich fühlte mich betörend schön, der Zauber des Wortes wirkte.

Die Rückblende auf meine Kindheit läuft in meinem Kopf ab wie ein geliebter Film. Ich bin versucht, eine Melodie zu summen. Ich spüre Pauls Anwesenheit im Zimmer, obwohl meine Augen geschlossen sind. Er ist verletzt, getroffen, ich mag seine Berührungen nicht und er kann damit nicht umgehen. Dieser Blick, wie der eines tödlich verletzten Tiers, das seinem Henker entgegenblickt. Am besten halte ich meine Augen geschlossen und tagträume schöne Geschichten aus meiner Kinderzeit.

Der Wald, die Gestalten, mein Weinen ... ich weigere mich, die schwarzen Schatten in mein Bewusstsein zu lassen. Nur noch ein kleines bisschen, eine kleine Ewigkeit, so lange, wie es braucht, das Universum zu durchqueren.

»Katharina? Katharina!« Pauls Berührung ist so sanft wie eine Sommerbrise und doch kribbelt mein Handrücken unangenehm, als würden Pauls Fingerspitzen kleine Wunden hinterlassen.

»Ich bin wach.«

»Wie fühlst du dich?«

»Schon okay.«

»Die Polizei war hier und wollte dich zu dem Vorfall befragen. Ich habe gesagt, du bist noch zu schwach. Ich hoffe, das war in Ordnung.«

Vorfall. So nennst du das also?

»Ja, danke. Ich fühle mich noch nicht in der Lage zu sprechen.«

»Kannst du mit mir reden? Bitte! Ich möchte wissen, was passiert ist.«

Mühsam setze ich mich auf. Meine Glieder weigern sich,

führen ein Eigenleben, arbeiten gegen mich. Meine Wange pocht dumpf, ich weiß, was sich darunter verbirgt. Wenn ich meine Augen schließe, sitzt der Schatten auf mir, hält die Klinge an mein Gesicht.

»Was willst du wissen?«

Meine Stimme klingt harsch und ungeduldig, doch in mir ist auch der Drang zu reden – in der Hoffnung, dass die Last geringer wird, die auf meinem Brustkorb liegt wie ein Stein, nein, wie viele Steine. Mein Mann sieht mir ins Gesicht, auf den Verband, der sich über die komplette rechte Seite zieht. Ich sehe Tränen auf seinen Wangen. Interessiert beobachte ich, wie sie nasse Spuren hinterlassen und dann stumm von seinem Kinn tropfen. Interessiert, mehr Gefühl kann ich nicht aufbringen.

»Ich war im *Schweizer's* und habe auf dich gewartet. Als du nicht kamst, war mir klar, dass etwas passiert sein musste. Ich bin zum Wald, habe dein Auto gefunden. Ich dachte, du bist tot. Ich dachte, ich habe dich verloren.«

Seine Stimme bricht, er schlägt die Hände vor sein Gesicht und schluchzt. Mit einer gewissen Distanz kann ich ihm zuhören, ohne in der namenlosen Finsternis unterzugehen, die er mit seinen Worten heraufbeschwört und die nach mir greift.

»Panisch bin ich in den Wald gelaufen, habe nach dir gerufen. Ich dachte, du wärst vielleicht gestürzt. Irgendwann habe ich mir gewünscht, dass du dir ein Bein gebrochen hast und nicht aufstehen kannst, das schien mir das geringste Übel, doch ich wusste es besser. Ich habe es gespürt.«

Er schüttelt den Kopf, seine Hand bewegt sich in meine Richtung, hält dann inne und zieht sich wieder zurück.

Mein empathischer Mann. Er tut mir wirklich leid, doch was soll ich sagen? Dass ich, während er panisch nach mir rief, vielleicht noch im Wagen lag, mein Körper zu einem

Gegenstand, einem Ding degradiert wurde, ohne Seele, Geist, nur zum Gebrauch bestimmt? Vielleicht wenn er weiter in den Wald gelaufen wäre, vielleicht, vielleicht ...

»Es ist, wie es ist. Ich kann nicht, Paul. Ich kann nicht darüber reden, ich weiß es nicht mehr.«

Vergessen, nur vergessen!

»Ja, natürlich. Alles, was du möchtest. Es tut mir leid. Bedränge ich dich zu sehr?«

»Ich bin müde, ich möchte schlafen.«

Meine Beine rutschen kraftlos nach unten, ich bin knochenlos, eine Puppe ohne Glieder. Erleichtert, nichts mehr hören zu müssen, rufe ich den Schlaf herbei, taumle ihm kraftlos entgegen und lasse mich von ihm umfangen.

Ich möchte aufhören zu sprechen, denn ich habe nichts zu sagen. Es ist viel einfacher, nur zuzuhören, wenn man weiß, dass Antworten gleichgültig sind. Niemand um mich herum erwartet ein Gespräch, die Ärzte und Schwestern schonen mich, lassen mich in Ruhe. Also bin ich unsichtbar und verstecke meine Stimme tief in mir. Jetzt, da es mir körperlich besser geht, die vielen weißen Verbände weniger werden, muss ich mich weiter zurückziehen. Die Welt der Stille ist die, in der ich existieren kann. Meine Gedanken sind nur für mich, spielen für niemanden sonst eine Rolle. Außerhalb dieser Welt begegne ich allem mit Gleichgültigkeit. Vielleicht ist Liebe der Rettungsring, der einen Menschen umgibt. Der Schutz, der mich umgibt, ist keinen Namen wert. Viele kleine Löcher befinden sich darin, was gefüllt war mit Liebe, die ewig halten sollte, rinnt heraus und verliert sich in der Stille ... lautlos, tonlos.

Paul ist immer da, er gleicht einer Statue, die auf ewig

dazu verdammt ist, an derselben Stelle zu stehen, an meiner Seite.

Meine Arme sehen aus wie ein Gemälde von Jackson Pollock. Die Farbtöne der Hämatome bilden ein Netz aus Informationen auf meiner Haut, die nur ich entschlüsseln kann. Schwarz, blau, violett wirken die Fingerabdrücke meiner Peiniger wie ein Negativbild. Spuren von namenloser Gewalt – deutlich und doch nur für mich identifizierbar. Während ich meinen Mann schlafen lasse, zähle ich die Verletzungen auf meinen Armen und Beinen, ordne sie Stück für Stück den Männern zu.

Seit zwei Wochen bin ich im Krankenhaus und mein Körper ist am Leben. Er entwickelt Bedürfnisse, für die ich ihn hasse. Weshalb ist er nicht zerstört – nach allem, was geschehen ist? Er hat Hunger und Durst, ist nicht länger müde und möchte sich bewegen. Doch für mich gibt es diesen Körper nicht mehr. Ich habe mir in ihm eine eigene Welt geschaffen, schwimme wie ein Embryo in dieser weichen Tonlosigkeit, für die ich mich selbst entschieden habe. Wir gehören nicht mehr zusammen, mein Körper und ich, wir sind unterschiedliche Welten.

Trotz meines Schweigens habe ich die Befragung der Kripobeamten vor einigen Tagen hinter mich gebracht. Es waren ein Mann und eine Frau. An ihn und seinen Namen kann ich mich nicht mehr erinnern, ich wollte ihm nicht in die Augen sehen und vergrub mich und meine Seele in der Weite meiner Kindheitserinnerungen. Mein Bett ist wie damals mit acht Jahren mein Schiff, ich steuere an wilden Tieren und Monstern vorbei und nichts und niemand kann mich verletzen. Eine geheimnisvolle Magie macht mich unangreifbar, doch bis zu meinem Ziel ist es weit und unbekannte Stromschnellen liegen vor mir. Kann ich mich nicht mehr halten und falle ins Wasser, sterbe ich einen schmerzhaften Tod.

Während die gefühlvolle sanfte Stimme des Kripobeamten Fragen stellte und keine Antworten erhielt, fühlte ich das sachte Schaukeln des Bootes unter mir. Die Frau hielt sich im Hintergrund, beobachtete jede meiner Reaktionen und überließ es ihrem Kollegen, mit mir zu sprechen.

Ich hätte höflich sein können, den Beamten sagen, was ich weiß. Aber wozu? Was würde es nützen, wenn sie die Männer fassen? Meinen Körper, mein Leben könnten sie mir nicht zurückgeben. Ich hätte lügen können, den Beamten sagen, dass ich mich nicht erinnern kann und mich melde würde, wenn mir etwas einfällt. Aber das wäre eine Lüge gewesen. Mein Gedächtnis ist intakt und auch das vage Gefühl, dass ich den Kerl mit dem Kapuzenshirt wiederkennen würde, ist wieder aus dem Abgrund heraufgekrochen und lässt mich darüber grübeln. Doch was sollte dieses Grübeln der Polizei helfen? Nein, ich schwieg und werde es weiterhin.

Ein leises Klopfen lässt mich und Paul aufschrecken. Seine hellen Haare stehen wirr in alle Himmelsrichtungen, er springt auf und ruft energisch: »Herein!«

Die Tür öffnet sich und ich erkenne sofort die Dreads und das breite Lächeln meines Arbeitskollegen Ben. Dicht gefolgt von Susa, ebenfalls eine liebe Kollegin, die einen großen Blumenstrauß vor sich herträgt wie einen Schutzschild. Ich öffne den Mund und klappe ihn wieder zu. In mir ist keine Stimme und so schweige ich, lächle die beiden an. Der stumme Austausch zwischen Paul und Ben entgeht mir nicht. Ben weiß Bescheid, sicherlich hat er mit Paul Kontakt. Erstaunt spüre ich, wie sehr ich mich freue, die beiden zu sehen. Ben ist an meiner Seite und küsst mich zärtlich auf die Wange: »Mensch, Kleines, was für eine Kacke! Du hältst dich gut? Sind sie alle nett zu dir?«

Ich nicke ergeben und zucke mit den Schultern. Susa drückt Ben mit einem Lachen zur Seite und umarmt mich liebevoll. Beide wirken von meinem Anblick weder überrascht noch schockiert. Paul hat wohl schon mit ihnen gesprochen.

»Katharina!« Susa singt meinen Namen, wie sie es immer tut. Doch heute schwingt eine mitfühlende Hilflosigkeit darin, die zärtlich in mir hallt. Wir sehen uns in die Augen und erkennen, dass jede von uns ein Opfer ist. Ich weiß nicht, was Susa passiert ist, aber sie lässt mich für diesen Moment in ihre vernarbte Seele blicken.

Ben umarmt die zierliche Susa und zieht sie sanft in seine Arme. »Hey, drängeln gilt nicht!« Sie lehnt sich einen Augenblick an ihn. Bens Gesichtsausdruck verändert sich, anscheinend ist der ewige Junggeselle doch eines Besseren belehrt worden. Ich würde lächeln, wenn es nicht so schmerzen würde. Offensichtlich habe ich einiges versäumt in den vierzehn Tagen, die ich hier im Krankenhaus bin, seit ... Zeit genug, dass Ben seine Lebensphilosophie komplett auf einen neuen Weg gebracht hat. Ich freue mich für die beiden und bin zufrieden, dass ich mich freuen kann – trotz allem.

Ben und Susa unterhalten mich abwechselnd mit Geschichten von unserer Station. Ich ertappe mich immer wieder dabei, wie ich lache. Ja, es tut mir gut, diese Normalität.

Paul zieht sich zurück, winkt mir zu. Keine Berührung, kein Kuss. »Ich fahre nach Hause, um zu duschen. Soll ich dir etwas mitbringen?«

Ich hole erst Luft, möchte etwas sagen, schüttle dann den Kopf. Besser schweigen. Mein Mann bleibt stehen, wartend, dann verlässt er den Raum. Erleichterung breitet sich in mir aus wie eine Welle, gefolgt von schlechtem Gewissen. Paul gehört zu den Guten. Ich weiß das und doch ...

»Ich habe etwas für dich, Katharina. Also, es ist von Frau Rose, ein Brief für dich.«

Sofort strecke ich meine Hand aus und nehme den Umschlag entgegen. Ben muss mir nichts erklären. Frau Rose ist gestorben, ich weiß es einfach, und das ist nichts, was mich traurig machen sollte. Ich bin kein gläubiger Mensch, allerdings stimmt mich der Gedanke versöhnlich, dass Frau Rose jetzt bei ihrem Mann Alexander in ihrer eigenen Dimension ist. Jede Bewegung kostet mich Kraft, dennoch setze ich mich auf, um besser lesen zu können und auch, weil ich hoffe, durch eine aufrechte Position meine Gefühle besser unter Kontrolle zu bringen.

Ich öffne das verschlossene Kuvert, ein zarter Duft nach Blumen und Holz steigt aus dem Papier in meine Nase. Dankbarkeit erhellt die Dunkelheit in mir. Ich bin froh, dass sich unsere Wege gekreuzt haben. Frau Roses Schrift ist einfach und schnörkellos.

Liebe Katharina,

ich danke Ihnen für Ihre Zeit und Ihr Verständnis. Ich konnte Ihnen etwas von meiner und Alexanders Geschichte erzählen, das war wunderschön und hat mich getröstet. Deshalb möchte ich Ihnen eines der Gedichte überlassen, die Alexander für mich geschrieben hat. Ich liebe es. Die anderen Zeilen nehme ich mit mir in die Ewigkeit, doch dieses hier soll Sie auf Ihrem Weg begleiten. Ein Gedicht über die reinste Form der Liebe.

Emilia Rose

Meine Augen brennen, die Begegnung mit Frau Rose war für mich berührend und wertvoll.

Es befindet sich noch ein zweites Blatt Papier im Kuvert,

es ist zusammengefaltet und sieht an den Kanten zerfleddert aus. Ich öffne es vorsichtig und streiche mit der flachen Hand darüber.

Die Handschrift ist die eines Mannes, große schwungvolle Anfangsbuchstaben, markante Linien, selbstbewusst und durchsetzungsstark, Alexanders Handschrift. Erst überfliege ich die Zeilen, dann lehne ich mich ergriffen zurück und beginne von vorn.

Was ist alles?
Alles Wasser in allen Ozeanen sind doch nur
Viele Tropfen.
Was ist alles?
Alle Sonnen aller Universen sind doch nur
Viele Sterne.
Was ist alles?
Jeder Atemzug von dir ist mir alles,
so wie du einfach
Viel bist. Mehr bist. Alles bist.
Für mich.
Alexander

Meine Stimme ist zurück, zuerst etwas belegt, dann klar und deutlich. Ich habe Frau Roses Gedicht über die reine Liebe laut vorgelesen, weil ich etwas zu sagen habe. Weshalb soll ich dagegen ankämpfen? Der Kloß löst sich aus meinem Inneren und steigt nach oben mit einer Gewalt, der ich nichts entgegenzusetzen habe. Tränen brechen aus mir wie eine Sturmflut, beide Hände können die Wucht meiner Emotionen nicht zurückhalten. Es fühlt sich an, als würde ich ertrinken, an meinen vergessenen Tränen ertrinken.

Susa und Ben sind an meiner Seite, ein Ruck erschüttert meinen Körper, gefolgt vom Schmerz, dann kann ich wieder atmen. Die Blockade ist durchbrochen und Sauerstoff erfüllt mich. Ich sinke mit geschlossenen Augen zurück auf die Kissen, höre die Stimme des Arztes, es sind viele Menschen im Zimmer, die Worte verbinden sich zu einem Rauschen, dann ist die Angst wieder da, ich falle in mich, in das schwarze Loch der Endlosigkeit.

4

Laut Abschlussbericht bin ich genesen. Fast alle Verbände wurden mir abgenommen, die Hämatome schimmern wie die dunkle Seite des Regenbogens in den unterschiedlichsten Farbtönen auf meiner Haut. Meine Kopfverletzung war schwer und doch hatte ich Glück im Unglück, denn eine Operation war nicht notwendig gewesen. Eine Narbe habe ich trotzdem und einen Teil meiner roten Haare verloren. Sie werden nachwachsen, die Narbe wird heilen, es sollte mir gut gehen, aber ich bin geschrumpft, nicht körperlich, innerlich. Eine Psychologin war zum Abschlussgespräch bei mir gewesen, hatte Paul aus dem Zimmer geschickt. Sie drückte mir ihre Karte in die Hand und bat mich, sie zu kontaktieren. Mein Körper wäre genesen, wenn ich Kinder wolle, stünde dem nichts im Wege. Alle anderen Verletzungen bräuchten Zeit, Zeit und eine Therapie. Nach zehn Minuten meines Schweigens verließ sie das Zimmer und ich versteckte die Karte unter der Matratze. Diese Frau würde nie etwas von mir hören.

Ich passe nicht mehr in mich hinein, zu sehr ducke und

verkrieche ich mich. Meine Davor-Persönlichkeit ist mir zu groß geworden, zu groß für die Narben in meinem Ich.

Mit verkrampften Fingern hielt ich gestern den kleinen Handspiegel vor mein Gesicht. Der behandelnde Arzt und eine Krankenschwester standen neben mir und beobachteten akribisch meine Reaktion, als könne ich jederzeit in Flammen aufgehen. Mein Herz klopfte wie verrückt, als ich den ersten Blick riskierte. Das riesige Pflaster war abgelöst, die Fäden aus den Narben gezogen. Würde ich mich wiedererkennen? Wäre überhaupt noch etwas von mir da? Mein Gesicht war immer noch braun vom Desinfektionsmittel, weshalb meine grauen Augen unnatürlich hell wirkten. Die Krankenschwester nahm mir den Spiegel aus der Hand. »Das sieht doch schon weitaus besser aus als direkt nach Ihrem ... Unfall.«

Nicht zu viel Luft auf einmal einatmen! Was mir passiert ist, war also ein Unfall? Das Wort stimmt nicht mit meinem Empfinden überein, es fühlt sich so falsch an, so konträr, dass ich nichts darauf erwidern kann. Gedanklich spreche ich mir Mut zu und weise jede andere Empfindung von mir.

Ich sitze neben Paul im Auto, er fährt so vorsichtig durch das kalte Frankfurt, als hätte er einige Körbe roher Eier im Kofferraum. Zwanzig Minuten später parkt er direkt vor unserem Haus, wofür ich dankbar bin.

»Du wirst einen Strafzettel bekommen, wenn du hier stehenbleibst.« Meine Stimme klingt fremd und ich räuspere mich.

Paul zuckt mit den Schultern und brummt: »Es gibt Schlimmeres.« Sein Schweigen zieht sich, er kaut nervös auf seiner Unterlippe herum. »Es tut mir leid, Katharina, das soll nicht heißen ...«

»Alles gut, Paul. Wirklich.«

Wir haben längst die Leichtigkeit in unserer Kommunikation verloren. Paul ist so bemüht, alles richtig zu machen, dass es anstrengend ist, mit ihm zu sprechen. Er steigt aus, kommt auf meine Seite und öffnet die Beifahrertür. Das hat er schon immer getan, mir dann die Hand gereicht und aus dem Auto geholfen. Es fühlt sich seltsam an, diese neue Zeitrechnung, das Leben in ein Davor und Danach einzuteilen. Ich übersehe Pauls Hand und klettere aus dem Wagen.

»Du hast doch wohl keine Überraschungsparty geplant?« Ich zwinkere ihm zu, will ihm zeigen, dass ich dankbar bin, aber ich kämpfe mit meinen Dämonen.

»Hab darüber nachgedacht, mich aber dagegen entschieden, du bist mir einfach zu sehr die Partymaus.« Sein Lächeln ist echt und seine Augen strahlen über seinen Witz. Seinem Überschwang ausgeliefert, nimmt er mich in den Arm und mir damit die Luft. Paul ist größer als ich, und obwohl ich alles andere als zierlich bin, verschwinde ich in seiner Umarmung.

»Ich liebe dich, Katharina, ich liebe dich so. Alles wird wieder gut, du wirst sehen. Wir beide schaffen das.«

Die Menschen, die auf der Straße an uns vorbeigehen, denken sicher, wie glücklich dieses Paar sein muss, das sich so innig umarmt. Sie sehen nicht meine Verletzungen.

»Was wird denn wieder gut?« Meine Handflächen stemmen sich wie von selbst gegen seine Brust. »Es kann nicht mehr gut werden. Dieses Mal nicht, Paul.«

Seine Arme öffnen sich und ich falle fast aus der Umklammerung.

»Lass uns oben reden.« Sein Tonfall klingt verbittert. Ich mache alles falsch, dabei will ich doch nur meine Ruhe. Warum kann er das nicht verstehen?

»Ich möchte mich hinlegen, ich bin müde.«

Kraftlos zwänge ich mich ins Haus und steige die Treppen nach oben. Als ich die Wohnung betrete, lasse ich einige Dämonen los und sehe ihrem Verschwinden zu. Müde ziehe ich meinen Mantel aus und lasse ihn zu Boden fallen. Hier sieht es so perfekt aus, viel zu perfekt. Das hingeworfene Kleidungsstück am Boden schafft den Ausgleich stellvertretend für mich, die ich hier ebenfalls nicht hinpasse. Ich bin ein Störenfried in der perfekten Ordnung. Schwindel packt mich, ich muss mich an der Wand abstützen. Paul ist sofort an meiner Seite und legt seine Hand um meine Taille. Meine Bluse rutscht nach oben, auf meiner nackten Haut spüre ich seine Finger. Panisch drehe ich mich von ihm weg und sage schnell: »Danke, es geht schon!«

»Du bist ganz bleich. Möchtest du dich setzen?«

»Ich will einfach nur ins Bett.«

Ohne mich weiter anzufassen, geht er neben mir, öffnet die Schlafzimmertür und schlägt die Bettdecke zurück. »Brauchst du noch etwas? Ein Glas Wasser? Etwas zu essen?«

Ich schüttle den Kopf und versuche ein Lächeln, das zu einem schiefen Mundwinkel verkommt. Meine Schuhe fallen mit einem dumpfen Geräusch zu Boden, als ich auf die Matratze sinke. Das Gefühl, das weiche Material zu berühren, ist so schön, ich fühle mich zu Hause. Mein Atem ist ruhig und gleichmäßig und jene Angst, die mein ständiger Begleiter ist, gibt mir etwas Freiraum. Ich ziehe die Luft ein, fühle, wie der Sauerstoff meinen Körper füllt, mit Leben anreichert.

Berückend, fällt mir ein und ich hoffe, das Wort nicht zu vergessen. Ich bin zu müde, um es in mein Buch einzutragen. Eine Bewegung an meiner Seite gibt der Angst aufs Neue Macht, ich beherrsche sie, lasse die Augen geschlossen. Es ist Paul, er schiebt einen Gegenstand unter mein Kissen. Es ist mein Buch, nur mein Buch.

»Danke.« Ich weiß gar nicht genau, ob ich es ausspreche

oder nur denke. Paul berührt so sanft wie eine Feder mein Haar und meine Schläfe. Mein Herz rennt meinem Verstand davon, stolpert und läuft weiter.

»Ich liebe dich, ich möchte dir helfen.« Seine Stimme zittert, er schluckt, ringt um Fassung.

Ich weiß nicht, was werden wird, denke ich für mich und auch für ihn, spüre, dass meine Stimme wieder in meine Verlorenheit kippt und ins Bodenlose fällt. Ich fühle weiterhin Pauls Anwesenheit, die mir die Luft zum Atmen nimmt. »Ich bleibe bei dir, ich lasse dich nicht mehr allein. Weshalb habe ich nur das Gefühl, dass du verschwindest und ich dich nicht festhalten kann?«

»Weil ich nicht da bin, weil ich immer noch auf diesem kalten Boden liege und ...«, meine Stimme bricht in tausend winzige Splitter, die nie wieder zu einem Ganzen zusammenfinden werden.

»Nein, du bist hier, hier bei mir.« Seine Finger verirren sich in meinen roten Locken. »Wie weich dein Haar ist.«

Trotz meiner geschlossenen Augen kann ich Pauls Gesicht sehen, die steile Falte zwischen seinen Brauen, darunter seine Augen mit den vielen Fältchen darum.

»Alles wird wieder gut, Katharina. Ich verspreche es dir.«

Gedanken, Erinnerungen hetzen mich durch den Schlaf. Ich werde wach, als Paul aufsteht und das Zimmer verlässt. Der wolkenverhangene dunkle Tag tröstet mich, verbirgt er doch wenigstens die äußeren Male auf meinem Körper. Doch sie sind da, gehören zu mir, warum sie also verdrängen? Aufgeregt lausche ich in die Anonymität dieser Wohnung, die nicht mehr mein Zuhause ist. Paul läuft umher, wahrscheinlich arbeitet er heute im Homeoffice. Ich habe vergessen, ihn zu fragen, ob er den Zuschlag für den Auftrag erhalten hat.

Die Müdigkeit gibt mir das Gefühl, in meinem Bett zu schweben und gleichzeitig tief darin zu versinken. Meine Hand tastet über den Bauch nach unten zu den Beinen. Die Innenseiten meiner Oberschenkel wurden durch Messerschnitte verletzt, ebenso mein Unterleib und beide Hüften. Ich fühle die Unregelmäßigkeiten der Narben – dicke, dünne, lange, kurze. Wie von selbst legen sich meine Finger um meinen Venushügel. Erst in vier Wochen werde ich verbindlich wissen, ob ich mich mit HIV infiziert habe, Geschlechtskrankheiten wurden bereits ausgeschlossen. Doktor Marić las mir heute Morgen den Befund mit nüchterner Stimme vor. Ich müsste auf den Antikörpertest warten. Vier Wochen noch ...

Ich berühre mich stärker, reibe an meinen Schamlippen. Die Haut unter meinen Fingerspitzen ist gefühllos, die Erinnerung an die qualvollen Stunden kommt und geht. Ich schiebe einen Finger tief in mich, möchte wissen, was ich fühle, im *Danach*.

Ich empfinde Abscheu und Ekel, ziehe meinen Finger zurück, als hätte ich mich verbrannt. Mein Körper krümmt sich zusammen wie ein Embryo im Mutterleib. Aber ich bin kein Embryo! Mit einem Ruck setze ich mich auf, zu schnell. Schmerzen! Vorsichtig stelle ich meine Füße auf den Boden und verlasse im schonenden Watschlgang das Schlafzimmer. Im Wohnzimmer werde ich fündig. Paul hat sich auf den kleinen Balkon gezwängt und raucht eine Zigarette. Als er mich hört, dreht er sich überrascht um und drückt die Zigarette im Blumentopf aus.

»Du rauchst wieder?« Ich trete neben ihn, unsere Arme und Schultern kleben aneinander, der Balkon ist nicht für zwei Menschen ausgelegt, doch ich dränge mich neben ihn ins Freie.

»Na ja, hin und wieder seit ... du weißt schon.« Paul zuckt

mit den Schultern und zündet sich eine weitere Zigarette an. »Ich höre wieder auf, ich brauche nur einen Grund dazu.«

Mein Nicken kommt automatisch. Einen Grund wie damals, als wir versucht haben, ein Baby zu bekommen. So einen Grund.

»Ich verstehe dich. Du dachtest, du verlierst mich, dann dachtest du, alles wird wieder gut. Und jetzt?«

»Was meinst du mit und jetzt?« Seine Stimme klingt ruhig.

»Irgendwie hast du mich doch verloren. Keine Ahnung, wie ich da wieder rauskomme.«

»Lass uns reingehen.« Er drängt mich zurück. Sein herber Geruch gemischt mit dem der Zigarette weht mir entgegen. Für einen Moment spüre ich eine nach Tabak stinkende Hand auf meinem Gesicht. Ich balle meine Hände zu Fäusten, stemme mich gegen diese Erinnerung. Ich atme zitternd ein, meine Angst lässt nach. Paul hat nichts bemerkt.

»Bleib genauso stehen, nicht weglaufen!« Er dreht sich zum chinesischen Schrank und öffnet eine der vielen kleinen Schubladen, nimmt etwas heraus und reicht es mir. Es sind Konzertkarten für *Ludovico Einaudi,* für mich einer der größten Komponisten unserer Zeit.

»Paul!« Ich bin ehrlich erfreut. »Das ist einfach der Wahnsinn! Vielen, vielen Dank.« Ich umarme ihn, schaffe aber sofort wieder Distanz, indem ich einen großen Schritt rückwärtsgehe.

»Das Konzert ist erst im Herbst, doch ich musste sofort zuschlagen, als ich gesehen habe, dass er durch Deutschland tourt. Wir haben die besten Plätze ganz vorn.«

»Das ist wunderbar, wirklich. Ich freue mich.«

Was wird im Herbst sein? Bin ich dann vielleicht wieder da oder für immer verschwunden?

»Was möchtest du jetzt gern machen? Was wünscht du dir?«

»Musst du denn nicht ins Büro?«

»Ich habe mir den Tag freigenommen und stehe zu deiner Verfügung.«

Ich überlege. Meine spontane Idee, in den Frankfurter Stadtwald zu fahren, spreche ich nicht aus.

»Lass uns einen Film ansehen, etwas Lustiges.«

Und genau das tun wir. Den Rest des Tages verbringen Paul und ich auf dem Sofa, trinken Tee, essen bestellte Pizza und sehen uns Filme an. Abends wird aus dem Tee Wein und ich entfliehe der Realität in meinem Danach. Paul ist aufmerksam, gibt mir Nähe, wenn ich mich an ihn lehne, ergreift selbst aber keine Initiative, wofür ich ihm dankbar bin. Er ist so empathisch, wie ich es mir nur erträumen kann. Ich wünsche mir nichts mehr, als diesen kleinen Hoffnungsschimmer festhalten zu können, dass vielleicht doch alles gut wird. Wenn ich alles gebe, alles dafür tue, kämpfe, gibt es dann eine klitzekleine Chance für eine Zukunft im Danach?

Irgendetwas im Film habe ich verpasst, Paul lacht herzhaft und verwuschelt sich seine blonden Haare. »Der Film ist so doof! Wir sollten das öfter machen. Warum siehst du mich so an?«

Sofort ist die Stimmung wieder angespannt.

»Alles gut, Paul. Du hast so glücklich ausgesehen. So wie früher.«

»Es wird wieder so werden wie früher.« Seine Hand legt sich auf meine versehrte Wange. »Hab ein wenig Vertrauen. Vertrauen zu mir und zu dir. Wir waren immer ein gutes Team, daran hat sich nichts geändert.«

Traurig senke ich meinen Blick. »Ich habe Angst, Paul. Es ist etwas aus mir herausgeschält worden. Da ist nichts mehr, ich bin leer. Ich fühle nichts außer diesem Ekel.«

Darauf gibt es keine Erwiderung. Die Stille dehnt sich aus und umschließt uns mit Unbehagen. Irgendwann gehe ich allein ins Schlafzimmer, lege mich ins Bett und starre aus dem Fenster. Die sternenklare Nacht wird vom hellen Holz eingerahmt, die Schönheit festgehalten in meiner Erinnerung. Bevor ich die Einsamkeit mit in meinen Schlaf nehme, spüre ich Pauls Körper. Er hält Abstand von mir und ich bin erleichtert.

Ein Blick zur Uhr sagt mir, dass es drei Uhr morgens ist. Ich bin wach und lausche in die Dunkelheit. Ein Gedanke bildet sich in meinem Kopf, wird zu einer Idee, die ich sofort umsetzen will. Jetzt ist der richtige Zeitpunkt.

So leise, wie ich kann, stehe ich auf und schleiche aus dem Schlafzimmer ins Bad. Der Spiegel ist groß und offenbart sämtliche Spuren, die der Überfall hinterlassen hat. Ich schaue auf meine Haare. Eine faustgroße Stelle an meinem Kopf ist rasiert, der Arzt hatte nicht die Zeit, sich Gedanken um meine Frisur zu machen, er schnitt ab, was im Weg war, und versorgte meine Verletzung. Aber deshalb stehe ich nicht vor dem Spiegel. In der Dunkelheit. Aus der Finsternis kriechen die Schatten nach oben in meinen Kopf und zwingen mich, den aufblitzenden Bildern Aufmerksamkeit zu schenken. Die Wahrheit erfüllt mich mit einer seltsamen Ruhe. Ich atme tief ein und aus. Was ist von mir übriggeblieben? Ich fahre mit einer Hand durch meine Haare, fühle die Stoppeln, die wulstige Narbe auf der Kopfhaut.

Mein Kopf schlägt immer wieder auf den Boden, irgendwann lasse ich es geschehen, gebe auf, will nur noch sterben.

Wie sollen meine Haare je wieder wachsen, lang, lebendig und rot – nach allem, was geschehen ist? Wunden heilen, Narben verblassen, aber etwas bleibt stets zurück.

Der Steinboden im Badezimmer unter meinen nackten Füßen ist kalt, ich strecke mich, bewege meine langen Finger, die sonst mit meinen Worten gemeinsam sprechen, meine Beine, die nie stillhalten können, wenn ich Musik höre. Ich bin doch noch da! Irgendwo vergraben. Was ist verwerflich daran, sich zu belügen, in der tröstlichen Schwärze unterzugehen? Mein Herz schlägt schneller, ich berühre mein gezeichnetes Gesicht. Meine Finger fahren das Muster nach, was die Fäden des Chirurgen hinterlassen haben. Für einen Augenblick spüre ich Hände, die mich zu Boden drücken, fühle die Klinge des Messers angenehm kühl an meinem erhitzten Gesicht – gefolgt von einem brennenden Schmerz. Meine Hand streckt sich nach dem Lichtschalter. Gleich werde ich mich im Spiegel sehen.

Helligkeit flammt auf, die Zeit steht still. Die Wahrheit. Die Wahrheit hat ein gespaltenes Gesicht in Form eines N. Der Buchstabe schreit mir entgegen und die Erinnerung fährt mit der Geschwindigkeit eines Zuges durch meinen Kopf, verdrängt alles andere. Der Park, laufen, die Angreifer, das Auto. Viele Male sterbe ich, während der Film in mir abläuft, löse mich auf und setze mich neu zusammen, werde in der Hölle wiedergeboren. Kapuzenpulli schneidet in mein Gesicht und schreit geifernd: »Nutte.«

Immer wieder dieses Wort.

Das N prangt in meinem Gesicht, drei lange und tiefe Schnitte, einer verläuft von der rechten Schläfe bis zum Kieferknochen, der zweite schräg vom oberen ersten Schnitt bis zum rechten Mundwinkel und der dritte Schnitt wieder nach oben bis zum äußeren Rand des rechten Auges. So sieht es aus. Das bin ich im Danach. Im Davor, dem bunten Leben, mochte ich den Spiegel mit meinem Gesicht darin gern. Das Danach ist dunkel, nicht bunt. Ich konnte mich nicht darauf vorbereiten, die Farben sind nicht einzeln darauf verschwunden, sie vergruben sich in der Untiefe meiner Seele und sind dort erstickt.

Mit dem Rest meiner langen Haare sehe ich aus wie die Ironie meines vorherigen Ichs. Ohne weiter nachzudenken, öffne ich eine Schublade und nehme eine Schere heraus. Die langen roten Locken fallen ins Waschbecken, türmen sich auf, ich schneide weiter, kürze Strähne um Strähne, bin erst zufrieden, als die Haare so kurz sind, dass sie meine rechte Gesichtshälfte verdecken. Das Waschbecken ist zu klein, um die Menge aufzunehmen. Der Badezimmerboden ist übersät mit meinem einstigen Kopfschmuck.

Spieglein, Spieglein an der Wand, kennst du mich noch? Kenne ich mich noch? Ich streiche über meine kurzen Locken, sie verleihen meinem schmalen Gesicht mit der Narbe etwas Brutales und zugleich Verletzliches. Ich bin es und ich bin es auch nicht. Meine schrägen hellgrauen Augen wirken riesig in meinem Gesicht, die dicken, wulstigen Linien der Narben lassen meinen Mund wie eine Oase inmitten einer Wüste wirken. Das bin ich, Katharina, im Danach. Ich schalte das Licht aus, tauche ein in die schützende Dunkelheit – in der Hoffnung, irgendwann die Farben wiederzufinden.

Müde, erschüttert aber auch erleichtert liege ich Minuten später in meinem Bett und schlafe sofort ein.

»Katharina? Wach bitte auf!« Paul steht vor dem Bett, seine Silhouette hebt sich wie ein großer schwarzer Schatten gegen das Licht des anbrechenden Morgens ab.

»Hm?«

»Was hast du getan?«

Er kann nicht abwarten, bis ich mich aufsetze, nimmt mich trotz meines Sträubens am Oberkörper und zieht mich in eine aufrechte Position.

»Mein Gott!«, entfährt es ihm, als er mich ansieht. »Deine

Haare, du hast deine Haare abgeschnitten. Wieso hast du das getan?«

»Sieh mich an!«

Paul will sich abwenden, das macht mich wütend.

»Sieh mich an!«

Ich strecke ihm mein Gesicht entgegen. »Ein N. Weißt du, was das bedeutet?«

Paul nickt und setzt sich auf den Bettrand. »Ich weiß, was es bedeutet. Du bist nicht die erste Frau mit dieser Verletzung.«

»Was meinst du?«

»Letztes Jahr wurde in Österreich eine Frau vergewaltigt und verletzt. Ihr wurde auch ein N ins Gesicht geschnitten.«

»Was? Du wusstest es die ganze Zeit und hast nichts gesagt?«

»Was hätte ich sagen sollen? Es ist alles noch zu früh. Ich weiß nicht, was gut oder schlecht für dich ist. Du hast dir die Haare abgeschnitten, das kann definitiv nicht gut sein!«

»Wurde der Täter gefasst? Weiß man, wer es getan hat? Waren es in Österreich auch zwei Männer?«

»In Österreich war es wohl nur ein Mann. Wir sollten ins Krankenhaus fahren, die Narbe ist an einigen Stellen verkrustet, anscheinend hast du geblutet. Das sollte behandelt werden.«

Ich nicke, wenngleich es mir egal ist. Ob die Narbe nun gut oder schlecht verheilt, sie wird für immer bleiben. »Aber vorher werde ich das Badezimmer aufräumen.«

»Das habe ich schon erledigt. Mach dich bitte fertig, ich muss mittags ins Büro.«

Bevor ich antworten kann, hat Paul das Zimmer verlassen. Ich ziehe mich ins Bad zurück. Nirgends kann ich Spuren von der letzten Nacht entdecken, Paul hat penibel alles beseitigt, seine Normalität wiederhergestellt. Ich stelle mich unter die

Dusche und drehe das Wasser so heiß, wie ich es gerade noch ertragen kann. Nach zwanzig Minuten stehe ich angezogen in der Küche und trinke mit meinem Ehemann einen Kaffee.

»Möchtest du frühstücken? Hast du Hunger?«

Ich schüttle den Kopf. »Danke, keinen Hunger. Kaffee genügt.«

»Dann können wir los?«

»Ich kann zu Fuß gehen, das tut mir gut. Fahr doch ins Büro. Wir sehen uns abends.«

»Du möchtest zu Fuß gehen, so?«

Ich weiß genau, was er meint. Nicht die Haare, mein Gesicht.

»Schon okay, Paul. Wenn ich meinen Anblick im Spiegel ertragen kann, können das die Menschen auf der Straße auch.«

»Ich möchte nicht, dass du etwas erlebst, was dich unglücklich macht.«

Die Ironie seiner Worte fällt ihm nicht auf, mir allerdings schon.

»Ich musste in den letzten zwei Wochen einiges erleben, was mich unglücklich gemacht hat.«

»Verdammt, Katharina, so habe ich das doch nicht gemeint. Alles, was ich sage, ist falsch. Dann fahre ich jetzt. Wenn du etwas brauchst, reden möchtest, ich heimkommen soll, ruf mich an.«

Ich nicke und bleibe regungslos sitzen, bis ich höre, dass Paul die Wohnung verlassen hat. Dann hole ich mein Notebook. Zeit, in die Welt zurückzukehren. Ich kann mich an den Namen der Psychologin aus dem Krankenhaus erinnern, zumindest werde ich das, wenn ich etwas über sie im Internet finde. Ihre Visitenkarte habe ich ja klugerweise unter die Matratze gesteckt. Deshalb frage ich jetzt Doktor Google. Die letzte Nacht hat mich das Fürchten gelehrt. Ich schaffe es nicht allein.

Auf der Homepage des Krankenhauses werde ich fündig. Rosenthal, Susanne, Dipl. Psych. mit eigener Praxis in Sachsenhausen. Es ist nicht weit von mir entfernt. Textorstraße. Das Telefon liegt neben mir, ich tippe die Nummer ein, es klingelt, doch dann kommt nur die telefonische Ansage mit der Bitte, eine Nachricht auf Band zu hinterlassen.

»Hallo, Frau Rosenthal, mein Name ist Katharina Karl, ich bin die Frau mit dem zerschnittenen Gesicht. Sie meinten, ich sollte Sie anrufen. Bis dann.«

Ich halte das Telefon noch einige Minuten in meiner Hand und warte. Dann wähle ich Pauls Nummer, breche aber bei der letzten Ziffer ab.

Mein lädiertes Gesicht kann ich selbst versorgen. Nicht nötig, ins Krankenhaus zu gehen. Der Arzt hat mir eine Salbe mitgegeben, die ich regelmäßig auftragen und einmassieren soll, damit das Narbengewebe sich nicht verhärtet. Ich werde es tun, erwarte jedoch keine Wunder. Die Narbe wird bleiben. Für immer!

Sanft streiche ich über meinen Kopf, das Haar fühlt sich gut an, weich schmiegt es sich an mein Gesicht und verdeckt die Narben. Damit kann ich leben. Mit meiner neuen Frisur kann ich Frieden schließen. Was Margarete dazu wohl gesagt hätte? Margarete, meine Großmutter, der ich diese ungewöhnliche Haarfarbe zu verdanken habe. Oder Josefina, meiner Mutter, von der ich das helle Grau meiner Augen erbte. Seltsam, dass ich gerade jetzt an sie denke. Jeden Abend vor dem Zubettgehen kämmte Margarete meine langen Locken mit einhundert Bürstenstrichen und sprach Spanisch mit mir, um mich von der schmerzhaften Prozedur abzulenken.

»Sind wir Spanierinnen, Großmutter?«

»Im Herzen bestimmt. Ich mag die Sprache und so habe ich es gelernt.«

»Einfach so?«

Sie lachte und ihr langer Zopf mit den weißen Strähnen schwang hin und her. »Einfach so gibt es nicht. Ich habe viel Zeit aufgewendet und gelernt und gelernt. Jetzt gib mir ein Küsschen, du kleine Hexe, und halt still.«

Ich wuchs in einem chaotischen, aber wunderbar liebevollen Frauenhaushalt auf. Meine Großmutter war für meine Betreuung zuständig, kochte und kümmerte sich um alles, setzte mir inspirierende Flausen und geheimnisvolle Geschichten in den Kopf, während meine Mutter in einem großen Hotel an der Rezeption arbeitete. Josefina verdiente gut, sprach neben ihrer Muttersprache auch fließend Spanisch sowie ein sehr gutes Englisch und hatte viel Spaß an ihrem Beruf. Unsere Dreizimmerwohnung war in hellen Farben gestrichen, jedes Zimmer stand unter einem Motto und war so eingerichtet, wie es Margarete, meine Mutter und ich beschlossen hatten. Die Diskussionen damals ähnelten eher einer Auktion als einer vernünftigen Besprechung. Margarete sprang währenddessen vom Stuhl und schwang ihren Arm über dem Kopf.

»Eine Farbe beginnend mit einem L!« Josefina verdrehte erst die Augen, schrie dann genauso begeistert mit mir um die Wette: »Lavendel, Lavarot, Liebesrosa!« Es waren noch andere L-Kreationen, an die ich mich aber nicht mehr erinnern kann. Da wir uns nicht auf eine Farbe einigen konnten, strichen wir jede Wand in einem anderen Ton. Genauso ungewöhnlich war die Aufteilung der Zimmer. Es gab kein eigenes Schlafzimmer, wir schliefen gemeinsam im größten Raum. Ich taufte es das *Märchenzimmer*. Die Farben der Wände und Möbel waren entsprechend Liebesrosa, Lavarot, Lavendelblau und Libellenorange. Ein einladendes, imponierend großes

Holzhimmelbett stand wie eine exotische Insel mitten im Zimmer. Von der Decke fiel meterweise ein schneeweißer feiner Vorhang auf den Boden und umschloss das Bett. Um hineinzukommen, unsere Insel zu betreten, mussten wir den Eingang im Stoff suchen, der jeden Abend neu von meiner Großmutter drapiert wurde. Auf dem Bett stapelten sich Decken und Kissen über Kissen in allen Farben, bestickt und von Pailletten überzogen, jedes ein Unikat. Die Zeit des Zubettgehens war der Höhepunkt meines Tages. Wir lagen zu zweit oder zu dritt auf unserer Insel und Margarete erzählte spannende Geschichten. Oft waren es Prinzessinnen, die auf die Suche gingen, um ihr Glück zu finden, und nicht warteten, bis ein Prinz auf einem Schimmel kam und sie zur Ehefrau auserkor. Meine Mutter murmelte dann immer: »Du setzt der Kleinen Flausen in den Kopf! Wenn das Leben nur so einfach wäre, wegzugehen auf der Suche nach dem Glück.«

»Ich habe es getan.« Margarete wurde dann meistens ernst und ich quengelte: »Weitererzählen, Großmutter!«

»Ja, das hast du«, war dann stets die Reaktion meiner Mutter. »Doch was hat es dir eingebracht?«

»Es hat mir dich gebracht, mein Liebling, meine wundervolle Tochter.«

Meistens war der kleine Streit damit beigelegt. Margarete und Josefina umarmten sich und ich schlüpfte zwischen sie, fühlte mich beschützt und geliebt. Auch heute noch kann ich mir kaum vorstellen, dass jemals jemand so geliebt wurde wie ich. Ich war nie allein, ich war nie eine Last, ich war immer willkommen.

Unser Lebensmittelpunkt war die große Wohnküche, in der wir die meiste Zeit des Tages verbrachten. Alles spielte sich dort ab, wir saßen nicht nur zum Essen am langen Holztisch, an dem gut und gern zehn Menschen Platz gehabt hätten, ich erledigte dort meine Hausaufgaben, spielte mit

Margarete und malte. Seiten um Seiten der Zeichenblöcke füllte ich mit Farben. So sammelte sich an einer Hälfte des Tisches allerlei Zeugs an. »Dingens«, nannte Margarete den Berg an Spielzeug, Malblöcken, Büchern, Kämmen, Bildern, Zeitungsausschnitten.

»Dingens, die man nicht braucht, doch vermissen würde«, erklärte meine Großmutter und verhinderte so, dass meine Heiligtümer der Ordnungsliebe meiner Mutter anheimfielen. Im zweiten Raum bewahrten wir unsere Kleidung auf, darin befand sich auch eine alte verzierte Holzkommode mit einem großen Spiegel. Auf der Ablage standen viele Parfums, Make-up, das ich ausprobieren konnte, wann immer ich wollte. Das antike Möbelstück war außerdem Schauplatz eines täglichen Dramas, das Bürsten unserer Haare. Immer nachdem Margarete meine Haare entwirrt hatte, eine schmerzhafte Prozedur, durfte ich zusehen, wie sie ihren Zopf löste und das rote Haar mit den weißen Strähnen wie ein Wasserfall um ihren schmalen Körper fiel. An manchen Tagen verirrten sich die Sonnenstrahlen in das Zimmer und ließen ihre Haare leuchten.

»Wie schön du doch bist, Margarete!«

Meine Großmutter kämmte ihre langen Locken mit gleichmäßigen Bewegungen, im Spiegel trafen sich unsere Blicke.

»Wir alle sind von der Natur mit Schönheit beschenkt worden. Meine verwelkt immer mehr. Was du siehst, ist meine innere Schönheit. Das ist der Zauber, der in uns wirkt. Die Sehnsucht nach innerer Vollkommenheit.«

Als ich erwachsen war und Erfahrungen gesammelt hatte, verstand ich ihre Worte erst. Sie war eine weise Frau gewesen.

Das dritte Zimmer war eigentlich mein Zimmer, dort waren meine Spielsachen untergebracht und ich hatte alle Wände mit Ölfarben bemalt. Gefiel es mir nicht mehr, überstrichen wir die Wände mit weißer Farbe und ich hatte wieder eine überdimensionale Leinwand, auf der ich den Geschichten meiner Großmutter ein Gesicht gab. Die Prinzessinnen und Prinzen, liebenswerte Monster und Geisterwesen waren meine Freunde. So wuchs ich umgeben von Liebe und Fantasie auf. Was hatte ich doch für eine glückliche Kindheit! Wie ich meine Mutter und Großmutter vermisse ...

Das Telefon klingelt und reißt mich aus meinen Träumereien. Meine Stimme ist belegt und ich muss mich räuspern, bevor ich mich melde. Frau Rosenthal ist am anderen Ende der Leitung und ich bekomme für den nächsten Tag einen Termin in ihrer Praxis, anscheinend bin ich ein Notfall und muss nicht monatelang auf einen Termin warten.

Hier im Danach zählen die Tage, die vorüber sind.

Die Praxis von Frau Rosenthal ist gediegen und passt sich in der Farbgebung, creme und braun, ihrer konservativen Ausstrahlung an. Auf mein Klingeln öffnet mir die Therapeutin die Tür, mustert mich, reicht mir die Hand und bittet mich in ihr Sprechzimmer.

»Frau Karl, wie geht es Ihnen, wie kommen Sie zurecht?«

Das Schweigen schreit in meinem Kopf, da sind Worte, nur kann ich sie im Augenblick nicht zusammenfügen. Frau Rosenthal ist wahrscheinlich daran gewöhnt, traumatisierte Menschen zu behandeln, und stört sich nicht daran, dass ich verstummt bin.

»Lassen Sie sich Zeit. Es eilt nichts.«

»Ich existiere.«

Was kann ich noch sagen? Ich weiß ja selbst nicht, was ich empfinde. Ich spüre mich nicht oder jedenfalls nicht so, wie es sein sollte, nehme mich auf eine Weise wahr, von der ich weiß, dass sie falsch ist.

Mit diesen zwei Worten und restlichem Schweigen endet meine erste Therapiestunde.

»Es ist in Ordnung, Katharina. Hier gibt es kein Richtig oder Falsch. Machen Sie sich keine Gedanken. Wir sehen uns übermorgen.«

Die nächsten Wochen laufen in geregelten Bahnen ab. Für die Therapiestunden bei Frau Rosenthal hat Paul mir einen Fahrer organisiert, der mich jeden Montag, Mittwoch und Freitag in die Textorstraße bringt und danach wieder in unsere Wohnung. Drei Tage pro Woche habe ich jetzt Therapie. Paul erhofft sich meine Genesung. Nur wie kann ich genesen, wenn ich nicht krank bin? Die Termine schenken mir Struktur in meinem neuen Leben, das im Danach zu einer Fremden gehören könnte. Meine Freunde ziehen sich mehr und mehr zurück, aber das ist okay. Ich verspüre kein Bedürfnis, mich mit ihnen zu treffen. Ihre Reaktion kann ich nachvollziehen. Ich würde mich auch nicht mit mir verabreden wollen. Meine Sozialkompetenz ist verschwunden, ebenso im Wald verscharrt wie Lebenslust und Selbstliebe.

Die mitleidigen Blicke und ständigen Fragen nach meinem Befinden ziehen mich in einen Strudel aus Wut und Selbsthass, aus dem ich mich befreien möchte. Es geht mir nicht besser. Wie soll es sich auch anfühlen, sich besser zu fühlen?

Diese Frage stelle ich Frau Rosenthal während einer unserer Sitzungen. Es fiel mir überraschend leicht, Vertrauen zu ihr aufzubauen. Mein anfänglich negatives Urteil über sie habe ich längst revidiert, fühle mich verstanden und lerne Stück für Stück, mich und meine Gefühle zu verstehen. Jedenfalls hoffe ich das.

»Habe ich denn meine Zeit überschritten?«

Ein fragender Blick in meine Richtung.

»Welche Zeit?«

»Bis ich wieder normal bin.«

»Sie sind normal. Sie haben ein Trauma zu verarbeiten, das dauert.«

»Wie ist meine Prognose?

»Katharina«, Frau Rosenthal beugt sich zu mir und sieht mich ernst an, »Sie haben Schlimmes erlebt, es gibt keinen Knopf, den Sie drücken können und dann ist alles so wie vorher.«

»Ich war glücklich, habe mein Leben genossen. Weshalb bin ich dieses Risiko eingegangen und in den Stadtwald joggen gegangen? Als dieser Kerl mit dem Kapuzenshirt auf dem Weg stand, bin ich weitergelaufen. Ich bin zu ihm gelaufen! Wäre ich nur weggerannt, doch ich war zu stolz. Schließlich habe ich, Katharina, keine Angst, ich bin mutig. Wie dumm! Also lief ich weiter, obwohl ich spürte, dass irgendetwas nicht stimmt. Das habe ich jetzt davon.«

Die Worte fallen regelrecht aus mir, ich deute auf mein Gesicht. »Es ist meine Schuld. Ich bin ein Risiko eingegangen, ich habe dafür bezahlt, nein, zahle den Rest meines Lebens dafür. Ich hasse mich, ich hasse mich so!«

Meine Stimme kippt und fällt mit dem Rest von mir in einen bodenlosen Abgrund. Am liebsten würde ich sterben, schlafen und nie wieder aufwachen.

»Katharina, sehen Sie mich an, sofort!« Der strenge Ton zeigt Wirkung, meine Gedanken werden klarer. Die Schraubzwinge um mein Herz löst sich.

»Es ist nicht Ihre Schuld. Sie sind nicht der Täter, Sie sind das Opfer. Kein Universum dieser Welt bestraft Sie für das Joggen im Stadtwald bei Dunkelheit.«

5

Wie jeden Morgen sitzen Paul und ich uns am Tisch mit einer Tasse Kaffee gegenüber. Das Telefon klingelt, Paul hebt ab und reicht mir mit blassem Gesicht den Hörer.

»Deine Ergebnisse sind da. Doktor Marić ist dran.«

»Ja?«

Bitte, Gott, bitte! Ich verspreche dir auch ...

»Guten Morgen, Frau Karl. Doktor Marić hier. Ich mache es kurz. Ihre Ergebnisse sind negativ. Sie sind gesund, völlig gesund. Ich bin sehr froh. Hallo? Frau Karl? Sind Sie noch dran?«

»Ja, ich bin noch dran. Vielen Dank für Ihren Anruf. Danke.«

Ich lege auf. Paul steht neben mir, zieht mich auf die Beine. »Sag, was ist. Alles okay?

»Ich bin gesund. Kein HIV.«

Ich stehe steif vor ihm, meine Arme hängen unnütz an mir herunter. Ich fühle mich wie eine Marionette, deren Spieler gerade eine Pause macht. Ich kann mich nicht bewegen, habe keine Kraft, die Arme zu heben, sie um Paul zu legen. Wie lange ist es her, dass ich diesen Mann geliebt habe? Jetzt ist dieses Gefühl verschwunden, tot – wie alles in mir.

Paul beginnt zu lachen, während Tränen aus seinen Augen laufen. Er merkt es gar nicht, lacht und lacht. Emotionen steigen in mir auf, Freude und Erleichterung. Mir ist schwindlig, da ist ein schwarzer Punkt vor meinen Augen, der sich immer schneller auf mich zubewegt. *Ich muss mich hinsetzen,* denke ich noch und dann weiß ich nichts mehr.

Eine Ohnmacht aus Freude, nennt es Paul später. Er hat mich auf das Sofa gelegt und eine Decke über mich ausgebreitet. Ich bin müde und schlafe ein. *Hoffnungsvoll,* denke ich. Was für ein schönes Wort.

»Ich möchte wieder arbeiten. Etwas Sinnvolles tun, ich kann mich nicht mehr nur mit mir beschäftigen, das macht mich wahnsinnig. Ich möchte unbedingt wieder arbeiten«, wiederhole ich eindringlich.

Frau Rosenthal nickt. »Gut. Ich werde mit Doktor Marić sprechen. Ich bin davon überzeugt, dass er einverstanden ist. Sind die Albträume noch da?«

»Jede Nacht. Ich stehe dann auf und lese etwas. Dann schlafe ich wieder ein.«

»Ich würde gern mit Paul und Ihnen gemeinsam sprechen.«

»Ich weiß nicht. Weshalb denn?«

Frau Rosenthal lächelt mir zu. »Ist es Ihnen lieber, wenn ich mit Ihrem Mann allein spreche?«

Der Gedanke an Paul und meine Therapeutin im Gespräch ohne mich ist mir unangenehm.

»Ich werde Paul fragen«, antworte ich. »Wenn es schon sein muss, wäre ich gern dabei.«

»Sie sind also einverstanden?«

»Ja. Wenn Sie denken, es ist notwendig, okay.«

Frau Rosenthal schreibt etwas in ihren Kalender. »Ich rufe Ihren Mann an und vereinbare einen Termin. Erzählen Sie mir etwas über Ihre Mutter und Ihren Vater.«

»Mutter und Großmutter«, erwidere ich spontan. »Einen Vater hat es nie gegeben. Er wollte den Job nicht wirklich, hat Margarete mir erzählt. Sie und Mama haben ihn entlassen, wie man es mit Menschen macht, die ihren Job nicht gut machen. Ich habe ihn nie vermisst. Meine Kindheit war einfach unglaublich schön.«

Frau Rosenthal lehnt sich im Stuhl zurück, die Position kenne ich, es bedeutet, sie ist im entspannten Zuhörermodus. »Haben Sie Kontakt zu ihrer Familie? Wo sind sie?«

»Meine Mutter und meine Großmutter sind tot. Ich war siebzehn Jahre alt, stand kurz vor dem Abitur. Sie waren im Urlaub. Ihr erster Urlaub überhaupt. Sie sind dort verunglückt.«

»Was ist passiert? Möchten Sie es mir erzählen?«

»Es war in Spanien. Sie haben sich ein Auto gemietet. Eine kleine Straße, irgendwo in Andalusien. Meine Mutter saß am Steuer, verlor die Kontrolle und fuhr gegen einen Felsen.«

»Das ist schrecklich. Wie ging es weiter? Was haben Sie getan?«

»Meine Mutter und Großmutter haben mich abgesichert. Ein Konto mit Geld für die Beerdigung, ein Testament und zwei Lebensversicherungen. Ich habe eine sehr hohe Summe daraus erhalten.«

Wie hoch der Geldbetrag tatsächlich war, behalte ich für mich. Das meiste davon habe ich angelegt und niemandem davon erzählt, selbst Paul weiß nichts davon. Mein großes Geheimnis.

»Wie ging es dann weiter?«

»Na ja, ich stellte einen Antrag bei Gericht auf vorzeitige Volljährigkeit und nahm mir einen Anwalt, der mich sehr unterstützte. Der Gedanke, die restlichen zehn Monate bis zu meinem achtzehnten Geburtstag in einem Heim oder so zu verbringen, war keine Option für mich.«

»Ich bin beeindruckt, Katharina, von Ihrem Kampfwillen. Sie haben erreicht, was Sie wollten?«

»Ich wurde als vorzeitig volljährig eingestuft und konnte meine Angelegenheiten selbst regeln.«

An diese Zeit möchte ich gar nicht zurückdenken. Innerhalb eines Tages veränderte sich meine komplette Welt und ich verlor jene zwei Menschen, die mir am Wichtigsten waren. Ich wollte oft aufgeben, dachte über den Tod nach, doch dann sah ich in Gedanken meine Mutter und Margarete. Die beiden hätten es nie verstanden.

Sechs Monate später hatte ich mein Abitur mit einem sehr guten Notenschnitt bestanden und musste mich entscheiden, was ich mit meinem Leben anfangen wollte.

»Haben Sie Ihre Entscheidungen jemals in Frage gestellt?«

Meine Schultern heben sich, ich friere. »Darüber habe ich nicht nachgedacht. Wenn ich nicht mehr damit einverstanden bin, was ich mache, ändere ich es.«

»So einfach ist das?«

Natürlich weiß ich, worauf Frau Rosenthal hinauswill, doch die Situation, in der ich mich nach dem Unfall meiner Mutter und Großmutter befand, und die Situation jetzt sind nicht vergleichbar.

»Nichts ist wirklich einfach.«

Erleichtert atme ich auf, als ich die Wohnungstür öffne. Ich mag den Geruch der Wohnung, dort fühle ich mich sicher und wohl. Ich verlasse sie nur ungern, seit meinem Überfall war ich mit Paul in keinem Restaurant oder irgendeiner Bar. Im Davor liebte ich es, auszugehen, gesehen und bewundert zu werden, gemeinsam mit Paul unsere Kontakte zu pflegen. Theater, Oper, Museen. Frankfurt ist voll von kulturellen Veranstaltungen. Doch jetzt will ich nicht mehr gesehen werden. Ja, ich habe mich an meinen Anblick gewöhnt, an die kurzen Locken, die sich über meinen Kopf schlängeln wie die Schlangen auf Medusas Haupt. Die Narbe ist nicht mehr ganz so rot und ich weiß, wie ich meinen Kopf halten muss, damit sie weniger auffällt.

Ich kann auch in den Spiegel sehen und mich erkennen. Wenn ich die rechte Seite mit der Hand verdecke, sehe ich mich ebenso wie anders herum, wenn ich den versehrten Teil meines Gesichts betrachte. Ich bin eine Hülle, die äußere Form eines Wesens. Ich bin es und ich bin es nicht, inhaltsleer, eine schlecht gemachte Kopie. Was ist mit mir geschehen? Vor vielen Jahren habe ich einen Film im Kino gesehen, an den ich mich sehr gut erinnere, ich hatte mich so gegruselt und konnte die darauffolgende Nacht nicht schlafen. Es ging um ein Kind, das ohne Seele geboren worden war. Das Kind empfand nichts, kannte keinen Unterschied zwischen Gut und Böse, hatte kein Gewissen. Was ist, wenn ich meine Seele im Wald verloren habe? Wenn es keine Heilung gibt, weil nichts heilen kann, was nicht vorhanden ist? Wie das Kind im Film erwarte ich nichts und fühle nichts.

Doch anders als die seelenlos geborene Kreatur weiß ich es besser, die Erinnerung an ein anderes Leben brennt lichterloh in mir. Ich grabe meine Fingernägel in meinen Arm und begrüße den Schmerz wie einen Freund. In diesem Moment fügen sich alle kleinen Teile meines zersplitterten Ichs zu einem Ganzen, einer homogenen Masse, die Oberfläche stark, glatt und unzerstörbar. Die halbrunden Male auf meinem

Arm verblassen und verschwinden schließlich völlig, nur ich weiß, an welcher Stelle sich die Nägel in die Haut gedrückt haben. Das ist gut so, denn nur für mich spielt es eine Rolle, die Male gehören zu mir. Unsichtbar für andere, von mir zu ertragen. Das ist meine Bürde.

6

Heute wird ein guter Tag. Meine Nacht war ruhig, ich habe geschlafen, aber jetzt bin ich aufgeregt. Genau heute vor acht Wochen habe ich das letzte Mal gearbeitet. Vielleicht ist das ein Zeichen, genau heute wieder mit der Arbeit zu beginnen. Es war nicht einfach, meinen Arzt davon zu überzeugen, dass ich so weit bin. Der Beruf als Krankenschwester fordert gesunde und seelisch intakte Menschen.

Doktor Marić äußerte sich besorgt, als er von meinem Wunsch erfuhr, wieder arbeiten zu wollen. Frau Rosenthal unterstützt mich hingegen in meinem Verlangen, wieder für andere Menschen da sein zu können. Ich bin mit Leib und Seele meinem Beruf verfallen, kann mir nicht vorstellen, auf einem anderen Gebiet tätig zu sein. Immer wieder denke ich darüber nach, Medizin zu studieren, mir diesen einstigen Berufswunsch zu erfüllen. Paul würde meinen Traum begeistert unterstützen, wir haben darüber gesprochen und sind auf mein Einkommen nicht angewiesen. Doch es ist nicht der richtige Zeitpunkt.

Jetzt möchte ich mir mein Davor-Leben Stück für Stück

zurückerobern. Ich sehe auf die Uhr. Es ist 8.30 Uhr, mein Arbeitstag beginnt um 9.00 Uhr und endet um 13.00 Uhr. Vorerst für die kommenden vier Wochen als Eingewöhnungs- oder Wiedereingliederungsphase. Egal, wie man es nennt, ich stehe unter Beobachtung, an meine geliebten Nachtschichten ist nicht zu denken.

Noch zehn Minuten, dann fahre ich mit meinem Auto zur Arbeit. Zum wiederholten Male begebe ich mich ins Badezimmer und begutachte mein Gesicht im Spiegel. Zuerst sehe ich mir meine schöne Seite an. Meine Haare sind einige Zentimeter gewachsen, die Frisur gefällt mir gut. Sie gibt meinem Gesicht etwas Verwegenes, so sieht eine Abenteurerin aus, die sich auf den Weg macht, fremde Länder und ihre Geheimnisse zu entdecken. Dann drehe ich meinen Kopf zur anderen, schlechten Seite. So sieht eine Frau aus, die ... ja, was?

»Verzeihen Sie sich! Das ist Ihre Aufgabe. Es ist nicht Ihre Schuld.«

Die Stimme meiner Therapeutin hallt in meinen Ohren. Ich mustere die wulstigen roten Linien auf meiner Wange. Was gibt es da zu verzeihen? 8.40 Uhr, mahnt mich der Blick auf die Uhr. Zeit, aufzubrechen. Zeit, sich dem Alltag zu stellen. Ich greife in der Diele nach meiner Jacke und stelle überrascht fest, dass ich mich länger schon nicht mehr so gut gefühlt habe. Ich freue mich auf meine Kollegen und auf die Patienten. Paul war besorgt, er würde mich am liebsten weitere Wochen untätig in der Wohnung sehen.

»Melde dich sofort, wenn du wieder zu Hause bist. Falls du das Gefühl hast, dass es doch noch zu früh für dich ist, ich habe heute keine Termine, kann dich also sofort abholen.« Natürlich hat er keine Termine, meinetwegen. Er beschützt mich und ich kämpfe dagegen.

. . .

Kurz vor 9.00 Uhr stehe ich in Arbeitskleidung im Stationszimmer des Krankenhauses und werde von meinen Arbeitskollegen begrüßt. Ich lache und freue mich. Einige Kollegen haben ihren freien Tag dazu genutzt, leckere Köstlichkeiten zu zaubern. Es duftet nach Kaffee, selbstgebackenem Kuchen. Ich werde zum Drücken weitergereicht. Die Berührungen stören mich nicht, Natascha, eine liebe Kollegin, begutachtet mich und stellt fest, dass meine Narbe gut abheilt. Es gibt keinen peinlichen Moment, keine verstohlenen Blicke, und werde ich gefragt, wie es mir geht, kann ich ehrlich darauf antworten.

»Ich bin so froh, wieder hier zu sein.«

An einem Ort, wo ich keine Rolle spiele, wo meine Narben winzig sind gegenüber der Realität des Krankenhauses. Ich sitze am Tisch, beobachte die Gesichter der Menschen, die ich schon jahrelang kenne, lausche ihren Gesprächen, die so wunderbar alltäglich sind. Der Ton ist derb, doch herzlich, es wird gelacht und niemand erwartet etwas von mir. Meine Kollegin und Stationsleiterin Natascha hievt die Akten der Patienten auf ihre Knie und bespricht mit mir und meinen Kollegen der Tagesschicht die einzelnen Fälle. Heute bin ich ein Mitläufer, ein Zuschauer. Natascha hat sich in diesem Punkt klar ausgedrückt: Wenn ich merke, dass es mir nicht gut geht, kann ich mir eine Auszeit nehmen, so lange ich möchte.

»Du hast hier immer dein Bestes gegeben, hast Dienste getauscht, bist für uns eingesprungen, wenn wir dich brauchten«, sagt Natascha abschließend. »Jetzt möchten wir für dich da sein. Okay?«

Mit einem Mal starren mich alle Anwesenden an, die Stimmung wird ernst.

»Danke. Ich fühle mich gut und ich will das unbedingt wieder hinkriegen. Macht euch keine Sorgen.«

Natascha sieht zur Uhr, nickt und steht auf. Mein Herz klopft, so muss sich ein Jockey fühlen, wenn der Countdown beginnt und das Rennen startet.

Es gibt keinen Patienten, den ich noch kenne. Acht Wochen Abwesenheit und ich beginne von Neuem.

Brav gehe ich mit Beate in jedes Zimmer und stelle mich vor. Jeder gafft in mein Gesicht, ich bin eine kleine Sensation, das Narbengesicht. Die Situation ist mir unangenehmer, als ich dachte. Die Stunden ziehen sich, aus meinem gewinnenden Lächeln ist längst eine Grimasse geworden. Ich bin angespannt wie ein Bogen und verrichte meine Arbeit schweigend, in mich gekehrt.

»Alles okay, Katharina? Brauchst du eine Pause?«

»Nein, nein. Alles gut.«

Ich brauche eine Pause. Dringend! Es ist nur noch ein Zimmer, dann habe ich den ersten Tag hinter mich gebracht, diesen unsäglichen Spießrutenlauf. Ich betrete hinter Beate den Raum, der nur von einem Patienten belegt ist. Ein Mann, der zusammengekrümmt im Bett liegt. Er ist fünfundvierzig Jahre alt und wurde mit akuten Gallenschmerzen eingeliefert. Ich kenne diese Art Patient, sobald ein weißer Kittel in die Nähe kommt, verschlechtert sich der Gesundheitszustand magisch. Dahinter steckt Unsicherheit und Angst. Nöte, die ich gut verstehen kann, normalerweise, aber nicht heute. Ich verdrehe die Augen.

»Beate, ich hätte jetzt doch gern ...«

Meine Kollegin hört mich nicht, denn sie ist schon an der Seite des jammernden Mannes und spricht beruhigend auf ihn ein. Sie winkt mich zu sich. Zögernd trete ich an ihre Seite, habe ein seltsames Gefühl. Der Mann ist groß und korpulent, seine hellen Haare sind an seine nasse Stirn geklatscht wie klebrige Spaghetti. Mein Magen rebelliert. *Zu viel gegessen,* fährt es mir durch den Kopf. Das Jammern verstummt, stattdessen fragt er keuchend und deutet dabei auf mich: »Was ist das? Sie sieht aus, als wäre sie in eine Häckselmaschine geraten!«

Abwehrend streckt er die Hände aus, als wäre ich der Todesengel und hätte vor, ihn zu küssen.

Für einen Augenblick fühle ich nichts und ich will schon erleichtert aufatmen, doch dann reißt die Mauer meines sorgfältig gebauten Staudammes ein und ich glaube, in meiner Wut zu ertrinken.

Einatmen! Der Sauerstoff scheint den Weg in meine Lungen nicht zu finden, ich ringe nach Luft und mit dem Brennen in meiner Kehle fühle ich den Kapuzenmann auf mir, die Schwere seines Körpers, meine Unfähigkeit, Luft zu holen. Angst greift nach mir, ein letzter Rest Vernunft mahnt mich, stark zu bleiben, die Panikattacke zu unterdrücken, gleichzeitig gebe ich auf und trudle in die Tiefe.

Beate bewegt sich in Zeitlupe auf mich zu, sagt etwas, was ich nicht verstehe, schließlich packt sie mich an den Schultern, schüttelt mich, etwas löst sich in mir, endlich strömt Luft in meine Lungen, füllt mich mit Leben. Beate redet immer noch auf mich ein, sie öffnet und schließt den Mund wie Fisch auf dem Trockenen. Was will sie von mir?

Ich befinde mich in einer Blase, um mich herum bewegt sich die Welt wie eine Choreografie für ein Ballett unter Wasser. Ich gehe aus dem Raum, Kollegen weichen mir aus, als hätte ich eine ansteckende Krankheit. Irgendwann stehe ich auf der Straße und lasse das Krankenhaus hinter mir. Der Autoschlüssel ist in meiner Hosentasche, meine Jacke und Tasche habe ich im Gebäude gelassen. Ich weiß, wohin ich fahren möchte. Dort, wo alles endete und alles begann.

7

Ohne jegliches Zeitgefühl sitze ich in meinem Auto und starre auf die Bäume um mich herum. Auf eine falsche Weise fühle ich mich in dieser Blase geborgen. Sie ist noch da und hat mich hierhergeführt. Der Stadtwald, Ort der Geburt und des Todes. Davor und Danach. Die Wolken sind grau, malen kalte Fratzen in den Himmel, die warnend auf mich starren. Fröstelnd steige ich aus dem Auto und bleibe auf dem Parkplatz stehen. Meine Knie zittern, der kalte Aprilwind drängt sich unter mein Shirt, meine Füße setzen sich in Bewegung, steif ziehe ich abwechselnd die Beine nach oben, will nicht über die Wurzeln der alten Bäume fallen. Die tiefhängenden Äste weisen mir die Richtung. Es sind keine Überlegungen nötig, ich gehe den Weg entlang, bin ganz bei mir. Als ich an der Stelle ankomme, an der Kapuzenmann stand und auf mich wartete, glaube ich, seinen Schatten hinter den schweigenden Bäumen verschwinden zu sehen. Hier hat er nach mir gegriffen, ich bin entkommen und glaubte mich schon in Sicherheit. Wenn ich weitergelaufen, nicht stehengeblieben wäre, dann ...

Meine rechte Seite kribbelt, erinnert sich an den Aufprall

des zweiten Mannes und meinen Sturz. Zweifelnd betrachte ich den Weg, kratze mit den Schuhspitzen Steinchen zur Seite. Nirgendwo sind Spuren zu entdecken, nichts ist übrig. Sonnenstrahlen kämpfen sich durch die Wolken, fallen wie zufällig durch die noch kahlen Zweige. Es beginnt zu regnen, ich stehe mitten in der glitzernden Nässe. Könnte ich doch ebenso wie die Regentropfen verschwinden, einfach in der Erde versickern.

Ich lag auf dem Boden, Kapuzenmann und der andere packten mich an den Füßen und schleiften mich zu ihrem Auto. Im Wald, dort stand das Fahrzeug perfekt getarnt.

Der Regen wird stärker, ich bin bis auf die Haut nass, die Kleidung klebt an meinem Körper, ich weiß, dass ich friere, doch ich empfinde nichts. Die Vergangenheit hat die Regie übernommen, dominiert die Gegenwart, gaukelt mir Bilder vor, die ich vergessen möchte. Wie ein Stein falle ich auf den schlammigen Boden, ziehe mich an einem der Baumstämme hoch in eine sitzende Position. Hier ist das Davor für immer verschwunden und das Danach an seine Stelle getreten. Furcht zieht in meine Gedanken. Ich habe Angst, diese Stunden noch einmal durchleben zu müssen, nie wieder aufstehen zu können.

»Katharina!«

Ja, denke ich stumm, *ich bin da, ich bin doch da.*

Dann spüre ich ihn an meiner Seite, blinzle, durch den Regen sehe ich Paul, er kniet im Schlamm, reißt mich an sich, redet auf mich ein, küsst mich wieder und wieder. Da ist keine Blase mehr, die mich vom Leben abschirmt, mir das Leben stiehlt. Ich bin da, friere wie noch nie zuvor.

»Komm, ich helfe dir auf. Lass uns nach Hause fahren!«

»Es tut mir leid.«

»Alles in Ordnung. Ich bin so froh, dass ich dich gefunden habe.«

Zitternd halte ich mich an ihm fest, Paul hebt mich hoch, schließt seine Arme um mich und drückt meinen Körper an sich. Mein Kopf fällt nach hinten, der Regen läuft über mein Gesicht, die Narbe, das N. Ich werde nie wieder in diesen Wald gehen.

8

Für meine Großmutter Margarete war eine Tasse Tee das Heilmittel für alles. Sie zelebrierte die Zubereitung ebenso wie Zutaten und Anlass. Starker schwarzer Tee mit Milch und Honig für alle Arten von Seelenqualen – die erste Liebe, das Ende der ersten Liebe, Streitereien, die ich mehr oder minder heftig mit meiner Mutter austrug, depressive Verstimmungen jeglicher Art, die Liste ließe sich noch lange fortführen.

Je nachdem, wie akut Margarete die Zustände des zu Behandelnden, also von mir, einschätzte, verfeinerte sie diesen Tee manchmal auch mit einem Schluck Schnaps, den sie irgendwo in der Küche versteckte und nur zu diesen besonderen Gelegenheiten hervorzauberte. Ingwer, Zitrone, Kardamom kamen genauso zum Einsatz wie getrocknete Orangenblüten.

»Tee macht glücklich«, waren stets ihre Worte gewesen. Ich sehne mich nach meiner Großmutter und nach meiner Mutter. Für eine Tasse Tee mit getrockneten Orangenblüten und etwas Honig würde ich alles geben.

»Du bist ja wach. Guten Morgen!« Vorsichtig öffnet Paul

die Tür. Er kommt näher, stellt ein Tablett mit Frühstück auf mein Nachtkästchen und deutet mir mit einer Handbewegung an, in die Mitte zu rutschen.

»Willst du kuscheln?«

Ich nicke und lege meinen Kopf an seine Schulter, als er es sich neben mir bequem macht.

»Es tut mir leid.«

Er küsst mich auf den Scheitel. »Du kannst nichts dafür. Wirklich nicht. Ich war zu Tode erschrocken, als mich Natascha anrief. Du bist einfach abgehauen, warum?« Paul versucht, ohne Emotionen zu sprechen, um mich nicht zu erschrecken, doch sein Herz rast und verrät seine Angst.

»Woher wusstest du, wo ich bin?«

»Wo solltest du sonst sein? Kannst du dich an etwas erinnern?«

»Ja, eigentlich an alles. Nur so verschwommen, als wäre ich nicht persönlich betroffen, sondern jemand hätte mir davon erzählt. Es gibt keine Spuren, Paul.«

»Doch, die Polizei hat Spuren gefunden, Reifenabdrücke, Blut ... Verdammt, das wollte ich nicht sagen.«

»Mein Blut, klar. Da war bestimmt viel davon. Jetzt ist dort nichts mehr, wie eine geputzte Bühne, nichts erinnert an die Schauspieler bis zur nächsten Vorstellung.«

»Ich möchte nicht, dass du in nächster Zeit arbeitest. Du bist noch nicht so weit, du brauchst Ruhe, viel Ruhe.«

»Wir werden sehen.« Ich bin zu müde, um mit ihm darüber zu streiten. Wahrscheinlich werde ich sowieso krankgeschrieben und darf vorerst nicht im Krankenhaus erscheinen. »Vielleicht sollte ich es noch einmal versuchen.«

»Das kannst du nicht entscheiden. Nicht nach dem, was gestern passiert ist. Du saßt da, angelehnt an diesen Baumstamm, deine Beine komplett im Wasser und hast dich nicht bewegt. Es war kalt, du konntest nicht aufstehen. Ich musste dich zum Auto tragen und wusste nicht, ob du verletzt bist, du hast so gezittert, warst völlig unterkühlt. Ich war drauf und dran, dich ins Krankenhaus zu bringen. Zu Hause habe ich dir eine Wärmflasche gemacht und dich in Decken eingewickelt. Ich dachte, ich verliere dich wieder.«

»Gut, dass du es nicht gemacht hast.«

»Was denn?«

»Mich ins Krankenhaus zu bringen. Ich bin so müde.«

»Schlaf noch. Du kannst später Kaffee trinken.«

»Tee, bitte! Mit Orangenblüten. Margaretes Tee.«

Zwei Stunden später sitze ich Paul in der Küche gegenüber und sehe ihm beim Essen zu. Wie so oft in den letzten Wochen habe ich keinen Appetit. Ein Zustand, den ich früher an mir nicht feststellen konnte.

»Ich wusste gar nicht, dass man Orangenblüten in den Tee gibt.«

»Hm«, erwidere ich abwesend, »kann man schon. Ich hätte jetzt Lust darauf. Was ist das für ein Brief?« Mit dem Finger deute ich auf den Stapel Post auf dem Küchentresen.

»Das habe ich ganz vergessen, der kam gestern für dich an. Sieht offiziell aus.« Paul reicht mir das Kuvert. Er hat recht, sieht amtlich aus und ... der Brief kommt aus Spanien.

»Javier González y Abogados SLP, Plaza Isabel la Católica, 18009 Granada«, lese ich laut vor. »Wow! Abogados, das sind Rechtsanwälte«, erkläre ich und öffne den Brief.

Ich spreche ein gutes Spanisch – Margarete sei Dank. Verwirrt entnehme ich dem Umschlag einige Blätter, lehne mich zurück und beginne zu lesen. Der Inhalt ist ungeheuerlich, mein Herz klopft und ich lese die erste Seite noch einmal, sicher ist sicher.

»Ich habe ein Gut geerbt oder eine Finca, wie es in Spanien heißt. In Granada.«

Andalusien, Granada. Der Ort, an dem meine Mutter und Margarete verunglückten. Hängt das irgendwie zusammen? Warum ein Landgut?

»Señor José García Pérez«, lese ich weiter.

»Kennst du den Mann? Wer ist das? Kann ich mal sehen?«

Ungeduldig reiche ich ihm das Schreiben, Paul kann weder Spanisch lesen noch sprechen oder schreiben. Er gibt es mir zurück, nachdem er den Absender studiert hat. »Das ist ja unglaublich. Steht da mehr? Wie groß das Gut ist oder was alles dazugehört? Wir könnten das Geld schon brauchen. Vielleicht sollten wir uns einen Anwalt nehmen«, überlegt er laut.

»Wahrscheinlich sollte ich hinfliegen und mit dem Anwalt sprechen«, sage ich lahm. Die Vorstellung erschreckt und überfordert mich.

»Nein, das ist keine gute Idee. Du brauchst Ruhe. So eine Reise würde dich nur unnötig aufregen. Ich werde fahren.«

»Du sprichst kein Spanisch.«

»Ich nehme mir einen Dolmetscher. Vorher sehe ich mir das Gebäude an. Ich bin Architekt und kann einschätzen, was es wert ist. Wahnsinn, wirklich!«

Paul strahlt. Er sieht das Geld, die Erweiterung seines Büros, die Wohnung neben unserer, die zum Verkauf steht. Wenn es ihn glücklich macht. Mein Verhältnis zu Spanien ist nicht das Beste, das Land hat mir meine Familie genommen. Señor Pérez kann mir also gestohlen bleiben.

»Okay, dann fahr du, und wenn du zurück bist, sprechen wir über alles.«

»Das hört sich nach einem guten Plan an. Ich werde etwas Recherche betreiben und meine Termine durchgehen. Ich würde das gern zeitnah erledigen, ist das auch in deinem Sinne?«

»Ja, klar. Wenn du meinst.«

Paul ist aufgestanden, kommt an meine Seite und küsst mich auf die Stirn. Ich fühle mich wie eine Frau, die beschützt werden muss.

»Kann ich noch etwas für dich tun?«

»Nein, alles gut. Fährst du doch ins Büro?«

»Ich ziehe mich für eine Weile ins Arbeitszimmer zurück, okay? Wenn du mich brauchst, bin ich da.«

»Gut.«

Nachdem Paul die Küche verlassen hat, nehme ich mir ein Schälchen mit Obstsalat und lese den Brief noch einmal von vorn. Das Anschreiben ist klar, die nächsten zwei Seiten sind organisatorische Dinge, Informationen darüber, welche Dokumente ich mitbringen muss. Dann kommt eine weitere Seite, die ich übersehen hatte. Ich bin hellwach, als ich die ersten Sätze lese. Mein Spanisch ist eingerostet, eventuell verstehe ich etwas falsch, deshalb lese ich ein zweites Mal. Nein, ich habe mich nicht getäuscht. Mein Abenteuergeist züngelt wie eine kleine Flamme, die zunehmend an Kraft gewinnt.

Señor Pérez möchte eine Geschichte erzählen, ich erfahre nicht einfach so, wer er ist und in welcher Beziehung ich zu ihm stehe. Ein Märchen, eine komplette Story muss erzählt werden. Er kann es nicht mehr tun, sein Anwalt hat diese Zeilen geschrieben, er wurde von Señor Pérez dazu beauftragt. Ich soll nicht einfach nur nach Granada kommen, ich soll durch das Land reisen, werde an Orte geschickt, die an Magie und Schönheit kaum zu übertreffen sind, und ich soll Menschen treffen, die das Geheimnis Stück für Stück lüften werden.

Das ist unglaublich! Was steckt dahinter? Weshalb dieses

Geheimnis? Auf dem nächsten Blatt stehen einige Städte und eine Adresse:

Burgos
Señora Alba Garcia Lopez
Casa Alba
Calle Paloma, 09003 Burgos, Spanien

Salamanca

Granada

Javier González y Abogados SLP, Plaza Isabel la Católica, 18009 Granada

Seltsam. Burgos, Salamanca und Granada. Von allen Städten habe ich bereits gehört. Burgos liegt auf dem berühmten Jakobsweg, einer Pilgerstrecke, die in Frankreich beginnt und achthundert Kilometer später in Santiago de Compostella endet. Über Salamanca weiß ich nicht viel, Granada liegt in Andalusien, dem südlichen Spanien. Was habe ich mit all dem zu tun? Oder meine Mutter? Oder Margarete?

Zwei Adressen stehen auf dem Blatt, Burgos wäre meine erste Anlaufstelle. Señora Alba Garcia Lopez, diese spanischen Namen klingen so geheimnisvoll. Dort würde ich die Kontaktdaten der Person in Salamanca erhalten. Die letzte Anschrift ist die der Rechtsanwaltskanzlei.

Grübelnd gehe ich ins Bad und lasse heißes Wasser in die Wanne laufen. Der gestrige Tag verschwimmt in meiner Erinnerung zu einem unwichtigen Gefühlschaos. Ich kann mir nicht vorstellen, dass sich die Panikattacke wiederholen wird.

Das Wasser dampft, ich gleite in die Wanne, meine Muskeln entspannen sich und mir wird endlich warm.

Vor meinem geistigen Auge sehe ich mich, einen Rucksack tragend und einen Stadtplan in der Hand, durch Burgos schlendern. Die Vorstellung gefällt mir, dann schleicht sich die Angst an mich heran. Ich fröstle. Warum sollte ich das tun? Im Hier und Jetzt fühle ich mich sicher und geborgen. Im Was-wäre-wenn-Spiel bin ich der Verlierer. Was wäre passiert, wenn mich Paul nicht gefunden hätte, was würde passieren, wenn mich im Ausland eine Panikattacke überfällt? Das Wasser wird kühler, ich steige aus der Wanne, wickle mich in meinen flauschigen Bademantel und ziehe mich mit einem Atlas in mein Bett zurück. Die Städte sind leicht zu finden und ich verbinde sie zu einer Route, die vom Norden, Burgos, über die Mitte, Salamanca, weiter in den Süden Spaniens führt. Ich finde Granada und tippe mit meinem Finger schließlich auf Otura, wo die Finca ist, die ich geerbt haben soll. Die letzten beiden Städte gehören zu Andalusien und ich kann mich vage an die Begeisterung meiner Großmutter erinnern, als sie mir die Farben der Olivenbäume und den Geschmack des gepressten Öls beschrieb. Mein Herz wird schwer, wenn ich an sie denke. Der Atlas fällt zu Boden, als ich mich in meine Decke kuschle.

»Ich würde so gern wieder die Orangenblüten riechen und auch bei Regen die Sonne auf den Armen spüren«.

Das war einer der Lieblingssätze meiner Großmutter, wenn sie mir die Blechdose mit den getrockneten Orangenblüten unter die Nase hielt, die so wunderbar dufteten.

»In jeder getrockneten Orangenblüte hat sich ein klitzekleiner Sonnenstrahl versteckt. Die Blüte hat ihn gestohlen, als sie gepflückt wurde, und wenn du daran schnupperst, lässt sie den Sonnenstahl wieder gehen.«

Langsam atme ich durch die Nase ein und beschwöre den

bittersüßen Duft aus meiner Kindheit herauf. Leise klopft es an der Tür, Paul betritt das Zimmer, lächelt mich an und kommt auf meine Seite des Bettes.

»Na, hast du Hunger? Es ist schon 17.00 Uhr. Mir knurrt der Magen.«

»Der Kühlschrank ist leer, ich wollte das eigentlich gestern nach der Arbeit erledigen.«

»Entspann dich, ich muss sowieso kurz weg. Du kannst dir ja etwas anziehen und dann kümmere ich mich um das Essen, gut?«

»Gut.« Erleichtert nicke ich. »Dann stehe ich jetzt auf.« Übertrieben theatralisch lasse ich mich zurück auf das Kissen fallen. »Es ist so schön hier, ich wollte, ich müsste nie mehr aus diesem Zimmer heraus.«

Paul beugt sich zu mir herunter und haucht einen Kuss auf meine Wange, sein Gesicht ist frisch rasiert und riecht angenehm nach dem Aftershave, das ich ihm gekauft habe. Einem Impuls folgend, schlinge ich meine Arme um ihn: »Danke, Paul. Für einfach alles.«

»Das ist schön, du hast mich so lange nicht mehr umarmt. Ich muss los, bin in spätestens einer Stunde wieder da. Deckst du schon mal den Tisch?«

»Wenn ich Lust habe.«

Paul verdreht die Augen und ich strecke ihm die Zunge heraus. Es ist fast so wie früher, aber eben nur fast.

Melancholisch sehe ich mich in der Wohnung um und wünsche mir die Vergangenheit zurück. Wie einfach mein Leben gewesen war, wie perfekt. Lustlos decke ich den Tisch, und als ich fertig bin, öffne ich den kaltgestellten Weißwein aus dem Kühlschrank. Bevor ich mir ein Glas einschenken kann, steht Paul mit Papiertüten bepackt im Wohnzimmer. Ich schnuppere, es duftet nach leckerem Essen und mein Magen knurrt begeistert.

»Wenn du nicht ins *Schweizer's* gehen möchtest, kommt das *Schweizer's* zu dir; zumindest in kulinarischem Sinne.« Er steht vor mir, hebt die Tüten hoch und grinst mich schief an.

»Das ist so lieb von dir. Was hast du mitgebracht? Vielleicht Ceasar Salad mit Scampi?«

»Selbstverständlich! Aber da ist noch mehr.«

Mein Mann hat mir kleine Portionen meiner Lieblingsspeisen einpacken lassen und stellt die Schälchen auf den Tisch. Avocados, Tagliatelle mit Lachs, Salat und ein Stück Schokoladenkuchen. Paul zieht den Stuhl zurück, bedeutet mir, mich hinzusetzen und schenkt uns den Wein ein. Als er mir gegenüber Platz genommen hat, hebt er das Glas: »Auf uns, Katharina! Auf uns und unser Leben! Du siehst vor dir einen glücklichen Mann, denn ich habe dich nicht verloren.«

Er prostet mir zu und wir trinken. Der Wein schmeckt und ich trinke zu schnell viel zu viel. Paul erzählt von seiner Arbeit, lustige Geschichten, ich kichere wie ein Teenager, der Alkohol hat meinen Kopf leergeblasen. Ich genieße es. Hier und jetzt, für den Augenblick.

»Hm, das schmeckt lecker. Ich habe ganz vergessen, wie gut das ist. Danke, Paul.«

»Für dich wirklich alles und nur das Beste.« Er nimmt meine Hand und sieht mir tief in die Augen. Durch mein vernebeltes Gehirn dringt eine mahnende Stimme, eine Alarmglocke, nur gedämpft.

Willst du das?

Ich erwidere seinen dunklen Blick, lasse mich vom Stuhl ziehen und in den Arm nehmen. Er umfasst mich vorsichtig, beide warten wir ab, was passiert. Als Kind habe ich einmal einen Vogel gefunden, er lag völlig ruhig auf dem Boden, das Bein in einer Drahtschlinge verfangen. Ich befreite ihn, stülpte meine Hände wie eine Höhle über seinen winzigen Körper, um ihm Sicherheit zu geben. Das kleine Herz pochte und er flatterte in Todesangst mit seinen Flügeln. Paul hält mein Gesicht auf ganz ähnliche Weise in seinen Händen, küsst mich erst zärtlich, dann drängender, leidenschaftlicher. Ein Teil von mir schaltet ab, verkriecht sich, der andere Teil möchte nicht nein sagen, will angefasst, geliebt, in Besitz genommen werden. Alte Spuren sollen von neuen Spuren überdeckt, eliminiert werden. Vielleicht kann ich dann genesen, nicht vergessen, nicht verstehen, doch mit meinem Hass leben.

Paul küsst meinen Hals, legt seine Hand um meinen Nacken, atmet mich ein, zieht mich an sich. Jedwede Vorsicht hat er abgelegt, seine Augen sind geschlossen, seine Stirn ist gekräuselt. Zwischen unseren Körpern ist kein Abstand mehr. Pauls Griff ist fest, er lässt nicht los. Mein Herz rast wie eine Schneelawine durch meinen Brustkorb, ich stemme meine Hände gegen ihn. Er macht mir Angst.

»Ich liebe dich. Vertrau mir und lass dich fallen!«

Fallen, denke ich panisch und atme tief ein. Ich habe die Luft angehalten und es nicht gemerkt. Paul nimmt mich an der Hand und geht zum Schlafzimmer. Meine Füße stolpern hinter ihm her, mein Herz bleibt zurück und meine Angst rennt voran.

»Schließ die Augen!«

Seine Finger öffnen geschickt die Knöpfe meiner Strickjacke, darunter bin ich nackt. Ich fröstle, als er meine Haut berührt, sanft, zart wie der Flügelschlag eines Schmetterlings. Wie schnell kann ein Herz schlagen, bis es explodiert? Meine Jacke gleitet zu Boden. Ich bin nackt und damit fällt der letzte Schutz in sich zusammen wie eine baufällige Steinmauer.

»Ich bin noch nicht so weit.«

Meine Hände drücken wieder an seine Brust, meine Stimme ist tonlos, verschwunden wie ich. Paul sieht mich an, seine Finger wischen die Tränen von meinen Wangen.

»Du weinst? Was ist los?«

Er tritt einen Schritt zurück, kommt dann wieder näher. Meine Hände heben sich unbewusst zu einer abwehrenden Geste. *Komm nicht näher!*

»Was ist los? Ich verstehe dich nicht.«

Er bückt sich nach meiner Jacke und hält sie mir hin. Ich ziehe sie an und augenblicklich fühle ich mich besser.

»Ich kann nicht. Ich kann es einfach nicht.«

»Du ekelst dich vor mir?«

»Das habe ich nicht gesagt. Ich liebe dich.«

»Ich hatte das Gefühl, du wolltest es genauso wie ich.«

»Ich dachte, ich will es, aber ... ich habe mich gezwungen.«

»Gezwungen? Mein Gott, Katharina!«

Als hätte mein letzter Satz ihn seiner Kräfte beraubt, setzt er sich aufs Bett und vergräbt seinen Kopf in den Händen.

»Versteh doch, ich dachte, das macht es besser und ich könnte vergessen.«

»Ich begehre dich, Katharina. Du bist meine Frau. Ich möchte, dass du Sex mit mir willst, weil du mich begehrst, nicht weil ich das Mittel zum Zweck bin.«

»Ja«, sage ich tonlos. Schlechtes Gewissen überflutet mich, ich fühle mich mies. Wenn ich mich mehr anstrenge, dann ...

»Ich will dich zurück. Ich will unser Leben zurück.«

»Das möchte ich doch auch. Ich bin nur noch nicht so weit.«

Schweigen breitet sich zwischen uns aus, ich muss etwas sagen. Nur was? Paul möchte seine Frau zurück, ich kann ihm das Davor nicht bieten, es gibt nur das Danach.

»Ich gehe spazieren, ich muss raus.«

Er stürmt an mir vorbei und vermeidet es, mich zu berühren. Ich bleibe stehen, ziehe die Strickjacke um meinen Körper und spüre dem flauen Gefühl nach, das sich in mir ausbreitet. *Habe ich ihn verloren?*

Ich trete zum Fenster und schaue hinaus. Die Stadt zeigt mir meine Einsamkeit. Menschen stehen vor den Kneipen, rauchen und trinken, lachen und genießen scheinbar unbeschwert den Abend. Wie viele von ihnen tragen Masken, verstecken ihre Emotionen hinter einem Lachen? Vor einigen Monaten stand ich auch dort unten, genoss die Abende mit meinen Freundinnen, lachte, flirtete und verschwendete keinen Gedanken daran, dass sich in meinem Leben jemals etwas ändern könnte. Am liebsten würde ich das Fenster öffnen und hinausrufen: *Seid gewarnt, gewöhnt euch nicht zu sehr an das Glücklichsein!*

Ich berühre mein Gesicht. Es ist eine Zeitreise, links unversehrt, ohne Makel, die rechte Seite ist verwüstet, das Mal spaltet meine Züge, eine Andersartigkeit, eine monströse Veränderung und ein Widerhall meines Empfindens.

Wohin gehöre ich? In das Davor oder in das Danach?

Gedämpfte Geräusche dringen von der Straße herauf, sehnsüchtig presse ich mein heißes Gesicht gegen das kühle Glas, dann öffne ich das Fenster und beuge mich in die Nacht hinaus, die mich mit Dunkelheit und Vergessen lockt. Müdigkeit zerrt an mir. Wenn ich doch nur schlafen könnte, ewig, ohne Angst. Könnte ich nur dahin gehen, wo keine Erinnerungen existieren, weil sie unwichtig sind, Träume einer sanften Schwärze weichen, wo nur Stille gegenwärtig ist. Die Fensterbank ist breit, komfortabel genug, um eingewickelt in eine Decke und mit einer Tasse Tee in der Hand ein Buch zu lesen. Nicht heute. Trotz der Kälte und des offenen Fensters ziehe ich mich auf den Sims, atme die Gerüche und Geräusche des Frankfurter Abends ein. Ich könnte mich einfach fallenlassen, so tun, als wäre es keine Absicht, das Sterben nur ein Versehen, ein bedauerlicher Unfall. Ich rutsche näher zur Dunkelheit, vielleicht rutscht die Dunkelheit auch näher zu mir. Ich starre die vier Stockwerke in die Tiefe und denke an einen Spruch von Nietzsche: *Wenn du lange in den Abgrund blickst, blickt der Abgrund auch in dich hinein.*

Zur Probe strecke ich eines meiner angewinkelten Beine ins Freie. Mein Leben, meine Entscheidung. Dass das keine Selbstverständlichkeit ist, habe ich während meiner Arbeit als Krankenschwester immer wieder erleben müssen. Mein zweites Bein verlässt die sichere Fensterbank, ich drehe dem Zimmer den Rücken zu. Die Stadt leuchtet und glitzert, die Luft riecht nach nassem Asphalt, Zigarettenrauch und Abschied. Langsam rutsche ich nach vorn, der Fensterrahmen drückt in meine Oberschenkel. Noch einige Zentimeter weiter und ich bin über den Punkt hinaus, an dem eine Rückkehr möglich ist. Ich werde fallen und Paul wird sich den Rest seines Lebens vorwerfen, an meinem Tod schuld zu sein, und daran zerbrechen.

Momente später stehe ich hinter dem geschlossenen Fenster und balle meine zitternden Hände zu Fäusten. Es ist genug, endgültig genug! In diesem Augenblick höre ich das Lachen Margaretes und drehe mich erschrocken um. Der Ton klingt in mir nach und ihr Satz: *»Der Duft von Orangenblüten, danach werde ich mich immer sehnen.«*

Dann erkenne ich die Lösung, den Ausweg in seiner ganzen Klarheit. Es ist so simpel. Ich werde nach Burgos reisen, anschließend nach Salamanca und Granada. Mein Herz klopft aufgeregt, seit langem fühle ich mich wieder stark.

Ungeduldig warte ich im Wohnzimmer, bis Paul zurück ist. Mir ist angst und bange. Wie wird er auf meine Entscheidung reagieren?

Endlich ist er wieder da, schwankt auf mich zu. War er in der Kneipe? Voller Mitgefühl schaue ich in sein blasses unglückliches Gesicht, als er in einen der Sessel fällt.

»Paul, ich werde allein nach Spanien reisen.«

»So etwas habe ich mir schon gedacht. Eine deiner Kurzschlusshandlungen.«

»Nein, kein Kurzschluss.« Es ist mir wichtig, dass er versteht, weshalb ich das tun will, tun muss. »Ich gehe diesen Weg, weil ich die Chance habe, Geheimnisse zu ergründen. Nach Mutters und Margaretes Tod habe ich geglaubt, dass ich mich damit abfinden muss, nie zu erfahren, was in der Vergangenheit geschehen ist.«

»Was spielt das für eine Rolle? Das wirst du nicht schaffen.«

»Es spielt für mich eine Rolle. Spanien hat etwas mit meiner Familie zu tun, da bin ich mir sicher. Weshalb hat mich meine Großmutter Spanisch gelehrt? Weshalb der Urlaub vor achtzehn Jahren?«

»Geh nicht, bleib! Deine Energie solltest du in unsere Ehe investieren.«

Seine Worte treffen mich hart, obwohl ich weiß, dass er es nicht so meint. Er fühlt sich im Stich gelassen – nach allem, was er für mich getan hat. Er hat recht und ich weiß das. Vielleicht gehe ich ein Risiko ein, aber ich muss es tun.

»Bitte, Paul!«, flehe ich ihn an, mich zu verstehen, mich gehen zu lassen. »Meine Entscheidung ist gefallen. Kannst du mich nicht unterstützen?«

»Wenn du dich dieser Gefahr aussetzt, bist du auf dich allein gestellt. Es tut mir leid, ich kann nicht mehr.«

Was soll ich darauf antworten? Stumm sitze ich ihm gegenüber und starre in seine traurigen Augen.

»Ich dachte, ich hätte dich verloren. Die Nachricht, dass du einen Unfall hattest und im Krankenhaus liegst ...« Er springt auf und läuft vor mir auf und ab. »Ich dachte, du wärst tot. Verstehst du? Dieses Gefühl war schrecklicher als alles. Wenn du also nach Spanien reist, dann ohne mich und auf deine Verantwortung. Ich bin raus.«

Ohne ein weiteres Wort geht er ins Schlafzimmer und schließt die Tür lauter als nötig. Ich blicke ihm lange nach, durchforste meine Gedanken. Es schmerzt mich, dass ich ihn verletze, aber mein Entschluss steht fest.

Seufzend öffne ich mein Notebook und suche einen Flug von Frankfurt nach Burgos. Mit klopfendem Herzen buche ich für den übernächsten Tag. Ich bin über meinen Mut erstaunt, schreibe euphorisch eine E-Mail an meine Therapeutin und an den spanischen Anwalt José García Pérez in Granada.

Den Rest der Nacht verbringe ich neben Paul im Bett, so weit entfernt, als liege ein Ozean zwischen uns.

VERGANGENHEIT

9

Überwältigend, großartig, furchteinflößend sind die Worte, die mir zu diesem Anblick einfallen. Vor mir ragt die Kathedrale von Burgos auf. Mit der Hand schirme ich die Sonnenstrahlen ab und lege den Kopf nach hinten, um das monumentale Bauwerk in seiner Gänze aufnehmen zu können. Der Blick vom Plaza San Fernando auf die Kathedrale ist dramatisch schön, Spaniens Vergangenheit und die unterschiedlichen Epochen von Gotik bis zum Klassizismus erzählen eine atemberaubende Geschichte.

Der majestätische Dom zieht meinen Blick magisch an, Paul wäre hingerissen. Plötzlich atemlos denke ich an den Grund, weshalb ich hier bin. *Alba Garcia Lopez, heute lerne ich dich kennen. Was wirst du mir erzählen?*

Ich kann mich schlecht auf das imposante Gebäude konzentrieren, irgendwo ganz in der Nähe, in einer der kleinen Gässchen befindet sich ihr Lokal. Aus meiner Handtasche ziehe ich die große Sonnenbrille heraus und verdecke damit weitgehend meine Narbe. Die Sonne wärmt, ich strecke mein Gesicht den Strahlen entgegen, genieße das Prickeln auf meiner winterblassen Haut und schaue zur Kathedrale. Das riesige Bauwerk sieht aus wie eine kleine Stadt mit vielen Türmchen. Die Kathedrale steht auf einem Hügel, was die Türme noch imposanter und höher wirken lässt. Rechts führen Stufen zum linken Turm, *Gotischer Baustil,* denke ich und steige nach oben. Unter dem blauen Himmel scheint die helle Fassade das Sonnenlicht zu absorbieren, die Kathedrale scheint von innen zu leuchten. Als wären sie nicht von dieser Welt, streben die Türme auf der Suche nach dem Göttlichen empor. Für den Moment vergesse ich, weshalb ich hier bin, setze mich auf die oberste Treppenstufe und genieße den Blick über den Platz. Plötzlich bin ich nur ein Tourist. Das Gefühl schlägt mich in seinen Bann und ich ertappe mich dabei, dass ich nach der schlanken Gestalt Pauls Ausschau halte. Doch dann ist es vorbei – so schnell, wie der Wind die Stimmen der Menschen unter mir fortträgt.

Die Zeit bis zu meiner Abreise war für uns beide nicht einfach gewesen. Paul voller Zorn und unversöhnlich, ich hingegen konnte es kaum erwarten, in das Flugzeug zu steigen. Zum Abschied standen wir uns gegenüber, nur einen Schritt entfernt, doch bereits meilenweit voneinander getrennt.

Der Gedanke an Paul macht mich traurig. Ich würde gern seine Stimme hören, ihm erzählen, dass ich hier in Burgos in der Sonne sitze, weil ich Angst davor habe, Alba Garcia Lopez zu treffen. Ich spüre mein Handy in meiner Jackentasche und ziehe es hervor. Keine Nachricht von Paul. *Was soll das eigentlich?,* denke ich und wähle seine Nummer. Es klingelt und ich lege sofort wieder auf. Das ist eine dumme Idee. Was ich sagen will, kann ich auch in einer kurzen Nachricht schreiben. Schnell tippe ich den Satz und drücke auf den Sendeknopf. *Bin gut angekommen.*

Das habe ich erledigt, ein flaues Gefühl bleibt und das schlechte Gewissen. Ein guter Zeitpunkt, um Alba zu besuchen. Ich fahre über meine Haare, da ist kein Zopf. *Im Danach ist nichts mehr wie im Davor.* Mein Satz für alle Gelegenheiten und so richtig.

Motiviert schiebe ich meine Sonnenbrille hinter die Ohren und blättere im Reiseführer. Auf dem Stadtplan finde ich die Adresse von Alba und ihrem Café sofort. Während ich das Buch zurück in meine Tasche packe, sehe ich einem jungen Spanier direkt in die Augen. Verlegen dreht er seinen Kopf zur Seite. Das Blut schießt mir in die Wangen, er hat mich angestarrt, mein entstelltes Gesicht erweckt Neugierde. Ich widerstehe dem Drang, die Brille über meine Augen zu stülpen, springe auf und zwinge mich, die Treppen ruhig nach unten zu gehen. Ich spüre die Blicke der Umstehenden auf mir, die Menschen starren mich an. Aufsteigende Scham spült Angst und Einsamkeit nach oben.

Keine Panikattacke, das darf ich nicht zulassen!

Ich eile über den Plaza San Fernando und biege in die nächste Gasse ein. Längst schützt mich die große dunkle Sonnenbrille wieder und gaukelt jedem fremden Blick Unversehrtheit vor, doch meine Hände sind noch immer schweißnass, mein Herz rast und ich kämpfe mit der Übelkeit. Plötzlich stehe ich direkt vor dem Casa Alba. Wenn ich durch diese Tür gehe, wird nichts mehr so sein wie vorher.

Möchte ich es wissen? Was, wenn mir nicht gefällt, was ich erfahre? Margarete hatte ihre Gründe, weshalb sie diesen Teil ihres Lebens verschwieg. Meine Hand ballt sich zusammen und hängt wie ein Fremdkörper an mir herunter. Umdrehen und zurück zum Flughafen ist eine Option, Paul hat recht, ich bin noch nicht so weit. Das Blut rauscht in meinen Ohren und ich trete einen Schritt nach hinten. *Umkehren,* schreit alles in mir. *Weglaufen!* Die Tür öffnet sich von innen und dann steht sie vor mir. Einfach so. Alba. Es kann nur Alba sein. Sie mustert mich mit dunkelbraunen Augen, dass ich mich ertappt fühle und zu Boden sehe. Weglaufen ist keine Option.

»Katharina? ¡Hola! Endlich.«

Ihre Stimme klingt rau, knistert wie dünnes Papier. Ich fühle mich zu ihr hingezogen, die Angst ist verschwunden, ich begreife den Boden unter meinen Füßen als willkommenen Halt, bin geerdet und erkenne, dass ich der Situation gewachsen bin. Unterschiedlichste Gefühle und Bilder steigen in mir auf. Margaretes Augen, ihre hochgezogenen Brauen, der zärtliche Ausdruck ihres Gesichts, der den harten Zug ihres Kinns weichzeichnet wie ein Pinselstrich Monets.

»¡Hola, Alba! Soy Katharina. ¿Qué tal?«

Meine Zunge stolpert über die einfachen spanischen Wörter, Alba gluckst wie ein kleines Mädchen, ihre weißen Locken hüpfen auf und ab. Ihr Blick streift über mein Gesicht, verweilt einen Augenblick auf meiner Narbe, taucht dann wieder in meine Augen. Es würde mich nicht wundern, wenn sie meine Gedanken lesen kann – so intensiv sieht sie mich an. Ich fühle mich durchschaut, doch sanft, voller Verständnis und Zuneigung. Einen Moment steigt wilde Liebe in mir auf, ist das Sehnen nach meiner Großmutter gestillt, bin ich versöhnt. Es ist ein kostbarer Augenblick, den ich festhalten möchte – egal, was ich dafür tun muss. Ich nehme mich wahr als der Mensch, der ich wieder sein will, nicht nur vorhanden im Danach, nicht ausgelöscht wie die Flamme einer Kerze, über die ein Glas gestülpt wurde, sondern lebendig, hungrig nach dem Leben. Ohne darüber nachzudenken, falle ich in Albas Umarmung und verstecke mein Gesicht an ihrem Hals. Sie streichelt meine kurzen Haare und summt beruhigend. Alba.

»Die beste Freundin meiner Großmutter«, stammle ich in ihr Ohr. Sie drückt mich fester an sich.

»Sí, claro.«

Ich weiß nicht, wie lange sie ihre Arme um mich geschlungen hält, diese zierliche Person hat Kraft, und trotz unseres Größenunterschiedes fühle ich mich geborgen wie schon lange nicht mehr. Sie murmelt Worte in mein Ohr, deren Bedeutung ich nicht verstehe, und wiegt mich wie ein Kind hin und her. Als sie sich von mir löst, umfasst sie mein Gesicht mit ihren winzigen Händen. Alba strahlt eine Lebendigkeit aus, der ich mich nicht entziehen kann. Sie nimmt meine Hand, dreht sich um, stößt mit der Hüfte die Tür nach innen auf.

»Komm! Jetzt ist alles gut«, sagt sie auf Spanisch und ich folge ihr, einfach so, stolpere in eine andere Welt. Der schwere Rucksack auf meinem Rücken passt kaum durch die schmale Tür, den kleinen Tagesrucksack presse ich wie einen Schild an meinen Körper. Bei unserem Eintreten fällt mir die Stille auf. Es sind einige Gäste im Restaurant, allesamt starren sie Alba und mich an. Konditioniert senke ich den Kopf. In solchen Situationen spüre ich meine Narbe wie eine nervende Person.

»Setz dich doch und gib mir diesen Rucksack.«

Alba hievt die schwere Tasche von meinem Rücken. Sie ächzt und murmelt etwas, das ich nicht verstehe. Ich strecke die Hand aus, um ihr zu helfen, doch sie winkt ab und zerrt das Ungetüm in einen angrenzenden Raum, wahrscheinlich die Küche, denn es riecht nach gebratenem Knoblauch und frischen Kräutern. Rosmarin, diesen Geruch erkenne ich überall. Mir läuft das Wasser im Mund zusammen, ich kann mich nicht erinnern, wann ich das letzte Mal solchen Hunger verspürt habe. Aus dem angrenzenden Raum dringen Stimmen, ich erkenne Albas, sie redet in einer irrwitzigen Geschwindigkeit mit jemandem oder – was wahrscheinlicher ist – auf jemanden ein. Zuerst bemühe ich mich, den Zusammenhang zu verstehen, dann gebe ich es auf. Keine Chance. Alba könnte eine ausgestorbene Sprache sprechen, denn bis auf wenige Wörter erkenne ich keinen Sinn.

Langsam kann ich ruhiger atmen und entspanne mich. Die Menschen im Lokal haben ihr Interesse an mir verloren und die Geräuschkulisse nimmt wieder zu. In dieser Anonymität fühle ich mich sicher und sehe mich neugierig um. Das schwarz-weiße Schachbrettmuster der Fliesen harmoniert mit dem dunklen Holz des Mobiliars. Der Raum ist groß und in L-Form geschnitten. Den vorderen Teil dominiert eine geschwungene Theke, das dunkle Holz glänzt im Licht einer Lampe. An der rückseitigen Wand hängen luftgetrocknete Schweineschenkel von der Decke, das ist der berühmte Serrano-Schinken, den Paul so gern isst. Auf Regalen stehen Weinflaschen, Glaskaraffen, Schalen mit Obst und Nüssen, Gewürzen, riesige Gläser mit Oliven, kleine Teller und Besteck. Schon beim Hereinkommen sind mir die hohen Jerez-Fässer als Tischersatz aufgefallen, die Menschen sitzen auf Barhockern darum, essen und trinken.

Die Wände sind ebenso holzvertäfelt wie die Decke, was nicht erdrückend wirkt, denn durch die vielen kleinen Fenster fällt genügend Licht. Dazwischen und an der Innenseite des Raumes hängen Bilder und Fotografien. Ich versuche, etwas von den Motiven zu erkennen, doch ich sitze zu weit davon entfernt.

»Gefällt es dir?«

Alba steht hinter der Theke und schiebt ein Glas Wasser in meine Richtung. »Ja, wirklich sehr gut. Was betreibst du, eine Bar, ein Restaurant, ein Hotel?«

Alba gluckst, schüttelt den Kopf und dreht sich einmal um die eigene Achse, dass ihre weißen Locken nur so hüpfen. »Etwas von allem. Siehst du die Jakobsmuschel?« Sie deutet auch ein Schild an der Wand. Ich nicke, denn ich kenne dieses Symbol, habe darüber in meinem Reiseführer gelesen.

»Das Zeichen für den Jakobsweg, die Pilgerstrecke von Frankreich bis Santiago de Compostella.«

Alba lächelt. »Das hier ist eine Pilgerherberge. Ich gebe den Menschen Platz für eine Übernachtung, Essen, Trinken und schicke sie gestärkt am nächsten Tag auf ihren Weg.«

Sie spricht langsam mit mir und allmählich fühle ich mich in die Sprache ein. Margarete war eine ausgezeichnete Lehrerin und es gab Tage, an denen wir nur Spanisch sprachen und spanisch kochten. Wenn meine Mutter von der Arbeit kam, müde und hungrig, fand sie sich inmitten von Tapas, Gelächter und spanischer Musik wieder.

Ich muss aufpassen, nicht melancholisch zu werden, hier erinnert mich so vieles an Margarete und meine Mutter. Ich vermisse beide so sehr. Es sind die Geschichten, die sie erzählten und an die ich mich erinnere, die Helden in ihren Märchen, oftmals klein von Statur, mit schwarzem lockigem Haar und einem unbezähmbaren Lebenshunger. Alba, es war immer Alba gewesen. Heute, über fünfzig Jahre später, stehe ich vor der Prinzessin, die auszog, ihre Liebe aus dem Labyrinth zu befreien. Meine Lieblingsgeschichte. Die Prinzessin ist gealtert, zweifellos, doch sie ist noch dieselbe Person.

»Großmutter Margarete ...«

Albas Mienenspiel offenbart mit einer Heftigkeit ihre Gefühle, dass mir die Stimme versagt. Aber dann hat sie sich wieder unter Kontrolle. Welche Rolle spielt sie in der realen Geschichte?

»Was weißt du?« Meine Stimme klingt schroffer als beabsichtigt, ich bin müde, die vielen Empfindungen haben mich durchgeschüttelt. Alba betrachtet mich nachdenklich und tätschelt meine Hand.

»Komm mit, Katharina!« Sie zeigt auf die Fotowand: »Das hier wird dich freuen.«

Zielstrebig geht sie an den Gästen vorbei, lächelt, klopft auf Schultern. Wie festgefroren sitze ich auf dem Hocker, folge ihr mit den Augen, kämpfe mit meiner Neugierde und dem Wunsch, sofort umzukehren und nach Hause zurückzukehren. Alba dreht sich zu mir um, deutet mit dem Finger auf eine Fotografie. »Komm her!«

Trotz des Stimmengewirrs um uns herum höre ich ihre Stimme klar und deutlich. Mein Wunsch, etwas längst Vergessenes zu entdecken und sich der Vergangenheit zu stellen, siegt und Augenblicke später stehe ich neben Alba. Sie deutet wieder auf das Bild, als hätte ich Margarete nicht sofort erkannt, meine wunderschöne Großmutter, als sie blutjung war.

Mit den Fingerspitzen berühre ich sanft ihr Gesicht hinter dem Glas. Margarete lacht in die Kamera, den Kopf nach hinten gestreckt, die Arme nach vorn. Ihr Haar trägt sie offen, große Wellen fallen über ihre Schultern und berühren fast den Boden. Sie steht umringt von Menschen, die alle fröhlich sind, doch der Fotograf hat sie ausgesucht und zum Mittelpunkt erklärt. Das Bild ist schwarz-weiß, doch ich bin mir sicher, dass diese dunkelrote Flut an Haaren und ihr schönes Gesicht damals alle Aufmerksamkeit auf sich gezogen haben. Wie alt sie da wohl war? Achtzehn, neunzehn oder jünger?

Alba nimmt das Foto von der Wand. »Hier, geh damit nach hinten. Du bekommst erst mal etwas Ordentliches zu essen. Setz dich dort an den Tisch, da ist es ruhiger, ich komme gleich zu dir.«

Alba geht voran in den hinteren Teil des Gastraums, der abseits der Theke wohl für die Pilger reserviert ist. Auf den Tischen stehen kleine Fähnchen mit einer Abbildung der Jakobsmuschel. Hier wirkt alles um einiges moderner.

Einfache Holztische und Stühle, die Wände sind weiß getüncht und sowohl mit Graffiti-Sprüchen bekritzelt als auch von Künstlern bemalt; Gesichter von Männern und Frauen in knalligen Farben. Alba bringt Wasser sowie Kaffee und stellt meinen kleinen Rucksack neben mir ab.

»Trink das und atme tief durch. Du siehst sehr müde aus.« Sie streicht sanft über meine kurzen Locken und drückt mir einen Kuss auf den Scheitel. »Du siehst aus wie sie.«

Dann eilt sie davon und lässt mich mit meinen Gedanken allein. Dankbar darüber nehme ich den Kaffee in der kleinen Tasse und nippe daran. Er schmeckt süß und belebt mich sofort, ich bin erfrischt. Ich lege das Foto auf den Tisch, meine Großmutter lacht mich aus dem Rahmen heraus an. Sie sieht so glücklich aus, so unbeschwert und jung. Margarete hat nicht die Wahrheit gesagt, was ihre Affinität zur spanischen Sprache anging. Fragen über Fragen drängen sich auf, und ich kann nicht abwarten, bis Alba zurückkommt und mir Antworten schenkt.

»¡Hola!«

Erstaunt drehe ich mich zur Seite. Ein Mann, etwa in Albas Alter, ebenso klein und dünn, lächelt und deutet auf den freien Stuhl neben mir. »Darf ich mich zu Ihnen setzen?«

Ich nicke und rutsche zu Seite, um ihm Platz zu machen. Seufzend lässt er sich auf den Stuhl fallen.

»Das tut gut. Alba hält uns alle auf Trab, seit sie weiß, dass du ankommst. Sie spricht seit Tagen von nichts anderem. Wir sind alle neugierig auf dich.«

Er macht eine ausladende Handbewegung, die wohl die anderen Gäste im Lokal einschließt, wendet sich zu mir und grinst. Sein weißes Hemd spannt über seinem schmächtigen Körper, alles an ihm wirkt entweder zu groß oder zu klein. Eine riesige Nase in einem kleinen Gesicht, ein kurzes Kinn und lange Ohren. Sein Lachen ist ansteckend, auch da bleibt sich sein Anblick treu, eine breite Zahnlücke macht sein Grinsen unwiderstehlich.

»Hallo, ich bin Katharina.«

»Ich weiß doch, wer du bist. Margaretes Enkelin. Ich bin Mateo.«

Behände springt er auf und küsst mich auf beide Wangen, lässt sich dann wieder auf den Stuhl fallen.

»Magst du noch einen Carajillo? Hat er dir geschmeckt?«

»Du meinst den Espresso?«

Mateo schüttelt den Kopf. »Carajillo. Die Rezeptur kommt ursprünglich aus Südamerika zur Kolonialzeit, du verstehst?«

Ich verstehe nicht wirklich, doch die Sache liegt ihm offensichtlich am Herzen. Mich lenkt es ab, also sage ich: »Davon habe ich noch nie gehört.«

Mateo rutscht mit seinem Stuhl etwas näher zu mir heran und freut sich augenscheinlich über mein Interesse: »Dann erzähle ich dir ein wenig davon und du trinkst noch einen Carajillo. Mit dem Wissen über seine Herkunft schmeckt er dir bestimmt noch besser. Alba? Noch einen Carajillo für Katharina!«

Obwohl Mateos Stimme nur etwas lauter wird, bin ich sicher, dass Alba seine Bitte gehört hat. Er hat den Tonfall eines Sängers, tragend. Er könnte gut auf einer Bühne stehen und man würde ihn bis zur letzten Stuhlreihe verstehen.

»Also gut, Cafe Carajillo. Wir nennen ihn auch Coacína para el pueblo. Ja, Kokain fürs Volk. Er ist wie Feuer auf der Zunge, Samt in der Kehle und Wärme im Herzen. Alba! Wo bleibt der Carajillo?«

Ich senke den Kopf und verkneife mir ein Grinsen. Als Alba mit hochgezogenen Augenbrauen vor uns steht, nimmt er ihre Hand und haucht einen Kuss darauf. »Wo bleibst du nur solange, Herz, hat Miguel in der Küche wieder etwas anbrennen lassen?«

Mateo zwinkert mir zu und Alba gibt ihm einen liebevollen Klaps auf die Schulter. »Du denkst, ich bin nur für dich da, oder?«

»Dann wäre ich der glücklichste Mann auf Erden.«

Beide lächeln sich an, einen Moment fühle ich mich wie ein Eindringling. Alba löst sich von Mateo, stellt die volle Tasse vor mir auf den Tisch und sagt: »Nur noch diesen, Katharina. Du musst erst etwas essen, der Weinbrand ist stark.« Sie klapst Mateo noch einmal auf die Schulter und begibt sich wieder an die Theke oder in die Küche, um dafür zu sorgen, dass Miguel nichts anbrennen lässt.

»Probier noch mal, nur einen kleinen Schluck!«

Mit geschlossenen Augen nippe ich am Getränk, der Alkohol brennt auf der Zunge, doch es ist nicht unangenehm, eher wie ein Weckruf der Sinne, die Süße gleitet durch meine Kehle wie Samt und Augenblicke später steigt Wärme in mir auf.

»Na?«

»Wunderbar, Mateo.«

»Ha!« Er klatscht begeistert in die Hände. »Ich wusste es. Du hast viel mit Margarete gemein.«

Ich spitze die Ohren, doch er äußert sich nicht weiter zu meiner Großmutter.

»Die Conquistadores haben sich Mut angetrunken, den sie dringend brauchten, um ganze Völker auszulöschen. Daher auch der Name, abgeleitet von Coraje. Wobei es nicht viel Mut braucht, um Unschuldige ... ach, ich schweife ab.« Mateo schweigt, er wirkt beinahe verlegen. Doch dann spricht er weiter: »Sie hat an diesem Abend alle verzaubert.« Seine Stimme ist sanft, er hat die Aufmerksamkeit auf das Foto gerichtet und ich fühle, dass er in die Vergangenheit reist.

»Du warst da?«

»Ich war da, an diesem Abend, ich habe das Bild von Margarete geschossen.«

»Mateo, bitte ...«

Was soll ich sagen, worum soll ich bitten? Die nächsten Minuten werden mich zu einer Margarete bringen, die ich nicht kenne, doch nach der ich vor Sehnsucht fast vergehe.

»Es war 1956, ich weiß es noch ganz genau. Wir waren so jung, meine Freunde um die achtzehn, maximal zwanzig Jahre alt. Wir trafen uns abends immer am Plaza Major. Margarete war an diesem Abend mit uns dort. Sie war allein von Deutschland nach Burgos gekommen, sie ging den Jakobsweg und hatte dann beschlossen, einige Zeit in Burgos zu bleiben. Ist das nicht unglaublich?«

Ich nicke, sage aber nichts. Mateo hängt seinen Gedanken nach, in meinem Kopf wirbeln die Informationen durcheinander und ich versuche, ein stimmiges Bild daraus zu formen. 1956, da war Margarete achtzehn Jahre alt und allein unterwegs von Deutschland nach Spanien? Unvorstellbar für mich, unerhört für eine Frau zu der damaligen Zeit im katholisch geprägten Spanien.

Alba kommt auf unseren Tisch zu, sie trägt ein Tablett mit dampfenden Speisen. Ich bin so hungrig, als hätte ich eine Woche nichts mehr gegessen. Alba mustert den schweigsamen Mateo und stellt das Tablett ab. Dann nimmt sie gegenüber Platz und schiebt mir die kleinen Teller zu. »Iss, Katharina! Tapas, ich habe eine Auswahl für dich zusammengestellt. Nimm, was du magst.«

Dankbar greife ich zu gebratenem Gemüse, Brot, Fisch. Alles riecht und schmeckt köstlich. Ich esse so viel wie schon lange nicht mehr.

»Was hast du Katharina erzählt, Mateo?«

»Nicht viel, nur über den Kaffee.«

»Über Margarete, meine ich.«

»Auch nicht viel, dass ich das Bild gemacht habe an ihrem ersten Abend am Plaza Major.«

Alba nickt wissend, nimmt vom Tablett Gläser mit Wein und prostet mir zu. »Ich kannte deine Großmutter sehr gut, ich werde dir von ihr erzählen, dann muss deine Reise weitergehen. Doch das hat noch Zeit. Bleib etwas hier.«

Ich muss nicht lange überlegen, es liegt nicht daran, dass ich müde bin oder unbedingt wissen möchte, was geschehen ist. Das will ich schon, doch mehr noch sehne ich mich danach, mich mit Menschen, denen Margarete etwas bedeutet hat, auszutauschen. Einen Blick in die Vergangenheit zu werfen, ist mir nicht genug. Ich möchte dorthin gehen, wo meine Großmutter war, möchte ihr Lieblingsessen probieren, möchte ihre Erfahrungen teilen.

»Sehr gern bleibe ich einige Tage hier.« Einem Impuls folgend, füge ich hinzu: »Kann ich dir helfen, hier mitarbeiten? Ich mache alles, was notwendig ist, spülen, putzen, ganz egal.«

Alba schmunzelt. »Ich habe gehofft, dass du fragst, und nehme deine Hilfe gern an.«

Mateo steht auf, umarmt mich zum Abschied und küsst Alba auf beide Wangen. »Es ist Zeit für mich. Hat mich sehr gefreut, Katharina.« Er winkt uns zu und verlässt dann das Lokal.

Meine Gastgeberin stellt mir im Laufe des Abends die Menschen in ihrem Leben vor. Neben Mateo, der sich um das Haus kümmert, die Technik und anfallende Arbeiten erledigt, gibt es Miguel, ein junger Mann und begnadeter Koch, der sicherlich nichts anbrennen lässt, weder Essen noch sonst etwas. Bei seinem Casanova-Lächeln ziehe ich mich sofort in mein emotionales Schneckenhaus zurück. Dann gibt es noch

Hugo, der putzt und die Teller wäscht und für die gute Laune der anderen zuständig ist. Er strahlt eine solche Energie und Freude aus, dass man davon angesteckt wird, ob man es will oder nicht. Miguel zwinkert mir zu und tippt mit seinem Zeigefinger an die Stirn. »Der ist verrückt. Hugo, sag Katharina, wie viele Katzen du zu Hause hast!«

Der Angesprochene wendet sich mir zu. Er ist ein Riesenkerl, doppelt so groß wie Alba und viermal so breit. »Rate, Katharina!«

»Fünf Katzen?« sage ich etwas lahm, raten langweilt mich, ich möchte mit Alba allein sein und mir alles erzählen lassen.

»Nein, rate noch mal!«

Miguel verdreht die Augen. »Es sind genau zwanzig Katzen. Unser Hugo nimmt jedes Vieh mit nach Hause, das er auf den Straßen findet.«

»Einundzwanzig seit gestern und ich rette ihnen das Leben.«

Zwischen ihm und Miguel wird das Gespräch hitziger und über mich hinweg geführt. Ich bin nicht böse, als Alba mir vom Schankraum aus zuwinkt. Meine Verabschiedung bekommen die beiden nicht mit, lautstark verkündet Hugo, dass er mit seiner Rettungsaktion bei Miguel eine Ausnahme machen würde. Dessen Antwort kann ich nicht mehr hören, ich schließe die Tür zur Küche und beeile mich, zur Theke zu kommen. Die ersten Pilger betreten den Raum, meine Gastgeberin bestätigt die Ankunft im Pilgerpass und weist die Betten zu. Ich halte mich im Hintergrund, nippe an meinem Weinglas, das nicht leer zu werden scheint, und begutachte die Ankömmlinge. Gibt es eine Gemeinsamkeit, die die Pilger verbindet? Auf den ersten Blick kann ich nichts erkennen, bis auf einen gewissen Grad der Erschöpfung.

Es ist früher Abend, immer mehr Gäste drängen in das Lokal, die Küche hat gut zu tun, Massen an kleinen Tellern mit Köstlichkeiten wandern auf die Theke und ich verteile sie, so schnell ich kann. Ich halte mich an Hugo und lache über meine Fehler, ich kann mir einfach nicht merken, wer welchen Teller bekommen soll. Eine junge Frau betritt den Raum und kommt auf die Theke zu. Sie stellt sich als María, die Kellnerin, vor und ich kann mir gut vorstellen, dass ein nicht unbeträchtlicher Teil der männlichen Gäste ihretwegen zum Essen kommt. Sie ist mittelgroß, an den richtigen Stellen gerundet und hat die langen schwarzen Haare zu einem Zopf gebunden. María bewegt sich auf eine sinnliche Art, wie es Frauen tun, die sich ihrer Schönheit bewusst sind. Ich habe mir eine Pilgerherberge immer anders vorgestellt, spiritueller, karg und nicht so lebendig, leiser. Jeder Einzelne scheint sich wohlzufühlen, mir geht es da nicht anders.

»Möchtest du dich in dein Zimmer zurückziehen?«, fragt Alba und sucht meinen Blick. »Heute ist wirklich viel los, ungewöhnlich viel und ich werde keine Zeit mehr für dich haben. Bist du müde?«

Ich nicke und gähne herzhaft. Eine ausgiebige Dusche und dann ein weiches Bett, vielleicht würde ich gut schlafen können. Alba nimmt einen Schlüssel von einem Holzbrett und führt mich an der Küche vorbei die Treppen nach oben in den ersten Stock. Der Lärm ist hier unvermindert, Marías Lachen schallt durch das ganze Haus, gefolgt von Hugos Bariton. Alba schüttelt den Kopf und murmelt: »Ich glaube, María liebt beide Kerle. Das geht schon seit Monaten so, Miguel und Hugo buhlen um ihre Gunst und María entscheidet sich einfach nicht. Das kann nicht mehr lange gutgehen.«

Wir sind vor meiner Zimmertür angekommen, Alba schließt auf. »Du kannst bleiben, so lange du möchtest.« Sie drückt mich an sich und ich versinke schon zum zweiten Mal in ihren Armen. Die Geborgenheit nehme ich mit in das schlichte Zimmer. Dort lasse ich mich auf das tatsächlich weiche Bett fallen und ziehe mein Handy aus der Tasche. Kein Anruf, keine Nachricht, nichts. Ich fühle in mich hinein, suche nach einem schlechten Gewissen oder Unsicherheit, weil Paul sich nicht gemeldet hat, aber da ist nur Erleichterung, die in mir aufsteigt. Nach dem Zähneputzen falle ich regelrecht in den Schlaf. Ein vager Duft nach Orangen begleitet mich ins Traumreich, wo es für diese Nacht keinen Park und keinen Kapuzenmann gibt.

10

Ich wache auf und erschrecke. Wo bin ich? Ja, natürlich. Burgos, Alba, Margarete. Durst quält mich. Ein Blick auf mein Telefon sagt mir, dass es zwei Uhr morgens ist und ich immer noch kein Lebenszeichen von Paul erhalten habe. Er spielt den Beleidigten, das wollte ich nie, ich liebe ihn doch. Weshalb versteht er mich nicht?

Meine Zunge klebt am Gaumen, ich habe Lust auf kaltes Wasser. Leise verlasse ich das Zimmer, mein Telefon fungiert als Lampe und ich schleiche die Treppe zur Küche hinunter. Dort ist es hell und ich spähe durch die angelehnte Tür in den Raum. María ist noch da, sie liegt in Hugos Armen, die beiden küssen sich leidenschaftlich. Ich ziehe mich vorsichtig zurück. In die Küche kann ich also nicht. Im Schankraum befindet sich ein Kühlfach und dort entdecke ich Mineralwasser. Ich nehme mir leise eine Flasche heraus und trinke gierig, während ich zurück in mein Zimmer schleiche.

María hat sich also nicht für den Starkoch, sondern für den Tellerwäscher Hugo entschieden. Ich freue mich für die beiden und empfinde Mitleid für den hübschen Miguel mit dem Casanova-Lächeln.

Ich denke an Paul, und genau in diesem Moment summt mein Telefon. Paul hat mir eine Nachricht geschickt. *Ich vermisse dich und ich liebe dich.*

Hier in Burgos in dieser Nacht, nach all dem, was ich heute gehört und erlebt habe, vermisse ich ihn so sehr wie noch nie. Ich möchte ihn gerade anrufen, da summt mein Handy ein weiteres Mal. Paul hat mir noch eine Nachricht geschrieben. *Ich habe nachgedacht, die Auszeit ist sicherlich gut für uns. Wir müssen beide über vieles nachdenken und das können wir am besten, wenn wir allein sind. Viel Glück, Katharina!*

Was bedeutet das? Auszeit? Ich lege das Telefon zurück auf das kleine Tischchen neben meinem Bett und rolle mich zu einer Kugel zusammen. Das Danach kotzt mich gerade gewaltig an. Ich denke noch lange nach in dieser Nacht, doch irgendwann fallen mir die Augen zu und ich schlafe traurig ein.

Ein Klopfen weckt mich. Wie eine Riesenwelle schlägt die Erinnerung über mir zusammen. Ich bin sofort hellwach und springe aus dem Bett.

»Komme!« rufe ich gegen die geschlossene Tür, warte keine Antwort ab und begebe mich ins Bad. Fünfzehn Minuten später unterstütze ich Alba, die Pilger mit Frühstück zu versorgen. Erfreut stelle ich fest, dass ein Paar, das ich bediene, aus Deutschland kommt. Ich nehme meinen Mut zusammen und frage sie, wie weit ihre Strecke ist.

»Wir gehen heute die dreizehnte Etappe, ziemlich genau neunzehn Komma fünf Kilometer. Das ist gut«, sagt der Mann schnell, denn seine Frau sieht nicht glücklich aus.

»Gestern waren es über vierundzwanzig Kilometer. Glauben Sie mir, die letzten Meter sind die, die dem Pilger am meisten abverlangen.« Er trinkt von seinem Kaffee. Seine

Frau schweigt. Ich wende mich ab und möchte hinter der Theke verschwinden, als er mich fragt: »Was machen Sie hier in Burgos?«

»Ich bin auf der Suche, und ich weiß noch nicht, wohin sie mich führt.«

Lächelnd verlasse ich die beiden, die mir fragend nachsehen. Ja, ich bin auf der Suche. Mir gefällt meine Antwort. Und ich habe auch schon etwas gefunden. Alba. Ihr fühle ich mich verbunden, die Liebe zu einem Menschen ist unsere Gemeinsamkeit.

Gegen zehn Uhr sind alle Pilger zurück auf der Straße. Alba zeigt mir die Strecke auf einer Karte und sagt: »Von Burgos nach Tardjos, Rabé de las Calzdadas, Hornillos des Camino. Voilá, neunzehn Komma fünf Kilometer. Wir haben unsere persönliche Etappe heute, Katharina. Komm, ich möchte dir etwas zeigen.«

Aufgeregt laufe ich in mein Zimmer und schicke Paul eine Nachricht: *Ich habe mein persönliches Etappenziel erreicht.*

Dann schalte ich das Telefon aus und bin eine Minute später zurück im Schankraum. Alba erwartet mich bereits. María steht gähnend hinter dem Tresen und wird die Gäste in unserer Abwesenheit bedienen.

Alba und ich treten auf die Straße, wo uns strahlendes Sonnenlicht empfängt. Gemeinsam bummeln wir durch die Gassen, gehen um die Kathedrale, Alba erklärt mir die einzelnen Bauschritte und zählt die Portale auf. Dann gehen wir ins Innere des Gebäudes, das uns verschluckt und in der Vergangenheit wieder ausspuckt. Überwältigt stehe ich vor der riesigen Altarwand, ganz klein bin ich und bedeutungslos angesichts dieser monumentalen Anbetung Gottes. Ich sinke auf die Bestuhlung, Alba tut es mir nach und berührt meine Wange mit der Narbe. Sie sieht mich, unter der Narbe und dem versteckten Gesicht bin ich da und Alba kann mich erkennen – egal, wie sehr ich mich verstecke. Sie geht auf ihre Knie und fängt leise an zu beten. Ihre schmalen Schultern sind zusammengezogen, sie wirkt zerbrechlich, als trüge sie eine schwere Last. Vielleicht ist es so. Irgendwann hat sie das Gebet beendet und sitzt nah neben mir. Ihr faltiges Gesicht glänzt feucht, sie hat geweint. Schweigend verlassen wir die Kathedrale. Es ist warm geworden, ich ziehe meine Jacke aus und schlinge sie mir um die Hüften.

Alba setzt sich auf die gleiche Stelle der Treppe wie ich gestern. »Ich glaube fest daran, dass Gebäude große Gedankenspeicher sind.«

»Du meinst, wenn diese Mauern sprechen könnten, dann würden sie uns einiges zu erzählen haben?«

»Wäre das so ungewöhnlich? Emotionen wie Angst, Hass oder Liebe sind Energie, die kann sich nicht verflüchtigen. Deine Großmutter vertrat einige solcher Theorien und wir haben oft darüber diskutiert. Sie hatte die Gabe, den Blick über den Tellerrand in eine andere Welt zu führen.«

»Wie lange war sie in Burgos?«

»Einige Wochen. Solange es brauchte, unser Leben zu verändern.« Alba steht langsam auf. »Ich zeige dir unseren Lieblingsplatz und den Ort, an dem ich deine Großmutter das erste Mal getroffen habe.«

Es wäre nicht weit bis zum Plaza Mayor, verspricht Alba, und wir lassen uns von der Menge an Touristen durch die Gassen treiben.

»Warst du schon einmal in Spanien?«

»Nein, noch nie. Ich wollte nicht. Weißt du eigentlich, was mit meiner Großmutter passierte?«

»Ja, ich weiß es. Margarete und deine Mutter sind vor achtzehn Jahren in Granada tödlich verunglückt.«

Verblüfft bleibe ich stehen. »Woher weißt du das?« Das Blut rauscht in meinem Kopf, es pulsiert in meinen Ohren und ich habe Lust zu weinen. Jemand hat mich beobachtet. Jemand, dem mein Schicksal nicht gleichgültig war. Warum hat Alba keinen Kontakt zu mir aufgenommen?

Die Gasse ist schmal, ich vergrößere den Abstand zwischen uns. Ich möchte sie nicht berühren. Alba hat mich verraten, es fühlt sich so an.

»Weshalb hast du dich nicht bei mir gemeldet?«

Alba ist stehengeblieben und lenkt meine Aufmerksamkeit auf den ovalen Platz vor uns. »Hier sind wir uns alle das erste Mal begegnet und hier nahm alles seinen Lauf. Am Plaza Mayor. Komm, wir setzen uns in das Café und ich erzähle dir die Geschichte, die du zu hören verdienst.«

Wir schlendern über den Plaza an den historischen Gebäuden vorbei und setzen uns an einen freien Tisch des Cafés. Mein Blick schweift über die Häuserfronten, hinauf zum blauen Himmel. Ich kann die Turmhelme der Kathedrale sehen. Es ist Mittag, ich bin hungrig und Alba bestellt Fisch für uns. Wir schweigen, bis der Kellner unsere Getränke serviert, dann beginnt sie zu erzählen.

»Hier trafen wir uns, um gemeinsam Zeit zu verbringen, so war es damals, so ist es auch heute. Natürlich gab es noch nicht so viele Touristen, doch einige schon. 1956 unter dem Franco-Regime war es die Sensation, eine Frau zu treffen, die allein reiste. Ursprünglich war deine Großmutter mit einer Freundin in Deutschland aufgebrochen, doch die beiden hatten sich in Frankreich zerstritten und so war Margarete ohne sie unterwegs. Sie wollte den Jakobsweg bis nach Santiago de Compostella gehen.«

»Das ist sie aber nicht.«

»Nein, aber es war eine bewusste Entscheidung. Wäre sie weiter gepilgert, dann bis zum Ziel, da bin ich mir sicher.«

»Was ist passiert?«

»Uns allen ist zuerst einmal deine Großmutter passiert.

Wir waren eine Gruppe von Freunden, die sich regelmäßig trafen, um Musik zu machen, zu tanzen und zu singen. Der Flamenco hatte es uns angetan und 1956 war ein besonderes Jahr dafür.«

Der Kellner bringt unser Essen, der gegrillte Fisch duftet köstlich und eine Weile konzentrieren wir uns auf unsere Mahlzeit.

»Wie war sie?«

Alba nimmt den letzten Bissen und trinkt einen großen Schluck Wein. »Auf den ersten Blick war sie nur auffallend schön. Egal, wo wir waren, sie zog die Blicke auf sich. Diese spektakuläre Haarfarbe, die Locken, das Gesicht und ihr Körper, es passte alles. Sämtliche Jungs in unserer Gruppe verliebten sich in sie und Margarete merkte nicht einmal, was in uns vorging. Sie hatte nur noch den Flamenco im Kopf und der Jakobsweg war vergessen. Sie hatte ihre Bestimmung gefunden.«

»Ich kann mich nicht erinnern, dass ich Flamencomusik zu Hause gehört habe.«

»Es war so, glaub mir. Und es war Mateo, der die Musik in unser Leben brachte. Er kam mit seiner Familie aus Andalusien nach Burgos, suchte Arbeit, Abenteuer und er fand uns. Als er das erste Mal auf dem Plaza Mayor die Gitarre spielte und sang, war es um uns geschehen. Mateos Schwester Lucia tanzte und bald wollten wir alle den Flamenco tanzen können wie sie. Wir wurden Freunde und waren immer zusammen: Mateo und Lucia, Javier, Esteban, Marta und ich.«

»Schon bevor Margarete kam?«

»Ja, lange zuvor. Im Jahr 1956, als wir deine Großmutter kennenlernten, träumten wir davon, alle nach Cordoba zum Cante Jondo zu fahren, dem ersten Flamencowettbewerb in Spanien. Aber wir träumten nur davon, denn von der Umsetzung waren wir so weit entfernt wie zum Mond. Unsere

Eltern hätten niemals erlaubt, dass wir ohne Begleitung und unverheiratet eine solche Reise antraten. Cordoba liegt im Süden Spaniens, in Andalusien, es sind mehr als sechshundert Kilometer bis dahin. Also trafen wir uns, so oft es ging, am Plaza Mayor und träumten uns das Leben aufregend.«

»Und Mateo? Was erträumte er sich?«

»Eine gute Arbeit, genügend Geld, um eine Familie gründen zu können.«

»Was wurde aus Lucia?«

»Sie ist lange tot, bis auf Mateo und mich ist keiner mehr am Leben, Lucia starb bei der Geburt ihres Kindes, sie war gerade mal Mitte zwanzig. Mateo wurde fast wahnsinnig darüber, er hat seine Schwester so sehr geliebt. Aber da hatten wir Margarete schon aus den Augen verloren, sie war weitergezogen, nach Salamanca.«

»Ich verstehe, Margaretes Stationen. Dieser Ort ist mein nächstes Ziel. Aber erzähl doch bitte weiter. Wie kam meine Großmutter zu euch?«

»Esteban, Gott hab ihn selig, hat sie kennengelernt und eingeladen, abends mit uns auszugehen. Wir haben ihn damals aufgezogen, weil er in den höchsten Tönen von ihr schwärmte. Wir glaubten ihm nicht und schon gar nicht, dass sie zum Treffpunkt erscheinen würde. Doch sie kam und unsere Gruppe war nicht mehr dieselbe. Lucia hasste sie sofort und das änderte sich auch nie. Trotzdem lehrte sie Margarete den Flamenco, den sie bald besser tanzte als wir alle. Kannst du dir vorstellen, wie wir uns fühlten? Margarete stammte aus Deutschland und inszenierte den Tanz, bewegte sich so, als wäre sie dafür geboren worden. Mateo spielte die Gitarre und sang mit seiner rauen Stimme, Margarete stand zuerst nur da, das Haar zusammengebunden, und klopfte mit dem Schuh den Takt, dann bewegte sie die Finger, die Hände, steigerte die Spannung bis ins Unerträgliche. Dann öffnete sie den Zopf und umarmte die Musik, tanzte im Rhythmus, lockte, versprach und schenkte ihre Seele dem Flamenco. Jeder, der sie sah, dachte, sie wäre Andalusierin. Sie war einfach dafür geboren.«

»Trotz allem wart ihr befreundet?«

»Natürlich. Deine Großmutter war der netteste Mensch, den ich kenne. Integer und loyal. Ich liebte sie wie eine Schwester. Sie wohnte bei uns und half an der Bar und in der Küche. Dafür erhielt sie eine Schlafmöglichkeit und Essen.«

»War Casa Alba da schon eine Pilgerherberge?«

»Nein, das habe ich Jahre nach dem Tod meiner Eltern eingeführt, auch daran ist deine Großmutter beteiligt. Wir überlegten uns damals, die Bar zu übernehmen und sie zeitgemäß umzugestalten.«

Alba wischt sich über die tränenfeuchten Augen. »Es macht mich traurig, über die Vergangenheit zu sprechen.«

Der Kellner hat schon längst unser Geschirr abgeräumt, frischer kühler Wein steht vor mir und ich nehme einen großen Schluck, obwohl mir schon etwas schwindlig ist. Aber das ist gerade egal. Alles ist egal. Alba und ich befinden uns in der Vergangenheit, wir sind abgeschottet von realen Einflüssen, jetzt spielt nur die Geschichte eine Rolle, sonst nichts.

»Dann, an einem Abend im Frühsommer, lernten wir José kennen. Es war eine dieser vollkommenen Nächte. Für einen Frühsommerabend war es warm, der Wind wehte sanft und über uns funkelten die Sterne. Wir saßen zusammen, Mateo spielte auf der Gitarre und sang leise dazu. Wir klatschten im Rhythmus der Musik, Lucia und Margarete tanzten. Margarete nahm sich zurück und überließ Lucia die Führung. Sie bewegten sich in virtuosem Einklang. Dann veränderte sich die Stimmung. Mateo entlockte seiner Gitarre Klänge, die mir die Tränen in die Augen trieben. Der Zauber des Gitarrenspiels hatte uns alle in seinen Bann gezogen und plötzlich gab es nur noch Margarete und den Flamenco und Mateo, der ihn für sie spielte.«

Albas Blick ist verdunkelt und verschwindet in der Vergangenheit. »Immer mehr Menschen kamen, angelockt von Mateos Spiel und fasziniert von Margaretes Flamenco. Menschen weinten, waren emotional hingerissen und die beiden, Mateo und deine Großmutter, waren allein auf der Welt. Ich glaube, an diesem Abend verliebte sich Mateo leidenschaftlich in Margarete und mein Herz brach.«

»Oh, mein Gott! Du und Mateo wart ein Paar?«

Alba lächelte. »Für eine Illusion lang waren wir das.«

»Und Großmutter, was tat sie?«

»An diesem Abend verzauberte sie alle Menschen, doch sie verliebte sich in José García Pérez, den Mann, dessen Name du auf dem Testament gelesen hast.«

Meine Gedanken spielen Ping Pong. Kann denn sein, was eigentlich nicht sein darf? War das die Wahrheit? Ich nicke stumm und hänge neugierig an Albas Lippen.

»José war älter als wir, schon Mitte zwanzig. Er und Margarete sahen sich und sofort waren sie ein Paar. Meine Eltern hatten die Quasi-Elternrolle für sie übernommen und sorgten dafür, dass die beiden sich nicht einfach so treffen konnten. Dachten sie zumindest. Du kanntest deine Großmutter und weißt, sie ließ sich von nichts und niemandem aufhalten. Und sie wollte José. Nach einer Woche musste er weiter nach Salamanca. Er hatte dort geschäftlich zu tun, einen Termin, den er nicht absagen konnte. Wir alle waren mit einer großen Liebesgeschichte konfrontiert, die uns überforderte. So machte ich einen Fehler, den ich nie mehr gutmachen konnte.«

Alba starrt mich aus riesigen Augen an, sie wirkt erschüttert. Ich streichle ihre Hand, will sie beruhigen aber auch motivieren, weiterzusprechen. »Das alles ist lange vorbei, Alba, was auch immer damals geschehen ist.«

»Mateo hatte sich ernsthaft in Margarete verliebt, das ging so weit, dass er die Beziehung zu mir beendete. Ich litt darunter. Schweigend, duldsam, doch unglücklich und neidvoll. Als ich an einem Tag Einkäufe für meine Eltern zu erledigen hatte, traf ich José in einem Geschäft. Er erkannte mich nicht und bevor er das Geschäft verließ, trug ihm der Verkäufer auf, seine Frau zu grüßen. José bedankte sich dafür. Das war meine Chance, mich zu rächen und Mateo zurückzugewinnen. Du kannst dir sicher vorstellen, was ich getan habe.«

Ich schüttle müde den Kopf, ich kann es mir denken, doch ich will nicht.

»Ich habe den richtigen Zeitpunkt abgewartet. Wir waren alle zusammen, Margarete ließ sich von José küssen und berühren. Mateo war rasend vor Eifersucht, die Stimmung war schlecht. Die einzige Person, die nichts bemerkte, war Margarete. Als sie José wieder küsste, fragte ich vor allen, wie es denn seiner Frau ginge und weshalb sie nicht auf seiner Dienstreise dabei wäre. Eine Bombe hätte nicht mehr Schaden anrichten können. José reiste noch am selben Abend nach Salamanca ab und Margarete schloss sich bei uns zu Hause im Badezimmer ein. Sie litt. Ich habe noch nie einen Menschen mehr leiden sehen, doch sie blieb hart.«

Alba hat nichts von diesen Tagen vergessen und sie fühlt sich immer noch schuldig, das kann ich spüren.

»Was ist dann passiert?«

»Mateo dachte, seine Zeit sei jetzt gekommen. Er wollte Margarete seine Liebe gestehen und sie für sich gewinnen. Was für ein Irrwitz! Das hat sie natürlich nicht, trotzdem kam es zu einem schlimmen Streit zwischen ihr und mir. Ich war so eifersüchtig, ich hatte Mateo verloren, meine große Liebe, an deine Großmutter, die sich für ihn nicht interessierte. Er hatte für sie alles über Bord geworfen, unsere Liebesschwüre und sein Versprechen. Ich habe Dinge zu ihr gesagt, die ich bis heute zutiefst bereue. Margarete ist weggerannt aus unserem Haus und meinem Leben. Ich habe Jahre gebraucht, um zu verstehen, dass ich diesen Scherbenhaufen angerichtet habe. Deine Großmutter traf keine Schuld. Das ist die Geschichte, die ich dir zu erzählen habe. Du kannst entscheiden, ob du den Weg weitergehen möchtest oder nicht.«

Alba zieht einen gefalteten Zettel aus ihrer Tasche und schiebt ihn in meine Richtung.

»Was ist das?«

»Entscheide dich erst, dann kannst du nachsehen.«

»Ich möchte den Weg weitergehen.«

Habe ich denn eine Wahl? Ich falte den Zettel auseinander, streiche ihn glatt. Ein Name und eine Adresse in Salamanca sind darauf geschrieben. Mein Herz beginnt, schneller zu klopfen. Ich bin bereit für das nächste Puzzleteil. Salamanca, wie verheißungsvoll der Name klingt.

Alba zieht einen Umschlag aus der Tasche.

»Hier ist dein Bahnticket für morgen Früh nach Salamanca. Willst du?«

Ich kann nur nicken, ich will.

»Danke, Alba, für deine Offenheit und für deinen Mut. Darf ich dich etwas fragen?«

Sie nickt.

»Hast du Mateo jemals verziehen? Er liebt dich, das ist mir gestern schon aufgefallen. Hast du ihm vergeben? Seid ihr zusammengekommen?«

»Nein, ich habe ihm wohl nie verziehen. Er hat mir seine Liebe gestanden, doch ich konnte nicht. Ich war zu verletzt, vielleicht bin ich das immer noch.«

»Du vergeudest wertvolle Zeit, Alba. Du führst ein Leben ohne Liebe, obwohl Mateo dich seit Jahren anbetet.«

Daraufhin schweigt sie und ich lasse es so stehen.

»Du weißt nicht, wie es ist …« Sie bricht ab und lächelt verlegen.

Auf dem Weg zurück zur Herberge versuche ich, die Gassen mit Margaretes Augen zu sehen. Traurig bin ich, nach Albas Geständnis vermisse ich Paul so sehr, dass sich ein dicker Kloß in meinem Hals bildet. Als wir ankommen, ziehe ich mich in mein Zimmer zurück. In der Abgeschiedenheit des Raumes weine ich. Ich spüre meine Großmutter wie schon viele Jahre nicht mehr, Sätze und Unterhaltungen zwischen ihr und meiner Mutter ergeben für mich jetzt einen Sinn. In dieser kurzen Zeit hier in Burgos habe ich Menschen kennengelernt, die ich zutiefst bewundere. Rechts und links neben meinem Bett an der Wand hängen Spiegel. Ich drehe mich um und sehe mein Gesicht in all seiner Versehrtheit. Wilde Locken umrahmen mein Kinn, das dunkle Rot lässt meine Augen leuchten. Ich bin viel mehr als diese Narbe in meinem Gesicht. Auch wenn ich noch nicht weiß, wo mein Platz im Danach ist, bin ich neugierig darauf.

Ich höre Musik, Klänge, die mich berühren. Das ist der Flamenco. Ich verlasse mein Zimmer, eile die Treppen hinunter. Im Gästeraum wurden die Fässer an die Wände gestellt, um in der Mitte Platz zu schaffen. Mateo spielt auf seiner Gitarre, entlockt ihr diese besondere Musik. Alba kommt aus einem der hinteren Räume, sie hat ihr Haar hochgesteckt, trägt ein bodenlanges ausgestelltes Kleid und hohe Schuhe. Sie steht in der Mitte des Raumes und hebt elegant beide Arme in einer fließenden Bewegung über ihren Kopf. Mateo spielt schneller und beginnt zu singen. Die Gäste jubeln und klatschen im Takt. Alba tanzt, eine Leidenschaft wohnt in den Schritten inne, dass sie meinen Körper ergreift und mit sich reißt. Mateo bohrt seinen Blick in Albas Augen, die beiden sind mit einer unsichtbaren Schnur verbunden und der

Flamenco besiegelt dieses Bündnis für immer. Ich vergesse Zeit und Raum, ich vergesse, wer ich bin und weshalb ein Danach eine Rolle in meinem Leben spielen muss. Nichts ist wichtiger als das Erleben dieses Augenblicks, dieser Verbindung zwischen zwei Menschen, die zukünftig ihren Weg gemeinsam gehen. Als der Tanz zu Ende ist, sinkt Alba auf den Boden. Mateo ergreift ihre Hände und zieht sie an sich. Dieser Moment ist so intim, dass ich ergriffen die Augen schließe.

Das Publikum rast vor Begeisterung, klatscht und schreit durcheinander. Alba kommt auf mich zu, sie wirkt verändert, sie wird geliebt.

»Ich danke dir, Katharina. Ich habe vergeben und Mateo hat es mir leicht gemacht. Ich bin glücklich, niemals hätte ich gedacht, dass es so sein kann.«

Darauf kann ich nichts erwidern, es gibt keine Worte dafür. Den Rest des Abends verbringen wir gemeinsam, ich kümmere mich um die Pilger, die vollkommen erschöpft an ihrem Etappenziel angekommen sind. Es ist ein Abend der Freunde und der Freude, Mateo spielt auf seiner Gitarre und Alba singt dazu. Liebe und Leidenschaft durchströmen mich, geben mir Halt und Hoffnung. Ich bedauere den Abschied nicht, denn ein Teil von mir wird immer hier sein.

Am nächsten Tag erwartet mich ein Frühstück, Alba setzt sich zu mir und schiebt wieder einen gefalteten Zettel in meine Richtung.

»Meine Telefonnummer. Bleib mit mir in Kontakt, komm zurück, wenn du Hilfe brauchst. Du bist mir so nahe, Katharina, das gebe ich nicht mehr auf.«

Wir umarmen uns, wieder und wieder, dann steige ich in

das wartende Taxi und lasse mich zum Bahnhof bringen. Ich sehe Alba winken, bis das Auto in die nächste Straße einbiegt.

Mit dem riesigen Rucksack auf dem Rücken schleppe ich mich zum Bahnhof und suche den Bahnsteig. Als der Zug hereinrollt, schiebe ich mich in den Waggon und finde nach einer gefühlten Ewigkeit meinen Platz. Ich hole mein Telefon heraus, Paul hat sich nicht gemeldet. Mit einem Seufzer schiebe ich es zurück in die Tasche. In knapp drei Stunden bin ich in Salamanca, mein Ziel liegt im Zentrum, und ich bin gespannt, was mich dort erwartet.

11

»Aufwachen! Wir sind in Salamanca.«

Die sanfte Stimme passt so gar nicht zur Hand, die mich schüttelt. Ich reiße die Augen auf. Der Schaffner und mein spanischer Sitznachbar sind dabei, mich zu wecken. Offensichtlich bin ich über meine Gedanken eingeschlafen.

»Schnell, wir fahren in den Bahnhof ein!«

Müde zwinge ich mich aus dem Sitz und greife nach meinem Rucksack. Der nette Spanier kommt mir galant zur Hilfe, vermeidet aber jeden Blick auf mein Gesicht. Er hat meine Narbe gesehen. Er konnte mich in Ruhe betrachten, während ich geschlafen habe. Das gewohnte Schamgefühl steigt in mir hoch, ich nehme ihm den Rucksack aus der Hand, entschuldige mich hölzern und schließe zu den wartenden Menschen auf, die wie ich in Salamanca aussteigen möchten. Nur raus hier!

Mein Gesicht verberge ich, indem ich zu Boden starre, bis mein Nacken schmerzt. Ich denke an Alba, an die Person, die gestern stolz und hoch aufgerichtet für ihre Liebe tanzte und ihre Seele vor uns ausgebreitet hat. Sie traf eine mutige Entscheidung, ihr Leben in die Hand zu nehmen, die Vergangenheit über Bord zu werfen und zu vergeben. Meine Schultern straffen sich. Nein, ich werde nicht mehr zu Boden starren und mich verstecken! Entschlossen recke ich mein Kinn und mustere die Menschen um mich herum. Das schnelle Schlagen meines Herzens und die Hitze in meinen Wangen ignoriere ich. Niemand starrt mich an, zeigt mit dem Finger auf mich oder fragt, was passiert ist. Eine weitere gute Erfahrung, die ich dankbar entgegennehme.

Während ich mit den anderen Menschen darauf warte, dass der Zug in den Bahnhof einfährt und hält, bildet sich wie von selbst ein Lächeln auf meinen Lippen. Es fühlt sich gut an, aus der Blase herauszuschauen. Die Welt da draußen ist schön. Aufgeregt klammere ich mich fester an meinen Rucksack. Laut quietschend fährt der Zug in Salamanca ein und ich stelle fest, dass ich mich freue, die Stadt zu sehen und Amado Vicario Ruiz zu treffen. Dieser wohlklingende Name steht auf dem Schreiben, das mir Alba gestern in die Hand gedrückt hat. Die Adresse habe ich schon gegoogelt, es ist nicht weit vom Bahnhof entfernt, vielleicht dreißig Minuten Fußmarsch. Jedoch ist mein Rucksack schwer und ich werde mir den Luxus leisten, mit dem Taxi zu fahren. Endlich bleibt der Zug stehen und die Menschen drängen zum Ausgang. Ein junger Mann nimmt mir bei Aussteigen den schweren Rucksack ab, hebt das Monster auf den Bahnsteig, lächelt mich an und geht dann seiner Wege. Falls er meine Narbe gesehen hat, konnte er seine Neugierde gut verbergen. Ich fühle mich seit langer Zeit wieder normal, ein seltsames Gefühl.

Jemand tupft mir von hinten auf die Schulter, ich drehe mich erschrocken um. Ein Mann steht vor mir und mustert mich ernst, dann spricht er in perfektem Deutsch: »Hallo, Katharina. Du bist doch Katharina? Wenn nicht, dann entschuldige ich mich sofort.« Er neigt seinen Kopf zur Seite. »Ich bin Amado Vicario Ruiz.«

»Hallo, Amado!«, erwidere ich überrascht. »Ja, ich bin Katharina. Woher weißt du?«

»Alba hat mich angerufen und mir gesagt, wann du hier ankommst. Alles andere war leicht, es gibt nicht viele Frauen mit deiner Haarfarbe, die hier aussteigen und so verloren wirken.«

Verwirrt schaue ich ihn an und überlege fieberhaft, was ich sagen soll. »Ich wirke verloren?«

Amado nickt. »Wie jemand, der sich nicht entscheiden kann, ob er mit dem Taxi fahren oder zu Fuß ins Hotel gehen soll. Aber das musst du jetzt auch nicht mehr entscheiden, du wohnst selbstverständlich bei mir.«

Immer noch starre ich ihn an. Amado ist attraktiv, ich wäre nicht überrascht, wenn er Schauspieler wäre oder Künstler. Ich schätze ihn auf Mitte vierzig, seine Haare sind graumeliert und sorgfältig geschnitten, er ist einige Zentimeter kleiner als ich und elegant gekleidet. Seine Erscheinung erregt die Aufmerksamkeit vieler vorbeigehender Frauen unterschiedlichen Alters. Bei diesem Mann soll ich schlafen?

»Wollen wir los?« Amado schultert mein Gepäck, als wäre es selbstverständlich, über einem teuren Burberry-Mantel einen verstaubten Rucksack zu tragen. Mir bleibt nichts anderes übrig, als ihm zu folgen und mich zum wiederholten Mal zu fragen, was ich hier eigentlich mache.

»Wohin gehen wir? Ich schlafe gern im Hotel, du musst dir keine Umstände machen, Amado.«

Wir schieben uns nebeneinander durch das Gewühl der Bahnhofshalle – einem hellen, modernen Gebäude, das einer Shoppingmall ähnelt. Menschen haben es eilig, werde ich angerempelt, höre ich sofort eine schnelle Entschuldigung.

»Ich habe das Gefühl, als möchte ganz Spanien von hier aus verreisen«, rufe ich durch den Trubel.

»Nein, nicht ganz Spanien. Vielleicht nur die Hälfte.«

Amado zwinkert gut gelaunt, bevor er sich wieder umdreht und mich durch die Menge führt. Ich frage mich unwillkürlich, ob es eine Señora Ruiz gibt und wie sie wohl aussehen mag.

»Hast du Durst? Hunger?«

Ich schüttle den Kopf und folge vertrauensvoll einem mir unbekannten Mann. Das ist gefährlich und ich habe schon genug erlebt.

»Amado? Ich müsste kurz telefonieren.« Ich zeige mein Telefon nach oben. »Es dauert nicht lange.«

»Selbstverständlich. Ich bringe dein Gepäck zum Auto, dann komme ich zurück.«

Ich tippe Pauls Nummer ein. Es klingelt einige Male, dann höre ich seine Stimme. Ich bin so erleichtert, dass ich weinen könnte.

»Katharina, hallo! Ist alles in Ordnung?«

Er klingt distanziert. Immer noch.

»Ich bin in Salamanca. Spanien ist so ...« Mir fällt kein passendes Adjektiv ein, das diese Fremdartigkeit und Faszination beschreiben könnte. »Ich vermisse dich, Paul.« Ergriffen presse ich das Telefon an mein Ohr.

»Komm zurück! Das Ganze war eine Schnapsidee. Was bringt dir das denn, einer Toten nachzujagen? Ich buche dir einen Flug.«

Alles Gute, was ich Paul gern gesagt hätte, ist vergessen. Galle steigt in mir hoch. Ich jage einer Toten nach?

»Das ist meine Vergangenheit, Paul. Das, was du tot nennst, gehört zu mir wie das Leben.«

»Damit meinst du wohl mich. Da habe ich ja Glück.« Seine Stimme klingt sarkastisch, er will mich verletzen und schafft es auch. Mir ist nach Weinen zumute, das Hochgefühl in mir hat sich aufgelöst. Ich bin wieder im Danach, meiner Realität. Wie konnte ich das vergessen? Sekunden verstreichen, in denen ich das Telefon an mein Ohr gepresst halte, obwohl Paul nach einer frostigen Verabschiedung schon längst aufgelegt hat. Was passiert hier? Hat er recht, jage ich etwas nach, das nicht mehr existiert? Aber ich existiere doch und mit mir die Vergangenheit!

Amado Vicario Ruiz, der elegante Mann mit den grauen Strähnen und den schönen Händen, hält mir die Tür des Taxis auf und verständigt sich so schnell mit dem Fahrer, dass ich kein Wort verstehen kann. Ich rutsche auf den Sitz und kämpfe weiterhin gegen die Tränen an.

»Alles in Ordnung mit dir?«

Amados Stimme ist weich, ich nicke und er unterhält sich weiter mit dem Fahrer. Nach nicht einmal zehn Minuten Fahrzeit sind wir am Ziel angekommen. Die Altstadt von Salamanca, ihr Anblick raubt mir den Atem und lässt mich meine Zweifel vergessen. Vieles hier erinnert mich an Burgos, die gelben Fassaden der Häuser und die blankgewetzten Steinfliesen, über die sich fröhliche Touristen schieben. Amado öffnet mir die Tür und ist sichtlich erfreut über mein Staunen.

»Willkommen in Salamanca! Ich bringe dich zuerst zu meinem Haus, dort kannst du dich frischmachen, dann trinken wir einen Kaffee am Plaza Mayor.«

Wieder trägt Amado meinen Rucksack, als wir durch die Gassen laufen und er mir erklärt, dass er auf dem Weg zwischen dem Plaza Mayor und der Kathedrale von Salamanca lebt und arbeitet.

»Wir Spanier sind traditionsbewusste Menschen.« Amado deutet mit stolzem Gesichtsausdruck auf ein Schild vor einem Laden für Fotografie. »Ich habe das Geschäft von meinem Vater übernommen und er von seinem Vater. Wir sind alle

Fotografen mit dem Blick für das Schöne.« Amado wendet sich einer Tür mit vielen Schlössern zu und schließt eines nach dem anderen auf. Meine Narbe brennt, ich weiß genau, was die Menschen denken, die an uns vorbeilaufen. Wieso hat dieser schöne Mann so eine hässliche Begleitung?

Amado spürt wohl mein Unbehagen und fragt: »Alles okay?«

Ich drehe mich zur Tür und setze meine Sonnenbrille auf. Schweiß läuft meinen Rücken hinunter, am liebsten würde ich im Erdboden versinken.

»Die Tür hat wirklich viele Schlösser.«

Ich scheitere kläglich bei dem Versuch, das Zittern aus meiner Stimme zu verdrängen. Langsam gehe ich in den angenehm kühlen Raum und hole tief Luft. Spontan fühle ich mich zurückversetzt in meine Kindheit, als mich meine Großmutter zum Einkaufen mitnahm. Sie besuchte gern solche alten Geschäfte, in denen es nach Vergangenheit roch.

Hier, in Amados Laden, empfängt mich der eigentümliche Duft nach Holz, Staub und Papier. An den Wänden hängen Fotos in unterschiedlichen Rahmen und Größen. Ich betrachte eins nach dem anderen, während Amado den Rucksack abstellt und zu mir kommt. Seine Nähe ist mir unangenehm, verlegen gehe ich weiter und entdecke immer wieder dasselbe Motiv auf den gerahmten Fotos.

»Das ist eine schöne Frau.« Ich deute auf die Nahaufnahme einer Frau, die mit ernstem Gesicht in die Kamera sieht.

»Cecilia, sie heißt Cecilia.« Sein Tonfall ist eine Spur dunkler. Ich warte ab, ob er etwas darüber erzählen möchte, doch er schweigt.

»Hast du das alles fotografiert?«

»Die meisten an dieser Wand schon, es sind Momentaufnahmen. Ich streife durch die Stadt, dort finde ich meine

Motive oder sie mich. Salamanca schenkt den Menschen den Blick auf die Schönheit der Vergangenheit. Manchmal in einer Intensität, die ich festhalten muss. Ich drücke nur auf den Auslöser.« Seine Geste umfasst die Kunst an der Wand mit einem Schwung. »Und das kommt dann dabei heraus.«

»Unglaublich intensiv. Am besten gefällt mir die Reihe mit ... Cecilia.«

»Dankeschön. Die Bilder mag ich auch am liebsten. Ich möchte dir etwas zeigen. Oder trinken wir zuerst am Plaza Mayor einen Kaffee? Du entscheidest.«

»Geht es um meine Großmutter? Um Margarete?«

Amado fasst mich vorsichtig an der Schulter und lenkt meine Aufmerksamkeit auf die andere Seite des Raumes.

»Diese Bilder dort hat mein Vater fotografiert. Das eine oder andere dürfte dich interessieren.«

Es sind mehrere Fotos, eine Reihe von fünf Aufnahmen, die meine Großmutter zeigen. Bewegt berühre ich nacheinander die Rahmen, die eine andere Margarete zeigen als auf dem Foto in Burgos. Eine ernste Frau. Wie gern würde ich sie nur noch einmal umarmen und ihren Duft nach Orangenblüten einatmen.

»Weißt du etwas über die Bilder? Kannst du mir mehr erzählen? Sie sieht so traurig aus.«

Ich suche in Amados Gesicht nach einer Antwort.

»Mein Vater, Antonio Vicario Lopez, war ein großer Künstler. Nein, nein, versteh mich nicht falsch, du schaust so ungläubig, sieh dir die Bilder an. Was siehst du?«

»Ich verstehe nicht, was du meinst. Ihr Ausdruck? Das wollte ich von dir wissen.«

»Wie wirken die Aufnahmen auf dich?«

»Sehr lebendig. Aus dem Leben gegriffen. Ich weiß nicht, wie ich es beschreiben soll.«

Amado nickt enthusiastisch, ich habe wohl das Richtige

gesagt.

»Deine Großmutter war eine auffallend schöne Frau. Diese Haarfarbe, genau wie deine.«

Ich drehe mich etwas zur Seite und hoffe, dass er mich nicht anfasst. Amados Nähe ist mir immer noch unangenehm, was weniger an ihm liegt. Er ist ein sympathischer Mann, ohne Frage.

»Mein Vater liebte alles Schöne dieser Welt und besonders natürlich die Frauen.«

»Wie kam meine Großmutter zu ihm? Wie hat sie ihn kennengelernt?«

»Er war mit José befreundet und agierte quasi als Hüter ihrer Liebe.«

»Oder er hat ihren Betrug gedeckt, immerhin war er verheiratet.«

»Ja, José war verheiratet. Die ganze Situation ... darüber sprechen wir später. Diese fünf Fotografien entstanden an einem Nachmittag am Plaza Mayor. Dieser Tag spielt eine wichtige Rolle und ich würde dir gern davon erzählen.«

»Ja, bitte.«

»Möchtest du dich vorher ausruhen?«

»Amado, ich bin nicht müde. Ich möchte endlich verstehen.«

»Gut. Dann lass uns die paar Meter zum Plaza Mayor gehen. Dein Gepäck lässt du am besten hier.«

In Gedanken versunken, muss ich mich ermahnen, die Schönheit der Stadt und das Leben in den Gassen nicht einfach so an mir vorüberziehen zu lassen. Ich bin mir nicht sicher, was ich von dieser Geschichte halten soll. Margarete liebte einen Mann, der nicht frei war. Weshalb zog sie keinen Schlussstrich, nachdem sie davon erfuhr? Ist das der Grund, weshalb sie meinen Großvater nie erwähnte. Ein bitteres Gefühl steigt in mir auf. Margarete hat mich belogen. Wusste meine Mutter, wer ihr Vater war?

Überrascht sehe ich mich um, als wir aus einer dunklen Gasse auf den Plaza Major treten. Vor mir öffnet sich ein großer rechteckiger Platz, der, von Cafés und Bars gesäumt, durch seine gepflegten Häuserfassaden einen Zauber auf mich ausübt, als wäre ich schon einmal hier gewesen.

»Das ist wunderschön.«

Amado lächelt stolz. »Plaza Mayor. Für mich der schönste Hauptplatz in ganz Spanien. Das lebendige Zentrum Salamancas. Hier treffen sich alle, Studenten, Touristen, Einheimische.«

Ich drehe mich um meine Achse und bewundere eine besonders reich verzierte Häuserfassade. Amado steuert zielstrebig ein Café an und besetzt einen Tisch in der Sonne. Mit einer lässigen Geste bestellt er Kaffee und Orangensaft, seufzt voller Wohlbehagen und mustert mich. Sofort zieht sich alles in mir zusammen und ich frage mich, ob er meine Narbe anstarrt.

»Ein Unfall«, beantworte ich Amados Frage, die er wohl nie stellen würde. Mit dem Finger ziehe ich seine Aufmerksamkeit auf die Wulst in meinem Gesicht. Er nickt und schweigt. Was soll ich jetzt sagen? Wie dumm von mir, wahrscheinlich sollte ich jetzt erzählen, was mit mir los ist.

»Du musst nicht darüber sprechen, wenn es dir unangenehm ist.«

Amado hat recht, muss ich nicht, will ich auch nicht. »Ich wollte nur erklären, ich dachte ... Ich wurde überfallen und mit dem Messer verletzt.« Es fällt mir schwer, mit diesem Fremden darüber zu sprechen. Was er wohl von mir denkt?

Amado sieht nicht überrascht aus oder aber er kann sich gut verstellen. Es folgen keine Fragen und auch keine Floskeln der Anteilnahme, die in den wenigsten Fällen ehrlich gemeint sind. Ich bin froh darüber und entspanne mich allmählich.

»Möchtest du etwas über diesen Platz erfahren? Ich bin kein Stadtführer, doch ein wenig kann ich dir erzählen.«

»Sehr gern!« Ich höre selbst, wie erleichtert ich klinge, und wir lachen beide. Der Kellner stellt unsere Getränke auf den Tisch und ich nippe am Orangensaft. Das hätte Margarete gefallen, der Duft von Orangen und dieser Geschmack von Süße, der alle Sinne in Aufruhr versetzt.

»Der Plaza Mayor in Salamanca entstand nach den Plänen von Alberto Churriguera. Ah, ich liebe diesen Namen! Alberto stammte aus einer berühmten Künstlerfamilie und war später auch bei bedeutenden Gebäuden der Baumeister. Auf der Nordseite ...«, Amado deutet auf ein Barockgebäude mit Granitbögen und einem verspielten Glockenturm, der auf der obersten Reihe aufgesetzt ist, »siehst du das Rathaus mit den Figuren und Medaillons, auf denen Miguel de Cervantes und Karl V. abgebildet sind. Bist du beeindruckt?«

Amado versprüht einen Charme, dem ich mich nicht entziehen kann. Alles an ihm strahlt eine positive Energie aus, er ist wie ein Brunnen oder vielmehr das kühle klare Wasser darin, der erste Schluck an einem heißen Sommertag. Durch ihn und seine Art, die Welt zu sehen, fühle ich mich gereinigt, angefüllt mit Energie.

»Durch diesen Ort fließt alles, was mir an Salamanca gefällt.«

»Wirklich? Auch diese Masse an Touristen? Wenn er jetzt schon so gut besucht ist, wie mag das erst im Sommer sein?«

Amado trinkt einen Schluck Kaffee und lächelt. »Auch die vielen Touristen. Egal, woher sie kommen und gleichgültig, wonach sie suchen.« An seinem Tonfall merke ich, dass sich unsere Unterhaltung einem ernsteren Thema zuwenden wird.

»Wonach suchst du, Katharina?«

Innerlich rolle ich mit den Augen. Was kann ich darauf schon sagen?

»Margarete, es ist Margarete. Was hat es mit den Fotografien auf sich?«

»Mein Vater Antonio war hingerissen von deiner Großmutter. Ich habe es nach seinen Erzählungen immer bedauert, sie nicht kennengelernt zu haben.«

»Was hat dein Vater über sie erzählt? Du sagtest, er war ihr Wächter der Liebe?«

Der Kellner läuft geschäftig an unserem Tisch vorbei und Amado bestellt noch eine Runde Kaffee. Dann zieht er eine Schachtel Zigaretten aus seiner Jackentasche.

»Stört es dich?«

Ich schüttle den Kopf. »Nein, es stört mich nicht.«

Weshalb macht er es denn so spannend? Nachdem die Zigarette angezündet ist und er einen tiefen Zug genommen hat, entspannt sich Amado.

»Alba hat dir erzählt, warum José aus Burgos abgereiste?« Fasziniert beobachte ich einige Rauchringe, die Amado fabriziert. Der Zigarettendunst schwebt für eine Weile über unseren Köpfen und verliert sich dann im wolkenlosen Himmel.

»Sie meinte, José sei abgereist, weil er einen wichtigen Termin hatte.«

Sein Name fühlt sich nicht richtig an. Ein Fremder und auch nicht. Ich behalte für mich, was Alba mir über ihren Verrat anvertraut hat und bin neugierig auf Amados Interpretation der Geschichte.

»Geflüchtet trifft es wohl eher.« Amado grüßt einen vorbeilaufenden Mann mit einem Kopfnicken. »Dein Großvater war ...«

»Das ist er nicht!« Meine Emotion zu diesem Thema überrascht mich, auch Amado wirkt irritiert.

»Katharina, José Garcia Pérez ist dein Großvater.«

»Das ist nicht sicher. Und selbst wenn, er hat nie eine Rolle in meinem Leben gespielt.«

»Du bist erbost. Ich kann das nachvollziehen, aber hier geht es nicht um dich.«

Einen Augenblick halte ich die Luft an, so sehr trifft mich dieser Satz. Am liebsten würde ich jetzt aufstehen und gehen. Was mache ich hier, weshalb kam ich an diesen Ort? Eine an den Haaren herbeigezogene Aktion, um mich vor meinen wahren Problemen zu drücken. Eine Nebelbombe, nichts weiter.

»Katharina!« Amado legt seine warme Hand auf meine, ich bemerke, dass ich sie zur Faust geballt auf den Tisch presse. »Ich wollte dich nicht verletzen. Du hast einen Grund, hier zu sein, es ist dir so wichtig, dass du dieser Schnitzeljagd quer durch Spanien zugestimmt hast. Es ist Josés Spiel. Du hast keinen Grund, verletzt zu sein. Du kennst nicht die ganze Geschichte.«

»Kennst du sie denn?«

Ich trinke einen Schluck Saft. Mein Gesicht ist wieder hinter der dunklen Sonnenbrille verborgen.

»Hier in Salamanca zu sein, ist ein Etappenziel für dich. Ich gebe dir, was ich dir zu geben habe, und das ist erst einmal diese Geschichte. Bist du bereit?«

Meine Narbe, mein Gesicht. Das Davor ist mir wichtig. Meine Großmutter ist mir wichtig und meine Mutter. Ich vermisse sie beide in diesem Augenblick so sehr, dass er körperlich schmerzt.

»Bereit bin ich nicht, doch ich bitte dich, mir die Geschichte zu erzählen.«

»Sehr gut, dann bestelle ich uns noch etwas zu trinken.« Er winkt dem Ober und zählt verschiedene Getränke auf. Ich bin auf alles gefasst.

»Mein Vater und José waren Schulfreunde, wahrscheinlich auch beste Freunde, wenn sie auch aus unterschiedlichen Welten kamen.«

»José lebte in Salamanca?«

»Er wurde in Granada geboren, hat aber einige Jahre seiner Schulzeit in Salamanca verbracht. Dort begegnete er meinem Vater, der einer der größten Raufbolde des Viertels war. Meinen Vater zu kennen, hieß immer Ärger zu haben – mit den Lehrern, den Nachbarn, den Eltern ...«

Ich spüre, dass Amado stolz auf seinen Vater ist, er kann also nicht so schlimm gewesen sein.

»Als José in die Klasse kam, waren die beiden zwölf Jahre alt. Mein Vater wollte sofort klären, wer das Sagen hat, doch José interessierte das nicht.«

»Haben sie sich geprügelt?«

»Soweit kam es gar nicht erst. Die beiden standen sich im Schulhof gegenüber, umringt und angefeuert von den Schulfreunden, die natürlich auf der Seite meines Vaters waren. Vor dem ersten Schlag wurden sie getrennt, es gab Riesenärger und die beiden hatten zusammen wohl einige Stunden nachzusitzen. So wurden sie Freunde.«

»Dein Vater war doch Künstler! In meinen Augen passt das nicht zusammen.«

Amado lacht. »Mein Vater war so vieles.«

»Sie waren sich also ähnlich und wurden gute Freunde. Das verstehe ich. Fand dein Vater etwa gut, dass José eine Affäre mit einer anderen Frau hatte, obwohl er verheiratet war?«

»Gut fand er es wahrscheinlich nicht, berührt hat ihn die Geschichte trotzdem. Dein Großvater verlor seine Mutter sehr früh an eine Krankheit und unsere Familie wurde ein Hafen für ihn. Josés Vater war ein wichtiger Mann in der Regierung, wenn auch nicht offiziell. Er war für José kaum existent, weshalb unsere Familie eine Art Zuflucht wurde. Die Freundschaft hielt ihr Leben lang, auch als sich ihre Wege trennten.«

»Hast du José kennengelernt?«

»Ja, aber daran kann ich mich nicht mehr erinnern. Ich war noch klein. Später ergab sich keine Gelegenheit mehr. Kurz vor seinem Tod hatten wir Kontakt, allerdings nicht persönlich.«

»Wie ging es dann weiter?«

»In dieser Nacht klopfte es an die Tür, mein Vater erzählte, dass er sofort wusste, wer es war. Ein vollkommen aufgelöster José, ein José, der von seiner Liebe sprach, einer Frau mit dunkelrotem Haar.«

»Stopp! Das klingt alles sehr romantisch, aber er war verheiratet. Er hat seine Frau betrogen und meine Großmutter auch.«

»Das ist richtig, aber er liebte Margarete über alles.«

»Woher willst du das wissen?«

»Ich weiß es nicht und mein Vater war sicherlich skeptisch, doch er beurteilte deinen Großvater nicht vorschnell.«

»So wie ich, meinst du?«

»Du hast ihn nie kennengelernt, hast über einen Brief erfahren, dass ein Zweig deiner Familie in Spanien lebt, deren Blut durch deine Adern fließt. Setz die Brille ab!«

»Bitte?«

»Die Sonnenbrille. Setz sie ab!«

Automatisch folge ich seiner Bitte und ziehe die Brille von meinem Gesicht. Amado mustert mich, ich fühle mich ausgeliefert und beschämt.

»Du siehst aus wie deine Großmutter. War deine Mutter auch so schön?«

Ich schnappe nach Luft, will etwas erwidern, lachen, doch Amado hebt seine Hand. »Wie sah deine Mutter aus? Waren ihre Haare auch von diesem dunklen Rot? Ich kann die Farbe gar nicht beschreiben, es sind so viele Töne, wie Feuer, dunkles, gefährliches Feuer.«

Ich sehe mich durch Amados Augen, natürlich bin ich mehr als mein Gesicht, mehr als die Verletzung, mehr als die Narbe, die mich jeden Tag daran erinnert, dass ich mir nicht mehr allein gehöre, ein Besitz war, ein beschmutztes Gefäß.

»Warum fragst du mich nicht nach der Narbe?« Es ist unmöglich, dass er nicht neugierig ist, nicht wissen möchte, was mir passiert ist.

»Nein, ich frage dich, ob diese ungewöhnlichen grauen Augen in eurer Familie liegen. Mein Vater sprach von diesen Haaren und diesen Augen, als wäre deine Großmutter ein magisches Wesen, eine Märchenfigur gewesen. Jetzt sehe ich dich und ahne, wie sich mein Vater gefühlt haben muss.«

Was soll ich darauf antworten? Mein Anblick scheint ihn nicht anzuwidern, ich drehe meinen Kopf und biete ihm den Anblick auf meine versehrte Seite. Das bin ich, das bin ich im Danach. Die Zeit zieht sich, ich sehe Amado, es ist mir egal, wer von den vielen Menschen, die am Plaza Mayor an uns vorbeischlendern, mich sehen, zurückschrecken oder mich sensationsgierig anstarren. Meine Umwelt ist durchsichtig, ich entscheide, was von Belang ist. Die gärende Wunde, die nur ich fühlen kann, ist plötzlich kleiner, unwichtiger, verschoben auf eine gute Art.

»Meine Familie waren meine Mutter und meine Großmutter. Es gab nur uns drei. Meinen Vater habe ich nie kennengelernt, er wollte nichts mit mir zu tun haben, genau wie mein Großvater. Alles ein großes Geheimnis! Aber ja, auch sie hatten rote Haare und graue Augen wie Hexen, nur hat uns niemand verbrannt.« Ich habe mich in Rage geredet, meine Narbe juckt unangenehm und Schweiß läuft mir den Rücken herunter.

»Ist dir heiß? Der Ober bringt bestimmt gleich einen Sonnenschirm.«

Je mehr ich mich zur Geduld zwinge, desto wütender werde ich. *Mach den Deckel vom Topf,* meinte Margarete früher stets, um einen meiner drohenden Wutausbrüche zu vermeiden, die fast schon legendär waren. Meine Mutter und Margarete waren anders, weshalb sie glaubten, dass ich diese aufbrausende Art nur von meinem Vater geerbt haben konnte. Oder von meinem Großvater?

»José ist damals geflüchtet und hat sich bei meinem Vater versteckt. Das ist nicht heroisch, stimmt.« Amados Augen halten mich fest, er sucht nach Verständnis für diesen Mann. Offensichtlich ist ihm das wichtig.

»Er fand mit Margarete seine Liebe und stand nun inmitten der Trümmer.« Amado spricht mit einer Überzeugung, als wäre es das Normalste dieser Welt, von einer Frau zur nächsten zu springen – der Liebe wegen. Gefühle. Liebe. Schmerz. Betrug. Das verstehe ich einfach nicht. Eine Gruppe älterer Damen zieht laut redend an uns vorbei und nimmt am Nachbartisch Platz. Amado beugt sich zu ihnen, begrüßt sie herzlich. Dann höre ich meinen Namen und wende mich der Gruppe zu. Eine Dame, ihre weißen Haare sind zu einer kunstvollen Frisur gesteckt, sieht mich abschätzend an. Mich beschleicht ein unangenehmes Gefühl.

»Margarete war deine Großmutter?« Die elegante Dame scheint keine Freundin gewesen zu sein. Nur weil ich Amado nicht vor den Kopf stoßen möchte, halte ich mich zurück und bleibe unverbindlich. Mein Gegenüber wechselt noch ein paar weniger freundliche Worte und wendet sich wieder mir zu.

»Ich würde vorschlagen, wir gehen zurück ins Geschäft, hier ist es nicht mehr der passende Ort, um dir die Geschichte zu erzählen.«

Erleichtert folge ich ihm, spüre die Blicke der Frauen in

meinem Rücken wie Dolche. Ich atme auf, als ich einige Minuten später in Amados Geschäft in einen bequemen Sessel sinke und von ihm eine Tasse Tee gereicht bekomme.

»Schmeckt sehr gut. Sag mal, Amado, was war das da eben? Diese Dame schien etwas gegen mich zu haben.«

»So kann man es ausdrücken. Sie war eine Freundin von Luisa Ruiz Sánchez.«

»Okay. Wer war das? Ich verstehe nicht.« Dann kommt die Erkenntnis so gewaltig wie ein Faustschlag. »Mein Gott, Luisa ...«

»... Ruiz Sánchez ...«, hilft Amado weiter.

»Genau. Luisa Ruiz Sánchez war Josés Ehefrau.«

Jetzt kann ich die Reaktion ansatzweise verstehen. Was für Gefühle – trotz all der Zeit!

»In dieser besagten Nacht stand also José vor Papas Tür. Er war betrunken und völlig fertig. Auf der einen Seite war er froh, einen Schlussstrich ziehen zu können, auf der anderen Seite vermisste er deine Großmutter ganz furchtbar.«

Von der Wand sieht mich Margarete ernst an, sicherlich war sie auch in jungen Jahren ein Mensch mit Prinzipien.

»Was ist dann passiert?«

»Es gab ein Gespräch, das die ganze Nacht dauerte. Du musst dir vorstellen, dass dein Großvater unglücklich verheiratet war. Eine arrangierte Ehe, um Beziehungen zu festigen, Vertrauen zu stärken, mit einem Regierungsapparat kooperieren zu müssen, der seine Macht mit Gewalt durchsetzte.«

»Was bedeutet das?«

»Luisa war zweifelsohne eine Frau, um die sich andere Männer gestritten hätten. Mein Vater hat sie kennengelernt und erzählte nur Gutes über sie. Sie schien an José auch ehrlich Gefallen gefunden zu haben.

»Und dann?«

»Es gab eine Hochzeit, sie reisten nach Sevilla, verbrachten dort einige Tage der Zweisamkeit und begannen dann ihr Leben auf La Esperanza.«

»Auf La Esperanza? Das bedeutet Hoffnung, und?«

»Das ist die Finca, die du geerbt hast.«

Immer mehr Puzzleteile schieben sich ineinander und ergeben ein Bild. »Ja, das weiß ich, aber was ist La Esperanza genau?«

Amado sieht so aus, als habe er zu viel erzählt und würde sich darüber ärgern. *Zu spät, Amado! Gesagt ist gesagt.*

»Geduld, Katharina! Du wirst mehr darüber erfahren.«

»Von dir? Hier und heute?« Geduld gehörte noch nie zu meinen Tugenden.

»Über die Finca nicht.« Er holt tief Luft und ich kann ihm ansehen, dass er nach den richtigen Worten sucht. »José hat Luisa nie geliebt. Nach außen hin waren die beiden ein Paar, das gut zusammenpasste, für Josés Freunde waren sie ein Paar, dass trotz allem nicht zusammengehörte. Er liebte die Natur, die Arbeit auf der Finca, sie vermisste die Stadt. Luisa war nicht für das Landleben geboren.«

»Deshalb haben sie sich voneinander entfernt?«

»Zuerst haben sie versucht, Kinder zu bekommen. Sie dachten wohl, das könnte alles ändern, aber Luisa wurde nicht schwanger.«

Ich höre ein Drama, das mich berührt. Mit wem hat Margarete darüber gesprochen? Wem hat sie sich anvertraut?

»Was ist dann passiert?«

»Luisa verließ José. Eine Scheidung wäre nie in Betracht gekommen, also ging sie zurück zu ihrer Familie nach Salamanca und war auch viel in Madrid.«

»José war also getrennt von seiner Frau, als er meine Großmutter kennenlernte?«

Amado nickt und sieht traurig aus. »Das war er. Mehr oder weniger, wie gesagt, sie waren noch verheiratet, und das sollte sich auch nicht ändern. Eine Scheidung kam nicht in Frage.«

Er nimmt ein Foto von der Wand und reicht es mir.

»Das ist für dich. Es war das Lieblingsbild meines Vaters. Ich finde, du solltest es haben.«

Margarete sieht in die Kamera, in ihren Augen erkenne ich eine Welt, die sie nie mit meiner Mutter oder mir geteilt hat. Zumindest mit mir. Es läuft mir eiskalt den Rücken hinunter. Was, wenn meine Mutter mehr gewusst hat? Verbitterung steigt in mir auf, ich kann mich nicht dagegen wehren. Wer hat mich noch alles belogen?

»Danke, Amado, das bedeutet mir sehr viel. Bis heute hatte ich keine Ahnung von meinen spanischen Wurzeln. Das ist alles etwas viel.« Tränen laufen mir über das Kinn, während ich Margaretes Foto in den Rucksack stecke. »Ich fühle mich betrogen. Amado, ich weiß nicht, ob du das verstehen kannst.« Meine Stimme zittert und es fällt mir schwer, mich zu beherrschen. Amado bringt mir ein Glas Wasser, ich trinke und finde allmählich meine Beherrschung wieder. »Erzähle bitte weiter, was ist dann passiert?«

»José klopfte also an diesem Abend bei meinem Vater an. Ich weiß nicht genau, was die beiden gesprochen haben, doch hat sich José danach auf La Esperanza zurückgezogen. Er hatte mit Margarete abgeschlossen.«

»Die beiden müssen sich ja wohl wiedergetroffen haben, sonst säße ich hier nicht vor dir.«

»Augenscheinlich. Gleichzeitig machte sich mein Vater auf nach Burgos.«

»Was?! Wusste José davon? Tat dein Vater das auf eigene Faust?« Amado reagiert nicht auf meine Frage, spricht einfach weiter: »Als er dort ankam, suchte er Alba auf und musste erfahren, dass Margarete die Stadt verlassen hatte und unterwegs nach Andalusien war. Sie wollte dort weiter den

Flamenco studieren, das war die Aussage. Mein Vater glaubte nicht daran. Doch das änderte nichts an der Tatsache, dass Margarete verschwunden war und er unverrichteter Dinge nach Salamanca zurückkehrte.«

Amado macht eine kunstvolle Pause.

»Stell dir vor. Er ging wie jeden Morgen zum Plaza Mayor und hatte wie jeden Morgen seinen Fotoapparat dabei, als er deine Großmutter an einer der Säulen stehen sah.«

»Was für ein Zufall!«

»Ja, ein Zufall und diese roten Haare. Mein Vater erkannte deine Großmutter und sprach sie an.«

»Von diesem Tag stammen die Fotografien?«

Sein Gesichtsausdruck ist mir Bestätigung genug.

»Das ist ja unglaublich.«

»Das ist es. Deine Großmutter wollte die Stadt sehen, wo dein Großvater aufgewachsen war. Ich glaube, dass sie insgeheim gehofft hat, José zu begegnen.«

»Wusste sie denn, dass er einen Tag zuvor hier gewesen war?«

»Das kann ich dir nicht beantworten«, erwidert Amando schulterzuckend. »Was ich weiß, und deshalb passt der Ausdruck ›Hüter der Liebe‹ auch so gut, dass mein Vater Margarete alles erzählte. Über Luisa, die Trennung und La Esperanza.«

»Hm. Änderte das ihre Meinung zu José?«

»Das kann ich mir gut vorstellen, aber wer versteht schon die Frauen?« Er macht eine hilflose Geste und ich muss lachen.

»Ja, schon klar.«

»Ernsthaft, Katharina, das sind alles Zufälle. Wenn es auch kitschig klingen mag, es war Liebe zwischen den beiden.«

Was soll ich auf Amados Worte erwidern? Liebe, ja. Doch was ist mit Vertrauen? Mit Ehrlichkeit? Pauls Gesicht schiebt sich zwischen meine Gedanken und das flaue Gefühl in meinem Bauch meldet sich zurück. Paul liebt mich, aber er versteht mich nicht und entfernt sich von mir. Das kann ich ganz klar spüren. Er hat kein Vertrauen mehr, zweifelt ebenso wie ich.

»Erzähl bitte weiter, Amado.«

»Margarete hörte mehr zu, als sie von ihren Gedanken preisgab. Dann verabschiedete sie sich und verließ Salamanca.«

»Das ist alles? Wohin reiste sie? Zurück nach Hause ja wohl nicht, sonst gäbe es mich nicht. Also weiter zu José nach Granada.«

»Fragst du mich das?«

»Du machst mich wahnsinnig!«

Anstelle einer Antwort steht Amado auf und geht ins Hinterzimmer. Eine Minute später ist er zurück und legt mir ein schlichtes Holzkästchen auf den Schoß.

»Das ist ein Schatzkästchen!«, sage ich verblüfft. »Ich habe ein ganz ähnliches, nur ist meins etwas kleiner. Ich hebe darin Briefe auf und andere Dinge. Wem gehört das?«

»José hat es meinem Vater vor einigen Jahren gegeben.«

»Weißt du noch wann?«

Amado überlegt eine Weile.

»2001, irgendwas in der Richtung.«

Das Jahr des Unfalls.

»Das Kästchen ist verschlossen«, stelle ich fest, schüttle es und halte es nahe an mein Ohr.

»Hast du den Schlüssel? Was mag darin sein?«

»Ich habe keinen Schlüssel dazu. Die letzten Jahre habe ich mich gefragt, was wohl darin sein mag.«

»Weshalb hast du es nicht geöffnet?«

»José hat es meinem Vater mit der Bitte anvertraut, es nach seinem Tod dir auszuhändigen.«

»Mir? Wie kann das sein?«

In meinem Kopf springen die Gedanken wie Pingpongbälle. Was bin ich, eine Schachfigur in einem seltsamen Spiel, dessen Regeln ich nicht kenne?

Alles dreht sich, das Danach hat das Zuvor gefressen und wieder ausgespuckt.

»Amado, ich brauche frische Luft. Mir ist nicht gut.«

Er springt auf, hält mir seine Hand hin, die ich ergreife und mich auf die Beine ziehen lasse.

»Du hast Hunger. Ich lade dich zum Essen ein und erzähle dir eine Geschichte. Mit Tapas schmecken Geschichten noch mal so gut.«

Ohne weitere Worte folge ich Amado in das Gewirr der Gassen. Nahe beim Plaza Mayor betritt er eine Bar, führt mich durch das Lokal zu einem Innenhof, der die hektische Geräuschkulisse der vielen Menschen abschirmt und mich an eine Oase erinnert. Pflanzen in diversen Größen und Formen umringen den Hof, ihr sattes Grün lässt mich tief durchatmen.

Amado deutet auf einen Tisch im hinteren Bereich des Gartens. »Setz dich doch. Hier sind wir ungestört.«

»Es ist traumhaft!«

»Und immer gut besucht. Allerdings ein Geheimtipp, weil sich Carlos dagegen wehrt, im Reiseführer aufgenommen zu werden.«

Besagter Carlos ist ein hagerer großer Mann mit pechschwarzem Haar, der Amado auf die Schulter klopft und mir die Hand schüttelt.

»Das ist Katharina.«

Carlos sieht mich wissend an: »Die roten Haare.«

Amado nickt bestätigend, als würde das alles erklären, und gibt unsere Bestellung auf.

»Tapas, so wie immer, mit Tintenfisch. Rotwein und

Wasser.« Amado sieht auf die Uhr. »Passt ja noch.«

»Für dich mache ich es passend, Amado.«

Wieder wird sich auf die Schulter geklopft und der lange Kerl geht mit großen Schritten zurück ins Lokal.

»Er ist etwas eigen mit seinen Tapas. Doch wir sind noch in der Zeit. Bis 15.00 Uhr serviert er, danach ist geschlossen und er öffnet wieder um 22.00 Uhr.«

Folgsam sehe auch ich auf meine Uhr. »Wir haben noch zwanzig Minuten.«

»Jetzt sind wir hier und haben bestellt, da ist das kein Problem mehr.«

Ich beobachte Carlos, der mit einem vollgeladenen Tablett auf unseren Tisch zusteuert und kleine weiße Schalen darauf ablädt. Dann zeigt er auf die Köstlichkeiten und wendet sich an mich: »Serrano-Schinken, schwarze Oliven, Tintenfisch in Tomatensauce, Sardinen in Knoblauch, Forelle und gegrillte Nieren. Du magst doch Innereien, oder?«

Ich nicke, obwohl ich keine Ahnung habe, wie gegrillte Nieren schmecken. Mir läuft das Wasser im Mund zusammen, der Duft der verschiedenen Gerichte verbindet sich zu einer wahren Explosion an Eindrücken.

»Was ist das für ein Kuchen?« Ich deute auf ein appetitlich aussehendes Stück Gebäck.«

Carlos schnalzt mit der Zunge. »Kein Kuchen. Hornazo. Probier mal!«

Er nimmt meine Gabel, sticht in das Stück und schiebt es mir in den Mund. Beide Männer sehen mich an, während ich kaue, und warten auf eine Reaktion.

»Mmh! Oh Gott, ist das lecker! Was es auch ist, so etwas Köstliches habe ich noch nie gegessen.«

»Es ist eine traditionelle Fleischpastete, hergestellt aus Chorizo, Serrano-Schinken, Schweinelende, Eiern und noch so allerlei Feinem. Stimmt's, Carlos?«

Der Angesprochene verneigt sich lächelnd, stellt zwei Gläser mit Rotwein und einen Brotkorb auf den Tisch und verschwindet pfeifend in seinem Lokal.

»Dann lass uns anstoßen, Katharina. Auf die Liebe! ¡Salud!«

Bei dem Wort Liebe zögere ich, doch dann prosten wir uns zu. Ich nippe am Wein und der Geschmack von Beeren breitet sich auf meiner Zunge aus. Das Brot duftet süß und ich probiere von jeder Tapa. Alles schmeckt nach Sonne, Hingabe an den Genuss und nach Verführung. Amado beobachtet mich, ich kann es spüren.

»Was ist denn? Das Essen ist köstlich.«

»Möchtest du noch mehr? Soll ich Carlos rufen?«

»Nein, wirklich nicht. Danke. Sag schon, was ist los?«

»Ich möchte dir noch eine Geschichte erzählen.«

Amados Stimme verändert sich, wird weich, sein Blick abwesend. »Du hast mich im Laden nach der Fotografie gefragt. Die blonde Frau mit dem ernsten Gesicht.«

»Ja, dein Vater und du scheinst ein Faible für problembehaftete Frauen mit mürrischem Gesichtsausdruck zu haben.«

Amado lacht. »Es ist diese Anziehungskraft. Liebe auf den ersten Blick.« Amado streicht sich die Haare aus dem Gesicht. Er ist plötzlich sehr emotional.

»Was ist passiert?«

»Es ist zwanzig Jahre her und es war am Plaza Mayor. Ich saß in meinem Café und beobachtete die Menschen. Meine Kamera lag neben mir auf dem Tisch. Der Platz war gut besucht, eine homogene Menge an Menschen, aus der Cecilia hervorstach. Sie lehnte an derselben Säule wie damals deine Großmutter. Cecilia trug ein kirschrotes Sommerkleid, das knapp über ihren Knien endete, ihr blondes Haar zu einem dicken Zopf gebunden, der auf ihren Rücken fiel. Sie war eine Augenweide, eine perfekte Komposition aus Aussehen und

Ausstrahlung. Dann warf sie den Kopf zurück und lachte laut. Das war der Moment, in dem sie mich verzauberte. Ein Straßenkünstler brachte sie zum Lachen, ein als Don Quichote verkleideter Mann, der auf einem Steckenpferd saß und sich nur bewegte, wenn man Münzen in seine Kappe warf.«

Amado seufzt. »Dieses Lachen, ohne Zurückhaltung, voller Lebenslust. Ich war fasziniert, falsch, ich bin es immer noch.«

Carlos kommt leise an unseren Tisch, stellt eine Karaffe Wasser in die Mitte und entfernt sich wieder. Amado befindet sich in der Vergangenheit, seiner eigenen Blase, seiner Welt. Geistesabwesend trinkt er einen Schluck Wasser und erzählt weiter: »Kennst du Menschen, die ihre Umgebung mit einer Geste, einem Wort, einem Lachen erhellen? Cecilia ist so ein Mensch. Ein Sonnenstrahl, Liebe auf den ersten Blick.«

Er bricht ab und schweigt eine Weile.

»Klingt kitschig, nicht wahr?«

»Liebe auf den ersten Blick? Ich denke nicht, dass es so etwas gibt. Anziehung? Das sicherlich. Aber Liebe?«

»Katharina, die Zweiflerin. Zwischen deinen Großeltern war es so.«

»Aha! Das entschuldigt allerdings nicht die Umstände.«

Der Spanier verdreht die Augen. »Wie ich schon sagte, Katharina, die Zweiflerin. Wie hast du deinen Mann kennengelernt?«

»Woher weißt du?«

»Du trägst einen Ehering. Dann das Telefonat am Bahnhof. Ich habe nicht verstanden, worum es ging, doch ich vermutete, dass es ein Mann ist. Dein Mann also?«

»Paul, ja. Ich bin verheiratet. Er ist Architekt, selbstständig in Frankfurt. Ein großartiger Künstler, innovativ und elegant«, antworte ich verlegen und erkenne Parallelen zwischen Paul und Amado.

»Wie hast du Paul kennengelernt?«

»Jedenfalls war es nicht Liebe auf den ersten Blick. Vielleicht auf den zweiten oder dritten und völlig unromantisch in einem Restaurant. Paul ist immer zielstrebig in den Dingen, die er will oder ihm wichtig sind.«

»Zielstrebig?« Amado reißt seine Augen auf, was ihm den Ausdruck eines erstaunten Dackels verleiht und mich zum Lachen bringt.

»Da habe ich mich wohl ungeschickt ausgedrückt. Jetzt erzähl bitte mehr von Cecilia, deiner Liebe auf den ersten Blick.«

»Ich befand mich in einer Art Trance, als ich quer über den Platz in ihre Richtung ging. Ganz deutlich spürte ich eine Verbindung, die mich anzog, zu ihr führte. Keine Fessel, kein Seil, ein fehlendes Stück von mir, das auch ein Teil von ihr war. Ich stand vor ihr und sie erkannte mich, obwohl wir uns noch nie gesehen hatten.«

Es ist warm an diesem sonnigen Frühlingstag in Salamanca und doch läuft es mir eiskalt den Rücken hinunter, was sicherlich auch mit Amados hypnotischer Stimme zusammenhängt.

»Wir waren beide überwältigt von der Intensität dieses Gefühls. Vergessen war alles, was um uns herum geschah. Bevor wir ein Wort wechselten, berührten sich unsere Hände und es war wie ein Heimkommen, ein erleichtertes Aufatmen. Mir war klar, ich habe die Frau gefunden, mit der ich den Rest meines Lebens zusammenbleiben will. Ich hätte ihr auf der Stelle einen Heiratsantrag machen können.«

Amado hat tatsächlich Tränen in den Augen.

»Und, hast du?«

»Cecilia Herández Garcia«, sagt Amado verträumt. »Sie war aus Madrid und reiste mit ihren Eltern. Am nächsten Morgen sollte es mit dem Zug weitergehen nach Cordoba. Ich hatte weniger als vierundzwanzig Stunden Zeit, Cecilia davon zu überzeugen, mit mir durchzubrennen. Dieser Tag ist bis heute der schönste in meinem Leben. Wir haben ihn zusammen verbracht, wir lebten, fühlten die Ewigkeit in nur wenigen Stunden. Wir planten unser Leben, gaben unseren zukünftigen Kindern Namen, wir waren verrückt, einfach verrückt. Und wir waren jung und noch so unschuldig. Als es Nacht wurde, trennten wir uns nur so lange, wie Cecilia brauchte, im Hotel ihren Eltern zu sagen, dass sie zu Bett gehen würde. Dann schlich sie sich zurück zu mir, wir hielten uns an den Händen und gaben uns einer Illusion hin, bis der Morgen graute.«

»Was war denn das Problem?«

»Ihr Vater war im diplomatischen Dienst. Nach diesem Urlaub sollte die Familie nach Argentinien ziehen, um dort für einige Jahre zu leben. Es war aussichtslos. Genauso gut hätte Cecilia auf den Mond fliegen können. Damals waren Handys noch nicht verbreitet, ich besaß keines und Cecilia auch nicht. Sie war konservativ erzogen und es kam ihr gar nicht in den Sinn, gegen den Umzug zu protestieren oder tatsächlich mit mir durchzubrennen.«

»Habt ihr, also ... Darf ich das fragen?«

»Warum nicht? Wir hielten in dieser Nacht unsere Hände und unsere Herzen. Bevor sie mich in der Dämmerung verließ, küssten wir uns. Dieser Kuss war einzigartig, er hat mich verändert und der Chance beraubt, jemals einen anderen Menschen so zu lieben wie Cecilia.«

»Dann ging sie und du hast sie nie mehr gesehen? Das ist ja schrecklich!«

Schweratmend lehnt sich Amado im Stuhl zurück. Er braucht eine Pause, ich hingegen bin so gebannt von seiner Geschichte, dass ich unbedingt das Ende erfahren will. »Und, hat sie dir geschrieben?«

»Sie wollte mir ihre neue Adresse schicken und ich ihr die Bilder. An jenem Tag stand ich am Bahnsteig, viel zu früh, versteckt, damit ich von ihren Eltern nicht gesehen wurde. Nur noch ein letztes Mal ihre Gestalt sehen, nur noch ein letztes Mal diese leuchtenden Haare, vielleicht könnte ich sie noch einmal riechen, vielleicht sogar berühren. Sie kamen erst spät, als der Zug gerade in den Bahnhof einfuhr. Cecilia wurde von ihren Eltern flankiert, trotzdem sah sie sich um, sie spürte mich. Die Familie stieg ein, Cecilia saß am Fenster und endlich entdeckte sie mich. Es zog mich regelrecht zu dem Fenster, ich wusste, in wenigen Minuten würde der Zug losfahren, würde Cecilia aus meinem Leben verschwinden, wie der Zug aus Salamanca. Der Schaffner pfiff und der Zug fuhr an, ich kam immer näher zu ihrem Fenster, obwohl mich Cecilia gebeten hatte, Abstand zu halten. Als ich sie dort sitzen sah, ein verirrter Sonnenstrahl, blass und verletzlich, wusste ich es: Ich war gerade dabei, auf ein Leben mit Cecilia zu verzichten. Kämpfen musste ich, mit allem, was mir möglich war. Ich rannte zu dem Waggon und schlug mit der Faust gegen das Fenster, Cecilia schüttelte panisch den Kopf, wurde von einem Mann zurückgerissen, der mich anstarrte und mit einer Handbewegung wegscheuchen wollte. Es war Cecilias Vater und er sah nicht erfreut aus. Ich konnte spüren, welcher Kampf in Cecilia tobte. Ich rannte verzweifelt und schrie ihren Namen, sie beugte sich nach draußen, winkte und winkte. Ich rannte dem Zug noch hinterher, als ich ihn nicht mehr sehen konnte, allein das Wissen, dass sie darin war, spornte mich an. Vielleicht würde ein Wunder geschehen und der Zug stoppen? Als ich nicht mehr konnte, blieb ich stehen und war so erschöpft, bar jedweder Kraft, dass ich zu Boden sank. Wäre ich damals gestorben, es hätte mich nicht gekümmert. Ja, so war das.«

Ich trinke einen großen Schluck Wasser, spüle den bitteren

Geschmack herunter, den Amados traurige Liebesgeschichte hinterlassen hat. »Machst du noch die Fotografien von der Säule am Plaza Mayor?«

»Jeden einzelnen Tag, seit zwanzig Jahren.«

Ungläubig ziehe ich die Stirn in Falten. Ob es tatsächlich stimmt, was mir Amado erzählt hat? Zwanzig Jahre sind eine lange Zeit, so viele Möglichkeiten für ein Danach, für Ereignisse, die an der Seele packen und ein Dasein erschüttern können.

»Du wirkst trotz deiner Geschichte mit dir im Reinen.«

»Ich habe diesen Tag erlebt.«

»Und ich habe den anderen Tag erlebt.« Ich drehe mein Gesicht, entblöße mich. »Im Davor war ich eine andere Frau, jetzt ist die Ära des Danach angebrochen und ich weiß nicht, wer ich bin. Ich habe mich dort verloren.«

»Dort?«

»Im Wald, zwischen den Bäumen, in der Dunkelheit.«

Wenn ich den netten Spanier, der an Liebe auf den ersten Blick glaubt, schockiert habe, lässt er sich nichts anmerken. Eigentlich weiß ich nicht einmal, warum ich seine Geschichte mit meiner vergleiche. Amado wirkt unverbindlich, ganz anders als bei seiner Erzählung von Cecilia offenbart er jetzt nichts. Mir wird klar, dass er mich nicht ablenken oder ängstigen will. Ich bin ihm dankbar dafür.

»Dort habe ich mich verloren, dort bin ich untergegangen, habe mich aufgelöst und werde nie zurückkehren.«

»Was bist du jetzt?«

»Ich bin das Danach, eine Hülle, nicht leer und auch nicht gefüllt, ein Zwischending, das nicht weiß, wo es seinen Platz finden kann.«

»Deshalb diese Reise? Ist das der Grund? Du bist auf der Suche nach dem Teil von dir, den du verloren hast?«

Amado spricht aus, was mir erst jetzt bewusst wird. Ich habe einen Teil von mir verloren und bin jetzt auf der Suche nach meinen Wurzeln. Diese Reise führt mich zu den Menschen, die mir in meinem Leben am meisten bedeutet haben und die ich verloren habe. Meine Mutter und meine Großmutter, Josefina und Margarete, wir waren die drei Hexen mit den dunkelroten Haaren, wir waren uns gegenseitig eine Insel. Mit meinen Fingerspitzen fahre ich durch meine Locken; zärtlicher, als ich sie normalerweise berühre. Es fällt mir überhaupt schwer, mich anzufassen, mein Körper gehört mir nicht mehr und wenn ich genau darüber nachdenke, ich will ihn auch nicht mehr haben.

»Vielleicht, Amado. Aber es ist vergebene Mühe, ich kann nicht zurückbekommen, was verloren ist.«

Darauf gibt es nichts zu sagen und ich bin meinem Begleiter dankbar für sein Schweigen. Margaretes Weg ist zu meinem geworden. Sie hatte ihre Gründe, auch wenn ich immer noch nicht verstehe, was sie bewogen hat, José nachzureisen.

Amado legt einen Umschlag auf den Tisch.

»Dein Zugticket. Du fährst morgen weiter nach Granada. Aber bevor du abreist, zeige ich dir noch Salamanca bei Nacht und La Marcha, typisch für uns Spanier.«

Auf meinen fragenden Blick antwortet er nur: »Lass dich einfach fallen, ich organisiere und du genießt.«

Amados Einladung, die Nacht in seiner Wohnung im Gästezimmer zu verbringen, nehme ich an. Wir haben Gefühle geteilt, ich habe Vertrauen zu ihm gewonnen. Er wohnt direkt über seinem Geschäft, das Gästezimmer ist winzig, doch ich brauche nicht viel. Nach einer ausgiebigen Dusche lege ich mich auf das Bett und denke über die letzten Tage nach. Was wird mich wohl noch erwarten? Ein Klopfen an der Tür lässt mich hochschrecken.

»Wie spät ist es?«

»Schon fast neun. Wie lange brauchst du?«

»Gib mir eine halbe Stunde, dann können wir los.«

Wie um mich zu verspotten, steht eine Kommode mit einem großen Spiegel neben dem Bett. Einer Eingebung folgend, setze ich mich auf den Stuhl davor und streiche meine Haare aus dem Gesicht. Obwohl es mir schwerfällt, mustere ich mein Spiegelbild. Ich kann mich nicht erkennen, die Reise hat nichts verändert. Habe ich mich auf eine Suche begeben, die über meine Vergangenheit hinausgeht? Dunkelrote Strähnen kringeln sich über meiner Stirn und lassen mein Gesicht im künstlichen Licht der Deckenlampe maskenhaft wirken. Ergeben schließe ich die Augen und atme gegen mein wild klopfendes Herz an. Keiner zwingt mich, diesen Weg zu gehen, ich kann auch einfach nach Hause fliegen. Paul würde sich freuen und die Formalitäten für den Verkauf von La Esperanza in meinem Namen erledigen. Vielleicht würde ich irgendwann genesen und wissen, wie es weitergeht, was ich will oder was ich nicht will. Meine Lider öffnen sich, mein nacktes entstelltes Gesicht enthüllt mir, dass das Licht mein Feind ist. Mein Gesicht und die Erinnerungen. Als hätte jemand ein Tonbandgerät eingeschaltet, höre ich Kapuzenmanns Stimme laut und fordernd: *»Du gehörst mir! Hörst du? Mir! MIR!«*

Aus meinem Rucksack krame ich das kleine Schminktäschchen. Ich könnte den Lippenstift benutzen, meine Wimpern tuschen und etwas Puder auflegen, genauso wie ich es früher auch getan habe. Langsam ziehe ich den Verschluss vom Lippenstift ab und drehe ihn nach oben. Mit zitternden Fingern ziehe ich die Konturen meiner Lippen nach und fülle dann den Rest mit dunklem Rot. Meine Hände zittern.

»Verdammt!«, fluche ich, ein langer Streifen ziert meinen Mundwinkel. Wie eine Verletzung, als würde die Narbe aufbrechen und bluten. Hektisch reibe ich über die Haut und mache es nur noch schlimmer. Wem will ich eigentlich etwas vormachen? Mir? Amado? Der Welt? Wütend werfe ich das Täschchen auf den Boden, der Inhalt verteilt sich rollend im Zimmer. Mein Spiegelbild verhöhnt mich, ich bin das, was ich sehe, zerschnitten und kaputt, eine Mogelpackung. Die einzige Wahrheit ist, dass ich schuldig bin, ich habe versagt, ich habe es zugelassen, mich nicht gewehrt. Ich trage die Schuld. Nur ich allein. Eine Reise in die Vergangenheit wird mich nicht retten.

Eine halbe Stunde später habe ich mich gefangen, den verschmierten Lippenstift und die Tränen abgewischt. »Ich bin so weit«, rufe ich mit einem Lächeln auf den Lippen, das nicht mir gehört

»Sehr gut, hübsch siehst du aus. Hunger?«

»Auf Tapas immer.«

Das gefällt ihm. Wir verlassen das Haus und werden vom Strom gut gelaunter Menschen aufgenommen und mitgetragen.

»La Marcha«, erklärt mir Amado, als er mit mir am Arm eine Bar betritt. Drinnen ist es übervoll, die Gäste drängen sich um die Theke, trotzdem finden Amado und ich einen Platz davor.

»Also noch mal, La Marcha nennt man den Zug von Bar zu Bar. Altersunabhängig!« Er lacht und deutet auf einen Tisch, an dem eine Traube schwatzender Frauen sitzt, die die Siebzig wahrscheinlich schon überschritten haben. Der Wein wird in kleinen Gläsern serviert, die Tapas schmecken hervorragend. Amado zahlt und zieht mich weiter.

Salamanca zeigt sich von einer spannenden Seite. Die Fassaden der Häuser sind beleuchtet, Stuck und Fresken werden perfekt in Szene gesetzt. Die Gassen kreuzen sich, wir gehen links und rechts, immer wieder bleibt Amado stehen, grüßt und wird begrüßt, stellt mich vor und zieht mich dabei eng an sich. Wir kehren in unterschiedliche Bars ein, trinken Wein, essen Köstlichkeiten aus kleinen Schälchen. Ich unterhalte mich mit Menschen, die ich noch nie gesehen habe, werde für mein Spanisch gelobt.

»Du bist das erste Mal in Salamanca, in Spanien? Dann musst du das hier probieren und das ...«

So geht es die ganze Zeit und irgendwann lasse ich los. Der Boden unter meinen Füßen fühlt sich vertraut an, da ist keine Angst, vom Jetzt verschlungen zu werden. Es macht mir Freude, die Menschen hier kennenzulernen, mit ihnen zu lachen, das Leben zu genießen. Die erdrückende Präsenz meines versehrten Gesichts wird transparenter und verschwimmt zu einem erträglichen Maß. Ich lache und versuche alles, was mir angeboten wird.

»Amado, es ist wundervoll, dein Salamanca. Ich liebe es. Keine Ahnung, wann ich das letzte Mal so glücklich war.«

Amado, der Mann für eine Nacht, nimmt mich in der vollbesetzen Bar in den Arm und wiegt mich hin und her, als würden wir tanzen. »Du bist da! Ich kann dich fühlen, nicht nur deinen Körper, da ist noch viel mehr. Was immer dort in deiner Heimat im Wald liegt, ein Teil ist jetzt hier bei mir!«

Er zieht mich ins Freie. Trotz der beleuchteten Stadt ist der Himmel übersät von Sternen. »Ich muss dir unbedingt etwas zeigen.«

Wie selbstverständlich nimmt er meine Hand und umschließt sie mit festem Griff. Ich halte die Luft an und möchte mich befreien, doch er lässt nicht los, bleibt stehen und dreht sich zu mir. »Wir sind gleich unten am Tormes, so heißt der Fluss. Du darfst dich nicht umdrehen und musst die Augen schließen. Lass dich führen. Willst du? Vertrau mir!«

Ich spüre die Wärme seiner Hand. Dann schließe ich meine Augen und lasse mich von einem Mann, den ich nur einige Stunden kenne, einen Weg entlangführen. Es wird kühler und die Geräusche verändern sich, irgendwo spielt jemand auf einer Gitarre und singt dazu, es wird dunkler. Wo bin ich?

»Bleib jetzt stehen!« Amado dreht mich in die andere Richtung. »Lass die Augen noch geschlossen. Hier ist ein besonderer Platz, heute ist eine besondere Nacht. So besonders wie du. Jetzt öffne sie.«

Die Kathedrale Salamancas. Wunderschön beleuchtet. »Das ist einer meiner Lieblingsplätze.«

Ich stehe auf einer Brücke, die Kathedrale Salamancas ragt vor mir in den Nachthimmel. Sie scheint aus der Dunkelheit heraus zu wachsen. Der Anblick hat etwas von Unendlichkeit, von Größe, Schicksal und Überdauern. Ich bin so berührt, dass ich weinen möchte.

»Du stehst auf der Puente Romano, der alten römischen Brücke aus dem ersten Jahrhundert. Stell dir das nur vor!«

Ich fröstle, bin ohne Jacke aus dem Haus gegangen. Amado legt seinen Arm um meine Schultern und zieht mich an sich. »Das ist die neue und die alte Kathedrale. Es sind zwei Gebäude, die miteinander verbunden sind. Du musst durch die neue Kathedrale gehen, um zur alten zu gelangen. Schade, dass du sie nicht gesehen hast. Du kommst einfach wieder her und ich zeige dir alles. Was meinst du?«

»Das würde ich gern, Amado.«

Ich setze mich auf den massiven Rand der Brücke. »Salamanca ist eine der schönsten Städte, die ich jemals gesehen habe.«

»Ich liebe meine Stadt und ich hasse meine Stadt. Ich kann sie nicht verlassen.«

»Du glaubst daran, dass Cecilia zurückkehren wird?«

»An den guten Tagen, ja. Willst du zurückgehen?«

»Gern, ich friere und bin müde.«

Auf dem Rückweg lasse ich meine Gedanken schweifen, stelle mir vor, wie Margarete vor so vielen Jahren durch die schmalen Gassen Salamancas gestreift ist – in der Hoffnung, José zu treffen und ihm verzeihen zu können. Ich sehe sie vor mir, die dunkelroten Haare zu einem Zopf geflochten, hochaufgerichtet und schmal, mit erhobenem Kopf. Meine Großmutter, die Kämpferin, meine Großmutter, die verzeihen konnte und einen Verrat beging.

»Amado, warte kurz!« Er dreht sich erstaunt zu mir. »Ich würde gern Orangenblütentee trinken. Weißt du, wo ich das kann?«

Er lacht. »Am einfachsten bei mir zu Hause.«

»Ja, bitte.«

In Amados Küche bekomme ich Orangenblütentee. Der Duft trägt mich sanft in meine Kindheit und schenkt mir eine Fülle an Erinnerungen. Amado und ich sitzen noch lange auf den unbequemen Küchenstühlen, trinken Tee und Amado zeichnet mit seinen Worten Bilder in meinen Kopf und in mein Herz. Es dämmert schon, als ich einschlafe, doch ich bin mir sicher, dass ich lächle.

Der Abschied am nächsten Morgen geht schnell vonstatten. Wir haben verschlafen und Amado setzt mich in ein Taxi, das mich zum Bahnhof bringt. Es bleiben keine Worte zurück, alles wurde gesagt. Das geheimnisvolle Kästchen liegt gut verstaut in meinem Rucksack. Granada ist meine nächste Station. Ich bin erleichtert, als ich im Zug sitze. Mit dem Reiseführer über die andalusische Stadt in der Hand, hänge ich meinen Gedanken nach.

12

Mein erster Eindruck von Granada ist nicht der beste. Nach über sieben Stunden im Zug mit einem schnarchenden Nachbarn kann ich den Hochhäusern nichts abgewinnen. Ich würde am liebsten sofort in mein Hotel fahren und mich ausruhen, wenn ich denn wüsste, wo mein Hotel ist. Ich habe nichts vorgebucht und hoffe, dass dieser Rechtsanwalt das für mich erledigt hat. Bisher klappte alles, was für mich organisiert wurde. Auch Amado hat mich angekündigt, trotzdem erwarte ich nicht, dass mich jemand abholt wie in Salamanca. Ich hieve meinen Rucksack aus dem Zug und mache mich auf den Weg zum Taxistand. Ich zeige dem Fahrer die Adresse und er fragt mich etwas, das ich nicht verstehe. Es ist Spanisch, davon bin ich überzeugt, doch der Dialekt ist ein genuscheltes Wirrwarr an Buchstaben.

Während der Fahrt hüpft mein Magen rauf und runter, doch bald wird die Straße ebener und das Stadtbild schöner. Unser Weg wird flankiert von renovierten Häusern, großen Gebäuden und dazwischen kleineren, gepflegte Vorgärten, Palmenhaine und hinter der Skyline blauer Himmel. Ich erhasche auch einen Blick auf eine Kirche und plötzlich freue ich mich. Ich bin in Granada. Endlich!

Nachdem ich bezahlt habe, betrete ich ein modernes Gebäude und fahre mit dem Aufzug in das zweite Stockwerk. Auf einem edlen Messingschild steht *Javier González y Abogados SLP*. Nach einem Klingeln öffnet sich die Tür automatisch und eine Dame am Empfang bittet mich, Platz zu nehmen. Sie kennt meinen Namen und offensichtlich werde ich erwartet. Javier González ist ein gepflegter Mann um die siebzig, schlank, mit manikürten Nägeln und einer rosafarbenen Krawatte sowie gleichfarbigem Einstecktuch. Seine Haare sind fast weiß, sein Gesicht sonnengebräunt und von vielen Falten übersät. Er passt zu der eleganten Einrichtung seiner Kanzlei, strahlt seriöses Vertrauen aus, was für einen Anwalt wohl zuträglich ist. Wir gehen in sein Büro, sitzen am Tisch und ich nehme dankbar sein Angebot an, mir Wasser einzuschenken. Señor González lässt mich einen Augenblick durchatmen, mich sammeln.

»Frau Karl, wie ist es Ihnen bisher ergangen? Wie fühlen Sie sich hier auf der letzten Station Ihrer Reise?«

»Ich bin froh, hier zu sein.« Meine Antwort klingt hölzern, doch mehr habe ich nicht zu sagen. Sein Blick ruht auf mir, ich versteife mich, wie immer, wenn ich das Gefühl habe, dass mein Gesicht in den Mittelpunkt des Geschehens rückt. Doch ähnlich wie Amado scheint sich auch Señor González kaum dafür zu interessieren. Ich werde gesehen und nicht meine Verletzung. Also lehne ich mich auf dem Stuhl zurück und versuche, mich zu entspannen.

»Ich möchte Sie gar nicht so lange aufhalten. Zuerst händige ich Ihnen den Schlüssel aus und bitte Sie um eine Unterschrift.« Er schiebt das Blatt Papier zu mir, dass ich nur kurz überfliege und meine Unterschrift daruntersetze.

»Das ist der Schlüssel zum Holzkästchen«, vermute ich laut. »Wissen Sie, was sich darin befindet?«

Señor González schüttelt bedauernd den Kopf. »Ich kann Ihnen nur sagen, dass Señor Pérez dieses Holzkästchen ungemein wichtig war. Er hat aber nie darüber gesprochen.«

»Wie war er? Wenn die Frage nicht angemessen ist, entschuldigen Sie bitte.«

Der Anwalt hebt beide Hände in einer abwehrenden Geste. »Nein, das ist doch absolut verständlich. Ich kannte Ihren Großvater, wenn ich das so sagen darf, und habe die finanziellen Angelegenheiten für ihn geregelt. Er war ein Mann, der für La Esperanza gelebt hat.«

»Seine Finca.«

»Jetzt ist es Ihre Finca, und sie ist mehr als das. Er war mit der roten Erde Andalusiens auf eine Weise verbunden, die es ihm unmöglich machte, sich davon zu trennen. Er hat Ihre Großmutter so sehr geliebt und Ihre Mutter ebenfalls.«

»Er kannte meine Mutter doch gar nicht und Margarete ...« Bitterkeit über die Erkenntnis, dass mein Leben auch anders hätte verlaufen können, steigt in mir hoch. Señor González senkt den Kopf und legt mehrere Dokumente vor mir auf den Tisch. »Das ist die Urkunde für La Esperanza, es ist allerdings auch eine Bedingung an Ihr Erbe geknüpft.«

»Ach so? Was ist die Bedingung?«

»Sie leben vier Wochen auf La Esperanza. Wenn Sie sich nach Ablauf dieser Zeit entscheiden, das Anwesen zu veräußern, ist es Ihre Entscheidung.«

»Und wenn ich das nicht möchte?«

Widerstand regt sich in mir. Was soll das denn?

»Selbstverständlich können Sie das Erbe ablehnen. In diesem Fall geht La Esperanza und das Haus in Granada an eine Stiftung.«

»Ein Haus in Granada? Davon wusste ich nichts.«

»Ihr Großvater hat verfügt, dass es nur in die Erbmasse fällt, wenn Sie über Burgos und Salamanca nach Granada reisen würden.«

»Mein Großvater«, ich betone das Wort übertrieben, »hat sich ein Spiel ausgedacht und ich bin die Marionette.«

Señor Gonzáles zieht seine weißen Augenbrauen zusammen. »Das möchte ich vehement verneinen!«

»Kannten Sie ihn denn gut?«

»Meine Kanzlei hat sich viele Jahre um seine Angelegenheiten gekümmert.« Nach kurzem Zögern fügt er hinzu: »Ich schätzte Ihren Großvater als Klienten, doch was eine größere Rolle spielt, als Mensch.«

Einen Augenblick wirkt er so, als würde er noch etwas sagen wollen, doch dann wendet er sich den Dokumenten zu. »Das Haus in Granada liegt in Albaicin, dem alten maurischen Viertel. Wenn Sie mich beauftragen, werde ich es schätzen lassen.«

»Ich denke darüber nach. Im Augenblick wünsche ich mir nichts mehr, als mich in ein Bett zu legen und zu schlafen.«

»Ich habe Ihnen die Adresse von La Esperanza aufgeschrieben, soll ich Ihnen ein Taxi bestellen oder ist es Ihnen lieber, wenn ich Sie hinbringe?«

Bleierne Müdigkeit legt sich auf meine Schultern wie ein riesiger Stein. »Ich habe auf der gegenüberliegenden Straßenseite ein Hotel gesehen. Ich würde meine erste Nacht in Granada gern dort verbringen. Morgen, lieber morgen.«

»Ich erledige das für Sie.«

Er verlässt den Raum und kommt kurz darauf zurück. »Ein Zimmer auf Ihren Namen ist reserviert. Rufen Sie mich morgen Früh an, ich möchte Sie gern zum Frühstück einladen, bevor wir aufbrechen.«

»Vielen Dank, aber machen Sie sich bitte keine Umstände.«

Meine Narbe pulsiert unangenehm, ich reibe mir über die Stirn, hinter der es dumpf pocht. Meinen schweren Rucksack hieve ich mit Hilfe von Señor González auf meine Schultern und verlasse müde die Kanzlei. Nur noch einige Meter und ich kann mich ausruhen. Bei dem Gedanken grinse ich. Granada, die geheimnisvolle Stadt der Mauren. Mir gehört dort ein Haus, im alten maurischen Viertel, das ist sicherlich nicht das Schlechteste.

Nachdem ich meine Personalien an der Rezeption hinterlassen habe, betrete ich nur Minuten später ein komfortables Zimmer mit einem großen Bett. Bevor ich mich darauf fallen lasse, hole ich das Holzkästchen aus den Tiefen des Rucksacks und den Schlüssel aus meiner Hosentasche. Ich lege das Kästchen auf das Bett und den Schlüssel daneben, stehe auf und stelle mich unter die Dusche. Was ist in diesem Holzkästchen, das diesen Aufwand rechtfertigt? Weshalb konnte mir Amado nicht beides gemeinsam geben? Was für eine Heimlichtuerei!

Das Shampoo weicht dem heißen Wasser, meine Kopfhaut prickelt und ich fühle mich erfrischt. Ich wickle ein großes Handtuch um meinen Körper, ein kleineres um meinen Kopf, nehme den Schlüssel und stecke ihn in das Schloss des Kästchens. Er passt, was nicht anders zu erwarten war. Mit der Rechtsdrehung klickt es leise und der Deckel öffnet sich einen Spalt. Aufgeregt hebe ich ihn an. Es sind Briefe darin, zusammengebunden mit einem grünen, schon etwas verblichenen Band. Ich nehme den Stapel heraus und erkenne die Schrift meiner Großmutter. Mein Gott, es sind wahrscheinlich Liebesbriefe, die Margarete an José geschickt hat. Ein silberfarbenes Kettchen mit einem Anhänger hätte ich fast übersehen. Ich lege mich auf die Matratze und streife die zarte Kette über meine Hand, um den Anhänger besser betrachten zu können. Es ist das Abbild eines Kompasses. Behutsam lege ich die Kette zurück in das Kästchen und widme mich den Briefen. Der Knoten des Bandes lässt sich trotz des Alters leicht öffnen, ich ziehe es unter den Briefen hervor und lege es zur Kette. Die Briefe sind nummeriert, außerdem sind nicht alle von meiner Großmutter. Der Brief mit der Nummer eins trägt eine eindeutig männliche Signatur, José hat ihn geschrieben. Ich lege die anderen Kuverts zurück in die kleine Truhe, vorsichtig, um die Reihenfolge nicht durcheinander zu bringen, und klappe den Deckel zu. Mit Josés Brief in der Hand rolle ich mich auf den Rücken und halte das vergilbte Papier an meine Nase. Der Staub kitzelt und vage glaube ich, eine Zitrusnote wahrzunehmen und noch etwas anderes, ein Duft, den ich kenne, doch nicht benennen kann.

Das Kuvert ist offen und ich nehme ein gefaltetes Blatt Papier heraus. Hoffentlich kann ich es gut lesen, mein gesprochenes Spanisch ist passabel, doch das Lesen von handgeschriebenen Briefen ist noch einmal etwas ganz anderes. Josés Schrift ist klar und groß, nach rechts geneigt. Der Anflug eines schlechten Gewissens breitet sich in mir aus. Ich bin dabei, in eine mir fremde Intimität einzubrechen, aber mein Großvater wollte, dass ich diese Zeilen lese und ein Stück mehr verstehe, wie die Ereignisse zusammenhängen.

Die Worte springen mich an, sie wollen gelesen werden, und ich tue ihnen den Gefallen.

1956

Als ich Euch sah, sah ich den Anfang und das Ende meiner Welt. Den Anfang, weil die Farbe Eurer Augen mich an den Himmel erinnern, der sich an einem kalten blassen Wintermorgen über die Alhambra spannt; das Ende, weil ich immer Sehnsucht danach haben werde, wie Ihr die Welt betrachtet. Dies ist eigentümlich und umso mehr faszinierend. Was seid Ihr alles? Was ist dieser Zauber, der mich gänzlich in seinem Bann hält und von dem ich hoffe, dass ich mich nie daraus befreien kann?

Doch habe ich Euch erkannt, denn ich habe Euch den Flamenco tanzen sehen, und es war, als hättet Ihr mir meine Welt erklärt.

Ihr seid mein Anfang und mein Ende.

Euer ergebener

José García Pérez

Die Worte hallen in mir nach. Ich falte das Papier zusammen und stecke es zurück ins Kuvert. Der Platz in Burgos, Margarete, die den Flamenco so tanzen konnte, dass sich José unsterblich in sie verliebte. Wenn ich meine Augen schließe, höre ich das Klappern der Schuhe auf dem Boden, die kehligen Schreie der Gitanos, der Gitarrenspieler, das rhythmische Klatschen der Umstehenden, sehe Margaretes Lachen, das unter der roten Pracht ihrer Locken erstrahlt. Ich lebe auch, bin immer noch hier. Mein Herz schlägt, ich fühle. Vielleicht ist da doch Hoffnung für mich im Danach.

Am nächsten Morgen weckt mich der Hunger und treibt mich aus dem Bett. Nach einer Dusche fühle ich mich so weit gestärkt, dem Tag gegenüberzutreten. »La Esperanza, die Hoffnung«, sage ich laut. Es klingt wie ein Versprechen.

Mein Gepäck wird immer schwerer, je länger ich reise. Ich ziehe den Rucksack bis zum Aufzug hinter mir her. Eine Mischung aus Nervosität und Freude lässt mich nur einen Kaffee trinken, mit etwas Milch und so stark, dass es mich schüttelt und die junge Frau an der Rezeption zum Lachen bringt. Wie vereinbart, habe ich Javier Gonzáles angerufen und ihm gesagt, dass ich bereit bin. Nur einen Augenblick später betritt er das Hotel und kommt mit ausgestreckter Hand auf mich zu.

»Guten Morgen, Katharina. Ein aufregender Tag liegt vor Ihnen. Haben Sie etwa schon gefrühstückt?«

»Nur einen Kaffee, aber ich habe mir eine Baguette bestellt, das kann ich auf der Fahrt essen.«

Javier schürzt die Lippen. Ich habe nicht vergessen, dass er mich zum Frühstück einladen wollte, doch ich will nicht in seiner Schuld stehen. Die Fahrt ist Aufwand genug.

»Was ist mit Ihnen?«

Seine Miene ist unergründlich. Für einen Moment verharren seine Augen an meiner Narbe, dann wendet er sich ab, lächelt und sagt: »Ein alter Mann wie ich braucht nicht viel.«

Ich weiß nicht, was er damit sagen will, aber nachdem mir die Bedienung aus dem Hotelrestaurant das bestellte Baguette gereicht hat, legt er eine Hand auf meinen Rücken und schiebt mich galant Richtung Ausgang.

»Fahren wir jetzt zu La Esperanza?«

Señor González schüttelt den Kopf. »Nein. Zuerst zeige ich Ihnen die Immobilie in Albaicin und Sie bekommen etwas Ordentliches zu essen.«

Verwundert schaue ich auf das eingewickelte Baguette und frage: »Was bedeutet Albaicin?«

Während wir das Hotel verlassen und zum Taxistand gehen, erhalte ich eine kurze Erläuterung.

»Das Albaicin ist der Name für ein Stadtviertel Granadas. Es ist ein arabisches Wort und bedeutet Viertel der Falkner. Es ist das Herzstück meiner Stadt, das alte maurische Viertel. Dort können Sie erspüren, wie es zur Zeit der Mauren dort aussah.«

Señor González öffnet mir die Tür zum Taxi und lässt mich hinten einsteigen. Im Fahrzeug ist es kühl und es riecht nach Orangen. Entspannt lehne ich mich zurück und vermeide den Blick des Fahrers im Rückspiegel. Er starrt mich an, sensationsgierig, bis Señor Gonzáles ihn bittet, sich auf den Verkehr zu konzentrieren. Der Duft nach Orangenblüten legt sich als eine weiche Erinnerung über mich. Die Straße verjüngt sich nach einigen Kilometern und schraubt sich einen Berg steil hinauf.

»Schauen Sie, Katharina!«

Mein Anwalt, irgendwie ist er das, deutet in die Gassen, die von der Straße abzweigen. Das wenige, was ich entdecken kann, erinnert mich an die Souks von Marokko, bunte Gewürzmärkte, die Farben von Curry, Pfeffer und Kardamom in offenen Stoffbeuteln. Auf einen Wink Javiers hält das Taxi und wir steigen aus. Ich spüre die Blicke des Fahrers auf mir und beeile mich, aus dem Wagen zu steigen.

»Hier sind wir. Mein Viertel. Albaicin. Ich lebe hier.« Javier strahlt, er nimmt mich vorsichtig am Ellbogen und führt mich auf einen kleinen Platz, der umgeben ist von weißgetünchten Häusern mit vergitterten Fenstern und roten Geranien in kleinen Terrakotta-Töpfen. Als wäre die Zeit stehengeblieben. Langsam drehe ich mich im Kreis, unter meinen Füßen sichtbare Vergangenheit und Gegenwart.

»Das Kopfsteinpflaster ist unglaublich.«

»Die gewölbten Steine wurden nie ausgetauscht, sie sind hier seit vielen Jahrhunderten. Nicht gerade einfach zu beschreiten. Das Schöne und Wertvolle zu erreichen, ist immer mit Anstrengung verbunden.«

Eine junge Spanierin in hohen Schuhen läuft an uns vorbei, als würde sie barfuß gehen. Mein Blick folgt ihr anerkennend. »Ich würde mir die Beine brechen.«

»Wollen Sie jetzt das Haus sehen?«

Javier schmunzelt über meine Bemerkung. Irgendwie mag

ich ihn, weshalb ich Señor González heimlich bei seinem Vornamen nenne.

»Sehr gern. Ein Haus. Hier! Ich kann es nicht glauben.«

»Ihr Großvater hat es geliebt. Sie werden schon sehen.«

Sprachlos gehe ich neben Javier her, der mich in ein Gassengewirr führt – vorbei an langgezogenen Treppen aus kantigen Steinen, Teestuben und Souvenirgeschäften. Wenig später stehen wir in einer engen Gasse, deren Häuser mit kunstvoll geschmiedeten Zäunen und hohen Bäumen vor den Augen der Menschen versteckt sind. Javier bleibt vor einem hohen Eisentor, in das eine Tür integriert ist, stehen und stemmt sich mit der Schulter dagegen.

»Es klemmt und niemand ist in der Lage, es zu richten.« Knirschend gibt es schließlich nach und ich stelle mich auf die Zehenspitzen, um über ihn hinwegzusehen. Ich fühle, dass mich etwas Besonderes erwartet.

»Bitte nach Ihnen, Katharina! Treten Sie ein und achten Sie auf die Stufe!«

Aufgeregt betrete ich den Innenhof, dessen Boden mosaikgeschmückt meinen Blick zu einem Brunnen führt, der das Zentrum bildet. Zwei Steinbecken stehen übereinander, aus dem kleineren läuft Wasser in das größere. Die Mittagssonne glitzert durch das grün bewachsene Dach. Schatten und Wasser sind die perfekte Mischung für einen heißen Tag in Andalusien.

»Das ist wunderschön.«

»Die typische Bauweise hier. Ein Patio, ein Innenhof, schattig, kühl, mit Wasserspiel und ausladenden Pflanzen. Was hier über das Netz als Blätterdach zusammenwächst und den Schatten spendet, ist ein Bitterorangenbaum. Er behält seine Blätter das ganze Jahr.«

»Ich weiß. Margarete hat mir davon erzählt. Die Blüten duften besonders stark und süßlich. Es wird Orangenmarmelade daraus gemacht. Die Ernte der Früchte beginnt im Januar.«

Immer mehr fällt mir ein. Was ich alles vergessen habe, sehe ich plötzlich vor mir, als hätten Margarete und ich erst gestern den Nachmittag zusammen verbracht.

»Genauso ist es. Das hat Ihnen alles Ihre Großmutter erzählt?«

Ich nicke. »Ja. Der Baum der Bitterorange ist ein Hybrid aus Pampelmuse und Mandarine. Meine Großmutter wusste viel über Orangen, und ich glaube, ich weiß auch warum.«

Hungrig ziehe ich das Baguette aus meiner Tasche und beiße hinein.

»Frühstücken Sie in Ruhe, dann zeige ich Ihnen das Haus. Sehen Sie die Kachelmosaike an den Wänden? Wenn Sie die Alhambra besuchen, werden Sie davon noch mehr sehen. Sie heißen Azulejo. Diese Kunst ist eine Hinterlassenschaft der Mauren. Wissen Sie schon, wann Sie die Alhambra besuchen werden?«

»Nein, ich habe etwas darüber gelesen, der maurische Palast mit dem Märchengarten.«

»Natürlich. Sie müssen sich erst zurechtfinden. Wie lange haben Sie geplant, in Spanien zu bleiben? Wartet nicht ihr Mann in Deutschland auf Sie?«

Die Worte verstecken sich hinter meiner Angst, ich kann nur mit den Schultern zucken. »Ich bleibe so lange, bis alles geregelt ist.«

Javier nickt. »Wenn sie fertig gegessen haben, folgen Sie mir bitte. Ich werde vorausgehen und ein paar Fensterläden öffnen.«

Ich beiße noch einmal ab, wickle das Baguette wieder ein und stecke es zurück in meine Handtasche. Essen kann ich auch später noch, jetzt bin ich gespannt, wie dieses Haus, das mir gehören soll, von innen aussieht. Ich folge Javier in einen langen Flur mit Fliesenboden und holzgetäfelter Wand. Die Fenster sind klein, wahrscheinlich um die Hitze des andalusischen Sommers nicht ins Haus zu lassen. Ich frage mich, ob hier in den Jahren etwas verändert wurde, und kann mir die Frage direkt selbst beantworten. Die Küche ist mit modernen Geräten ausgestattet, über die Möbel des großen Wohnzimmers sind weiße Baumwolltücher gelegt.

»Möchten Sie, dass ich die Laken entferne?«

»Nein, das spielt keine Rolle.«

»Dann gehen wir ins obere Stockwerk.«

Ein Blick in das Bad sagt mir, dass auch hier modernisiert wurde, die anderen Zimmer sind klein und wurden wohl als Abstellkammer benutzt. Im letzten Raum steht ein riesiges Himmelbett aus dunklem Holz. Heller Stoff, der irgendwann einmal weiß gewesen ist, umrahmt die massiven Balken. An das geräumige Schlafzimmer schließt sich ein weiteres Bad an, ebenfalls modernisiert.

»Katharina, es gibt noch eine Dachterrasse.«

Über eine schmale Eisentreppe gelangen wir nach oben. Ich drehe mich zu Javier, der mich beobachtet.

»Ich bin überwältigt.« Und genau so ist es. Ich blicke nicht einfach über Dächer, nein, unter mir erstreckt sich ein Dächermeer. Das Viertel umschließt mich wie der Ozean eine Insel.

»Ist das die Alhambra?«

Die Silhouette des Palastes schält sich aus dem Dunst der selbst für diese Jahreszeit beachtlichen Mittagshitze und wirkt wie ein geheimnisvolles Nebelschloss.

»Das ist die Alhambra.«

»Großartig! Die Berge dahinter sind die Sierra Nevada, richtig?« Es ist keine Antwort nötig. »Ich bin so weit. Lassen Sie uns zu La Esperanza fahren.«

. . .

Javier winkt einem Taxifahrer, es geht abwärts durch Gassen, die so schmal sind, dass ich einige Male die Luft anhalte. Zwischen den engstehenden Häusern erhasche ich immer wieder einen Blick auf die Berge, sehe die Alhambra davor.

»Wir fahren nach Otura mit meinem Auto, da gibt es Parkplätze. In Albaicin nicht«, sagt Javier, als wir vor seiner Kanzlei halten.

»Wie weit ist es denn?«

»Wir fahren zwanzig Minuten.«

Ich bin überrascht, das ist nicht weit von der Stadt.

»La Esperanza liegt am Fuße der Sierra Nevada. Schönes Gelände zum Reiten, berühmt dafür in der ganzen Welt.«

»Reiten? Es gibt dort Pferde?«

»Natürlich. La Esperanza war früher ein Gestüt für andalusische Pferde, es gibt nicht mehr viele auf dem Hof, doch genug, um auszureiten.«

»Ich habe jetzt eigene Pferde«, flüstere ich mehr zu mir selbst. Meine ganze Kindheit lag ich meiner Mutter und Margarete in den Ohren, dass ich reiten will, mir ein eigenes Pferd wünsche und jetzt, einfach so, gehört mir ein Gestüt.

13

Wir fahren über die Autobahn, ich sehe aus dem Fenster und beobachte die Berge, deren Gipfel schneebedeckt sind.

»Wie hoch sind die Berge?«

»Dreitausendvierhundertzweiundachtzig Meter. Der Mulhacén ist der höchste Berg des spanischen Festlandes.«

Javier drückt einige Knöpfe am Armaturenbrett seines Wagens. »Sie mögen den Flamenco, Katharina?«

Ich nicke, schließe die Augen und lasse meine Gedanken mit dem Takt der Musik treiben. Im Danach gibt es Abenteuer zu bestehen, und ich befinde mich in meinem größten.

Wir verlassen die Autobahn und fahren langsam durch Otura, ein Vorort, wie mir Javier erklärt. Wir passieren einen modernen Platz mit schlichtem Brunnen. Die wichtigsten Geschäfte finden sich hier, alles, was man zum Leben braucht.

»La Esperanza ist das letzte Anwesen vor dem Nationalpark.« Javiers Tonfall wird geschäftsmäßig, während er das Fahrzeug beschleunigt und mich weiter über Land und Leute informiert. Die Straße wird außerhalb Oturas steiler und enger, gibt einen Vorgeschmack auf das Gebirge.

Mein Herz klopft schneller, ich richte mich auf. Der Gitano verstummt, Javier hat das Radio ausgeschaltet.

»Sind Sie nervös?«

»Wahrscheinlich sterbe ich!«

»Haben Sie das Kästchen geöffnet?«

»Ja. Weshalb fragen Sie?«

»Ihr Großvater hat es gehütet wie einen Schatz. Es hat ihm viel bedeutet. Sehr viel. Hassen Sie ihn nicht!«

Mir liegt eine scharfe Erwiderung auf den Lippen, doch ich beherrsche mich.

»Ich hasse ihn nicht.«

Immer enger wird die Straße, der Fahrstreifen verschwindet, wird okkupiert von einer Felswand, die rechts plötzlich da ist, als hätte ein Riese sie von oben fallen lassen. Dürre Bäume strecken sich lichthungrig, stehen im Schatten der Felsen. *Düstern.* Das Wort kommt mir in den Sinn und ich lächle. Das ist ganz nach meinem Geschmack. Mein Buch mit meinen Wörtern liegt im Hotel, es ist lange her, seit ich das letzte schöne Wort notiert habe. *Düstern.* Ich freue mich.

»Wir sind gleich da.«

Seine Worte klingen in meinen Ohren unheilvoll, mein Herz beginnt zu rasen. Was wird mich erwarten? Der Wagen fährt die letzte Steigung, das Gelände läuft flach weiter. Ein Plateau und eine spektakuläre Aussicht. Ich steige aus, die Berge begrüßen mich, majestätisch und voll erhabener Schönheit. Javier berührt meinen Arm und ich drehe mich zu ihm um.

»Ich bin sprachlos.«

Er nickt und deutet auf ein großes weißes Gebäude, das in eine Senke gebaut wurde und mir deshalb nicht gleich aufgefallen ist. Wir gehen einen befestigten Weg nach unten, geradewegs zu diesem Gebäude. Je näher wir kommen, desto offensichtlicher wird, dass hier die guten Jahre schon lange vorbei sind. Es ist ein Bauernhaus, langgezogen, mit kleinen Fenstern, blauen Holzläden auf weiß getünchten Wänden, einem steilen Dach mit verwitterten Ziegeln. Wäre ich ein Besucher, ein Tourist, wäre ich wohl hingerissen ob dieser Romantik, die solche historischen Gebäude in einer hinreißenden Landschaft ausstrahlen. Doch laut Testament meines unbekannten spanischen Großvaters bin ich die Eigentümerin und automatisch verwandelt sich mein Gehirn in eine Rechenmaschine.

Verschiedene Emotionen versuchen die Oberhand zu gewinnen. Zum einen fühle ich mich wie ein Eindringling, zum anderen fühle ich mich zugehörig. Meine Großmutter war die große Liebe von José García Pérez, und ihm war das Grund genug, mir seinen Besitz zu vererben. Alles, was ich sehe, gehört mir – umrahmt von Olivenbäumen, die in Reih und Glied neben der Finca stehen, geduldig und weise. Die Sonne blendet mich und für einen Augenblick sehe ich Margarete, wie sie an einem dieser Olivenbäume lehnt.

»Was sagen Sie?«

Javier wartet meine Antwort nicht ab, aus der großen Eingangstür tritt eine Gestalt. »Ah! Fernando!« Javier begrüßt einen hochgewachsenen schlanken Mann mit einem herzlichen Handschlag, dann wendet er sich zu mir. »Das ist der Verwalter von La Esperanza, Fernando Torres Baptiste, schon sein Vater war hier angestellt …«

Fernando sieht mich an, seine Augen sind groß und dunkelbraun, darüber buschige Augenbrauen und eine markante Nase. Das Einzige, was weich an diesem Gesicht wirkt, sind seine geschwungen vollen Lippen. Ich weiche zwei Schritte zurück, weiß nicht, ob ich ihn sympathisch finde oder er mir Angst macht. Obwohl viele kleine Falten um seine Augen für einen fröhlichen Menschen sprechen, ist seine

Miene steinern. Ich bin hier nicht willkommen. Was habe ich erwartet?

»Fernando, das ist Katharina aus Deutschland.«

»¿Hablas español?«

»Sì, claro. Mi abuela me enseñó español.«

Ist das ein Test? Was, wenn ich kein Spanisch sprechen würde? Wiehern lenkt meine Aufmerksamkeit von ihm ab.

»Möchtest du die Pferde sehen?«, fragt Fernando, dem mein suchender Blick wohl nicht entgangen ist.

Ich nicke. Natürlich!

»Geben Sie mir Ihren Rucksack, Katharina. Ich bringe ihn ins Haus und Sie können sich von Fernando alles zeigen lassen. Ich fahre zurück nach Granada.« Er reicht mir seine Visitenkarte. »Rufen Sie mich an, wann immer Sie möchten.«

Am liebsten wäre mir, er würde nicht fahren. Javier ist mir regelrecht ans Herz gewachsen und hier die einzige Person, die ich kenne. Er macht einen Schritt auf mich zu, schließt mich in seine Arme und küsst mich auf beide Wangen. »Es wird alles gut.«

»Ja.« Meine Stimme klingt kläglich.

Fernando wartet, bis wir uns verabschiedet haben, lehnt am Haus und sieht mir entgegen. Er ist einige Jahre älter als ich, ich schätze ihn auf Anfang vierzig, vielleicht etwas jünger. Alles an ihm wirkt abweisend und kalt, was ich verstehe und mich trotzdem verletzt. Als würde es irgendeine Rolle spielen!

Er führt mich einen gepflasterten Weg um das Haus herum. Die Steine sind schief, ich bin unaufmerksam und stolpere.

»Der Regen hat die Steine verschoben.«

Wieder dieser Ton, als trüge ich einen Anteil daran, dass die Zeit und Geldmangel einem Anwesen schaden kann. Hinter dem Haus schließen l-förmig die Stallungen an. Das Gebäude ist langgezogen, wirkt gepflegter, zweiteilige Holztüren unterbrechen die Front. Acht Pferdeköpfe sehen neugierig zu mir.

»Wie wunderschön sie sind!«

Ein Glücksgefühl steigt in mir auf, am liebsten würde ich zu den Tieren laufen und mein Gesicht in den langen Mähnen vergraben. Fernando steht neben mir wie eine Statue und wartet ab, was ich tun werde.

»Kann ich sie anfassen?«

»Selbstverständlich.«

Ein Pferd fällt mir besonders auf, ein Schimmel mit dunkler Mähne, die ihm über das Gesicht fällt und den Oberkörper einrahmt. Im Gegensatz zu den anderen Pferden, die sich bewegen, schnauben und ihre Köpfe schütteln, steht dieses ruhig da. Sein Kopf ist schneeweiß, der Hals dunkel, was ein außergewöhnliches Muster ergibt.

»Das ist Luna.«

Mond ... Dieser Name passt zu ihr. Meine Hand streckt sich ohne mein Zutun der Stute entgegen. *Luna,* denke ich. Ihre Nase ist samtweich, sie liebkost meine Hand mit ihren Lippen, dadurch werde ich mutiger, trete näher an sie heran, lege mein Gesicht an ihre Mähne, die so weich ist wie Frauenhaar. Sie senkt ihren Kopf, schmiegt sich in meine geöffnete Hand. Die Zärtlichkeit dieser Geste lassen Tränen in meine Augen steigen. Wer bin ich, dass ich ein solches Vertrauen verdient habe? Luna hebt ihren Kopf, bläst sanft in mein Gesicht. Ich schließe die Augen, lasse sie machen. Mit ihren Nüstern erkundet die Stute mein Gesicht, als könne sie darin lesen und mich kennenlernen. Dann ist es auf einmal vorbei, Luna tritt in den Stall zurück, langsam, bedächtig. Ich sehe vier schwarze Beine bis zu den Schultern. Was für eine ungewöhnliche Farbe! Was für ein schönes Pferd!

»Hier ...« Fernando reicht mir ein Taschentuch.

Jetzt bemerke ich meine nassen Wangen. Wie unangenehm! Sicherlich leuchtet meine Narbe rot. Beschämt nehme ich das Tuch und bedanke mich mit einem Nicken.

»Luna ist wunderschön, diese Farbe, die lange Mähne.«

»Kennst du dich mit Pferden aus?«

»Leider nein.«

»Alle ... deine ... Pferde sind im spanischen Zuchtbuch eingetragen. Man bezeichnet sie als PRE, ausgeschrieben Pura Raza Español. Reinrassig und zertifiziert. Luna ist etwas Besonderes, eine spezielle Zuchtlinie.«

»Meine Pferde. Das macht mich schwindelig.«

Vorsichtig suche ich seinen Blick. Soll ich ihm gleich sagen, dass ich das alles nicht möchte? Wir könnten reinen Tisch machen. Tabula rasa, gleich hier. »Ich weiß nicht, wie es weitergeht.«

»Musst du das denn jetzt schon wissen? Du bist gerade erst angekommen. Ist ja schon gut!« Fernando streichelt einen dunkelbraunen Pferdekopf, der sich sichtlich darüber freut und seine Nüstern in seine Hand schmiegt. »Das ist Pajarito, er braucht immer Aufmerksamkeit und flattert umher wie ein Vögelchen, deshalb der Name.«

Ich muss lachen, Pajarito lehnt sich mit der Brust an die untere Tür und streckt seinen Hals so weit wie möglich zu uns. Er möchte Zuwendung und fordert diese mit Kopfnicken und leisem Wiehern.

Box für Box stellt mir Fernando die Bewohner vor, Sueño, der wie Pajarito eine braune Fellfarbe aufweist und eine rabenschwarze Mähne sein Eigen nennt. Oso, ein beeindruckend großer schneeweißer Schimmel mit grauer, ebenso langer Mähne und einer starken Brust. Als ich zu ihm trete, senkt er seinen Kopf und bläst in mein Gesicht wie Luna es vorher getan hat. Seine Nüstern sind zart wie eine Feder, ich streiche behutsam mit einer Fingerspitze darüber. Oso, der Bär, knabbert an meinem Hals, ich stehe mucksmäuschenstill, mein Körper wächst in den Boden hinein, gibt mir Halt. Oso hat meine Narben entdeckt, es ist ein Hauch, der über meine versehrte Haut streift. Mein Atem stockt, irgendetwas öffnet sich in mir, eine Ahnung, ein Gedanke, wie es sein könnte im Danach. Stark und unabhängig, furchtlos und kämpferisch. Eine Vision durchflutet mich, füllt mich an mit Hoffnung, dann zerreißt die Erinnerung an das Messer und den brüllenden Kapuzenmann. Atemlos weiche ich zurück. Oso erschrickt und reißt seinen Kopf nach oben. Als ich meine Hand wieder nach ihm ausstrecke, hält er Abstand.

Sogar das Pferd spürt, wie kaputt du bist.

Fernando pfeift beruhigend und lockt Oso heran.

»Jetzt streck deine Hand wieder aus. Gerade Finger und stillhalten. Zeig ihm, dass du okay bist.«

Ich bin nicht okay, würde ich am liebsten schreien und presse meinen Mund zusammen, damit kein Wort über meine Lippen kommt. Der Schimmel wartet einige Sekunden ab, die anderen Pferde scheinen wie ich die Luft anzuhalten. Was wird passieren? Osos dunkle, ausdrucksvolle Augen nehmen meine Person wahr, ohne Wissen, ohne Davor oder Danach, nur mich. Als wenn es keine Rolle spielen würde, als wäre eine Essenz von mir spürbar.

Fernando legt seine Hand zwischen meine Schulterblätter, ein Schritt, ich stehe nah vor dem großen Pferd, atme seinen Geruch ein, der mich an frisches Heu erinnert und an etwas anderes, ein zarter Duft nach Orangen. Oso senkt seinen Kopf, seine Ohren sind entspannt, er schmiegt sich an mich.

»Seelenbund«, flüstere ich in sein Ohr, überzeugt davon, dass er mich versteht. Wir halten inne, bis Oso genug von den Streicheleinheiten hat, er schubst mich vorsichtig mit seiner Nase und geht in seine Box zurück.

»Das war unglaublich! Ich hatte das Gefühl, getestet zu werden.«

Fernando lächelt. »Oso schaut sich die Menschen genauer an. Er mag dich.«

Ein Lächeln breitet sich auch auf meinem Gesicht aus, Fernandos Satz freut mich so sehr, als würde mein Wunschgeschenk unter dem Weihnachtsbaum liegen und darauf warten, ausgepackt zu werden. Fernando stellt mir die anderen Pferde vor. Da ist Gallito, ein edler Rappen, der als Fohlen besonders schreckhaft war und nach seiner Ausbildung auf jeder Fiesta in Granada teilnehmen könnte. Sinfonía, eine zarte Schönheit mit einer seltenen roten Farbe. Noche, eine Rappstute. Und Nube, ein Grauschimmel, wie mir Fernando erklärt. Nube ist heller als Luna, beide Stuten haben eine dunkle Mähne und einen ebenso dunklen Schweif. Acht Pferde und es wäre Platz für mindestens doppelt so viel, wie ich erfahre.

»Jetzt zeige ich dir das Haus und stelle dir die anderen Bewohner vor.

»Okay«, sage ich und mein Herz beginnt wieder zu klopfen. Die Verantwortung für diese Menschen drückt mich schier zu Boden. In diesem Moment vermisse ich Paul und seine ruhige Art. Es gab eine Zeit, da war er mein Fels in der Brandung. Jetzt haben wir seit bald zwei Wochen nicht mehr miteinander gesprochen. Ich bin verletzt, getroffen, wütend und fühle mich haltlos ohne ihn, aber diese düsteren Gedanken schiebe ich beiseite. Fernando wartet am Hinterausgang des Hauses, das nur einige Meter von den Stallungen entfernt ist. Er hält mir die Tür auf und ich betrete einen schmalen Korridor, der terrakottafarben gefliest ist. Links und rechts an den Wänden sind Schwarzweiß-Fotografien von Pferden, gerahmte Urkunden und Landschaftsbilder. Eines fällt mir auf und ich bleibe stehen.

»Ist das Luna?«

»Das ist Lunas Großmutter, sie hatte eine ähnliche Zeichnung.«

»Für mich sehen sie identisch aus.«

Fernando zögert, mir kommt es vor, als überlege er, noch etwas zu sagen, doch er schweigt. Am Ende des Flures steht eine Tür offen und der Duft nach frischem Brot und Knoblauch steigt mir in die Nase.

»Hier ist die Küche.«

Er schiebt mich durch die Tür und ich sehe eine große schlanke Frau. Sie trägt ein Tablett mit Kuchen vor sich wie eine Trophäe. Als ich plötzlich vor ihr stehe, erschrickt sie und weicht mit einem Laut nach hinten. Bevor der Kuchen auf den Boden fällt, halte ich das Tablett gerade.

»Bin ich erschrocken! Also Fernando, was denkst du dir nur dabei? Der gute Kuchen!«

Sie sieht ihn böse an und ich habe den Eindruck, als hätte ihre Wut auf den Verwalter noch einen anderen Grund. Fernando rollt mit den Augen, was ihn menschlich und sympathisch macht. Für einen Augenblick sehen wir uns an und mir fallen die vielen Lachfältchen um seine Augen auf. Mein erster Eindruck, der eines griesgrämigen Verwalters, hat mich getäuscht. Der innige Moment des Verstehens ist vorbei, er zieht sich zurück. Was habe ich erwartet? Freunde werden wir sicherlich nicht.

»Darf ich dir María Garcia Lopez vorstellen? María, das ist Katharina Josefina Karl.«

»Woher kennen Sie meinen vollständigen Namen?«

Fernando zuckt die Schultern. »Javier hat uns natürlich Einblick in die Unterlagen gewährt.«

»Josefina ist die weibliche Form von José.« María stellt den Kuchen auf die Küchenablage. »Hallo, Katharina! Hattest du eine gute Fahrt? Du musst ja völlig erschöpft sein. Soll ich dir dein Zimmer zeigen, damit du dich frischmachen kannst?«

»Das wäre schön. Danke.«

María scheucht Fernando mit einer Handbewegung aus dem Türrahmen. »Hast du ihr Gepäck schon reingebracht?« Er nickt ergeben und als ich hinter María die Küche verlasse, ertappe ich ihn dabei, wie er ihr die Zunge herausstreckt. Sehr erwachsen! Ich grinse und fühle mich ein Stückchen wohler. Jetzt ist mir klar, wer hier das Kommando führt. Hinter mir höre ich ein Tippeln auf den Terrakottafliesen. María dreht sich um, hebt das Fellbündel auf und drückt es zärtlich an ihre Brust. »Ah, da bist du ja, kleines undankbares Tier!«

Der struppige weiße Hund leckt ihre Hände und schmiegt sich an sie.

»Das ist Perro Negro«, stellt sie mir den kleinen ängstlichen Hund vor. »Fernando hat ihn gefunden und mitgebracht. Der Kleine war fast tot. Ich mag eigentlich keine Hunde, sie stinken und machen Schmutz!« Ihr Tonfall ist zärtlich, während sie den Hund liebkost.

»Perro Negro? Der Hund ist weiß und nicht schwarz«, frage ich verwirrt.

»Ach, das spielt doch keine Rolle. Ich mag sie einfach nicht, diese Hundeviecher.« María streichelt den kleinen Fellball, setzt ihn vorsichtig auf den Boden zurück und geht dann weiter. Perro Negro macht einen Bogen um mich und läuft hinter María her. Ab und zu dreht er sich nach mir um, lässt sich aber nicht zu mir locken.

»Wie lange lebst du schon auf La Esperanza?« Die persönliche Anrede kommt mir leicht über die Lippen, ich fühle mich von Marías unkonventioneller Art angezogen.

»Ich bin hier geboren. Meine Eltern haben schon auf La Esperanza gearbeitet.« Sie bleibt vor einer dunklen Holztür stehen und drückt vorsichtig die Klinke nach unten. Die Tür geht auf, ein ätherischer Duft strömt mir entgegen, überwältigt schließe ich für einen Moment die Augen. »Es riecht intensiv nach Orangen.«

»Ja, ich weiß. Stört es dich sehr? Ich habe hier vor einigen Tagen Schalen getrocknet. Der Duft hält sich lange. Wenn du willst, lüfte ich.«

»Nein, nein«, antworte ich schnell, »ich mag diesen Duft, er ist wunderbar.«

»Gut. Dann ist das jetzt dein Zimmer für die Dauer deines Aufenthalts. Neben dem Bett steht dein Rucksack, neben dem Schrank geht es in dein Bad, auf dem Tisch steht Wasser und Obst. Ruh dich aus und wenn du so weit bist, komm zu mir in die Küche.« Sie tätschelt meine Schulter. »Perro Negro, komm mit! Mal schauen, ob wir in der Küche etwas für dich haben.«

Sie schließt die Tür leise hinter sich und einige Sekunden höre ich den sanften Tonfall ihrer Stimme, während sie mit dem Hund spricht. Dann wird es still und ich bin allein. Das Zimmer ist groß, als Ehefrau eines Architekten kann ich eine Zimmergröße ganz gut schätzen, und dieses hier ist ungefähr zwanzig Quadratmeter groß. Das Bett ist aus massivem dunklem Holz, die Seitenenden bestehen aus verzierten Stäben und einem daran befestigten Baldachin aus schwerem cremefarbenem Stoff. Es ist riesig. Dort soll ich allein schlafen? Da hätte sogar Luna noch bequem Platz. Ich nehme Anlauf und springe hinein, versinke in den Decken und Kissen. Meine Schuhe schüttle ich auf den Boden, grabe mich in die Kissen und schaue durch die zwei Fenster nach draußen. Die Sierra Nevada liegt vor mir und lockt mich aus dem Bett. Ich öffne das Fenster, frische Luft strömt ins Zimmer, es riecht nach Frühlingssonne und Blüten. Nah beim Haus ist ein gerade angelegter Weg, der sich schnell verjüngt und hinter kargen Olivenbäumen verschwindet. Ein Hochgefühl steigt in mir auf. Ich bin angekommen, habe die Etappen gemeistert. Zwei Gründe, stolz auf mich zu sein. Ich schließe das Fenster und erhasche einen Blick auf eine Gestalt, die sich zu Fuß Richtung La Esperanza bewegt, ein Pferd neben sich. Fernando. Ich ziehe mich ins Zimmer zurück, denn ich möchte nicht, dass er mich sieht und denkt, ich würde ihn beobachten.

Mit einem letzten Blick nach draußen beschließe ich, meinen Rucksack auszupacken und das Zimmer zu beziehen. Vier Wochen werde ich hier leben und danach entscheiden, ob ich die Erbschaft antreten möchte. Ein Blick auf mein Telefon bestätigt mir, dass Paul keine Nachricht geschrieben hat. Ein flaues Gefühl befällt mich, ich bin allein und muss diese Entscheidung ohne seinen Rat oder den eines anderen Menschen treffen.

Ganz oben im Rucksack ist das Kästchen mit den Briefen. Ich nehme es und setze mich auf das Bett, stopfe die Kissen hinter meinen Rücken. Ich nehme das Kuvert mit der Nummer zwei und sehe es mir genauer an. Es sind Briefe von José und meiner Großmutter im Kästchen, was ich nicht verstehe. Hat meine Großmutter José seine zurückgeschickt? Es ist Margaretes steile Handschrift auf dem Umschlag, der an José andressiert ist. Ich erkenne sie sofort. Wie meine Großmutter ist auch ihr Schriftbild ungewöhnlich, der Anfangsbuchstabe geschwungen und groß. Das ist ja unglaublich! Weshalb hat sie das getan? Ich ziehe den Brief heraus, vielleicht befinden sich Zeilen meiner Großmutter darin. Nein, José hat die Worte geschrieben. Er ist ohne Anrede, fast wie ein Tagebuch gehalten.

Ich habe dich den Flamenco tanzen sehen und die Musik in deinen Augen. Nie mehr wird es einen Menschen geben, dessen Musik mich so verzaubern kann.

Die Sierra wechselt ihre Farben, der Sommer hat das Land ausgelaugt, die rote Erde staubt, wenn ich mit Oso darüber galoppiere, und legt sich wie feinster Nebel auf sein weißes Fell. Wo bist du?

Mit offenen Augen und einem wachen Herzen leben, hast du mich gelehrt. So sehe ich dich in jeder Sekunde des Tages und spüre dich in jedem Augenblick der Nacht.

Ich falte das Blatt zusammen und stecke es zurück in den Umschlag. Brief Nummer drei wurde von Margarete verfasst. Meine Hände zittern, als ich die erste Zeile lese. Darf ich das überhaupt? Ist das angemessen? Mit einem Anflug schlechten Gewissens entscheide ich mich dafür.

1956

Mein Geliebter,

ich denke an den Duft der Orangen, bitter und süß zugleich. Die Sierra hütet meine Träume, bis ich zurückkehren kann und sie mir schenkt, was sie bisher verwehrte.

Ich bin aus meiner andalusischen Heimat in die Fremde zurückgekehrt, und während ich dir diese Zeilen schreibe, sehne ich mich zu dir, sehne mich nach meinem Zuhause. Die kleinen Erinnerungen sind mir die kostbarsten, der Duft von frischem Brot, der erste Schluck des Café con leche, das bittere Aroma des Olivenöls. Ich lebe meinen Tag in der Fremde nur mit einem kleinen Teil meiner Seele, den anderen Teil ließ ich bei dir und unserer Sierra. Bis zu dem Tag unseres Wiedersehens.

Deine Margarete

. . .

Bewegt rolle ich mich zusammen und ziehe die Decke über mich. Etwas sagt mir, dass meine Großmutter aus demselben Fenster die spektakuläre Landschaft bewundert hat. Ich streiche mit der flachen Hand über das Laken und verliere mich in meinen Emotionen, als es an die Tür klopft.

»Katharina? Es gibt Mittagessen.«

Marías Stimme ist angenehm tief, eine Altstimme, die perfekt zu ihr passt.

»Danke, María. Sehr gern.«

»Gut, dann komm in die Küche. Zieh bitte eine bequeme Jeans an, Fernando möchte dich mit zu den Pferden nehmen. Bis gleich.«

Ich setze mich auf. Jeans? Pferde? Mittagessen? Gesamt gesehen könnte der Tag viel schlechter sein. Die Tür neben dem Schrank ist der Eingang zu meinem eigenen Bad mit moderner Dusche. Die Fliesen sind weiß, unterbrochen von kleinen verschiedenfarbigen Mosaiken, die blumige Ornamente bilden. Ich bewundere das orientalische Flair. Der Spiegel über dem Waschbecken ist so groß, dass ich mich bis zur Hüfte betrachten könnte, im Danach genügt mir jedoch ein schneller Blick. Wer sieht schon gern seinen größten Fehler im Gesicht prangen? Ich lasse Wasser über meine Hände laufen, wasche mein Gesicht und fahre mit den nassen Fingern durch meine Haare. Die Strähnen werden länger, kringeln sich an meiner Wange wie dunkelrote Luftschlangen. An der Seite des Spiegels hängt ein großes weiches Handtuch, mit dem ich mich trocken rubble. Ein klarer Pluspunkt für kurze Haare.

Dann blicke ich doch in den Spiegel, betrachte meine Jeans und beschließe, dass sie wohl bequem genug sind. Ich ziehe meine Turnschuhe an und beeile mich, das Zimmer zu verlassen.

Als ich die Küche betrete, steht ein mir unbekannter Mann

am Fenster. Er dreht sich um und nickt mir ernst zu. Er ist ein Stück größer als María und ebenso schlank. Seine dunklen Haare sind nach hinten gebunden, über buschigen Augenbrauen wölbt sich eine hohe Stirn. Ein beeindruckendes Profil mit dunkelbraunen Augen, die mich mustern, aber nicht anstarren.

»Alejandro! Schau nicht so! Du machst ihr ja Angst!« María stellt ihn mir als ihren Ehemann vor, der sich um die Oliven- und Orangenbäume, die Instandhaltung des Hauses und vieles mehr kümmert. »In solchen Momenten wundere ich mich, wie unsere Kinder bei diesem Stier von Vater so wohlgeraten sind!«

María gibt ihm einen Kuss und mir wird das Herz warm. Meine Füße setzen sich ohne mein Zutun in Bewegung, angetrieben von einem Gefühl von Geborgenheit sowie dem unwiderstehlichen Geruch nach Kaffee und etwas Gebackenem.

Alejandro schiebt seine Frau zärtlich zur Seite und kommt auf mich zu. Dann streckt er seine Arme aus und ich werde in eine Umarmung gezogen, zwei Küsse auf beide Wangen. »Es freut mich, Katharina, wir waren alle sehr gespannt auf dich.« Er dreht sich zu seiner Frau um, die sprachlos an derselben Stelle steht. »Das ist doch was! María, wie wäre es mit einem Schlückchen von deinem Orangenlikör?«

Bevor sie etwas darauf antworten kann, höre ich Fernandos Stimme: »Wenn das so ist, da sage ich nicht nein. Zur Feier des Tages, wenn María etwas herausrückt.« Und zu mir gewandt: »Sie bewacht ihren Likör wie eine Gans ihre Küken.«

»Würde ich ihn nicht bewachen, hätte ich keine einzige Flasche mehr. Aber jetzt kommt und setzt euch, ich habe schließlich nicht den ganzen Tag Zeit!« Sie deutet auf einen gedeckten Tisch. »Comida!« singt sie und trägt eine große

Schüssel vor sich her. »Du musst ja völlig verhungert sein, Katharina.«

María füllt die Teller mit einer herrlich duftenden Gemüsesuppe, sie schmeckt köstlich. Ich bin tatsächlich vollkommen ausgehungert und die Erste am Tisch, die den Teller leergegessen hat. Der zweite Gang ist gebratener Fisch mit Kartoffeln und schmeckt ebenso lecker.

»¡Dios mio! Du bist wirklich verhungert. Hat dir der Anwalt nichts zu essen gegeben?«

Die Frage war hoffentlich rein rhetorisch, weshalb ich sie nicht beantworte, sondern mit leuchtenden Augen dabei zusehe, wie ich ein weiteres Stück Fisch auf meinen Teller gelegt bekomme. Er hat keinen Kopf mehr, darüber bin ich froh. Fisch mit Kopf steht nicht auf meinem Speiseplan, Paul amüsiert sich darüber immer und zieht mich auf. Ein Stich geht durch mein Herz, weshalb ich mich auf das Gespräch beim Essen konzentriere. Die Stimmung ist locker, es wird gelacht, Fernando und Alejandro sprechen über die Olivenbäume und María fällt den beiden immer wieder ins Wort. Meine Gedanken fließen träge durch meinen Kopf, ich bin schon wieder müde und würde mich gern hinlegen.

»Katharina?« María berührt mich am Arm. Alle sehen mich an.

»Entschuldigung, ich war in Gedanken.«

»Ich würde dich gern in den Stall mitnehmen, Alejandro zeigt dir später die Oliven- und Orangenbäume, wenn du möchtest.« Fernando lehnt sich zurück und wendet sich an María. »Was ist jetzt mit deinem Orangenlikör als Nachspeise?«

»Nur weil Katharina da ist.«

Sie steht auf, holt eine schlichte Glasflasche aus dem Schrank und schenkt etwas davon in kleine Gläser. Alejandro räumt den Tisch ab, meine Anstalten, dabei zu helfen, werden im Keim erstickt. Ich muss sitzenbleiben, während alle um mich herum arbeiten.

»Alejandro, schneide bitte den Kuchen, aber nicht so breit, wir sind keine Vielfraße. Katharina, Liebes, ein Stück Mandelkuchen für dich?« Sie wartet meine Antwort nicht ab und kurz darauf genieße ich die süße Nachspeise mit einem Espresso sowie einem Gläschen Orangenlikör.

»Der Geschmack ist unglaublich!«, stelle ich fest und stecke mir ein weiteres Stück Kuchen in den Mund.

María neigt den Kopf. »Ein altes Rezept meiner Familie.«

Fernando steht auf, räumt sein Geschirr in die Spüle und sieht mich an. »Wollen wir?«

Ich nicke, räume Tasse und Teller ebenfalls auf.

»María, das war unglaublich lecker. Vielen Dank. Alejandro, wir sehen uns später?«

»Sehr gern. Lass dir ruhig Zeit!«

María legt ihre Hand auf Alejandros und lehnt sich an ihn. Ich winke den beiden zu und trotte hinter Fernando zum Stall. Luna reckt den Kopf aus ihrer Box, die schwarze Mähne glänzt in der Sonne. Magisch angezogen, streichle ich ihren Kopf, den sie senkt, um sich zwischen den Ohren und an der Stirn kraulen zu lassen.

»Deine Hose ist bequem? Was hast du für Schuhe an?« Er inspiziert die Sohle meiner Sneakers. »Das geht nicht. Du brauchst Schuhe mit Absätzen. Was ist mit der Jeans, ist sie elastisch?« Fernando zupft an mir. »Eine Reithose wäre besser. Damit kann ich dir nicht dienen, doch ich habe Stiefel, die dir passen könnten. Du hast Größe vierzig, richtig? Ich schaue in der Sattelkammer.«

»Ja«, sage ich. »Woher weißt du das denn?«

»Steht doch auf den Schuhen.«

Luna fordert Aufmerksamkeit, stupst mich an. Nach

wenigen Augenblicken ist Fernando zurück, trägt in den Händen kurze Stiefel und stellt sie vor mich hin.

»Probier die mal!«

In meinem Bauch flattert es. Reiten!

»Darf ich Luna reiten?« frage ich, während ich mich bemühe, das Gleichgewicht zu halten und meine Füße in die Schuhe zu zwingen.

»Luna nicht. Ich dachte an Oso, unseren Bären. Er ist ruhig und ausgeglichen. Gefällt er dir?«

Ich nicke begeistert. Oso, der große Schimmel mit den wundervollen Augen.

»Gut.« Fernando wirkt zufrieden. »Dann kannst du ihn aus dem Stall holen. Ja?« Mit einem Klaps auf den Hals verabschiede ich mich von Luna und begrüße Oso, der in der ersten Box steht und seinen imposanten Kopf neugierig zu mir dreht. Ich habe keine Ahnung, wie ich ihn aus der Box bekommen soll, etwas kenne ich mich schon aus, gelesen habe ich viel und Margarete hat mich einmal in einen Reitstall mitgenommen, als ich ein kleines Mädchen war.

»Oso ist ein Wallach, ein wunderbares Pferd. Eigentlich braucht man nur einen Führstrick, den man ihm um den Hals legt, aber eigentlich nicht einmal das. Zumindest ich, für alle anderen gibt es ein Halfter.«

»Dann gehöre ich zu den anderen.«

Fernando drückt mir eines in die Hand. »Soll ich dir zeigen, wie du es anlegst?«

»Ich schaffe das schon«, sage ich, bin mir jedoch nicht sicher. Ich öffne die Boxtür und stelle mich neben das große Tier, lasse Oso am Halfter riechen und rede auf ihn ein. Er spitzt die Ohren und lässt mich den Riemen über Nasenrücken und Genick legen und befestigen. »Soll ich ihn rausbringen?«, frage ich stolz.

»Ja. Gut gemacht.«

Vorsichtig nehme ich Oso am Halfter und führe ihn langsam aus der Box. Als wir es geschafft haben, sind meine Hände schweißnass und mein Herz rast vor Aufregung. Begeistert klopfe ich auf seinen Hals und lache, als er mit den Lippen über meine Haare fährt.

»Er ist so groß!«

»Für einen reinrassigen Andalusier ist er sehr groß, das stimmt. Er hat ein Stockmaß von einem Meter sechsundsiebzig.« Fernando zeigt auf den Übergang vom Hals zum Rücken. »Diese erhöhte Stelle ist der Ausgangspunkt. Bis dahin wird gemessen. Man nennt die Stelle Cruz.«

Ich nicke wissend. Der Widerrist.

Die nächsten Minuten bürsten wir beide Oso, jeder auf einer Seite. Er genießt es, stellt ein Hinterbein entspannt auf. Fernando summt leise vor sich hin und ist in seine Arbeit versunken. Er steht sehr nah bei Oso, der Fernandos Summen zu mögen scheint. Ein flauschiges Ohr ist in seine Richtung gedreht, dann zu mir, dann wieder zu Fernando.

»Gefällt es dir?«

»Es macht mir Spaß. Oso ist wirklich ein wunderschönes Pferd.«

»Das stimmt. Ich hole den Sattel und das Zaumzeug.«

Alejandro lehnt am Zaun und lächelt. »Na, aufgeregt?«

»Und wie! Ich bin noch nie wirklich geritten. Als Kind habe ich mal auf einem Pony gesessen, aber das hier ...«

»Du liebst Pferde, also wird es funktionieren. Mach dir keinen Kopf.«

Fernando kommt mit dem Sattel zurück, legt ihn sanft auf Osos Rücken, tauscht das Nylonhalfter gegen eines aus Leder mit einem Metallstück, dass er dem Wallach sanft ins Maul schiebt. Oso öffnet den Mund, er weiß, was kommt. Mein Herz schäumt über vor Freude. Der Sattel ist ein echtes Ungetüm, die Sitzfläche ist mit weichem Fell überzogen. Bewundernd streiche ich darüber, meinem Hintern kann nichts passieren.

»Das ist ein spanischer Reitsattel, er ist anderes aufgebaut als die Sättel, die du vielleicht schon gesehen hast. Du wirst sehr bequem darauf sitzen.«

»Aha! Sieht aus wie ein kleiner Stuhl.« Unter seinem Grinsen senke ich meinen Blick. Macht er sich über mich lustig? Sicherlich denkt er, wie wenig ich weiß. Womit er recht hat. Ich weiß nichts und habe die Verantwortung für Menschen, Tiere, Land ...

»Etwas schon. Beim spanischen Reitstil ist der Schwerpunkt nach hinten verlagert, du sitzt tief und hast lange Beine.«

»Ich weiß nicht, was das bedeutet. Lange Beine?«

Nervosität steigt in mir auf. Vielleicht ist das keine gute Idee. Vielleicht sollte ich das lassen. Vielleicht ...

»Wollen wir?«

»Ja, gern. Wo soll ich denn aufsteigen, wie ...?«

Fernando geht einige Schritt vorwärts, Oso folgt ihm. Wie auf Kommando bleiben beide stehen.

»Kommst du? Hier steigst du auf und wir gehen ein bisschen spazieren.«

»Du gehst neben mir her?«

»Nein, ich reite auch.« Mit einer einladenden Geste hält er mir den Steigbügel hin, das Metall ist wie ein Hufeisen gebogen, so geschlagen, dass es ein Ornament ergibt. Fernando zeigt mir, wie ich mich positionieren muss. Ich setze meinen linken Fuß auf den Bügel, der viel zu hoch für mich ist, und während ich überlege, wie ich mich hochziehen soll, nimmt er mich an der Hüfte und ich sitze im Sattel. Oso schüttelt den Kopf. Mir wird schwindelig bei der Bewegung. Ich lache laut, Fernando grinst.

»Puh! Das ist gutgegangen. Danke!«

Meine Hand klopft unbewusst Osos Hals, der seinen Kopf zu mir dreht, als wollte er sich vergewissern, wer der verrückte Mensch ist, der auf seinem Rücken Platz genommen hat.

»Gutes Pferd! Schönes Pferd!«, flüstere ich und bete, dass ich oben bleibe. Fernando hat recht, ich sitze superbequem, das Fell des Sattels ist weich, was mir Sicherheit gibt. Atmen kann ich auch wieder, alles bestens.

»Bleib ruhig sitzen, zieh nicht am Zügel, ich komme gleich wieder.« Als wäre es das Normalste der Welt, lässt er mich allein auf diesem riesigen Pferd und verschwindet im Stall. Der Lederzügel liegt auf Osos Hals und rutscht nach vorn, als dieser den Kopf senkt, um am Boden zu schnuppern. Während sich mein Katastrophenhirn einschaltet und ich mich vom Pferd fallen sehe, höre ich Hufgeklapper. Mein Pferd und ich drehen die Köpfe zu dem Geräusch, Oso gibt einen brummenden Laut von sich.

»Alles okay, Katharina? Bist du bereit? Tranquilo!«

Der Braune, ich erkenne Pajarito, tänzelt nervös, Fernando redet leise auf ihn ein und sitzt auf, als der Hengst ruhig steht. Er schließt zu mir auf und wir sehen uns an, sind auf Augenhöhe, sein Blick ist interessiert, er mustert mich, sieht meine Versehrtheit. Obwohl ich es nicht möchte, senke ich den Blick und drehe den Kopf zur Seite. Meine gute Stimmung ist wie weggeblasen und ich wappne mich instinktiv, um auf Fragen zu meinem Gesicht Stellung nehmen zu können.

»Fühlst du dich wohl? Wenn du so weit bist, nimm die Zügel in beide Hände, nicht zu fest. Genauso«, lobt er, was mich mit kindlicher Freude erfüllt.

»Ich reite voraus, der Weg führt rechts am Stall vorbei, an den Orangenbäumen entlang, wir reiten parallel zum Fluss. So bekommst du einen guten Überblick, was zu La Esperanza gehört.« Fernando wartet meine Antwort nicht ab, Pferd und

Reiter setzen sich in Bewegung. Osos Ohren sind in meine Richtung gewandt, witternd, als wüsste er, dass seine Reiterin nicht weiß, was zu tun ist. Er setzt sich von selbst in Bewegung, das Schunkeln ist ungewohnt. Mein Mund ist trocken, gegen ein Glas Wasser hätte ich nichts einzuwenden, mein Herzschlag gleicht einem Trommelwirbel. Als ich mir sicher bin, nicht sofort vom Pferd zu fallen, komme ich nicht umhin, Fernando zu bewundern.

Pajarito trippelt, hebt seine Beine, als würde er seine neuen Schuhe nicht schmutzig machen wollen. Fernando bildet eine Einheit mit dem dunkelbraunen Hengst, und soweit ich das erkennen kann, weiß er genau, was zu tun ist. Oso streckt seinen Hals nach vorn, ich lasse die Zügel nach, schmiege meinen Körper in die Bewegung des Pferdes, rutsche tief in den Sattel, richte mich auf. Fernando sitzt kerzengerade, doch lässig auf dem Pferd, und ich mache es ihm nach. Wir reiten den schmalen asphaltierten Weg an den Stallungen vorbei und vor mir öffnet sich eine Ebene, die zu einem Fluss führt und sich zwischen Bäumen verliert. Die mächtigen Berge wirken wie versteinerte Wellen, die schneebedeckten Gipfel erinnern mich an den Schaum gebrochener Wogen und eine Gänsehaut überzieht meine Arme. Meine Fantasie geht mit dir durch.

Fernando dreht sich zu mir um. »In der Sierra Nevada findest du vierzehn Gipfel, die alle über dreitausend Meter hoch sind, die Sierra Nevada ist also ein mediterranes Hochgebirge.« In seiner Stimme schwingt ein stolzer Ton mit. Auch ich bin beeindruckt und möchte mehr erfahren, doch Fernando dreht mir wieder seinen Rücken zu und ich lasse die Gedanken schweifen.

Es ist Ende März und die Sonne strahlt vom Himmel. Es ist warm, nur die klare und kühle Luft erinnert mich daran, dass Frühling ist. Hinter den Stallungen ist ein eingezäunter

Reitplatz. Alles wirkt gepflegt, wenn auch in die Jahre gekommen. Ein süßlicher Duft steigt in meine Nase und katapultiert mich in die Vergangenheit. Ich kann die Orangenbäume erkennen, von denen Alejandro gesprochen hat. Es ist eine Plantage, jeder Baum trägt Früchte, ein Ozean aus dunkelgrünen Wogen und leuchtend orangefarbenen Lichtern. Oso bleibt stehen und sieht in dieselbe Richtung. Fasziniert lehne ich mich nach vorn und klopfe auf den Hals des großen Tieres. »Siehst du das? Großmutter war hier, Oso. Genau hier.«

Als würde er mich verstehen, schnaubt er und bewegt seine Ohren vor und zurück. Langsam löse ich meinen Blick von dem Farbenmeer, nehme die Zügel etwas kürzer und schnalze mit der Zunge. Oso schnaubt und geht langsam hinter Pajarito her. Dankbar klopfe ich seinen Hals und gelobe, reiten zu lernen.

Wir lassen die Stallungen hinter uns, der gepflasterte Pfad wird breiter und mündet in einen Feldweg, dessen erdiger Untergrund die Farbe von getrocknetem Blut hat. Pajarito geht neben Oso und der nervöse Hengst entspannt sich allmählich. Ein bisschen Oso tut anscheinend nicht nur mir gut.

»Diese rote Erde, wie heißt sie?«

»Terra rossa, ganz typisch für Andalusien. Man mag es gar nicht glauben, dass hier etwas wächst, oder?« Fernando zuckt mit den Schultern. »Alejandro kann dir über la arcilla roja, den roten Lehm, mehr erzählen.«

»Die Orangen«, ich drehe meinen Kopf in die Richtung, »sie gehören …« Ich weiß nicht, wie ich es nennen soll und schweige verwirrt.

»Dir. Sie gehören dir. Wie alles hier.« Er macht eine weite Bewegung mit seinen Armen, Pajarito erschrickt und springt zur Seite. Fernando zischt einen Fluch, bleibt ruhig und bringt den Braunen wieder an Osos Seite, der gelangweilt Pajaritos Gehabe verfolgt. Ich liebe dieses Pferd, das anscheinend nichts aus der Ruhe bringen kann.

»Siehst du die Olivenbäume?«

»Ja.«

»Sie gehören ebenso zum Grundstück, insgesamt etwa zwei Hektar.«

»Okay. Das ist viel, oder?«

»Wie man es sieht. Aber ja, es ist groß. Zwanzigtausend Quadratmeter.«

Ich kann mir diese Dimensionen kaum vorstellen. Und das soll jetzt alles mir gehören? Staunend schweift mein Blick in die Ferne. »Wo reiten wir hin?«

»Bis zum Fluss. Ich trabe jetzt an, langsam, lass die Beine lang, verkrampf dich nicht! Oso macht das schon.«

Bevor ich etwas sagen kann, trabt Pajarito an und mein wunderschöner Schimmel tut es ihm nach. Zuerst habe ich Angst zu stürzen, sehe mich schon auf dem Boden liegen, ziehe die Beine an. Oso verlangsamt, fällt in den Schritt zurück. Ich lasse die Beine wieder hängen, richte mich auf und nehme die Zügel etwas kürzer. Oso trabt wieder an, ein Ohr ist zu mir gewandt. Mein Po ist mit einem Mal wie festgeklebt auf dem Sattel, meine Hüften schwingen sanft im Rhythmus des Taktes. Ich muss lachen, so perfekt fühlt es sich an, als gehöre mein Körper im Danach auf den Körper dieses wunderbaren Wesens. Fernando dreht sich nach mir um, ich winke ihm zu.

»Ich lebe noch! Alles bestens!«

Oso schnaubt und ich fange an zu rutschen, was er nicht lustig findet, meine Finger krallen sich in den Sattel, doch der neigt sich mit mir auf eine Seite. Osos Mähne ist mein Rettungsseil, allerdings sind meine Hände schweißnass und ich kann mich nicht halten. *Ich werde fallen, von diesem Riesen-*

pferd werde ich auf den Boden knallen und mir sonst was brechen. Die Gedanken schießen durch meinen Kopf, dann hat Oso Mitleid mit mir und bleibt abrupt stehen, was sich nicht günstig für mich auswirkt. Meine Beine lösen sich aus den Steigbügeln. Die Gesetze der Physik machen auch bei meiner Person nicht halt, ich verabschiede mich mit einem Salto vom Pferderücken und finde mich stehend neben Oso wieder, der begeistert seine Nase an meinem Arm reibt.

Von Pajarito und seinem Reiter ist nichts mehr zu sehen, sie sind hinter Büschen verschwunden. Mein selbstbewusstes Auftreten von eben hat Reiter und Pferd offenbar so sehr beruhigt, dass Fernando nicht mehr nach mir Ausschau hält.

»Eigentlich brauchen wir Fernando gar nicht. Ich muss nur auf deinen Rücken kommen, am besten bevor er merkt, dass ich mich blöd angestellt habe.«

Der Wallach scheint mich zu verstehen und pustet in mein Gesicht, dann legt er seinen Kopf auf meine Schulter, was mich unter seinem Gewicht in die Knie gehen lässt. Für die Landschaft habe ich keinen Blick mehr, es gibt nur eins, was mich interessiert: Wie komme ich nur wieder auf das Pferd?

Rechts neben mir sind Steine, die den Weg an den Olivenbäumen vorbei begrenzen. Wenn ich auf einen dieser Steine klettere, einen Fuß in den Steigbügel setzen kann und Oso darauf verzichtet, Spielchen mit mir zu spielen, komme ich in den Sattel und kann den Abstand aufholen. Mir bleibt nicht mehr viel Zeit. Auf keinen Fall darf mich Fernando so sehen. Vorsichtig nehme ich die Zügel und führe Oso an den Wegrand. Sei es Zufall oder meine gerade erst entdeckte Begabung als Pferdeflüsterin, er stellt sich tatsächlich neben den Stein und sieht mich auffordernd an. Mit klopfendem Herzen stelle ich mich auf den Stein, stecke meinen linken Fuß in den Steigbügel, hole Schwung und ziehe mich in den Sattel. Voilà! Ich habe es geschafft, nehme den Lederzügel in meine Hände und drücke sanft meine Beine in Osos Seite. Stolz lasse ich mich vom schnellen Schritt zu den Büschen bringen.

»Das hast du wirklich gut gemacht«, ruft Fernando und grinst mich an. »Selten habe ich einen so gekonnten Überschlag gesehen. Eine akrobatische Leistung!«

»Du hast gesehen, wie ich vom Pferd gefallen bin? Wie peinlich!«

»Ach was! Für solche Gefühle gibt es keinen Grund. Hauptsache, dir ist nichts passiert. Du hast das allein hinbekommen, das ist schon was. Gratulation! Vom Pferd fallen, gehört dazu, wieder aufzusteigen, das schaffen nicht alle.«

»Dankeschön.« Was für ein Kompliment! Ich empfinde Dankbarkeit, denn für einen Moment kann ich das Gefühl zulassen, dann meldet sich die kleine fiese Stimme zu Wort, mit der ich im Danach meine Gedanken teile. *Er ist nur nett, das ist alles. Du hast dich blöd angestellt.*

»Wenn du magst, reiten wir am Fluss entlang, der durch die Schneeschmelze in den Bergen übrigens nur im Frühling so viel Wasser führt. Im Sommer ist er nicht mehr als ein Flüsschen, das man bequem durchreiten kann.«

»Aber jetzt nicht, oder?«

»Nein, weshalb sollten wir auch? Bleib bitte hinter mir, der Pfad ist schmal und es gibt viele Steine auf der Seite. Besser, wir reiten hintereinander bis zu der Stelle, wo die Pferde trinken können. Der Blick auf die Sierra und La Esperanza ist außerordentlich schön dort, es wird dir gefallen.«

Ich nicke, was Fernando nicht sehen kann. Oso findet es offenbar langweilig, hinter Pajarito herzulaufen und zwickt ihn ins Hinterteil, was der Hengst mit einem Sprung nach vorn quittiert. Fernando zischt etwas Unverständliches und dreht sich dann im Sattel um: »Lass ihn nicht so nahekommen. Nimm die Zügel fester, aber zieh nicht daran. Oso weiß genau, was er nicht darf.«

Die Zügel liegen locker in meinen Händen, ich spüre das Metallstück in Osos Maul, es ist eine Verbindung, die ich durch Nachgeben und Aufnehmen der Zügel aufrecht zu halten versuche. Der Schimmel fügt sich in meine Hände, wir fallen zurück und entspannen uns beide. Er scheint es zu mögen, dass ich die Führung übernehme. Vor meinen Augen liegt die Sierra mit ihren überzuckerten Gipfeln wie eine zu groß geratene Fototapete. Ist José mit meiner Großmutter auch am Fluss entlanggeritten? Konnte sie denselben Ausblick genießen wie ich? Wovon hat sie geträumt?

Das Rauschen des Wassers lässt meine Gedanken im Kreis drehen, das sanfte Wiegen des Pferderückens macht mich müde. Wie gern würde ich mich auf dem Bett zusammenrollen und den Anblick der Sierra Nevada mit in den Schlaf nehmen. An so einem Ort kann nichts Schlechtes geschehen. Wenn es Liebe ist, kann es dann ein Fehler sein? Die Zeile des Gedichtes von Erich Fried fällt mir ein: *Es ist, was es ist, sagt die Liebe.*

»Weshalb hast du nie mit mir gesprochen, Margarete?«, frage ich flüsternd in die Stille.

Weil es nicht einfach ist, darüber zu sprechen, weil es falsch war, ein Betrug.

Ihre Stimme klingt in mir nach, verschwörerisch, als würde sie mir ein Geheimnis anvertrauen. Vor mir trabt Pajarito in einiger Entfernung, der Weg steigt sanft an, Fernando lehnt sich nach vorn und sein Hengst galoppiert an. Oso wird ohne mein Zutun schneller, ich sitze wie festgeklebt im Sattel, die Sierra streckt ihre Arme nach mir aus und heißt mich willkommen. Ich schließe die Augen, gebe die Zügel nach. Oso streckt seine Nase, sein mächtiger Hals dehnt sich. Von oben kann ich seine Vorderbeine sehen, die jetzt springen, seine Hinterbeine spüre ich kraftvoll und stark. Meine Hüften übernehmen den Dreitakt, ich lache, schmecke Glück auf meinen Lippen. Am liebsten würde ich nie wieder absteigen, einfach davonreiten, direkt in die weite Sierra Nevada mit ihren Gipfeln und kargen Tälern.

Oso schnaubt, lässt mir Zeit, mit einer Hand halte ich mich am Sattel fest, die andere strecke ich nach oben. Alles ist möglich, dieser Moment ist meiner, dieser Moment hat die Tür ins Davor geöffnet und mich eingeladen, glücklich zu sein. Mancher Augenblick fühlt sich an wie die Ewigkeit und scheint in seinem Schrecken nicht enden zu wollen, nun wünschte ich, dieser hier würde nie vergehen.

Fernando verschwindet hinter einer von Büschen gesäumten Biegung. Ob er mich vergessen hat? Das Rauschen des Flusses begleitet Oso und mich wie eine Melodie, der Pfad führt an seinem Ufer entlang, folgt der Biegung stromaufwärts nach rechts. Von den Bergen kommend, sammelt sich das Schmelzwasser in einem Becken und fließt darüber hinaus. Fernando ist von Pajarito abgestiegen und wartet auf mich. Als er uns sieht, erhellt ein Lachen sein ernstes Gesicht. Mein Schimmel fällt zurück in den Trab, er kennt den Weg, weiß, dass es Zeit ist, das Tempo zu drosseln. Direkt vor dem nervösen Pajarito bleibt er stehen und ich rutsche mehr oder weniger elegant vom Pferd. Meine Knie geben nach und ich wäre zu Boden gefallen, hätte mich Fernando nicht festgehalten.

»Gracias.«

Sofort befreie ich mich aus seiner Umarmung, die keine ist und mich trotzdem oder deshalb irritiert. Seit der Nacht im Stadtwald, im Danach, ertrage ich keine Berührungen mehr. Fernando lässt mich los, tritt einen Schritt zurück und hält die Hände nach oben. Eine Geste der Entschuldigung. Meine heftige Reaktion ärgert mich, ich kann sehen, dass ich ihn damit getroffen habe. Es war ein schöner Tag und ich mache alles kaputt. Verzweiflung und Wut drohen, mich die Fassung verlieren zu lassen.

»Es hat etwas mit deinen Narben zu tun. Etwas ist dir passiert, nicht wahr?«

Das klingt nicht nach einer Frage, es ist eine Feststellung. Unfähig, etwas dazu zu sagen, starre ich ihn an, während er vor mir steht und ich mich am Steigbügelriemen festhalte, da meine Beine immer noch zittern.

»Geht es wieder?«

»Was meinst du?«

»Na, ob du wieder stehen kannst. Reiten ist sehr anstrengend für die Beine, du bist es nicht gewöhnt.«

»Ja, danke. Es geht schon wieder.« Zögernd lasse ich den Steigbügel los, meine Beine schmerzen, doch ich kann wieder stehen. Die Stimmung entspannt sich, beide Pferde senken wie auf Kommando die Köpfe und suchen nach etwas Essbarem auf dem Boden. Fernando lächelt mich an, ich lächle zurück und wir wenden uns den Tieren zu. Das Bedürfnis, etwas zu erklären, macht mich sprachlos, als hätten sich die Worte versteckt, weil sie nicht ausgesprochen werden wollen.

»Hast du gesehen?« Mit einer Kopfbewegung deutet er in die Richtung, aus der wir gekommen sind. Neugierig drehe ich mich um. Die Finca mit den Stallungen, der Orangenplantage und dem Olivenhain ist in ihrer Größe nicht völlig, doch zu einem großen Teil zu erfassen.

»Was sagst du?«

»Es ist unglaublich, so viele Bäume!«

»Richtig viele Bäume und in einigen Tagen ernten wir.«

»Kann ich da mithelfen?«

»Jeder hilft mit. Du auch. Außerdem kommen noch Landarbeiter, Alejandro stellt sie jedes Jahr zur Erntezeit ein.«

»Gibt es Maschinen?«

»Wir pflücken die Orangen mit den Händen. Es kommen keine Rüttelmaschinen zum Einsatz, da unsere Orangen zum Verzehr angebaut werden.«

»Rüttelmaschinen?«

»Ja. Der Baum wird maschinell gerüttelt und die herabfallenden Früchte mit Netzen aufgefangen. Das kommt nur für Orangen in Frage, die für Säfte bestimmt sind. Aber wie gesagt, Alejandro soll dir das erklären.«

Wir schweigen, es ist ein gutes Schweigen, hat nichts von Verlegenheit oder Bemühtem. Ungeachtet meiner Gefühle möchte ich mich erklären. Es ist mir wichtig, was Fernando von mir denkt. Ich bin versucht, ihm zu sagen, dass ich kaputtgegangen bin in jener Nacht im Wald. Eine Frau, deren Gesicht mit einem N gezeichnet wurde, in Besitz genommen, doch mir fehlen die Worte dafür in Spanisch und in jeder anderen Sprache dieser Welt.

Mich fröstelt und ich ziehe die Schultern nach oben. Fernando bemerkt es. »Dir ist kalt, lass uns zurückreiten. Nicht, dass María den kleinen Perro Negro auf die Suche nach uns schickt. Er wird sich furchtbar verirren und nicht mehr zurückfinden. Du kommst auf das Pferd?«

Schon sitzt er im Sattel, als hätte er nie etwas anderes getan, als im Süden Spaniens Pferde zu züchten, einzureiten und fremden Frauen Geschichten über das Land zu erzählen. Sein Selbstbewusstsein ärgert mich und ich weiß nicht, weshalb. Als Antwort zische ich nur etwas, hier gibt es nichts, was mir das Aufsteigen erleichtern würde, und es dauert einige Zeit, bis ich meinen Fuß im Steigbügel platziert und mich nach oben in den Sattel gezogen habe. Mein Pferd scheint genauso vor Erleichterung zu seufzen wie ich.

»Danke«, flüstere ich ihm ins Ohr, »Ich gelobe Besserung, versprochen!«

»Es ist spät geworden, wir reiten zügig zurück, allerdings sparen wir uns den Galopp. Wir wollen ja nichts herausfordern.«

»Okay, wenn du meinst ...« In Wirklichkeit bin ich froh darüber. Jeder Mensch, der sagt, dass Reiten kein Sport oder nicht anstrengend ist, sollte mit Fernando ausreiten. Er würde eines Besseren belehrt wie ich gerade. Einträchtig reiten wir nebeneinander her, obwohl der Pfad eigentlich zu schmal für zwei Pferde ist. Pajarito ist ruhig, seine Nervosität ist wie weggeblasen, Fernando hält die Zügel lang, ich tue es ihm nach und es fühlt sich an, als wären wir zwei gute Freunde, die sich einfach zu einem Ausritt getroffen haben.

»Wieso das alles?»

Erstaunt dreht er sich zu mir. »Was meinst du damit?«

»Burgos, Salamanca ... Alba und Amado, die Geschichten, die Reise ... all dieser Aufwand für ein paar Informationen, an die ich auch leichter hätte kommen können. Wie war José? Warum hat er sich das ausgedacht? Warum das alles für mich?«

»Die Frage, wie José war, ist nicht so einfach zu beantworten. Er war ein sehr gefühlvoller Mensch. Er liebte die Musik, den Tanz, die Pferde, La Esperanza. Das war ihm wichtig, der Anbau von Orangen.« Fernando zuckt mit den Schultern, als wisse er nicht mehr zu erzählen über José García Pérez, meinen Großvater. Das kann doch nicht alles gewesen sein!

»Aber meine Frage ...«

»Welche meinst du?«

»Weshalb diese Inszenierung? Weshalb habe ich gerade das Gefühl, dass du nicht darüber sprechen möchtest?«

»Das ist so nicht richtig. Du möchtest alles erfahren, ich kann das sehr gut verstehen, und das wirst du auch. Es ist nicht so einfach, deine Fragen zu beantworten. Was für ein

Mensch er war zum Beispiel.« Der Hengst spürt Fernandos Unwillen und wirft seinen Kopf nach oben.

»Schhhh, guapo! Was regst du dich schon wieder auf?«

Er klopft beruhigend auf den Hals des Pferdes. »Du hast dich für diesen Weg entschieden und wirst dafür das Haus in Granada bekommen.«

»Davon wusste ich nichts!« Mein Tonfall ist schärfer als beabsichtigt.

»Davon konntest du nichts wissen.«

»Wer hätte das Haus bekommen, wenn ich mich anders entschieden hätte?«

»María und Alejandro.«

»Oh Gott, das ist ja schrecklich! Die beiden müssen mich hassen.«

»Nein, weshalb sollten sie dich hassen? Sie kennen dich doch gar nicht. Oder bist du so ein schrecklicher Mensch?«

»Ich weiß nicht, was das Haus in Granada wert ist, aber das ist doch ein Grund, oder?«

Er schüttelt vehement den Kopf, als hätte ich ihm die Begegnung mit einem Sierra-Nevada-Yeti anvertraut.

»Das ist kein Grund. Am besten, du unterhältst dich darüber mit María.« Er zwinkert mir zu. »Hast du Lust auf einen Trab?«

Für ihn ist das Gespräch offensichtlich beendet. Ohne eine Antwort abzuwarten, trabt er an und reitet davon. Ich halte Oso zurück, meine Beine schmerzen und ich bin traurig. Das Gefühl, einen Fehler gemacht zu haben, lässt mich nicht los.

Dreißig Minuten später sind wir wieder zurück. Fernando zeigt mir, wie ich Oso absatteln muss und die Hufe auszukratzen habe. Dann bringen wir beide Pferde zurück in die Boxen, wo wir ihnen Decken über den Rücken legen. Ich bleibe bei Oso stehen, mag nicht ins Haus gehen, wo ich María und Alejandro in die Augen sehen muss.

»Bei dir ist es schön«, flüstere ich in Osos Richtung und schmiege mich an seinen Hals. Der Geruch des Pferdes kitzelt in meiner Nase, süß und scharf, unverwechselbar. Sein Fell ist weich, die Mähne fällt auf seine Schultern, wenn ich den Hals klopfen möchte, muss ich die Haarpracht auf die Seite schieben. Der Wallach dreht sich, bis wir uns gegenüberstehen. Er bläst in mein Gesicht und drückt seine weichen Nüstern an meine Wange. Ich lege meine Hand auf seine Stirn und kraule ihn zwischen seinen Ohren, was er zu genießen scheint.

»Du hast seine Lieblingsstelle gefunden.« Fernando steht an der Boxtür. Wie lange er mich wohl schon beobachtet?

»Er ist einzigartig. Ein großartiges Pferd.«

»Ihr kommt gut miteinander aus. Es passt zwischen euch. Ah, Perro Negro, braver Hund!«

Der kleine weiße Ball springt an Fernando hoch und gibt seltsame Töne von sich, die man nicht als Bellen bezeichnen kann. Oso schnaubt, dreht sich um und zeigt deutlich, dass er sich in seiner Ruhe gestört fühlt.

»María hat den Hund nicht ohne Grund in den Stall geschickt. Wir sollten uns beeilen, es ist spät.«

»Gibt es schon Abendessen? Ich bin noch nicht hungrig.«

»Wir essen hier zwischen acht und neun zu Abend. Wie ist das in Deutschland?«

»Früher, wenn man Kinder hat, vermute ich mal, allerdings ist neun Uhr abends auch für mich etwas spät.«

»Ah, ich sehe schon, da prallen die Kulturen aufeinander.« Er lacht und auch ich muss grinsen. Wir sind unbefangen miteinander, doch ich frage mich, ob das so bleibt. Perro Negro ist der Meinung, dass er seine Arbeit erledigt hat und läuft zurück ins Haus.

»Wollen wir gehen?« schlage ich vor.

»Ich möchte vorher noch in jede Box sehen, ob alles in Ordnung ist.«

»Kann ich helfen? Worauf muss ich achten?«

»Du siehst dir das Tier an. Wenn dir etwas auffällt, sagst du es mir.«

Luna, die Rappstute mit der hohen weißen Zeichnung auf den Beinen, tritt langsam von der Tür zurück, damit ich eintreten kann. Sie beäugt mich erst, scheint sich dann aber an mich zu erinnern und kommt auf mich zu. Auch wenn ich kein Pferdekenner bin, sehe ich sofort, dass die Stute etwas ganz Außergewöhnliches ist. Der elegante Kopf, die schmalen Ohren und der lange kräftige Hals sind in meinen Augen perfekt. Die Farbe ist auffallend, die Mähne scheint endlos lang und ist wunderbar weich. Hingerissen strecke ich beide Hände aus, Luna schmiegt ihre Nüstern daran und lässt sich von mir liebkosen. Ich berühre sie am Hals, streiche fest bis zum Rücken, ich möchte sie nicht kitzeln, sie soll spüren, dass ich sie anfasse. Vorsichtig lehne ich mich an sie, vergrabe mein Gesicht in ihrer Mähne, meine rechte Hand streichelt über ihren Bauch, der auffallend gewölbt ist. Nervös lege ich beide Hände an ihre Seite.

»Fernando? Kannst du mal kommen?«

Luna dreht ihren Kopf zu mir und schnuppert an meiner Hose. *Wieso regst du dich denn auf? Ist irgendetwas los?,* scheint ihr Blick zu sagen und ich streichle sie beruhigend. Alles okay, da bin ich sicher. Fernando kommt zu mir und Luna in die Box.

»Sie ist so aufgebläht und kommt mir dick vor. Denkst du, es ist alles in Ordnung mit ihr?«

»Ja. Es geht ihr gut, den Umständen entsprechend. Luna ist trächtig.«

»Mein Gott, wie wundervoll! Wann ist es denn so weit?« Bevor er antworten kann, hören wir Schritte und fahren auseinander, als hätten wir etwas zu verbergen.

»Da seid ihr! María wollte den Hunde-Suchtrupp zum

zweiten Mal losschicken, doch Perro Negro hat sich zu einem Nickerchen zurückgezogen und so musste ich los. Die zweite Wahl quasi, doch hier bin ich.« Alejandro gehört zu den Menschen, die eine laute Stimme haben, selbst wenn sie leise sprechen. Luna legt ihre Ohren an – ein Zeichen höchsten Unbehagens.

»Wir kommen, Alejandro. Was gibt es denn so Wichtiges?«

»Wir müssen die Orangenernte planen.«

Fernando nickt. »Katharina hatte einige Fragen während unseres Ausritts. Du kannst sie ihr besser beantworten.« Er geht aus Lunas Box, ich tätschle sie ein letztes Mal und folge Alejandro, der mir galant den Vortritt lässt.

»Was sagst du zu La Esperanza?«

»Es ist beeindruckend.« Gedanken schwirren in meinem Kopf, ich möchte mehr wissen. Viel mehr.

»Es macht mir Angst«, bricht es aus mir heraus. »Die Situation macht mir Angst. Vor etwas mehr als einer Woche wusste ich noch nichts vom Doppelleben meiner verstorbenen Großmutter. In meinem Leben sind Lücken, die ich allein nicht schließen kann. Fast, als wäre ich adoptiert.«

»Frag uns.«

»Wie bitte?«

»Du kannst María und mich alles fragen. Was wir dir beantworten können, werden wir beantworten.«

»Keine Ausflüchte?«

Alejandro bleibt so abrupt stehen, dass sich Pajarito in seiner Box erschreckt und einen Satz macht.

»Er ist eine Diva wie Fernando«, flüstert Alejandro so laut in mein Ohr, dass es durch den Stall hallt. Er lacht, als er ein Schnauben als Antwort erhält, das nicht von einem Pferd stammt. Fernando tritt neben uns und schlägt Alejandro freundschaftlich auf den Rücken. Die Erkenntnis, nicht dazuzugehören, drückt meine Stimmung.

Was willst du hier, du bist fehl am Platz.

Wo gehöre ich hin? Wo ist mein Platz? Das flaue Gefühl in meinem Magen verursacht mir Übelkeit, die aufsteigende Sehnsucht nach Paul unterdrücke ich. Auch das ist eine Baustelle, eine weitere. Angst steigt in mir auf und droht mich zu verschlingen.

Tief atmen und nicht zulassen, dass die Panik die Oberhand gewinnt!

Das letzte Mal, als das passierte, fand mich Paul in einer Pfütze liegend im Frankfurter Stadtwald. Ein Schauer überläuft mich.

»Kommst du, Katharina? Was machst du denn?« Alejandros Bariton löst meine Starre, mit beiden Händen fahre ich durch meine Haare, verzichte darauf, an ihnen zu ziehen, um mich schneller in die Realität zurückzuholen.

»Ich komme.«

Als wir drei in der geräumigen Küche ankommen, starrt uns María mit in die Seite gestemmten Armen finster entgegen. Perro Negro steht neben ihr und ich könnte schwören, dass er ebenso verstimmt ist wie sie. Ich grinse, sehe in Fernandos Gesicht, dessen Blick zwischen María und dem kleinen weißen Hund hin und her wechselt. Er hegt augenscheinlich die gleichen Gedanken wie ich. Sein Lachen verwandelt sich in ein Husten. Wie jung und entspannt er auf einmal aussieht, was ein Lächeln aus einem Menschen machen kann?

Das solltest du auch mal ausprobieren! Meine innere Stimme verhöhnt mich und meine gute Laune sackt schon wieder in den Keller.

»Katharina, Liebes, wie war es mit den Pferden? Hat es dir Spaß gemacht?«

»Ja, sehr. Wir waren am Fluss, Oso ist ein Schatz, er ist so lieb, obwohl ich beim Galopp schon ziemlich im Sattel hin und her gerutscht bin.«

»Du bist galoppiert? Hast du denn Erfahrung mit Pferden?«

»Margarete hat mich als Kind einmal auf ein Pony gesetzt. Reiten war mein Traum, da habe ich mich von anderen Mädchen nicht unterschieden.«

»Fernando! Du hast Katharina auf dieses riesige Pferd gesetzt und bist ausgeritten? Was hätte da alles passieren können?!«

»María! Fernando weiß, was er tut.«

»Natürlich. Trotzdem ist es ein Risiko. Erzähl mir nichts!«

Alejandro legt María den Arm auf die Schulter, sie lehnt sich einen Moment an ihn und befreit sich dann resolut. »Setzt euch doch, wir haben einiges zu besprechen.«

Aufatmend nehme ich gegenüber von Fernando Platz, der so tut, als gingen ihn Marías Vorwürfe nichts an. »Katharina, was machst du genau beruflich? Javier, meinte, du bist im sozialen Bereich tätig.«

»Ich bin Krankenschwester.« Zumindest war ich das.

»Ein anspruchsvoller Beruf. Arbeitest du in einem Krankenhaus?«

María sieht mich interessiert an. Das kenne ich, sobald Menschen hören, dass ich in einem Krankenhaus arbeite, verändern sie ihr Verhalten mir gegenüber. Als würde mein Beruf mich zu einem besseren Menschen machen.

»Ja, im Hospital *Zum Heiligen Geist* in Frankfurt. Als Nachtschwester.«

»Das ist, was du schon immer machen wolltest? Dein Traumberuf?«

»Na ja«, ich zucke mit den Schultern, »ich hatte überlegt, Medizin zu studieren. Als meine Mutter und meine Großmutter starben, war ich siebzehn und hatte noch kein Abitur.«

Betroffenes Schweigen am Tisch. »Das schrieb ich ein Jahr später, doch unter den veränderten Bedingungen schien es mir richtig, zu arbeiten und Geld zu verdienen. Unabhängigkeit war mir damals das Wichtigste.«

»Wie hast du das überstanden?«

Marías Frage weckt schmerzliche Erinnerungen. Zwei Polizisten, ein Mann und eine Frau, standen vor unserer Wohnungstür. Als ich die Nachricht erhielt, waren Mama und Margarete schon zwei Tage tot gewesen. Ich fröstle, wie damals falle ich in die Schwärze, in ein bodenloses Grauen.

»Katharina?« Fernando steht neben mir und hat meine Hände in seine genommen. »Ist dir nicht gut?«

»Nein, alles okay.«

Die drei starren mich an, Fernando geht zu seinem Stuhl zurück, setzt sich.

»María, denkst du nicht, es wäre genau jetzt der Zeitpunkt für ein Gläschen deines Likörs?« Ernst wendet er sich wieder zu mir: »Du warst einige Augenblicke wie weggetreten und hast uns einen Schrecken eingejagt.«

»Das tut mir ehrlich leid. Es ist so lange her und trotzdem ...«

»2001 ist es geschehen.« In Marías Blick erkenne ich Mitgefühl. Es ist still, Perro Negros Schnarchen ist das einzige Geräusch im Raum. Er liegt mit dem Kopf auf Marías Füßen und wedelt im Traum mit seiner Rute, seine Pfoten zucken. Die Erkenntnis tropft nur langsam in mein Bewusstsein. Sicher, eine Ahnung begleitete mich nach Burgos und nach Salamanca, denn die Geschichten, die ich hörte, ergaben zusammen ein einzigartiges und farbenfrohes Bildnis über die Gefühle meiner Großmutter zu José.

»Margarete und meine Mutter haben José besucht. Natürlich! Es war kein Urlaub, es ging darum, ihn zu sehen.«

»Ja.« María legt ihre Hand auf Alejandros Arm, der

unruhig wie ein eingesperrtes Tier im Zoo in der Küche umhergeht. Auf ihr Zeichen seufzt er auf und nimmt neben ihr Platz. Mit seiner Pranke bedeckt er ihre Hand.

»Ich werde diesen Tag nie vergessen.«

»Du hast Margarete gesehen?«

Meine Worte verklingen in einem scharfen Schmerz, der mir die Luft nimmt. Ich ringe danach oder nach einer Erklärung, beides ängstigt mich so, dass ich aufspringe und zum Fenster trete. Die Sierra Nevada mit den vielen Gipfeln, unvergessen und Schauplatz einer dramatischen Liebesgeschichte. Perro Negro knurrt, meine hastige Bewegung hat ihn aus dem Schlaf gerissen. Er springt auf Marías Schoß und beobachtet mich misstrauisch.

»Soll ich dir von diesem Tag erzählen?« Maria sieht mich erwartungsvoll an.

»Nein. Was gibt es da zu erzählen? Margarete hat mich belogen, wahrscheinlich auch meine Mutter, wer weiß, wen noch. Meine Mutter ist durch einen Betrug entstanden, aus einem Ehebruch heraus. Meine geliebte Großmutter hat bei mir keine Ausnahme gemacht.«

Ich ziehe das Wort »geliebte« in die Länge und fühle mich wie eine Verräterin. »Sie hat mich belogen. Doch ich hatte das Recht zu erfahren, wer mein Großvater war und mein Vater! Ich fühle mich betrogen, verdammt!«

Betretenes Schweigen im Raum. Fernando, María und Alejandro, fremde Menschen, die ich erst seit einigen Stunden kenne. Was verbindet uns? Das Land, was mir plötzlich gehört, sollte ich vier Wochen durchhalten und nicht zurück nach Deutschland flüchten. Danach kann ich entscheiden, was ich will. Mein Großvater hat sich weit aus dem Fenster gelehnt, er kannte mich nicht, er wusste nicht, wie ich auf La Esperanza reagiere.

»Jeder Mensch hat das Recht, Geheimnisse zu bewahren,

Katharina.« Fernandos Stimme klingt kühl. »Es ist noch zu früh, sich eine Meinung zu bilden.«

»Die Menschen, die mir die Wahrheit erzählen konnten, sind tot. Was soll zu früh sein?«

»Wenn du das denkst, kannst du auch gleich zurück nach Deutschland fliegen.«

»Fernando! Was redest du denn da? Das ist ganz allein Katharinas Entscheidung.«

»Ich bin müde, ich lege mich etwas hin.«

Hölzern gehe ich aus der Küche, meine Wangen brennen und ich wünsche mich ins Davor. Dort war mein Leben strukturiert, ich hatte eine Arbeit, die ich liebte und die mich erfüllte. Meine Schritte werden länger, ich möchte in mein Zimmer, mich unter die Decke legen und erst wieder aufstehen, wenn diese endlosen vier Wochen vorbei sind. Weshalb bin ich hier? Die letzten Meter bis zur Tür renne ich beinahe, reiße sie auf und schließe sie wieder, als wäre eine Herde wilder Tiere hinter mir her. Mein Herzschlag beruhigt sich langsam, ich presse meinen Rücken gegen die Holztür, fühle mich sicher. *»Lach doch mal, Katharina! Das Leben ist schön!«* Margaretes Stimme klingt so nah bei mir, so deutlich, dass ich meine Haare an den Armen aufstellen und ich die Augen schließe. Meine Großmutter wusste immer, welche Worte die richtigen waren, um mich zu trösten. Wir waren die drei Hexen, wir hielten zusammen, brauchten nur einander, um glücklich zu sein. Ich denke an die Geschichten, die Bilder, die vielen Farben, die goldenen Ornamente, die meine Großmutter an die Wände malte. All das hatte sie aus Spanien mitgebracht, ihre Liebe zum Orangenblütentee, der Duft, der unsere Wohnung durchzog, den ich noch Wochen nach ihrem Tod wahrnahm wie ein Versprechen, wieder zurückzukehren. Doch sie kehrten nie wieder zurück.

»Du musst jetzt stark sein, es ist etwas Schreckliches geschehen.«

Ich kann mich nicht mehr an die Polizistin erinnern. Würde ich ihr auf der Straße begegnen, wäre sie eine Unbekannte. Der Satz und ihre Stimme hingegen haben sich wie ein Ohrwurm in mein Gedächtnis eingebrannt. Ich war stark gewesen, eine Siebzehnjährige mit einem gebrochenen Herzen und einer ungewissen Zukunft. Es hatte mich alles an Kraft gekostet, nicht aufzugeben und für das zu kämpfen, was mir zustand. Jetzt, achtzehn Jahre später, weiß ich nicht, ob ich jemals wieder so kämpfen kann. Mit dem Zeigefinger fahre ich die Konturen der Narbe entlang, ich zwinge mich, zärtlich zu mir zu sein, spüre jede Unebenheit, die die Schnitte in meinem Gesicht hinterlassen haben. Hier in diesem Zimmer muss ich nicht stark sein, und wie ich es vorgehabt hatte, vergrabe ich mich unter der Decke und lasse meinen Tränen freien Lauf.

14

Ich öffne die Augen und bin hellwach, eine Eigenschaft, die meiner Tätigkeit im Nachtdienst geschuldet ist. Als jemand an die Tür klopfte, rauscht das Adrenalin durch meinen Körper. »Ja? Was gibt es denn?«

»Ich bin es, Alejandro. Magst du mit mir zur Plantage kommen?«

»Ich brauche fünf Minuten.«

»Sehr schön. Wir treffen uns in der Küche.«

Ich hüpfe aus meinem Bett, meine Haare sind so struppig und stehen ab, da kann ich nichts gegen tun. Ein wenig sehe ich aus wie Perro Negro, nur mit rotem Fell. Die wulstigen Linien auf meiner Gesichtshälfte leuchten regelrecht, als wären LED-Lampen darunter verbaut. Wut packt mich und ich balle die Hände zu Fäusten.

»Du bist so viel mehr als deine Narben, Katharina!« Der Lieblingssatz meiner Therapeutin. Natürlich bin ich mehr, dieses MEHR ist nicht sichtbar. Meine Narben dagegen schon, sehr sichtbar, leuchtend rot. Mit meiner linken Hand verdecke ich meine rechte Wange. Augenblicklich bin ICH zurück. Das Davor hat das Fenster einen kleinen Spalt geöffnet und mir

diese Erinnerung geschenkt. Meine grauen Augen blicken ernst, wissen um die Täuschung. Und doch verlischt meine Wut, es gibt nichts mehr, was das Feuer am Lodern hält. Unter meinen Fingern spüre ich die Narbe, sie drückt dagegen, als führe sie ein Eigenleben, eine hässliche Tatsache, die mich beansprucht wie der Kapuzenmann. Ich muss mich zwingen, meine Inspektion abzubrechen. Davor und Danach – spielt es eine Rolle? Meine Hand fällt regelrecht von meinem Gesicht, das N schreit mir seine plakative Realität entgegen.

Egal, was du tust, ob du mich versteckst oder mich vergessen willst, ich bin ein Teil von dir. Ich bin mehr als ein Buchstabe, eingeritzt in deine Haut. Ich bin da, weil es deine Schuld ist. Aus deiner Arroganz bin ich entstanden!

Mit pochenden Kopfschmerzen verlasse ich das Zimmer und gehe in die Küche – in dem Bewusstsein, dass Alejandros Blick zuerst auf mein Gesicht fallen wird.

Wieder steht er am Fenster. Sein breiter Rücken füllt den Rahmen fast aus, reglos wie eine Statue beobachtet er die grandiose Landschaft. »Ist alles in Ordnung?« Langsam, um mich nicht zu erschrecken, dreht er sich um. »Du hast mehr als fünf Minuten gebraucht.«

»Ja, tut mir leid. Ich habe mich frischgemacht.«

»Dann lass uns jetzt einen Spaziergang machen.« Alejandro tritt neben mich, er ist wirklich ein Riese, und scheucht mich mit einer Handbewegung aus der Küche.

»Wo ist denn María?«

»Sie hat sich hingelegt, ist etwas erschöpft die Gute. Das ist auch für uns eine ungewöhnliche Situation.«

Darauf kann ich nichts erwidern, ich habe nur an mich gedacht und an meine Probleme. Ich schäme mich dafür und es tut mir leid.

»Ich kann mir gut vorstellen, dass es schrecklich für euch sein muss. Wie ist José denn gestorben?«

Wir gehen den Weg an den Nebengebäuden entlang, den ich mittags auf Osos Rücken entlanggeritten bin.

»José ist friedlich gestorben. Nachts in seinem Bett. Als er nicht zum Frühstück in die Küche kam ...« Alejandro senkt den Kopf. »Wir wussten, dass etwas passiert sein musste. Er war stets pünktlich.«

»Wer hat ihn gefunden?«

»María. Sie rannte in Josés Zimmer und schrie so laut seinen Namen, dass Fernando und ich nach oben rannten. Er sah friedlich aus, ich bin davon überzeugt, dass er auch so gestorben ist.«

»Ich weiß, was du meinst. Während meiner Jahre im Krankenhaus habe ich viele gehen sehen. Das größte Geschenk war, wenn ein Patient friedlich einschlafen konnte, ohne Qual und Todeskampf.«

Alejandro nickt zustimmend. »Du hast bestimmt viel erlebt.«

»Ja, das habe ich. Im Davor und im Danach auch.«

»Davor und Danach?«

»Mein Gesicht.«

»Vor den Narben und nach den Narben?«

Es tut mir gut, dass es für ihn offenbar eine Selbstverständlichkeit ist, mich darauf anzusprechen. Kein geheucheltes Mitleid, das in Wahrheit als Sensationsgier daherkommt. Kein Ekel und auch keine Bestürzung. Er bleibt stehen und ich befürchte einen Augenblick, dass er mich berühren möchte, um mir zu zeigen, dass er mit mir fühlt. Aber nichts dergleichen geschieht. Alejandro deutet auf etwas, das hinter mir zu sehen ist. Ich drehe mich um und muss lächeln. Es ist mir nicht aufgefallen, dass ich bereits in der Plantage stehe. Wenn es ein Paradies gibt, dann ist es orange.

»Was sagst du?«

»Es ist wundervoll!«

Reihe um Reihe Orangenbäume mit Früchten, deren Gewicht die Äste biegen. Alejandro lacht, er ist ebenso begeistert wie ich. Er pflückt eine Orange, dafür muss er nur seinen Arm ausstrecken, und reicht sie mir mit feierlichem Gesichtsausdruck.

»Deine erste La Esperanza, du musst sie unbedingt probieren, sie schmeckt köstlich!«

Ich blinzle, lasse mich durch seine Feierlichkeit anstecken. Meine erste Orange von meiner Plantage. Was für ein Gefühl! Wie ich es gewöhnt bin, rieche ich daran, schließe meine Augen, um mich den Aromen hinzugeben. Genauso, wie es mich Margarete gelehrt hat. *»Schließ deine Augen, Katharina. Sag mir, was riechst du?«*

»Sonnenschein, ich rieche die Erde, die Samtigkeit der Blätter ...« Verlegen breche ich ab. Wer sollte das außer meiner Mutter und Großmutter noch verstehen?

»Diese Worte hat auch José benutzt. Er meinte, dass er riechen könne, woher die Früchte stammen und wie gut die Erde sei, auf der die Bäume wachsen. Er hat La Esperanza so sehr geliebt.«

»Gab es noch eine andere Frau? Kinder?«

»Nein. Es gab uns. Wir waren seine Familie.«

Obwohl ich diesen Satz so oder ähnlich schon oft gehört habe und weiß, dass es nicht selten eine Phrase ist, spüre ich, dass es Alejandro so meint. María, Fernando und er sind Josés Familie gewesen, und wenn ich seinem Blick Glauben schenken darf, war ich es auch.

»Ich könnte dir jetzt etwas über Orangen erzählen, wenn du magst. Einen kurzen Abriss. Soll ich?«

»Ich möchte alles darüber erfahren.«

Meine Begeisterung ist echt, ich bin regelrecht berauscht

von diesem Tag, den vielen Emotionen und der Sympathie, die ich für Marías großen sanften Mann hege.

»Gut, du hast es so gewollt. Sag später nicht, ich hätte dich nicht gewarnt. Hast du Fragen?«

»Wie viele Bäume gibt es?«

»Wir haben vierhundert Bäume, wobei einige schon alt sind und nicht mehr viele Früchte tragen. Komm, schau sie dir an! Sie sind nicht hoch, dafür breit. José hat die Orangenbäume weiter auseinander pflanzen lassen. Auf diese Art erhalten sie mehr Sonnenlicht und die Früchte werden süßer. Außerdem sind sie nicht so anfällig gegen Krankheiten.«

Ich bohre meinen Fingernagel in die dicke Schale. Feiner bittersüßer Nebel sprüht mir ins Gesicht. Die Orange lässt sich leicht schälen, der klebrige Saft läuft an meinen Fingern entlang.

»Was für eine Sauerei!« Ich lecke meine Finger sauber, mein Shirt ist bereits voller Flecken.

Alejandro lacht. »Wie schmeckt sie dir?«

»Sie ist herrlich süß. So lecker! Wann werden sie geerntet?«

»Genau morgen. Du kannst mithelfen. Wir brauchen jede Hand.«

»Fernando meinte, es werden Landarbeiter eingestellt?«

»Ja, wir haben keine Maschinen, die die Früchte ernten.«

Alejandro führt mich an den Bäumen vorbei, die sich unter ihrer köstlichen Last biegen. Mir fällt auf, dass einige der Früchte grün sind. Ich frage Alejandro, ob sie noch reifen müssen.

»Nein, die Färbung der Früchte hat nichts mit der Reife zu tun. Die hohen Temperaturschwankungen zwischen Tag und Nacht führen zu der Färbung. Sie ist kein Indikator für die Süße oder Reife.«

Mir ist ganz schwindelig von den vielen Informationen,

trotzdem möchte ich alles wissen. Mein Begleiter zählt die verschiedenen Sorten auf, von denen ich mir nur die Bitterorangen und die Navelorangen merken soll, da beide auf La Esperanza angebaut werden. Letztere sind zum Verzehr geeignet und nicht zur Herstellung von Saft, weshalb sie auch mit der Hand gepflückt werden müssen. Der große Mann erzählt, gestikuliert und ist in seinem Element. Sein Gesicht leuchtet vor Begeisterung, er bückt sich, deutet auf die Bepflanzung unter den Orangenbäumen, die den Boden mit Humus versorgt.

»Du wirst hier keinen chemischen Dünger finden. Sicher, dadurch sind die Orangen kleiner und auch nicht so perfekt in der Form wie in deutschen Supermärkten, doch hier ist alles ökologisch. Keine Gifte!«

Über der Sierra Nevada verfärbt sich der Himmel in rot und orange, die Abendsonne sieht aus wie ein Feuerball, der auf die Berge stürzt, zerplatzt und die Gipfel mit leuchtender Glut überzieht.

»Das ist das Schönste, was ich jemals gesehen habe.«

»Das ist es. Und es ist niemals gleich.« Alejandro nimmt meine Hände in seine. »Du bist eiskalt. Wir sollten hineingehen. Es ist noch nicht Sommer und die Nächte in der Sierra sind kalt.«

Fröstelnd ziehe ich die Schultern hoch und hüpfe auf und ab. »Mir ist wirklich kalt. Ob María noch etwas vom Orangenlikör abgibt?«

»Da musst du sie fragen. Ich bin mir nicht sicher. Sie hütet die Flaschen wie den Heiligen Gral. Lass uns zurückgehen.«

Die Erhabenheit der Berge legt sich wie ein weiches Tuch über meine Erinnerung, die in mir verborgen bleibt. Ich fühle die Ewigkeit des Moments wie eine Offenbarung. Der eigentümliche Duft der roten Erde, der sich mit der Süße der Orangen vermischt, die Gipfel der Sierra, die mir versprechen, dass sie nicht vergehen werden, da für sie kein Danach existiert.

Noch angezogen liege ich auf meinem Bett. Ich habe mich so positioniert, dass ich das Farbenspektakel durch das Fenster beobachten kann. Mein Kissen duftet nach Orangen, ob María einige Tropfen Orangenöl zum Waschmittel gibt? Es wird dunkel, die weißen Spitzen der Berge heben sich gut sichtbar vom immer dunkler werdenden Rot des Abendhimmels ab.

Meine Handflächen brennen vom scharfen Saft der Orangenschale, sind schmutzig und rau, meine Kleidung ist fleckig und riecht nach Oso. Ich bin müde, sollte aber duschen, bevor ich einschlafe. Meine Beine schmerzen, ich fühle meinen Körper, wie ich ihn im Danach nicht mehr wahrgenommen habe. Dieser Tag hat mich zurückgebracht, ich spüre mich in meiner Umgebung, bin ein Teil davon.

Völlig erschöpft krieche ich vom Bett und gehe langsam ins Bad. Dass die großen Schlafzimmer hier ein eigenes Bad haben, gefällt mir gut. Was Paul wohl dazu sagen würde? Der Gedanke an ihn macht mich wütend. Ungeduscht kehre ich zurück, setze mich aufs Bett, ziehe mein Telefon aus der Schublade und wähle seine Nummer. Es klingelt nur einmal.

»Katharina?«

»Paul! Du bist da! Das habe ich gar nicht erwartet.«

Mein Ehemann geht nicht auf meine Bemerkung ein, er ist immer noch wütend auf mich.

»Ich bin auf der Finca. Es ist unglaublich hier. Stell dir vor, ich habe in Granada ein Haus geerbt! Ich weiß gar nicht, wo ich anfangen soll. La Esperanza, die Finca, liegt am Rande des Nationalparks. Fünfundzwanzig Hektar, so viel Grund, riesig!

Es ist unglaublich hier! Wunderschön. Es gibt Pferde und Orangen und Oliven ...«

»Katharina, warte bitte! Das ist nicht der richtige Zeitpunkt, ich bin noch im Büro.«

»Es ist gleich neun. Jetzt noch?«

»Ich habe einen zusätzlichen Auftrag angenommen. Wann kommst du zurück?«

»Das wollte ich mit dir besprechen. Vier Wochen ist der Zeitrahmen, an den die Erbschaft geknüpft ist.«

»Was soll das bedeuten?«

Pauls Tonfall wird schneidend, er weiß genau, was ich damit meine. Ich stocke, kämpfe mit den Worten. Paul macht mich sprachlos, ich mache mich klein. War ich früher anders? Das Danach hat mich verändert, hat mir die Fähigkeit genommen, ihn zu lieben. Oder liebe ich ihn noch?

»Ich muss vier Wochen bleiben, dann kann ich mich entscheiden, ob ich das Erbe annehme oder nicht.«

»Was ist denn das für ein Spiel? Die reinste Gehirnwäsche! Was interessiert dich der Wunsch eines Fremden? Er war der Liebhaber deiner Mutter. Du könntest das Erbe einfach ablehnen.«

»Weshalb sollte ich das tun? Ich fühle mich wohl in Spanien! Bitte, Paul, ich will das durchziehen.«

»Ich stehe dir nicht im Weg.« Alle Kälte dieser Welt liegt in diesem Satz.

»Es war nicht meine Mutter.«

»Wie bitte?«

»José García Pérez war Margaretes große Liebe und mein Großvater.« Tränenblind starre ich aus dem Fenster, bemühe mich, die Dunkelheit, das Verborgene zu durchdringen. Das Telefon gleitet aus meiner Hand, fällt auf den Steinboden. Wie um mich zu verhöhnen, höre ich Pauls Stimme meinen Namen rufen, einige Male, dann nicht mehr. Er hat aufgelegt. Wie in Trance dusche ich, wasche die Erlebnisse des Tages von meinem Körper, trauere dem Staub in meinen Haaren nach, ein Geschenk der Sierra, als ich mit Oso am Fluss entlang galoppierte. Meine Fußgelenke sind lehmverkrustet, die rote Erde drang durch die dünnen Socken und setzte sich in meine Poren. Boden von der Orangenplantage, ein Stück von La Esperanza.

Es sind Erlebnisse, die neue Spuren auf meinem Körper hinterlassen und alte Wunden übermalen. Ich lebe und bin nicht zerbrochen in jener Nacht im Frankfurter Stadtwald. Kann ich mir meinen Körper zurückholen? Ohne mich abzutrocknen, stelle ich mich vor den ovalen Spiegel, wische mit den Händen über das Glas. Da ist es, riesig, das N. Du hast noch nicht gewonnen, Kapuzenmann, noch nicht! Doch sein irres Lachen dröhnt in meinen Ohren, deutlich und klar, als stünde er direkt hinter mir. *Gestorben und wiedergeboren, gestorben und wiedergeboren …*

Ich höre ein Geräusch aus dem Schlafzimmer, reiße mich von meinem Spiegelbild los. Es ist mein Handy. Der Dreiklang zeigt mir, dass ich eine Nachricht erhalten habe. Wenn es Paul ist, dem plötzlich sein schlechtes Gewissen zu schaffen macht, würde mich das sehr wundern. Nach einigen Minuten liege ich mit leidlich trockenen Haaren und meinem Schlafanzug im Bett und durchsuche meine Mitteilungen. Überrascht halte ich inne. Alba hat ein Foto gesendet. Neugierig öffne ich die Datei. Mateo und Alba lachen mich an, er hält ihre Hand vor die Linse und zeigt stolz auf einen Ring, den sie am Finger trägt. *Du bist auf alle Fälle dabei,* steht in Großbuchstaben darunter.

Ich lasse mich auf das Kissen fallen. So schnell holt mich die Vergangenheit wieder ein, während Alba und Mateo mit ihrer Verlobung in die Zukunft gehen.

Gratulation!, tippe ich schnell. *Ich bin da, sagt mir nur wann. Ich umarme euch.*

Margarete hätte sich darüber gefreut. Vermisste sie all die Jahre ihre Freundin Alba? Weshalb konnte sie ihr nicht verzeihen? Bevor ich zu müde werde, ziehe ich den nächsten Brief aus dem Stapel, drücke das Kuvert an meine Brust und inhaliere das Aroma des alten Papiers. Mein Herz schlägt dumpf gegen die Rippen, ich lege beide Hände auf meine Brust und konzentriere mich auf meine Atmung. Erst als ich mich wieder unter Kontrolle habe, öffne ich den Umschlag und ziehe das Papier heraus.

Geliebte,

heute bin ich durch die Sierra geritten – in der Hoffnung, Spuren von dir zu finden. Und ich wurde nicht enttäuscht. Die Sierra erzählt mir von dir, von uns, ich wandle auf den Spuren der Vergangenheit. Vorbei an den Eichen, die den Weg säumen und uns den Blick ins Tal verwehren. Die Ahornbäume, deren Blätter du gezeichnet hast, und El Abuelo, die mächtige Kastanie, die in der Sierra seit Menschengedenken ihren Platz gefunden hat. Gestern folgten Oso und ich dem Rio Genil flussaufwärts in die Bergwelt Alcazabas. Während ich dir diese Zeilen schreibe, rasten Oso und ich. Der Boden ist zu dieser Jahreszeit trocken und ich fühle dich neben mir sitzen, deinen Kopf an meine Schulter gelehnt. Ich habe in der Hütte übernachtet, unserem schlichten Unterschlupf, verborgen in der Wildnis Andalusiens, mir wertvoller als das größte Schloss. Ich würde alles geben, noch einmal die Flut deiner roten Locken zu sehen, deine blasse Haut und deine vollen Lippen.

José

. . .

Josés Pferd hieß Oso? Ich ziehe die Decke fester um meinen Körper. Kälte kriecht in mich und breitet sich aus, will sich in mir einnisten. Meine Großmutter ist mit José ausgeritten, sie haben in einer Hütte in der Sierra Nevada übernachtet. Mir wird bewusst, dass ich nicht viel über Margarete weiß. Bevor ich alt genug war, um Fragen zu stellen und auf deren Beantwortung zu bestehen, verunglückten beide in Spanien. Wie kam José zu Margaretes Briefen?

Es klopft leise und ich zucke zusammen. Schnell hüpfe ich aus dem Bett und öffne die Tür einen Spalt. Es ist María, sie hat eine Wärmflasche in der Hand.

»Ich hoffe, ich habe dich nicht geweckt?«

»Nein, alles gut. Ich war noch wach.«

»Ich habe dir eine Wärmflasche gemacht, nachts wird es in deinem Zimmer sehr kalt.«

»Lieben Dank, María. Ich friere schon etwas.«

»Dann nimm sie und geh schnell zurück ins Bett. Ich wecke dich morgen Früh. Der Tag wird anstrengend. Geht es dir gut? Du wolltest heute gar nichts mehr essen.«

»Es ist nichts, etwas viel vielleicht, das ist alles.«

»Verlier nicht den Mut, Katharina. Ich bin sehr froh, dass du hier bist.«

Sie streicht mir über den Kopf, die Berührung vertreibt die Kälte in meinem Danach. Dann ist sie verschwunden. Bevor ich die Tür schließe, lausche ich ihren Schritten und dem Hecheln von Perro Negro, der wie ein Schatten immer an ihrer Seite ist. Zurück im Bett lege ich die Wärmflasche an meine Füße, ziehe die Bettdecke bis zum Kinn und schlafe sofort ein.

15

Bevor es an der Tür klopft, bin ich wach und aufgestanden. Meine Kleidung von gestern muss auch heute genügen. Ich habe für ein paar Tage gepackt, nicht für mehr als vier Wochen. Aber den Orangen ist es egal, ob ich nach Pferd rieche, den Menschen um mich hoffentlich auch. Sonnenschein lädt mich ein, aus dem Fenster zu sehen, ich höre Stimmen, Gelächter und kann es nicht mehr erwarten, die Orangen zu ernten. Ich laufe in die Küche, trage meine schmutzigen und noch feuchten Sneakers. Die geborgten Reitstiefel habe ich gestern im Stall gelassen.

»Buenos dias, Katharina! Du bist ja schon wach. Hast du gut geschlafen?«

María schneidet eine Art Eierkuchen in Stücke und packt diese in einen großen geflochtenen Korb. »Das riecht köstlich. Was ist das?«

»Tortilla de patata. Hast du das noch nie gegessen?«

»Nein, noch nicht.« Hoffnungsvoll schaue ich auf die dicken Scheiben. »Vielleicht könnte ich jetzt?«

María wedelt mit dem Küchentuch in meine Richtung.

»Das ist für die Mittagspause. Jetzt bekommst du einen

Café con leche und ... Lieber Toast oder ein Croissant für dich? Süß oder salzig?«

»Lieber Toast.« Gehorsam setze ich mich an den Tisch, der Kaffee steht kurze Zeit später neben einem Teller mit geröstetem Weißbrot und einer Flasche Olivenöl. Etwas ratlos trinke ich von meinem Kaffee, der den letzten Rest Müdigkeit vertreibt. »Du gibst das Öl auf das Brot«, erklärt mir María, als sie bemerkt, dass ich nicht weiß, was ich damit anfangen soll. »Das kannst du natürlich nicht wissen. Hier essen wir zum Frühstück eher bescheiden, Toast, Gebäck, eine Kleinigkeit. Magst du es mit dem Olivenöl versuchen?«

»Natürlich.«

María tropft Öl auf mein Brot und reicht mir die erste Scheibe. Aus Gewohnheit rieche ich daran, das Aroma ist intensiv, mir läuft das Wasser im Mund zusammen. Es schmeckt ungewöhnlich, etwas bitter, aber ich verputze die zwei riesigen Weißbrotscheiben. Noch etwas Orangensaft, dann scheucht mich María zur Plantage.

»Hast du nur diese Schuhe dabei?«

»Ja. Ich wusste doch nicht, was mich erwartet.«

»So, so. Damit kommst du nicht weit. Nach dem heutigen Tag kannst du sie mit Sicherheit wegwerfen. Welche Schuhgröße hast du denn?«

»Vierzig.«

»¡Madre mía!« Sie hebt die Hände über den Kopf und klimpert theatralisch mit den Wimpern. Grinsend mache ich mich auf den Weg zur Plantage, wo schon gearbeitet wird. Alejandro entdecke ich aufgrund seiner Körpergröße zuerst, Fernando lehnt an einem Baum und hört einem älteren Mann zu, der auf ihn einredet und seinen Worten mit »Claro?« mehr Dringlichkeit verleihen möchte. Als Fernando mich sieht, stößt er sich vom Baum ab und kommt auf mich zu. Sein Blick irritiert mich genauso wie gestern und ich fühle mich in seiner Gegenwart nach wie vor seltsam gehemmt. »¡Hola, Katharina! Du möchtest bei der Orangenernte mithelfen?«

»Ja. Wenn ich kann und eine Hilfe bin.«

Einige Männer, die in der Nähe die Bäume abernten, schauen neugierig zu uns herüber. Wahrscheinlich haben sie gehört, wer ich bin und wollen mich kennenlernen. Schweiß läuft meinen Rücken herunter, obwohl es noch früh am Morgen ist. Sie werden mein Gesicht anstarren, mich vielleicht sogar fragen, was mir passiert ist.

»Hier, nimm die Kappe! Die Sonne ist heute intensiv.« Dankbar nehme ich Fernando die Kappe ab, die er aus seiner Hosentasche gezogen hat, und ich ärgere mich, dass ich nicht selbst auf die Idee gekommen bin.

»Katharina, du bist da! Komm, ich stelle dich den Männern vor.« Alejandro freut sich offensichtlich, mich zu sehen, er klopft auf meine Schulter, umarmt mich nicht, wofür ich dankbar bin. Er geht neben mir von Baum zu Baum und stellt mir die Arbeiter vor. Der Claro-Mann heißt Mario. Er arbeitet, seit er ein kleiner Junge ist, für La Esperanza, lebt in Otura mit seiner Frau und einer Tochter. Mario grinst, zieht einen Handschuh aus und schüttelt meine Hand. Carlos ist Marios jüngerer Bruder, was ich nie vermutet hätte, er sieht mindestens zehn Jahre älter aus. Anton ist ein junger, schüchterner Mann, der mich dunkel ansieht, sich dann abwendet und weiterpflückt.

»Er ist das zweite Jahr dabei und jetzt schon unser schnellster Pflücker. Hundert Kilo pro Stunde pflückt er.« Alejandro klopft Anton auf den Rücken und sagt dann so laut, dass es alle hören können: »Er pflückt und redet auch nicht den ganzen Tag!« Alle lachen, doch ich habe den Eindruck, als würde der Geräuschpegel nach Alejandros Worten sinken.

Immer mehr Namen schwirren durch meinen Kopf. Insgesamt zähle ich fünfzehn Männer auf der Plantage und verstehe jetzt die Mengen an Tortilla de patata, die María eingepackt hat. Mir wird der kleinste Orangenbaum zugeteilt, der trotz seiner geringen Größe voller Früchte hängt. Ich erhalte Handschuhe und einen Clipper, die Spezialschere für die Ernte. Fernando stellt seinen Korb neben meinen und zeigt mir, wie ich die Früchte vom Baum trennen muss. Die ersten dreißig Minuten schneide ich und lege die Orangen in den Korb, dann fühle ich ein Kribbeln in den Schultern.

»Mach eine Pause, schüttle die Arme aus. Je höher die Zweige, desto schwieriger. Lass dir Zeit!«

Selbst wenn ich mehr arbeiten wollte, hätte ich keine Chance. Die Schmerzen in meinen Armen und Schultern werden schlimmer, dafür meine Pausen immer länger. Als Mittagszeit ist und ich von Weitem María mit zwei Körben den Weg entlangkommen sehe, bin ich froh. Wie auf Kommando beenden alle ihre Arbeit und suchen sich einen bequemen Platz auf dem Boden. María hat eine große Decke ausgebreitet und stellt Schalen mit Essen und Getränken darauf. Ich setze mich neben Fernando in den Schatten und bin davon überzeugt, nicht mehr aufstehen zu können. Ich spüre jeden Muskel in meinem Körper.

Die Stimmung ist ausgelassen, es wird gelacht und viel geredet. Vorsichtig rutsche ich zurück und lehne meinen schmerzenden Rücken an einen Baum. Fernando bemerkt meine Bemühungen. »Hast du Schmerzen?« Ich nicke und verfluche innerlich meine schlechte Kondition.

»Soll ich dir die Schultern massieren?«

»Pass auf, Mädchen!«, ruft Mario. »Lass dich massieren, sonst kannst du dich später nicht mehr bewegen!« Und zu Fernando gewandt: »Sie ist aber kein Pferd, vergiss das nicht!«

Lautes Grölen von allen Seiten, Fernando zwinkert und

lacht. Mein Gesicht glüht, das ist mir zu viel Aufmerksamkeit. Mein Reitlehrer setzt sich so nah hinter mich, dass ich seine Brust an meinem Rücken spüren kann. Geschickt lockert er meine Muskeln in Schultern und Nacken. Ich atme ruhig, keine Bilder vom Kapuzenmann, das erste Mal seit ... Es fühlt sich gut an, fast normal – wie im Davor. Keine Panikattacke, ich muss nicht fortlaufen, sondern kann mich entspannen. Es ist warm, ich habe einen ungehinderten Blick auf die Berge und denke an Josés Brief, den er an meine Großmutter geschrieben hat.

»Ist Oso das Pferd meines Großvaters? Wie viele Osos gab es in seinem Leben?«

Fernando hält inne und augenblicklich kehrt die Verspannung zurück. »Ja, Oso war sein Pferd. Er hat ihn als Fohlen bekommen, eingeritten und ausgebildet. Das Pferd leidet unter seinem Tod ebenso wie wir alle. Weshalb fragst du?«

»Ich dachte es mir. Ist das der Grund?«

»Welcher Grund?«

»Dass du Oso für mich ausgesucht hast?«

»Oso ist ein besonderes Tier, ein Beschützer. Bei ihm weiß ich, dass du gut aufgehoben bist. Er ist ein Babysitter. José hat ihn bis zu seinem Tod geritten.« Als würde das alles erklären.

»Wie alt war er, als er gestorben ist?«

Fernandos Hände drücken auf eine Stelle in meinem Nacken und Schmerz fährt wie ein Stromschlag durch meinen Körper.

»José García Pérez wurde achtundachtzig Jahre alt.«

»Und er war noch so fit, dass er reiten konnte?«

»Pläne schmieden, reiten ... Oso hat auf ihn aufgepasst.«

»Denkst du, Oso vermisst José?«

Fernando drückt mit seinem Handballen auf meinen Nacken und ich ziehe den Kopf ein. »Ah, das hat dir wehgetan, entschuldige. Ja, ich bin davon überzeugt, dass Oso seinen

Reiter vermisst. Ich bewege sie allein, María würde niemals auf ein Pferd steigen und Alejandro hat zu viel zu tun.«

»Aber wenn José so alt war, konnte er auch nicht mehr so viel arbeiten. Wer hat sich dann um die Pferde gekümmert?«

»Es gab noch ... Wer ist denn das?« Fernando unterbricht die Massage, steht auf und geht auf eine Gestalt zu, die langsam näherkommt. Die Sonne blendet mich, neugierig geworden ziehe ich die Kappe tiefer in meine Stirn, um besser sehen zu können. Bevor ich begreife, reagiert mein Körper instinktiv. Ich springe auf, hin und hergerissen zwischen Freude und Verlegenheit. Die große Gestalt, der selbstsichere Gang, die Haltung des Kopfes. Er sagt etwas zu Fernando, der sich umdreht und auf mich zeigt. Es ist Paul. Einfach so. Hier auf La Esperanza. María, umarmt ihn, Küsschen rechts und Küsschen links, Alejandro klopft auf seine Schulter. Ich gehe zögerlich auf die Gruppe zu, nach Lächeln ist mir nicht zumute. Unterschiedlichste Gefühle toben in mir wie ein Wirbelsturm. Freude darüber, ihn zu sehen und ihm alles zu erzählen, was ich bisher erlebt habe. Das Schamgefühl und die Angst, wenn ich an unsere letzten gemeinsamen Stunden vor meiner Flucht nach Spanien denke.

Paul kommt mir entgegen, der Abstand zwischen uns verringert sich, und als ich den Ausdruck in seinem Gesicht sehe, verliert sich die Freude in meinem Herzen. Als wir uns gegenüberstehen, ist der Abstand zwischen uns so breit und tief wie die Täler der Sierra Nevada.

»Hallo, Katharina! Ich freue mich, dich zu sehen. Darf ich dich umarmen?«

Ich sage nichts, kämpfe gegen die Tränen an. Er drückt meinen Körper an sich, lässt mich los und tritt einen Schritt von mir zurück.

»Hallo, Paul! Warum hast du mir nicht gesagt, dass du kommst?«

»Ich wollte dich überraschen.« Er dreht seinen Kopf zu Fernando, der argwöhnisch zu uns herübersieht. Die Mittagspause wurde durch Pauls Ankunft beendet und die Feldarbeiter haben ihre Arbeit wieder aufgenommen.

»Warum? Was willst du hier?«

»Ich möchte das gern in Ruhe mit dir besprechen. Kann ich meinen Koffer auf dein Zimmer bringen?«

»Selbstverständlich. Ich sage María nur schnell Bescheid.« Ich winke Alejandro und Fernando zu und gehe mit Paul an meiner Seite María hinterher, die sich auf den Weg in die Küche gemacht hat. Schweigend laufen wir zum Hauptgebäude, kein Lachen folgt uns. Die Stimmung hat sich verändert, und nicht zum Guten.

»Weshalb bist du nach Otura gekommen? Woher hast du die Adresse?«

»Ich habe beim Anwalt angerufen.«

»Und er hat dir die Adresse einfach so gegeben?«

»Er weiß, dass du mit mir verheiratet bist. Weshalb sollte er mir keine Auskunft geben?«

Wir gehen am Pferdestall vorbei. Alle Türen stehen offen, die Pferde sind im Freilauf. Ich deute auf die Hintertür zum Haupthaus und gehe voran. María ist in der Küche, sie räumt die Reste vom Mittagessen in den Kühlschrank, Perro Negro sieht ihr dabei zu und wie zufällig lässt María kleine Stücke der Tortilla zu Boden fallen, auf die sich das weiße Hündchen mit Begeisterung stürzt. Paul geht mit einem großen Schritt über die Türschwelle und sieht sich um.

»Was für ein wundervolles Anwesen! Die Fliesen am Boden sind handbemalt? Ich muss mich für den Überfall noch einmal bei Ihnen entschuldigen.«

Mit großen Augen bewundert er den Raum. Ich kenne Paul gut, er war schon immer detailverliebt und ist begeistert von den Mosaiken, deren Farben, Blau und Schwarz, sich in den Bodenfliesen wiederfinden, in der Holzarbeitsplatte, die sich um die u-förmige Küche zieht, im großen Eichentisch, der in der Mitte steht und Platz für zehn oder zwölf Personen bietet.

»Sie müssen sich nicht entschuldigen, es ist selbstverständlich, dass Sie sich um Katharina sorgen. Möchten Sie sich etwas ausruhen, frischmachen? Danach kann Sie Katharina herumführen.«

»Ich bringe Paul auf mein Zimmer.«

Schweigend laufen wir durch den Flur. Paul setzt sich auf mein Bett und atmet tief durch.

»Dich hier zu finden, ist wirklich nicht einfach gewesen. Zuerst der Flug nach Madrid, dann die Wartezeit, dann Granada und von dort mit dem Taxi.« Er reibt sich müde über die Augen. »Ich freue mich, dich zu sehen, Katharina. Sehr sogar!«

Ich stehe vor ihm, er blickt lächelnd zu mir auf. Seine blonden Haare fallen ihm fast bis auf die Schultern, sind zerzaust und wirken, als hätte er wenig Möglichkeiten gehabt, sie zu pflegen. Sein liebevoller Blick erinnert mich an unsere harmonischen Zeiten im Davor. Abrupt springt er auf die Füße und kommt mir sehr nahe. Er hebt eine Hand und streicht mir sanft über meine versehrte Wange. »Wie ist es dir ergangen? Was hast du alles erlebt?«

»Wo soll ich da anfangen?«

»Bist du froh, dass du dich entschieden hast, die Reise zu unternehmen?«

»Ja, ich bin froh. Es kommt mir vor, als hätte ich in einer Blase gelebt. Warum habe ich nie nachgefragt? Weshalb hat mich nicht interessiert, dass es sonst keine Familie gab?«

Paul verschränkt seine Arme. Befürchtet er die Kontrolle zu verlieren und mich zu umarmen?

»Es war dir genug, du hast niemanden vermisst.«

Josefina und Margarete. José ist der spanische Name für Josef, meine Großmutter hat meine Mutter Josefina nach ihrem Vater benannt. Aus Winzigkeiten setze ich ein Bild zusammen, nur kann ich mich nicht darüber freuen. Ich habe etwas gewonnen und noch mehr verloren. Erinnere ich mich an meine charismatische Großmutter und meine schöne Kindheit, an meine zärtliche Mutter und die gemeinsame Zeit, kommt dieses Gefühl der Geborgenheit auf. Die beiden haben mich beschützt und ja, ich habe niemanden vermisst.

»Wenn du magst, zeige ich dir die Pferde.«

»Natürlich.«

Er sieht nicht zufrieden aus, wahrscheinlich wollte er über unsere Situation sprechen. Ich möchte aus dem Zimmer, um seiner Nähe, seinen Erwartungen zu entgehen. Paul wäre nicht Paul, wenn er mich nicht durchschauen würde.

»Flüchtest du vor mir?«

»Paul, mir ist klar, dass wir darüber sprechen müssen. Ich bin verwirrt und sauer auf dich. Du hast dich nicht gemeldet, seit ich abgereist bin. Es war ein schwerer Gang für mich, dein Verhalten wirkte auf mich gleichbedeutend mit Desinteresse.«

Paul ringt sichtbar nach Worten. »Desinteresse?«

Seine Stimme wird lauter und in meinen Ohren rauscht es, mein Herz klopft so stark, als trüge ich einen flatternden Vogel in mir.

»Tagelang habe ich an deinem Bett gesessen, musste mitansehen, wie du im Koma lagst. Die vielen Verbände, ich habe mich immer nur gefragt: Bleibt sie bei mir oder werde ich sie verlieren? Weshalb konnte ich sie nicht beschützen?«

Je lauter er spricht, desto kleiner werde ich, glaube, in der Matratze zu versinken. Wie ein eingesperrtes Tier durchquert er den Raum mit großen Schritten, immer wieder, seine Emotionen füllen das Zimmer bis zum Rand. Ich fühle mich verschwinden, durchsichtig werden, ein kleiner Tropfen Wasser, der im Boden versickert.

»Kannst du dir nur annähernd vorstellen, was du mir bedeutest? Ich liebe dich! Du musstest all das durchmachen, weil ich dich nicht beschützen konnte!«

Was redest du denn da?, denke ich erbost, nicht in der Lage, die Worte auszusprechen und mich gegen die Fülle seiner Gefühle zu stemmen.

»Wir haben das gemeinsam durchgestanden, ich hatte das Gefühl, dass es dir besser ging, dann kommt dieser Brief und du wirfst alles hin, um den letzten Wunsch eines Mannes zu erfüllen, der dir eine Finca in Spanien vermacht hat?«

»All die Jahre unserer Beziehung musstest du mich nicht beschützen.«

»Ach so? Als ich dich das erste Mal sah, hast du mich an einen ausgesetzten Welpen erinnert, der ein Zuhause sucht!« Er unterbricht seinen Gang, bleibt vor mir stehen. »So habe ich das nicht gemeint. Tut mir leid.«

Müde winke ich ab. Seine Worte mauern die Wand um mich schnell wieder hoch. Schwer lässt sich Paul neben mich auf die Bettkante fallen, die Situation raubt ihm ebenso Kraft wie mir.

»Ich wollte das nicht sagen, wo ich doch nicht mal Welpen mag.«

»Welcher Mensch mag denn bitte keine Welpen?« Lächelnd sehe ich zu ihm. Seine braunen Augen spiegeln mein Gesicht, zeigen mir, was ich bin, voller Narben – außen wie innen.

»Was ist denn los? Habe ich dich sehr erschreckt?« Paul berührt meine ineinander verknoteten Hände. »Wann bist du wieder ein Weltkind?«

»Was für ein schönes Wort!«

»Ich habe es dir mitgebracht. Gefällt es dir? Für deine Sammlung. Wo ist dein Buch?«

»Es ist wunderschön. Was bedeutet es?«

»Ein Weltkind ist ein Mensch, der die Welt liebt und genießt, was sie ihm bietet. Magst du es in dein Buch schreiben?«

»Es ist in der Schublade, ja, ich trage es in meine Liste ein. Du hast mir immer Wörter geschenkt, ich vermisse das.«

»Ich vermisse es auch.« Sein Tonfall wird sanfter. Er öffnet die Schublade, um mein Notizbuch zu nehmen, und sieht das verzierte Holzkästchen. »Was ist in dem Kästchen? Sieht alt aus.«

»Das hat mir der Anwalt ausgehändigt, als ich ihn in Granada traf.«

»Was ist drin?«

»Briefe, Gedanken ...«

»Das ist unglaublich. Von deinem Großvater? Wie hieß er noch mal?«

»José García Pérez. Es sind Briefe von ihm und Briefe von Margarete. Alle sind nummeriert und frankiert.«

Paul ist wie elektrisiert. Geheimnisse haben ihn schon immer fasziniert. »Darf ich es öffnen?«

Ich nicke wortlos, sehe zu, wie er mir zuerst mein Büchlein der schönen Wörter auf den Schoß legt und dann mit beiden Händen das Kästchen aus der Schublade hebt, als handle es sich um zerbrechliches Material.

»Es ist verschlossen.«

»Der Schlüssel liegt auch in der Schublade.«

Er nickt, öffnet den Verschluss, sein Gesicht leuchtet wie das eines Kindes an Weihnachten. »Das ist unglaublich, der Inhalt duftet nach ... ich kann es nicht definieren.«

»Orangenblüten. Es ist der Duft von Orangenblüten. Ich

vermute, dass sich in einigen Kuverts getrocknete Blüten befinden.«

»Wie, das weißt du gar nicht?«

»Ich habe noch nicht alle Briefe gelesen.«

Mein Ehemann verschließt das Kästchen wieder und stellt es ebenso vorsichtig zurück in die Schublade. »Das hätte ich nicht ausgehalten. Aber das ist typisch für dich.«

»Was? Etwas auszuhalten?«

»Was ich von Anfang an so faszinierend an dir fand, war diese geheimnisvolle Aura, die dich umgab.«

»Du machst Witze.«

»Nein, warte doch! Das Selbstverständnis, mit dem du durchs Leben gegangen bist. Als wüsstest du etwas, was uns anderen Menschen verborgen ist. Eine ultimative Wahrheit, ein Generalschlüssel, der die Tür öffnet, hinter der dein perfekter Weg liegt. Die Meinung anderer Menschen hat dich nicht interessiert, nicht weil du dich abgrenzen wolltest, vielmehr entsprach es gar nicht deinem Weltbild, dich an einer Gruppe zu orientieren.«

»Das fandest du geheimnisvoll? Für mich hört sich das nach Verschrobenheit und Eigenbrötlerei an.«

Paul rollt mit den Augen, sagt nichts dazu, lächelt mich liebevoll an. Er steht auf, streckt mir seine Hand entgegen. »Wolltest du mir nicht die Pferde zeigen? Wir können noch über alles sprechen, was dich bewegt.«

Ich lasse mich von ihm auf die Füße ziehen, seine Hand ist warm und trocken. Sehnsüchtig wünsche ich mir meine Gefühle für Paul zurück, die im Davor für mich nichts Besonderes waren, im Danach jedoch eine große Herausforderung darstellen. Mein Körper spielt nach seinen eigenen Regeln.

Einträchtig schweigend gehen wir Richtung Stall, durch Pauls Enthusiasmus für die andalusische Bauweise fallen mir Details auf, die mir vorher entgangen waren. Die Wände sind getüncht, die Türrahmen aus massivem dunklem Holz, die Türen aufwändig verziert, für sich allein schon ein Kunstwerk. Das Haus ist beeindruckend, doch es ist auch renovierungsbedürftig, und das nicht erst seit Josés Tod.

»Du solltest das Anwesen schätzen lassen.«

»Dein Vorschlag war, es sofort zu verkaufen, Paul.«

»Ja, natürlich. Was möchtest du sonst damit machen?« Darauf muss ich nicht antworten, da wir am Stall angekommen sind. Fernando hat die Pferde aus dem Freilauf zurück in die Boxen gebracht und acht neugierige Pferdeköpfe drehen sich zu uns. Der Anblick macht mir eine solche Freude, dass mein Herz hüpft und ich jeden Gedanken an Verkauf oder Nichtverkauf von mir weise. Jedes Pferd wird gestreichelt und geklopft. Es sind meine Pferde, sie gehören mir.

Ich bin bei Oso angekommen, der mich mit einem dunklen Geräusch begrüßt. Zärtlichkeit wallt in mir auf und ich drücke meine Stirn an seinen Kopf.

»Sei vorsichtig, Katharina! Du hast doch gar keine Erfahrung mit Pferden.«

»Alles in Ordnung. Ich bin Oso gestern geritten. Er mag mich.«

»Was? Das macht die Sache nicht besser.«

Paul bleibt einige Meter hinter mir stehen, während ich ihm jedes der Pferde vorstelle, wie es Fernando für mich getan hat. Die Orangenernte ist in vollem Gange, ich stehe an der Box neben dem Weg und kann gut sehen, was passiert. Holzkisten werden auf einen kleinen Lieferwagen gestapelt, Sprachfetzen und Gelächter weht der Wind zu mir. Eine Gestalt löst sich aus der Gruppe und kommt langsam und mit langen Schritten auf uns zu. Es ist Fernando, ich erkenne ihn an seinem federnden Schritt. Ich sehe ihm entgegen und er hält meinem Blick stand. Er sieht ernst aus, geht an mir vorbei zu Paul und begrüßt ihn nochmals. Beide unterhalten sich auf Englisch, Fernando spricht fließend, was mich erstaunt. Ich stelle mich neben die beiden und lausche Fernando, der Paul die Geschichte der Pferde auf La Esperanza erzählt.

»Wenn du möchtest, zeige ich dir die Orangenplantage.«

»Kommst du mit, Katharina?« Paul dreht sich zu mir, er und Fernando sind so in ihr Gespräch vertieft, dass ich darüber nachdenke, zu María ins Haus zu gehen. »Ihr könnt zusammen gehen, ich schaue, ob ich María helfen kann.«

Paul winkt mir zu, ich schaue beiden Männern nach, die wirken, als würden sie sich jahrelang kennen. Kopfschüttelnd gehe ich ins Wohngebäude zurück. Die Küche ist verwaist, keine María weit und breit. Unschlüssig, ob ich mich auf die Suche nach ihr machen soll, bleibe ich am Türrahmen stehen.

»Da bist du ja!« Erschrocken drehe ich mich um, María lächelt, Perro Negro schmiegt sich in ihren Arm und sieht mich an, als würde er mich fressen wollen.

»Ah, María. Ich habe dich gesucht. Kann ich dir bei etwas helfen? Fernando und Paul sind bei den Orangen.«

»Du wolltest nicht mitgehen?«

»Nein. Die beiden kommen auch ohne mich klar.«

»Nun gut. Ich wollte mir gerade Tee aufbrühen. Magst du auch eine Tasse?«

»Sehr gern. Danke.«

Die große schlanke Frau geht an mir vorbei in die Küche, redet leise auf den Hund ein und krault ihn hinter dem Ohr.

»Was hat es mit Perro Negro auf sich?«

Vorsichtig, als wäre der Hund aus Glas, setzt sie ihn auf den Boden, tippt mit dem Zeigefinger auf seine Nase und hält ihm ein Leckerli unter selbige.

»Fernando hat ihn gefunden. Er lag halbtot im Gestrüpp, hatte aber noch Kraft genug, zu fiepen und Pajarito auf sich aufmerksam zu machen. Fernando stieg vom Pferd, kroch unter die Büsche und zog ihn heraus. Ich kann mir nicht erklären, wie er dort hingekommen ist. Er war noch ein Welpe, nur wenige Wochen alt. Fernando hielt es für eine gute Idee, Perro Negro mitzubringen. Was blieb mir also anderes übrig? Nicht wahr, du kleines verfressenes Ungeheuer?«

»Du hast ihn aufgepäppelt?« Der struppige Hund wirft einen schiefen Blick auf mich, als wüsste er, dass wir über ihn sprechen.

María nickt und lässt ein Häppchen auf den Boden fallen. »Seitdem folgt er mir auf Schritt und Tritt und erledigt kleinere Aufgaben für mich. Ein ganz und gar verrücktes Tier.« Sie streicht sich mit einer eleganten Bewegung eine Haarsträhne aus dem Gesicht. »Jetzt der Tee.« Leise summend öffnet sie eine große Blechdose, die auf der Arbeitsplatte steht.

Ich schließe die Augen, der Duft von Orangenblüten katapultiert mich in die Vergangenheit. Margaretes Schatten steht in einer anderen Zeit und an einem anderen Ort in der Küche und öffnet eine Blechdose, deren Inhalt duftet wie eine Umarmung.

»Orangenblütentee.«

Meine Stimme ist heiser, María dreht sich zu mir. »Ja, Orangenblütentee. Magst du ihn?«

»Sehr! Meine Großmutter hat ihn manchmal gemacht. Es war nicht so einfach, an Blüten zu kommen, deshalb war sie sparsam damit.«

»José hat deiner Großmutter die getrockneten Blüten geschickt.«

Natürlich. Mein Magen zieht sich zusammen. Wie in einem Film reihen sich Bilder aus der Vergangenheit aneinander, Margaretes Gesicht, während sie den Duft der Blüten einatmet.

»Das wusste ich nicht. Wenn ich darüber nachdenke,

ergibt es Sinn. Ich wünschte, Margarete hätte mir davon erzählt.«

»Komm, setzt dich an den Tisch!« Ihr Ton ist freundlich, aber bestimmt. Geschickt misst sie mit einer Küchenwage die Orangenblüten aus der Blechdose ab, gibt die Menge in einen Stofffilter und stellt einen Wasserkessel auf den Gasherd. Das Geräusch des allmählich siedenden Wassers auf der Flamme beruhigt mich, die Zeremonie der Teezubereitung war für meine Mutter und Großmutter gleichermaßen wichtig und verlief stets identisch. Der Kessel beginnt zu pfeifen, María füllt die Teekanne mit heißem Wasser und ich atme das intensive Aroma tief ein.

»Das duftet einfach gut.«

María zieht seufzend den Stuhl zurück und nimmt mir gegenüber Platz. »Heute ist ein aufregender Tag, da kommt eine Tasse Orangenblütentee gerade recht. Deine Großmutter hat ihn dir auch zubereitet?«

»Nicht so häufig, denn Margarete meinte, die Blüten wären sehr teuer und ihre etwas ganz Besonderes.«

»Die Blüten sind vom Bitterorangenbaum. Wenn du den Weg vom Haus Richtung Fluss gehst, sind am Rand Bäume gepflanzt, die bis zum Ufer reichen. Das sind die Bitterorangenbäume, vielleicht kennst du eher den Ausdruck Pomeranze. Die Früchte kann man nicht essen, sie sind sehr sauer und haben viele Kerne.«

»Darüber weiß ich Bescheid.«

»Gut. Für den Tee trockne ich die Blüten der Pomeranze. Die Früchte verwende ich für Likör und Marmelade. Ah, der Tee ist fertig.«

Sie holt die Kanne, stellt sie auf den Tisch und zwei einfache Tassen vor uns ab.

»Ich gebe immer eine Zimtstange in die Kanne. In dem Glas ist Honig, nimm dir was davon, wenn du möchtest.«

Fasziniert beobachte ich María beim Einschenken des Tees, meine Hände umschließen die Tasse und ich inhaliere den Duft meiner glücklichen Kindheit.

»Trink, mein Schatz, alles ist gut, ich verspreche es dir.«

Der Tee ist köstlich, ich verzichte auf den Honig, denn das bittere Aroma mag ich gern. Der feine Geschmack des Zimts harmoniert zur Orange. Ich atme tief und lehne mich zurück, was mir Schmerzen verursacht.

»Ich habe jetzt schon Muskelkater. Keine Ahnung, ob ich mich morgen bewegen kann.«

»Sobald du wieder auf dem Pferd sitzt, wird es besser. Dein Körper gewöhnt sich daran.«

Ein Lächeln huscht über meine Lippen. Bei dem Gedanken an die Pferde wird mir warm ums Herz.

»María? Darf ich dich etwas fragen?«

»Natürlich.«

»Hat mein Großvater ... José ... hat er von Margarete gesprochen?«

»Kindchen, bist du dir sicher, dass du das jetzt hören möchtest? Du bist erst zwei Tage hier und dein Mann ist überraschend gekommen.«

»Ja, ich weiß. Paul. Es tut mir wirklich leid. Ich wusste nicht, dass er in den nächsten Flieger steigen und nach Granada fliegen würde. Wir haben uns nicht im Guten verabschiedet.«

María sieht mich nachdenklich an, trinkt ihren Tee und beginnt nach einer Weile zu sprechen: »Also schön. José hat hier allein gelebt, Luisa, seine Frau, kam zu den Feiertagen. Na ja, es steht mir nicht zu, darüber zu sprechen, ich weiß eigentlich nicht viel. Doch eines kann ich dir sagen: Er hat nie über deine Großmutter gesprochen, bis vor achtzehn Jahren Luisa von uns ging.«

Der Satz hallt in mir nach, ein disharmonischer Klang, der

mir eine Gänsehaut beschert. Marías Blick ist wachsam, sie fragt sich wahrscheinlich, wie ich auf diese Enthüllung reagieren werde. José, Margarete und Josefina hatten sich nach Luisas Beerdigung verabredet. Es war kein Erholungsurlaub, es sollte eine Familienzusammenführung werden, die tödlich endete.

»Josés Ehefrau Luisa und Margarete sind im selben Jahr gestorben«, stelle ich tonlos fest.

María nickt, ohne mich aus den Augen zu lassen. Ihr ist sicherlich nicht entgangen, wie es um Paul und mich steht.

»José hat nie über seine privaten Angelegenheiten gesprochen. Vor mir hat meine Mutter hier den Haushalt geführt und davor ihre Mutter. Doch mein Gedächtnis ist gut und ein Tag wird mir wohl für immer in Erinnerung bleiben.«

»Was ist geschehen? Welchen Tag meinst du?«

»José war ein ruhiger und besonnener, fast abweisender Mann. An diesem Morgen war er vor mir in der Küche, das hatte es bis zu jenem Tag noch nie gegeben. Er lachte, als er mich sah, und umarmte mich. Ich fragte ihn, was geschehen sei, was ihn so glücklich machen würde. ›Ich werde meine Tochter sehen‹, war seine Antwort gewesen.«

María legt ihre Hand auf meine, die Wärme ihrer Haut liebkost mich wie ein Sonnenstrahl. »So habe ich von deiner Mutter erfahren. Die Geschichten, die mir meine Mutter über José und Margarete erzählt hat, waren plötzlich real geworden.«

Sie sieht mir an, dass ich nicht verstehe, was sie sagen möchte. »Als würdest du eines morgens aufstehen und erfahren, dass das Märchen vom Prinzen und Aschenputtel reine Wahrheit ist.«

»Ich verstehe. Was ist dann geschehen?«

»Drei Tage Glück. Anders kann ich es nicht beschreiben. Er war wie verwandelt, ein anderer Mensch, ein anderer

Mann. Wir ließen uns anstecken von seiner Euphorie, La Esperanza glänzte vom Dach bis in den Pferdestall.«

»Nachts war es noch einmal richtig kalt geworden und die Farbe der Orangen war so leuchtend. Es gab keine einzige grüne Frucht an den Bäumen.«

Wir fahren beide erschrocken herum. Alejandro steht im Türrahmen, María und ich haben ihn nicht kommen gehört.

»Ich kann mich ebenso an diese Tage erinnern. Eine Art magische Erwartung schwebte über uns wie eine gigantische Wolke.«

María sieht ihren Mann verblüfft an. »Also, was du so von dir gibst! Solche Worte habe ich ja noch nie von dir gehört! Du kannst also romantisch sein?«

»Mujer, das solltest du am besten wissen.«

María winkt ab.

»Marido, wer, wenn nicht ich?«

»Was meintest du mit den grünen Früchten?« Ich möchte das Thema wechseln, zwischen María und Alejandro sind mir definitiv zu viele Emotionen im Spiel.

»Ah, natürlich. Darüber habe ich dir gestern schon erzählt.« Er fasst in seine Hosentasche und zieht eine Orange heraus. »Von deiner Ernte. Probier mal!«

Alejandro wirft sie mir zu, ich fange und bohre einen Fingernagel in die Schale. Tief atme ich den scharfen Geruch ein, der auf magische Weise meine Kopfschmerzen vertreibt. Ich schäle die Orange, teile sie in Spalten auf und lasse sie mir schmecken.

»Köstlich!«

»Dann bin ich froh. Wenn du dich hier eingelebt hast, sprechen wir über die Plantage und ihre Zukunft.«

»Was gibt es zu besprechen? Da wäre ich gern dabei.« Pauls Stimme hat jenen Unterton, der die Menschen in seiner Umgebung alarmiert, wenn sie ihn kennen.

»Schön, ihr seid wieder zurück. Hat Fernando dich auch schon zum Reiter gemacht wie gestern deine Frau?« Alejandro überrascht mich mit einem ebenfalls sehr guten Englisch.

»Ich bin nicht so leicht zu überzeugen wie Katharina.«

María ist keine Veränderung anzumerken, sie scheint die Provokation Pauls nicht wahrzunehmen oder kann ihn nicht verstehen. Anders Alejandro, dessen Gestalt größer wird. Fasziniert beobachte ich, wie sich seine Augenbrauen zusammenziehen und seinem sonnengebräunten Gesicht einen grimmigen Ausdruck verleihen. Bevor er etwas sagen kann, springe ich auf und gehe zu Paul. Von Fernando ist nichts zu sehen.

»Wollen wir spazieren gehen?« Paul nickt und lässt sich von mir zurück auf den Flur drängen. Ich winke María und Alejandro zu. Er hat seine Frau in den Arm gezogen und sie schmiegt sich an ihn. Ein schönes Bild, das mir nicht vergönnt ist. Als wir außer Sichtweite sind, fahre ich Paul an: »Was ist los mit dir? Weshalb bist du so unfreundlich?«

»Was habt ihr besprochen? Es macht mich verrückt, dass ich nicht weiß, worüber ihr euch unterhaltet. Ich stand schon einige Zeit an der Tür und habe euch beobachtet. Ihr wirkt so vertraut.«

»Vertraut? Und deshalb warst du unfreundlich? Was soll das überhaupt bedeuten, du wärst gern bei der Besprechung dabei?«

Gemeinsam treten wir ins Freie, die Sonne scheint in mein Gesicht. Wie gut es sich anfühlt, hier zu sein und die Wärme zu spüren.

»Katharina!« Paul bleibt stehen und legt seine Hand sanft auf meine versehrte Wange. »Das bedeutet, dass ich bei dir sein möchte. Es tut mir leid, wie unser Abschied war. Ich habe Fehler gemacht, die ich bereue.«

Er senkt seinen blonden Schopf, ist mir ganz nahe, streift mit seinen Lippen mein Gesicht, hält inne, atmet tief ein und küsst mich hinter mein Ohr. »Ich vermisse dich. Ich bin zu dir gekommen, weil ich dir sagen möchte, dass es mir leidtut.«

Atem kommt stoßweise aus meinem Mund, ich zähle die Sekunden, die ich so nah bei ihm stehen muss, bis ich einen Schritt zurückgehen kann, ohne dass Paul verletzt ist. Schweiß läuft meinen Rücken herunter, sammelt sich an meinem Hosenbund und sickert in den Stoff. Meine herabhängenden Arme gehören nicht mehr zu mir, führen ein Eigenleben, auf das ich keinen Einfluss habe, denn plötzlich liegen sie auf Pauls Brust, halten ihn auf Abstand. Der Schritt, mit dem ich mich von ihm entferne, lässt seinen Blick flackern.

»Wollen wir in den Pferdestall gehen?« Ich warte seine Antwort nicht ab, gehe auf Osos Box zu, der wiehert und mich zu erwarten scheint. Neugierig drängt er sich meiner ausgestreckten Hand entgegen. »Hallo, mein Schöner!«

Paul stellt sich auf Osos andere Seite und klopft seinen Hals. Er sieht müde aus, die Situation hat auch bei ihm Spuren hinterlassen. Verständlicherweise.

»Das ist ein wunderschönes Tier. Alle hier sind fantastisch, aber er ist etwas Besonderes.«

»Du kennst dich mit Pferden aus?«

»Ein kleines bisschen. Ich bin als Kind geritten.«

»Das wusste ich nicht.«

Oso hat genug von unseren Streicheleinheiten und zieht sich in seine Box zurück. Paul lehnt sich an die Wand dehnt seine Schultern nach hinten. Er scheint abgenommen zu haben, die Hose sitzt viel zu locker um seine Hüften. »Ich habe mir eine Woche freigenommen.«

»Wie hast du das geschafft? Was ist mit deinem Projekt?«

»Der Plan ist beim Bauamt eingereicht. Das hat mich die letzte Woche meinen Schlaf gekostet.«

Seine blonden Haare stehen nach allen Richtungen ab, ich fahre mit den Fingern durch die Fülle. Seine Augen weiten sich, er lächelt. Es ist schön, dass er hier ist. Wir können gemeinsam Entscheidungen treffen, was aus La Esperanza wird.

»Ich bin froh, dass du hier bist.«

»Ich auch, Katharina. Wir gehören zusammen. Lass uns wieder nach Hause fliegen.«

»Aber ich muss die vier Wochen hierbleiben, um mich dann zu entscheiden.«

»Warum? Was gibt es da nachzudenken? Du bist verheiratet, lebst in Deutschland. Könntest du das bitte in Erwägung ziehen?«

Ich kann ihm ansehen, dass er das, was er mir gern noch sagen würde, herunterschluckt. Ich merke ebenso, wie schwer es ihm fällt. Meine innere Mauer wächst und schottet mich gegen verletzende Worte ab. So ist der Plan. Der Schmerz verschüttet wie eine Steinlawine die zärtlichen Empfindungen für meinen Mann.

»Es ist mir bewusst, dass sich mein Leben in Deutschland abspielt. Aber das hier, Paul, ist einfach fantastisch. Ich habe die Chance, mehr über meine Vergangenheit zu erfahren. Das Davor war in vielerlei Hinsicht ein unbeschriebenes Blatt. Das ist es jetzt nicht mehr.«

»Hör auf damit!« Seine Stimme wird lauter, er ist ungeduldig, versteht mich nicht. »Das hier zerstört unsere Ehe!«

»Was willst du damit sagen?«

Meine Stimme hört sich fremd an. Die Wut herunterzuschlucken, tut mir nicht gut, das sagt auch meine Therapeutin Frau Rosenthal. *Herauskotzen* war ihre Bezeichnung für ein gewolltes Verlieren der Fassung. Aber ich kann ihn nicht anbrüllen, das wäre nicht ich. Deshalb versickert die Wut in meinem Selbsthass. Welches Recht habe ich, wütend auf Paul zu sein? *Wärst du damals im Stadtwald nicht stehengeblieben, wärst du umgekehrt, hättest dich mehr gewehrt, dich angestrengt, es nicht über dich ergehen lassen oder wärst wenigstens gestorben ...*

»Ich will damit sagen, dass ich nicht weiß, ob ich es weiter ertragen kann.«

Was ertragen?, denke ich, während ich in seinem schönen Gesicht nach Liebe suche. Vielleicht täusche ich mich und der sanfte Zug um seine Lippen ist nicht verschwunden, ebenso wie der kleine Fältchenkranz um seine Augen. Anscheinend habe ich den Blick für die leisen Töne seiner Mimik verloren oder sie sind nicht mehr für mich bestimmt.

»Liebst du mich noch?«

»Wie kannst du mich so etwas fragen?«

»Ich kann keine Liebe erkennen.« Kaum hat der Satz meine Lippen verlassen, verzerrt sich Pauls Gesicht. Ich bin versucht, einzulenken, ihn um Verzeihung zu bitten. Angst steigt in mir auf. Wenn er mich jetzt verlässt, weiß ich nicht, was werden soll.

»Paul, ich ...«

»Was, es tut dir leid? Möchtest du das sagen? Es tut dir leid?« Wie in Zeitlupe geht er einen großen Schritt von mir zurück. Wir stehen auf dem Weg, der zur Orangenplantage und zum Fluss führt, dem Weg, der mich auf Osos Rücken zur Sierra Nevada geführt hat, auf demselben Weg, über den meine Großmutter geritten ist, voller Liebe zu meinem Großvater José.

Schwindel steigt in mir auf, schnell und erbarmungslos, ich stehe in einem Tunnel, um mich herum tanzen grell weiße Lichter, der Boden stürzt auf mich oder ich auf ihn und dann weiß ich nichts mehr.

· · ·

Sekunden oder Minuten später bin ich wach, Paul kniet an meiner Seite und ist ehrlich erschüttert. »Wie geht es dir? Soll ich einen Arzt rufen?«

»Bloß nicht!« murmle ich und will aufzustehen.

»Ich helfe dir.« Er nimmt mich in seine Arme und zieht mich hoch. Hoffnungsvoll werfe ich einen Blick zur Plantage. Wenn ich Glück habe, ist niemandem aufgefallen, dass ich gerade ohnmächtig geworden bin. Mein Wunsch bleibt jedoch unerfüllt, Fernando und Alejandro kommen mit großen Schritten auf uns zu, die Feldarbeiter stehen in einem Pulk zusammen und starren in meine Richtung. Das hat mir gerade noch gefehlt.

»Was ist passiert?«

Fernando wirkt besorgt. »Ich habe dich gesehen. Du bist einfach umgefallen wie ein gefällter Baum.«

Ich bin mir nicht sicher, ob ich mit einem Baum verglichen werden möchte und suche nach einer passenden Antwort. Alejandro drängt Fernando zur Seite. »Du bist blass, lass uns ins Haus gehen. Soll ich dich tragen?«

»Nein, wirklich, das geht schon.«

»Ich bin keine Prinzessin auf der Erbse.«

»Was sagst du?« Paul beugt sich zu mir.

»Dass ich keine Prinzessin auf der Erbse bin.«

»Ich verstehe kein Spanisch, das weißt du doch.«

»Ja, könnten wir vielleicht ...« Schwindel erfasst mich und meine Knie werden weich. Bevor ich wieder auf den Boden fallen kann, hebt mich Paul hoch und trägt mich zurück ins Haus. Flankiert werden wir von Fernando und Alejandro, zu guter Letzt mache ich María aus, die aus dem Haus gelaufen kommt, hinter ihr der bellende Perro Negro. Mir bleibt nichts anderes übrig, als mich in mein Zimmer tragen zu lassen.

Paul legt mich aufs Bett, zieht mir die Schuhe aus und bittet die anderen, aus dem Zimmer zu gehen.

»Es tut mir leid, Katharina. Ich übe wieder Druck auf dich aus«, flüstert er, als wir allein sind.

»Das ist sicherlich nicht der Grund, weshalb ich ohnmächtig geworden bin.«

»Du hattest viel Stress. Viele Emotionen. Du musst dich ausruhen.«

»Paul, warum möchtest du La Esperanza unbedingt verkaufen, kannst du nicht verstehen, dass ich alles erfahren muss, bevor ich eine Entscheidung treffen kann?«

Behutsam, als wäre ich aus Glas, setzt er sich auf die Bettkante und streicht mir eine Strähne aus dem Gesicht. »Dein Haar ist gewachsen.« Sein Zeigefinger fährt den Weg des Messers nach, das mein Gesicht unwiederbringlich zerstört hat.

»Du bist so wunderschön, ich liebe dich. Komm mit mir zurück, bitte!«

Meine Arme schlingen sich um seine Mitte, ich klammere mich an ihn, verzweifelt, weil ich ihm nicht geben kann, was er sich von mir wünscht, doch davon überzeugt, die richtige Entscheidung getroffen zu haben. »Ich kann noch nicht zurück.«

Sein Herzschlag ist schnell, er dröhnt in seinem Brustkorb und gegen mein Ohr.

»Ich kann nicht, Paul. Es tut mir leid.«

Traurig schmiege ich mich an ihn, die Knöpfe seines Hemdes schaben schmerzhaft über meine Stirn und ich presse mich fester dagegen.

»Du solltest dich ausruhen.«

»Bleibst du hier bei mir?«

»Ja. Rutsch rüber!« Paul lehnt sich an die Rückwand des Bettes, streckt seinen Arm aus und grinst mich an. »Kuscheln?« Das Wort klingt wunderbar und ich habe es lange nicht mehr gehört. Mein Kopf passt perfekt in seine

Armbeuge, vorsichtig legt er seine Hand auf meinen Rücken und streichelt mich. »Weißt du noch, als wir ...« Seine Stimme ist leise und monoton, ich entspanne mich. Seine Worte sind nicht wichtig, vergessene Gefühle steigen in mir auf, die mich sanft hin und her wiegen.

»Schlaf ein wenig. In zwei Stunden gibt es Abendessen, dann sehen wir weiter.«

»Woher weißt du das?«

»Na, María hat es gesagt.«

»Das hast du verstanden?«

»Ja, habe ich. Jetzt ruh dich aus!«

Anscheinend habe ich tief und fest geschlafen. Mein Herz rast, die Zunge klebt an meinem Gaumen. Erleichterung überschwemmt mich wie eine Welle. Es war nur ein Traum. Der Kapuzenmann kam auf einen kurzen Besuch vorbei. Fast wäre ich entkommen, denn ich war nicht stehengeblieben, sondern hatte den Weg verlassen und war quer durch den Wald geflüchtet. Glücklich und unbeschwert, denn das Danach war ein Traum in meinem Traum, eine verschwommene, fürchterliche Alternative. Auch in meinen Albträumen spielt das Danach Katz und Maus mit mir.

Du entkommst mir nicht – egal, was du tust.

Der Kapuzenmann bekam mich zu fassen, saß auf mir und hielt das Messer in der Hand ... wie so oft in den vergangenen Nächten. Manchmal wache ich auf, manchmal nicht. Dann erlebe ich das Geschehen immer und immer wieder. Heute wurde ich rechtzeitig wach, bevor sich der Stahl in meine Haut bohren konnte.

Ich öffne meine Augen, Paul liegt nicht mehr neben mir, er ist nicht im Zimmer. Die Erkenntnis vertreibt den letzten Rest Müdigkeit und ich setze mich schwungvoll auf. Aus welchem Grund ich auch immer ohnmächtig geworden bin, jetzt geht es mir besser. Der Traum entlässt mich aus seiner Umklammerung und der Schrecken zieht sich zurück.

Im Bad putze ich mir die Zähne, kühle mein heißes Gesicht und versuche, meine Haare in eine einheitliche Richtung zu bürsten, was mir nicht gelingt. Pauls überraschender Besuch verwirrt mich, das Chaos meiner Haare legt ein stilles Zeugnis darüber ab. Es ist wundervoll, ihn zu sehen, und ich habe das Gefühl, dass wir uns annähern. Ich spüre aber auch, dass er nicht verstehen kann, weshalb ich durch Spanien gereist bin, um hier noch vier Wochen zu bleiben. Aus seiner Sicht vielleicht verständlich. Paul möchte mich zurück, möchte unser Davor-Leben wiederhaben, doch das wird nicht geschehen. Betrachte ich mich durch seine Augen, sehe ich beschädigte Ware, und das macht mich traurig.

Die Gedanken springen in meinem Hirn hin und her, ich wünschte, ich könnte auf einen Knopf drücken und sie ausstellen. Nachdenklich verlasse ich mein Zimmer und werfe einen schnellen Blick aus dem Fenster. Der Himmel über der Sierra verfärbt sich in den vielfältigsten Rot- und Orangetönen, die Berge werden umhüllt von diesem Farbenspektakel und ich wünschte, ich könnte Oso satteln und mit ihm an den Fluss reiten.

Wortfetzen schallen mir entgegen, der Sprachmelodie nach ist es Englisch, das gesprochen wird. Aus einem Grund, den ich nicht beschreiben kann, stört es mich, dass Paul mit Fernando und den anderen ohne mich spricht. Meine Schritte werden länger, ich klopfe an den Türrahmen, um auf mich aufmerksam zu machen. Sie sind alle da und schauen mich an, als hätte ich sie bei etwas ertappt. Paul, Fernando, Alejandro sitzen am Tisch bei einer geöffneten Flasche Wein, María bereitet das Abendessen zu, mein knurrender Magen lenkt meine Aufmerksamkeit auf die kleinen Platten und Schälchen.

»Du bist wach!« Paul winkt mir zu und deutet auf den freien Stuhl neben sich.

»Wie fühlst du dich, Katharina?«

»Vielen Dank, Alejandro. Es geht mir gut. Die Aufregung tut mir ehrlich leid. Keine Ahnung, was los war.«

»Hauptsache, du fühlst dich besser. Magst du probieren? Ich habe ein paar Tapas gemacht. Bestimmt hast du Hunger. Und ihr anderen hört mit den Diskussionen jetzt auf!« Eine resolute María dreht sich um, stemmt die Hände in die Hüften und wirft den sitzenden Männern einen strengen Blick zu.

Mein Gefühl hat mich nicht getäuscht. Ich wünschte, Paul wäre nicht gekommen. Er mischt sich ein, obwohl ich ihn gebeten habe, mir Zeit zu geben. Weshalb kann er nicht verstehen, dass ich die Zeit hier auf La Esperanza für mich brauche?

»Worüber habt ihr denn diskutiert?« Ich spreche Spanisch, wiederhole den Satz für meinen Mann auf Deutsch. Hitze steigt in meine Wangen, ich bin wütend, weil ich mir vorstellen kann, was geschehen ist. Ich fühle mich unmündig, Paul behandelt mich wie ein kleines Kind.

»Hör zu, Katharina, bitte setz dich und lass uns gemeinsam essen! María hat sich selbst übertroffen.« Fernando schenkt mir Rotwein ein, hebt das Glas und prostet uns zu: »¡Salud!«

Ich trinke einen Schluck, mein Magen knurrt, als María kleine Schalen auf den Tisch stellt. Fleischklößchen in Tomatensauce, dicke grüne Bohnen mit Muscheln, Weißbrot, dünn geschnittener Schinken. Die Stimmung im Raum schlägt um, Alejandro zeigt auf die einzelnen Gerichte und erklärt etwas dazu. Paul nickt bei jedem begeistert.

»Das riecht so köstlich! Danke, María.«

»¡Que aproveche!«

Alle greifen zu, ich beobachte jeden von ihnen und werde

das Gefühl nicht los, mich in einem Bühnenstück mit schlechten Schauspielern zu befinden. Fernando ist ebenso einsilbig wie ich, verabschiedet sich nach einigen Minuten mit der Erklärung, er müsse nach den Pferden sehen.

»Kann mir jemand sagen, was los ist? Paul?«

»Das ist meine Schuld, wenn man es so nennen kann. Natürlich ist es interessant zu wissen, wie gut oder wie schlecht die Finca finanziell aufgestellt ist. Fernando hat es sofort abgelehnt, mir darüber Auskünfte zu geben. Er scheint nicht zu verstehen, dass wir die Entscheidungen gemeinsam treffen.«

»Und dann?«

Mein Ehemann trinkt einen großen Schluck Wein, bevor er antwortet. »Ich habe ihm klargemacht, dass wir Einsicht in die Papiere möchten, bevor wir La Esperanza zum Verkauf anbieten.«

»Wir bieten es zum Verkauf an?«

»Mein Gott, Katharina, natürlich! Das ist alles Unsinn. Ich helfe dir, die Sache über die Bühne zu bringen, damit wir so schnell wie möglich nach Hause fliegen können.«

Es ist still im Raum, Perro Negros Atem dröhnt mir in den Ohren. María lächelt verlegen und nippt an ihrem Wein. Alejandro starrt aus dem Fenster, als überlege er, aus selbigem zu springen und die Flucht zu ergreifen. Ich habe die beiden liebgewonnen und möchte sie nicht verletzen. Jetzt denken sie sicherlich, Paul hat in meinem Namen gesprochen und ich möchte schnell Geld machen.

»Du hattest kein Recht dazu. Ich dachte wirklich, du würdest mich verstehen, und wenn schon nicht verstehen, dann zumindest meine Wünsche respektieren.«

Paul steht langsam und beherrscht auf, ich sehe ihm an, wie wütend er ist. Er runzelt die Stirn, kneift die Augen zusammen. Für ihn hat das Danach eine Fremde aus mir gemacht. Habe ich mich so verändert, dass Paul mich nicht mehr verstehen kann? Vor einigen Stunden war er emotional, konnte sich öffnen und mir seine Gefühle offenbaren. Ich war mir sicher, er würde meinen Entschluss unterstützen, weil er mich liebt. Was sind denn einige Wochen im Rest unseres Lebens?

Paul verabschiedet sich mit Handschlag von María und Alejandro und verlässt den Raum. Ich sehe ihm nach, wie gern würde ich ihn festhalten und mich lieben lassen, auf seine Weise, mit seinen Worten, wie früher.

»¿Que le pasa?«, fragt Maria wütend.

»Ich möchte mich bei euch entschuldigen. María, Alejandro, ich bleibe auf La Esperanza, wie wir es besprochen haben.«

»¿Que le pasa?!«

»Ich weiß es nicht. Mit einer entschuldigenden Geste stehe ich auf und beeile mich, die Küche zu verlassen. Beide bleiben am Tisch sitzen und ich spüre ihre Blicke auf meinem Rücken.

Paul ist dabei, seine Sachen wieder in den Koffer zu packen. Er durchquert das Zimmer, geht ins Bad, wieder zum Koffer, dann zurück ins Bad. Traurig setze ich mich auf das Bett und sehe ihm dabei zu, spüre eine tiefe Kluft zwischen uns, doch ich habe nicht die Kraft, darüber zu springen.

»Ist es vorbei, Katharina?« Paul kniet vor seinem Koffer und sieht mich an. Der Kummer in seinem Gesicht treibt mir die Tränen in die Augen. Was soll ich darauf antworten?

»Kannst du mir denn die Zeit geben, die ich brauche?«

Er vergräbt sein Gesicht in den Händen. »Sag mir, ob es vorbei ist. Oder kannst du das nicht?«

Nein! Ich will es schreien, doch kein Laut kommt über meine Lippen.

»Das habe ich mir gedacht. Keine Antwort ist DIE Antwort. Ich fliege zurück nach Deutschland, du solltest erst einmal darüber nachdenken, ob du noch mit mir verheiratet bleiben möchtest oder nicht.«

»Paul, bitte! Ich liebe dich.« Vom Bettrand falle ich auf die Knie. Nun sind wir auf Augenhöhe, ich könnte meine Hand ausstrecken und ihm die Tränen wegwischen, die aus seinen Augen laufen, doch ich wage es nicht. Meine Entscheidung ist der Grund für seine Traurigkeit. Ich stoße den Menschen, der in meiner härtesten Zeit immer für mich da war, vor den Kopf.

»Ich liebe dich.« Verzweifelt ringe ich nach Worten, möchte ihn trösten und gleichzeitig von mir stoßen.

»Ich fahre zum Flughafen und warte auf die nächste Maschine nach Madrid oder Barcelona, dann bin ich spätestens in vierundzwanzig Stunden wieder in Frankfurt.«

»Granada hat nur einen kleinen Flughafen, was tust du, wenn du erst morgen einen Flug bekommst?«

»Das ist doch völlig gleichgültig, Katharina. Ich muss weg von hier. Ich bereue zutiefst, dass ich überhaupt diese Schnapsidee hatte, dich überraschen zu wollen und wieder mitzunehmen. Du möchtest vier Wochen auf dieser Pferdefarm bleiben? Gut, dann bleib!«

Jetzt werde auch ich wütend. La Esperanza ist keine Pferdefarm und es war nicht neu, dass ich auf der Suche nach meinen Wurzeln hierbleiben wollte. All das könnte ich ihm vorwerfen, die Wut und meine Angst loslassen, in Worte verpacken und ihm vor die Füße knallen. Doch das werde ich nicht tun. In meinem Kopf formen die Buchstaben Sätze, bitten um Verzeihung, argumentieren brillant, doch kommt kein Laut aus meinem Mund. Stumm betrachte ich meinen Mann, der mit einer einzigen Bewegung den Reißverschluss seines Koffers schließt, Schuhe und Jacke anzieht, dann in der Mitte des Raumes steht und mich mit blanken Augen mustert.

»Kann ich dich zum Flughafen fahren?«

»Du hast kein Auto. Ich habe mir ein Taxi gerufen, es wartet oben an der Straße.«

»Okay.« Mühevoll stehe ich auf, mein Körper ist seltsam starr, ich muss kämpfen, um ihn in Bewegung zu bringen.

»Ich weiß, dass du mich liebst. Auf deine Weise. Was dir damals passiert ist, muss so furchtbar für dich gewesen sein, dass ich dich fast verloren hätte. Der Gedanke daran macht mich wahnsinnig. Doch es ist bald vier Monate her und seitdem habe ich das Gefühl, dass ich dich Stück für Stück verliere.«

»Vielleicht ist das auch so. Ich weiß es nicht. Ich kann nur Stück für Stück zurück ins Leben kommen. Versteh das doch bitte!«

»Ich dachte, ich könnte es. Ich wollte, ich könnte es, Katharina. Denn du bist der Mensch, mit dem ich leben möchte, mit dem ich alt werden und Kinder haben möchte.«

Ich sehe zu Boden, blinzle meine Trauer nach innen, wo sie hingehört.

»Auf Wiedersehen, Katharina! Pass auf dich auf!«

Er verlässt das Zimmer und geht mit schnellen Schritten den langen Korridor entlang. Als ich das Klacken seiner Schuhe nicht mehr hören kann, setze ich mich auf das Bett, öffne die Schublade und hebe vorsichtig das Kästchen mit den Briefen heraus. Tränen tropfen auf das vergilbte Papier, ich tupfe mit meinem Ärmel darüber und ziehe das nächste Kuvert heraus. Wie auch die anderen ist es frankiert, eine deutsche Briefmarke, ich kann allerdings nicht erkennen, von welcher Stadt aus Margarete den Brief verschickt hat, es gibt keinen Absender. Ich falte das Papier auseinander, setze mich auf die Decke und lehne meinen Rücken an die Wand.

. . .

Jeden Abend reite ich in meinen Gedanken mit dir am Fluss entlang. Am Anfang ist der Weg schmal und ich reite vor dir, spüre deinen Blick, der mich erfüllt mit dem Wissen, dass ich zu diesem Land gehöre wie die geschwungenen Gipfel der Berge zur Sierra Nevada und die rote satte Erde zu Andalusien. Die Orangen an den Bäumen sind noch grün, wenn die Tage sonnenwarm sind und die Nächte klirrend kalt, wechselt die Farbe in das leuchtende Orange, das ich so sehr liebe. Ich sehe die Plantage vor mir, höre deine Worte, bin über die Entfernung hinaus mit diesem Land verbunden, das mich gelehrt hat, dass es für jeden Menschen eine Bestimmung gibt und Zeit keine Rolle spielt. Ein einziger wundervoller Tag, ein einziger Kuss, eine einzige Berührung kann ein Leben sein.

Ich lege beide Hände auf meinen Bauch, der sich mir entgegenwölbt und zart an meine Handflächen schmiegt. Ich habe etwas zurückgelassen, einen Teil meines Herzens habe ich in der Sierra verloren, doch ich habe etwas mitgenommen, einen Teil deines Herzens.

In tiefer Liebe,
Margarete

»Katharina? Darf ich hereinkommen?«

Ich war so versunken, dass ich das Klopfen an der Tür nicht gehört habe.

»Ja, Entschuldigung. Natürlich, María.«

Langsam öffnet sie die Tür und bleibt im Türrahmen stehen. »Ich wollte wissen, wie es dir geht.« Sie setzt sich an den Bettrand. Marías Gesicht ist schön, auf eine unspektakuläre Art und Weise. Die vollen Lippen und die gerade lange Nase verleihen ihr etwas Aristokratisches, ihre Haltung ist aufrecht, der Rücken durchgestreckt.

»Paul ist gegangen.«

Sie legt ihre Hand auf meinen Arm und ich lasse es zu. »Er

hat sich von mir und Alejandro verabschiedet. Wir wollten ihn zum Flughafen bringen, doch er lehnte es ab.«

»Er ist enttäuscht von mir. Entschuldige, ich möchte dich nicht in mein Leben hineinziehen.«

»Kleines, da bin ich doch schon längst. Ich wäre gern für dich da, wenn du es mir gestattest.«

Bevor ich etwas erwidern kann, hat sie mir einen Kuss auf die Stirn gedrückt und das Zimmer verlassen. Nachdenklich lese ich die letzten Sätze aus Margaretes Brief noch einmal und lege ihn dann zurück zu den anderen. Als meine Großmutter die Zeilen verfasste, war sie schwanger mit meiner Mutter. Das war der Grund, weshalb sie zurück nach Deutschland reiste. Margarete hat nie etwas über den Vater ihrer Tochter erzählt und ich habe nie danach gefragt. Es spielte keine Rolle in unserem Leben. Jetzt kann ich nichts mehr daran ändern, das eine oder andere Geheimnis würde ich aufdecken können, aber ich mache mir nichts vor, vieles würde ein Mysterium bleiben.

Einer Eingebung folgend, ziehe ich meine Schuhe an, schlüpfe in die Jacke und verlasse das Zimmer. Ich gehe leise an der Küche vorbei, María und Alejandro sitzen am Tisch und lesen in einer Zeitung, von Fernando ist nichts zu sehen. Beide bemerken mich nicht und ich komme ungesehen zum Stall. Oso schaut mir entgegen, ich frage mich, ob er mich gehört hat oder meine Gedanken lesen kann. Er begrüßt mich mit diesem dunklen Brummen, wie es nur ihm eigen ist.

»Oso, mein Schatz!«

Der große Schimmel senkt seinen Kopf, damit ich ihn hinter den Ohren kraulen kann. Ich sehe mich um, Fernando ist nirgends zu entdecken. Mit dem Anflug eines schlechten Gewissens öffne ich die Boxtür und trete ein. Das Stroh ist frisch aufgeschüttet und duftet nach Erde und Kräutern. Oso sieht mir aufmerksam zu und scheint sich seine eigenen

Gedanken zu machen. Ich beuge mich über die Tür und verschließe sie. Oso tritt neben mich und knabbert an meinem Hals. Seufzend setze ich mich auf den Boden, das große Pferd kommt nah an mich heran, berührt meine Haare, senkt den Kopf zu mir und lässt es zu, dass ich meine Wange an ihn presse. Ich wünschte, ich könnte für immer hierbleiben. Mein Kopf dröhnt. Paul ist auf dem Weg zum Flughafen, unsere Ehe steckt fest in einer Krise. Ich konnte ihn zum Abschied nicht ansehen, die Enttäuschung in seinem Gesicht, dass ich ihn so einfach gehen lasse. Was bin ich für ein Mensch? Bin ich nur egoistisch? Das alles ist meine Schuld, ich musste unbedingt im Stadtwald laufen, habe nicht auf mein Bauchgefühl gehört.

Es wird dunkel. Die Silhouette des mächtigen Schimmels hebt sich aus den Schatten. Ich sollte in mein Zimmer zurückgehen und schlafen oder versuchen, Paul zu erreichen, die Wogen zu glätten, ihm wenigstens einen guten Flug wünschen …

Die Geborgenheit in der Box, Oso, der an seinem Heu kaut, den ich nicht zu stören scheine, der mich so nimmt, wie ich bin, vertreibt die hässlichen Schatten, die mir auf Schritt und Tritt folgen. Zumindest ein bisschen. Mein Großvater hätte mich nach Margaretes und Mamas Tod kontaktieren können. Ich war allein, noch nicht volljährig und hilflos. Auf einen Schlag die beiden wichtigsten Menschen in meinem Leben zu verlieren, hätte mich beinahe aus der Bahn geworfen. Der Tag ist vollständig in meinem Kopf geblieben, ich kauere mich zusammen und kämpfe gegen die Geister an, die mich in die Dunkelheit ziehen wollen.

»Katharina?«

Ich öffne die Augen und richte mich auf. Oso steht neben mir, ich streichle ihn, klopfe seinen Hals. Mir ist schwindelig, ich greife in seine Mähne und schaue aus der Tür.

»Fernando!«

»Weshalb bist du hier in der Pferdebox?« Er öffnet die Tür, umfasst meinen Arm und zieht mich ins Freie. Oso brummt sein eigentümliches Brummen.

»Was ist denn los?«, frage ich verwirrt.

»Ich wollte mit dir etwas trinken gehen und habe mich extra hübsch für dich gemacht.« Er grinst und deutet auf sein weißes langärmeliges Hemd.

»Im Gegensatz zu dir sehe ich aus, als hätte ich im Pferdestall geschlafen.«

»Ja, ein bisschen viel Stroh in deinen Haaren. Wir verschieben das einfach und bis dahin behelfen wir uns damit.« Er verschwindet im Stall und kommt mit zwei grünen Flaschen zurück, drückt mir eine davon in die Hand und grinst breit. »Alhambra, das Bier Granadas. Probier mal!«

Ich nehme einen Schluck. »Das schmeckt sehr gut.«

»Freut mich. Komm, lass uns ein paar Schritte gehen.«

Wir laufen in der Dunkelheit den Weg am Orangenfeld vorbei, die Sterne geben so viel Licht, dass ich den Pfad gut erkennen kann und nicht Gefahr laufe, mir den Hals zu brechen. Schweigend gehen wir nebeneinander her. Mir ist noch kein Mensch begegnet, mit dem ich so gut nichts sagen kann. Fernando wirkt entspannt, lächelt in den Sternenhimmel, als würde er jemanden dort oben begrüßen wollen, und nippt dann und wann an seinem Bier. »Erzählst du mir, was mit deinem Mann los ist?«

»Wir hatten ein hartes Jahr.« Ich deute auf meine Wange. »Es ist viel passiert und Paul hat zu mir gehalten. Nachdem ich das Schreiben von Señor González bekommen habe, waren Paul und ich nicht mehr einer Meinung. Ich muss das allein durchziehen.«

»Siehst du den Sternenhimmel? Das Licht der umliegenden Dörfer ist gering, deshalb kann man hier die Sterne gut sehen. Wenn wir in die Sierra reiten und das Wetter stabil ist, sind die Sterne so nah, dass du denkst, du musst nur die Hand ausstrecken, um einen zu holen.« Er trinkt einen Schluck, sieht mich an. Ich kann den Ausdruck in seinem Gesicht nicht deuten. Was denkt er?

»Du meinst, wir könnten in die Sierra reiten?« Plötzlich bin ich hellwach. Das wäre mein Traum.

»Warum nicht? Du schaffst das schon.«

»Wenn du meinst. Ich möchte unbedingt in die Sierra reiten.«

»Ich gebe dir jeden Morgen Unterricht. Wollen wir zurückgehen?«

»Aber du hast doch genug mit der Orangenernte zu tun. Was muss noch gemacht werden?«

»Das klappt schon. Die Orangen werden sortiert, gewaschen, in Kisten verpackt und verschickt.«

»Helfen wir wieder mit?«

»Du auf alle Fälle nicht. Einfach so in Ohnmacht fallen – damit hast du uns einen ordentlichen Schrecken eingejagt. Du möchtest dir alles ansehen? Das geht am besten auf dem Rücken eines Pferdes.«

Ein winziges Flämmchen der Hoffnung entzünden Fernandos Worte in mir, ich freue mich. Reitstunden bei Fernando. Reiten in der Sierra. Das klingt so perfekt. Wir drehen um und gehen den Weg zurück zum Stall. Fernando nimmt mir die leere Flasche ab und begleitet mich zum Haus. Die Küche ist leer, María und Alejandro sind schon zu Bett gegangen, wie mir Fernando erzählt.

»Keine María und kein Hund, das bedeutet, wir nehmen uns Essen. Dein Magen macht komische Geräusche, dagegen müssen wir unbedingt etwas unternehmen.« Er holt aus dem Kühlschrank Schalen mit Fleischbällchen und Oliven, schneidet Brot in dicke Scheiben. »Greif zu! Wasser oder

Wein?«

»Wasser bitte«, antworte ich kauend. »Ich denke, das ist das Beste, was ich jemals gegessen habe. Einfach fantastisch.«

»María ist eine sehr gute Köchin. Ich fühle mich in ihrer Gegenwart wie ein kleiner Junge und sie kommandiert mich auch wie einen herum.« Er verzieht seinen Mund und bläst die Wangen auf. Seine weißen Zähne sind nicht ganz gerade, was den harten Zug um seinen Mund mildert. Seine Mimik ist äußerst lebendig, die buschigen dunklen Augenbrauen bewegen sich je nach Stimmung auf- oder abwärts, um seine Mundwinkel haben sich kleine Falten eingegraben, Fernando ist ein Mensch, der gern lacht.

Nachdem wir fertig gegessen haben, spülen wir das Geschirr und verwischen unsere Spuren. »María wird sowieso merken, dass wir gegessen haben, sie kann uns sogar sagen, wer wie viel Bällchen vertilgt hat.«

Ich muss lachen und gähnen.

»Gut, ich bringe dich jetzt auf dein Zimmer.«

»Wo schläfst du eigentlich?«

»Im ersten Stock, neben María und Alejandro. José hat ihnen eine kleine Wohnung eingerichtet.«

»Mein Großvater war wohl ein netter Mensch?«

»Das war er, Katharina.«

»Dann gute Nacht, Fernando. Ich finde schon allein in mein Zimmer.«

Wir stehen uns gegenüber. Einen Augenblick befürchte ich, er würde mich umarmen wollen, und ich trete sicherheitshalber einen Schritt von ihm zurück.

»Ich bin dann mal weg. Gute Nacht!«

»Gute Nacht, Katharina.«

Im Zimmer zurück, sehe ich auf mein Handy. Keine Nachrichten. Ich rufe Pauls Nummer an, die Mailbox schaltet sich augenblicklich ein. Vielleicht ist er schon unterwegs Richtung Heimat.

Durchgefroren wie ich bin, entscheide ich mich, eine heiße Dusche zu nehmen. Es ist sehr angenehm, dass ich ein eigenes Bad habe. Zehn Minuten später liege ich im Bett, vermisse Oso und freue mich auf die Reitstunden. Mein Leben hat sich verändert. Das Danach erinnert mich in so vielen Alltagssituationen daran, dass ich nicht mehr so leben kann wie zuvor – mit dem Unterschied, dass es mir nicht pausenlos Angst macht. Bevor ich den Lichtschalter drücke, fällt mein Blick auf meine Schuhe, die traurig, nass und schmutzig auf einer Zeitung am Boden stehen. Ballast abwerfen ist die Devise. Auch wenn es nur alte Schuhe sind. Die Vergangenheit macht uns zu dem, was wir sind, doch letztlich zählt das Jetzt.

JETZT

16

»Das machst du gut. Tiefer in den Sattel, lass die Beine lang, nicht hochziehen, locker in der Hüfte!«

Fernando unterrichtet mich seit fast einer Woche, ich sitze mehrere Stunden täglich im Sattel, auf unterschiedlichen Pferden. Bis auf Luna habe ich jedes Pferd geritten und hätte nie gedacht, dass die Erfahrung eines Pferdes für mein reiterliches Können so einen großen Unterschied macht. Es ist sechs Uhr morgens, ich hatte nur ein Glas Wasser, noch keinen Kaffee. Seit fünfundvierzig Minuten quäle ich Sinfonía, die zarte Fuchsstute, deren Ohren sich ständig nervös bewegen. Obwohl ich keinen Zügel in den Händen halte und Sinfonía nur im Schritttempo bewege, ist sie scheu, schlägt mit dem Kopf und ist sichtlich unglücklich über so eine schlechte Reiterin.

»Du sitzt gut. Atme durch! Ich bin mir sicher, dein Pulsschlag ist so schnell wie ein Düsenjet. Du hast doch wohl keine Angst, oder?«

Ein Vogel setzt sich auf den Zaun, die Stute erschrickt und springt zur Seite, ich falle vom Pferd und lande auf meinem Hintern. Sinfonía bleibt stehen und kommt auf mich zu, schneller als Fernando, der sich das Lachen verkneifen muss.

»Damit musst du rechnen, Pferde sind Fluchttiere, das ist normal. Hast du dir wehgetan?«

»Nein, es geht mir gut.«

»Dann hoch mit dir! Ein Reiter fällt und steigt sofort wieder auf.«

Mühsam rapple ich mich auf, Sinfonía sieht mir dabei zu, sie scheint ebenso wenig begeistert wie ich zu sein. »Bedank dich bei ihm. Es war seine Idee«, raune ich ihr zu.

Fernando lacht und hält mir den Steigbügel hin. »Schaffst du es?«

Ich verdrehe die Augen, stelle meinen linken Fußballen in den Bügel und schaffe es mehr oder weniger elegant in den Sattel.

»Möchte jemand Kaffee?«

María lehnt mit einem Tablett in den Händen am Zaun. »María, das ist ja fantastisch! Ich komme gleich.«

»Bleib du mal auf dem Pferd sitzen, du bekommst deinen Kaffee. Fernando, es macht dich wohl glücklich, Katharina quälen zu dürfen?«

»Sie hat mir die Erlaubnis dazu erteilt. Und ja, etwas glücklich schon. Sie ist eine talentierte Schülerin.«

Sanft drücke ich meine Beine zusammen, die Stute geht die wenigen Schritte bis zum Zaun und lässt sich von mir seitlich stellen. María klopft Sinfonía den Hals und zupft sie an den Ohren. Strahlend übergibt sie mir einen Keramikbecher mit Kaffee. Der Duft weckt meine Lebensgeister, ich nehme einen Schluck und trinke durstig die Tasse leer. Sie an María zurückzugeben, ist etwas schwieriger, die Fuchsstute hat sich in der Zwischenzeit gedreht, um besser sehen zu können, wie sich Fernando und María unterhalten. Wie vorher auch drücke ich meinen rechten Schenkel an ihre

Seite, gebe den Zügel nach, trotzdem geht die Stute rückwärts und schüttelt schnaubend den Kopf. Es gefällt ihr gar nicht, was ich mache. Fernando runzelt die Stirn, nimmt einen Schluck aus seiner Tasse und wendet sich wieder María zu.

Ich überlege, die Kaffeetasse auf den Boden zu werfen, um die Zügel mit beiden Händen fassen zu können, entscheide mich dann aber dagegen. Es macht keinen Unterschied, ich verliere die Kontrolle über das Pferd – mit Zügel oder ohne Zügel. Die Fuchsstute dreht sich und scharrt mit dem Huf im Sand des Reitplatzes.

»Katharina, du musst etwas unternehmen, deine Stute wird sich gleich hinlegen und sich wälzen. Dabei nimmt sie keine Rücksicht, ob du auf ihrem Rücken sitzt. Treib sie nach vorn!«

Voller Angst werfe ich die Tasse ins Gebüsch, nehme die Zügel mit beiden Händen auf und drücke die Fersen in Sinfonías Bauch. Überrascht macht sie einen Satz nach vorn, dieses Mal bleibe ich im Sattel.

María verabschiedet sich von uns und klatscht in die Hände. »Wunderbar, Katharina! In einer halben Stunde gibt es Frühstück.« Am liebsten würde ich mit ihr ins Haus gehen. Ich bin froh, wenn die Reitstunde vorbei ist, mein Körper schmerzt, ich fühle mich angespannt.

»Jetzt trab noch mal an, schön außen bleiben, ruhiges Tempo!« Ich konzentriere mich auf Sinfonía, die roten Ohren sind zu mir gedreht. Behutsam drücke ich meine Beine fester an ihren Körper, dann trabt sie an. Ohne mein Zutun rutsche ich tiefer in den Sattel, meine Beine sind entspannt und ich klebe praktisch auf ihrem Rücken, habe den perfekten Rhythmus gefunden.

»Na, also!« Mein Reitlehrer klingt erfreut, die Stute prustet und wird kürzer, ich erspüre eine Verbindung zu ihr über den Zügel, eine winzige Bewegung meines kleinen

Fingers lässt sie langsamer werden. Jetzt könnte ich ewig reiten, von Müdigkeit keine Spur mehr.

»Pariere sie zum Schritt durch, wir beenden die Stunde. Nach dem Frühstück misten wir die Boxen aus, morgen reiten wir in die Sierra.«

»Kann ich Oso haben?«

»Für den Ausritt auf alle Fälle. Er passt auf dich auf.« Fernando stellt sich in die Mitte des Platzes, wie jeden Tag trägt er eine Kappe auf dem Kopf. »Komm her, du kannst aufhören!« Er pfeift leise, Sinfonía kennt das Geräusch, biegt ab und trottet zu ihm. Er lacht, streichelt sie und grinst mich an. Seine Augen glitzern, Fernando ist die Art Mensch, die mit sich im Einklang ist.

»Machst du das, was du liebst?«

»Du stellst interessante Fragen vor dem Frühstück.« Er hält das Pferd am Zügel, während ich absteige.

»Du wirkst so.« Ich lockere den Sattelgurt, ziehe die Steigbügel nach oben.

»Aha! Das klingt doch gut.«

Ich drehe mich zu ihm, lachend, lege meine Wange an den Hals der Fuchsstute. Fernando mustert mich, als würde er mich in diesem Moment das erste Mal wahrnehmen. Sein Blick ist intensiv, hält meinen gefangen. Ich möchte etwas sagen, die Situation auflösen, die Spannung bringt mein Herz aus dem Takt. Wann hat mich ein Mann das letzte Mal so angesehen?

»Du kannst die Stute in den Stall bringen, aber vergiss nicht, nach den Hufen zu schauen.« Abrupt dreht er sich um und verschwindet im Stall. Langsam beruhigt sich mein Herzschlag wieder, Sinfonía tänzelt neben mir, sie möchte in den Stall, weiß, dass Frühstück auf sie wartet.

»Lass dir Zeit, schhh!«

Vor der Box kontrolliere ich ihre Hufe, die sie mir brav der

Reihe nach gibt, als ich mit dem Finger darauf tippe. Alles okay, sie hat sich keinen Stein eingetreten. Ich bringe Sinfonía in die Box und nehme ihr das Zaumzeug und den Sattel ab. Voll bepackt betrete ich die Sattelkammer. Fernando ist da, nimmt mir mit ernster Miene den schweren Sattel ab. Habe ich etwas falsch gemacht? Nachdem er ihn verstaut hat, drückt er sich an mir vorbei, als wolle er vor mir flüchten. Ein kurzer Blick, dann schiebt er mich beiseite und ist verschwunden. Was hat sich verändert? Habe ich etwas falsch gemacht?

Sicherlich deute ich sein Verhalten nicht richtig. Am besten warte ich ab, vielleicht hat seine Zurückhaltung gar nichts mit mir zu tun, schließlich kennen wir uns kaum. Die Stallgasse ist dunkel und kühl, Fernando hat frisches Futterheu in die Boxen gestreut. Die Pferde fressen, kauen ruhig auf den getrockneten Halmen herum. Ich genieße den Moment der Normalität, die tägliche Routine, die mir Struktur und Kraft gibt. Seit zwei Wochen bin ich hier auf La Esperanza, ich habe viel über Orangen, Anbau und Ernte erfahren. Ebenso wie die Pferde sind mir die Menschen hier ans Herz gewachsen. María und Alejandro haben mich adoptiert. Sie kümmern sich wie Eltern um mich, sind immer für mich da, beantworten jede meiner Fragen. Nachdem Paul zurück nach Deutschland gereist ist, hat er sich einige Tage nicht gemeldet. Ich wollte ihn auf keinen Fall aus meinem Leben ausschließen und so schrieb ich ihm jeden Abend eine Nachricht. Er las sie, antwortete jedoch nicht, bis ihn wohl das schlechte Gewissen packte und er sich meldete. Wir gehen vorsichtig miteinander um und vermeiden kritische Themen. Paul wartet darauf, dass ich zurückkomme, und ich hoffe, dass ich noch bleiben kann. Es liegt ein Zauber über diesem Ort, den Menschen, die ihre Heimat von Herzen lieben und wissen, dass ihre Seele hier aufgehoben ist. Ich schaue in das beeindruckende Morgenrot über der Sierra Nevada. Das Frühstück wartet, köstlicher Kaffee, Lachen und Geborgenheit.

»Entschuldigung! Ich bin zu spät.«

»Komm rein und setzt dich, die Tostado sind fertig.«

Ich habe solchen Hunger, mein Magen knurrt so laut, dass alle lachen müssen. Auch Fernando wirkt wieder entspannt und ich frage mich, ob ich mir sein seltsames Verhalten nur eingebildet habe. Ich bin schräg drauf. Keiner darf mich ansehen.

»Was hast du noch so lange im Stall gemacht? Du konntest dich wohl nicht von Oso trennen?«

Es ist kein Geheimnis, dass der große Schimmel mein erklärtes Lieblingspferd im Stall ist. Fernando zieht mich damit auf, er weiß besser als ich, dass zwischen Oso und mir eine besondere Beziehung besteht.

»Ich überlege, ob ich nicht in seine Box ziehe.« Begeistert beiße ich ein großes Stück des getoasteten Baguettes ab, das mit Tomatenpaste bestrichen und mit Käse belegt ist. »Das ist so lecker, María!«

»Dann iss, du kannst es vertragen.«

Zum Frühstück gehört ein Glas frisch gepresster Orangensaft und eine große Tasse Café con leche.

»Was schaut ihr mich so an?«

»Es ist schön zu sehen, mit welcher Begeisterung du isst und trinkst.« Alejandro sieht mich liebevoll an. »María und ich haben uns unterhalten.«

»Worüber denn?«

»Über die Situation, dich, La Esperanza, wie es weitergehen soll.«

»Sag es, Liebes, wenn du nicht darüber sprechen möchtest,

wir würden es verstehen.« María schenkt mir Kaffee nach, Fernando macht Anstalten aufzustehen. Instinktiv fasse ich an seinen Arm. »Bleib bitte hier! Das geht dich auch an.«

Er nickt. »Hast du noch Kaffee übrig, María?«

Nachdem alle versorgt sind, sitzen wir am Tisch und lächeln uns gegenseitig an.

»Als wir von der Geschichte mit José und dir erfahren haben, war das ein Schock für uns«, beginnt Alejandro. »Ich spreche nicht über finanzielle Dinge wie Erbschaft, ich spreche davon, dass keiner von uns die komplette Geschichte kennt. José hat nie darüber geredet, auf seine Weise war er ein glücklicher Mensch. Vollständig bei sich angekommen, ein Individuum, das untrennbar mit diesem Land verbunden ist.« Alejandro stoppt, sieht María an, die ihm aufmunternd zunickt. »Nun gut. Wir wussten von Margarete, auch wenn wir sie nie kennengelernt haben.« Er schaut zu María, die jetzt weiterspricht: »Meine Mutter offenbarte mir einige Stückchen Wahrheit des Skandals. Hier in Andalusien vergessen die Menschen auch, es dauert nur länger.« María zieht Perro Negro auf ihren Schoß und füttert ihn mit einem Stückchen Brot. »Aber du wolltest doch etwas ansprechen, Alejandro.«

Ich werde immer neugieriger.

»Als wir nach Josés Tod von Javier, dem Anwalt, eingeweiht wurden, hätten wir es uns niemals träumen lassen, dass du jemand bist, den wir so unterstützen möchten wie deinen Großvater.«

Tränen der Rührung steigen in mir hoch, ich räuspere mich und ringe nach Beherrschung.

»Obwohl du erst so kurze Zeit bei uns bist, empfinde ich dich als Teil von unserem Ganzen.« Alejandro bricht ab, er ist sichtlich gerührt und wischt sich über das Gesicht. María tätschelt seine Hand.

»Du merkst schon, Katharina, die Situation ist für uns alle emotional. Wir wurden von Josés Testament ebenso überrascht wie du. Ich kann mir gar nicht ausmalen, was du empfunden haben magst, als dich dieser Brief aus heiterem Himmel erreichte.«

»Der Brief kam zu einer perfekten Zeit«, sagte ich unter Tränen lächelnd. »Durch Burgos und Salamanca zu reisen, war eine Erfüllung für mich. Ich durfte Margarete auf besondere Weise wiedersehen.« Eine Idee schießt durch meinen Kopf. »Wartet bitte, ich bin gleich wieder da.«

Kurz darauf bin ich zurück mit Margaretes Foto, das ich fast ehrfürchtig auf den Tisch lege.

Fernando ergreift als Erster das Wort: »Was für eine unglaublich schöne Frau. Katharina, du siehst genauso aus wie deine Großmutter. Du könntest ihre Zwillingsschwester sein.«

Wie kann er so etwas sagen? Meine Narbe pocht, Fernandos Bemerkung hat sie aufgeweckt. Das Danach gönnt mir keine Pause, es fordert seinen Platz in meinem Leben gnadenlos ein.

»Was redest du da?«

»Aber natürlich, Katharina, das musst du doch sehen!« Er nimmt das Foto und zeigt es María und Alejandro.

»Fernando sagt die Wahrheit«, pflichtet María ihm bei. »Du und deine Großmutter habt eine große Ähnlichkeit. War deine Mama auch rothaarig?«

Ich nicke. »Wir waren *Die Hexen von Eastwick*, aber das ist lange her.«

Hat mich Fernando gerade »wunderschön« genannt? Bis zum heutigen Tag ist mir nicht aufgefallen, dass er mich als Frau sieht. Und gewiss nicht als Frau, die wunderschön ist. Im Davor war ich hübsch, was zum großen Teil an meiner ungewöhnlichen Haarfarbe lag. In meinem Gesicht passt nichts zusammen, die Augen sind ganz okay, doch meine Nase ist zu lang und der Mund zu groß.

»Um zum Thema zurückzukehren ... Was ich, auch im Namen meiner Frau, betonen möchte: Wir werden dich in jeder deiner Entscheidungen unterstützen. Wir haben dich als besonderen Menschen kennengelernt und du bist uns in dieser kurzen Zeit sehr ans Herz gewachsen.«

»Alejandro, María ... ich weiß gar nicht, was ich sagen soll. Niemals hätte ich erwartet, dass ihr mich so herzlich willkommen heißt. Ich bin so gern hier, ihr seid für mich ein Stück Familie geworden. Am liebsten würde ich ...« Ich stocke und schlucke den letzten Teil des Satzes hinunter. Hierbleiben? Ist es das, was ich sagen wollte? Und Paul?

»Ich hätte nichts dagegen, wenn du bleiben würdest«, sagt María und lächelt. »Hat dir Alejandro von dem Projekt erzählt, an dem José und er gearbeitet haben? Du könntest diese großartige Idee weiterentwickeln und auf den Weg bringen.«

Fernando ist aufgesprungen, hat beide Hände auf die Tischplatte gestützt und zeigt ungewohnt seine Emotionen. »Das wollte ich mit Katharina diskutieren, aber nicht jetzt!«

»Was denn für ein Projekt? Ich würde gern mehr wissen.«

Fernando bemüht sich um Gelassenheit und setzt sich zurück an den Tisch. »Also gut, Crowd-Farming nennen wir das. Das Prinzip ist einfach: Wir verkaufen Orangenbäume. Nehmen wir an, in Deutschland gibt es eine Familie, die uns einen Baum abkauft, dann pflanzen wir ihn, kümmern uns darum, und wenn er nach eineinhalb Jahren Früchte trägt, packen wir sie in Kartons und schicken sie nach Deutschland. Auf diese Weise können wir anders rechnen, Umsätze besser planen und die Käufer essen Orangen von ihrem eigenen Baum.«

»Das ist eine fantastische Idee! Wie weit seid ihr damit?«

Alejandro lehnt sich zurück und grinst verlegen. »Wir haben alles durchgesprochen, Josés Anwalt Javier Gonzáles hat das Rechtliche abgeklärt, wir haben eine Gesellschaft gegründet, mit mir als gleichberechtigten Partner. So, jetzt ist es raus.«

»Das kommt überraschend. Ich finde das natürlich klasse, doch weshalb hast du mir nichts davon gesagt?«

Alejandro zuckt entschuldigend mit den Schultern. »Es tut mir leid, Katharina. Javier hat nach der Testamentseröffnung alle Dinge, die für uns relevant waren, besprochen und uns gebeten, über finanzielle Dinge erst nach Ablauf der vier Wochen zu sprechen, außer du würdest explizit danach fragen.«

Ich nicke, überlege und treffe eine Entscheidung. »Ich bleibe dabei: Die Idee des Crowd-Farmings ist großartig. Wir könnten das Angebot noch mehr personalisieren. Zum Beispiel kann jeder Käufer seinem Baum einen Namen geben und wir hängen ein entsprechendes Schild daran. Die Käufer könnten ihre Bäume auch besuchen, hier auf der Finca übernachten, vielleicht reiten, damit hätten wir ein zweites Standbein.«

»Seht ihr, ich habe es doch gesagt!«

Nach Fernandos Reaktion zu urteilen, haben die drei schon öfter darüber gesprochen. »Es gefällt ihr!«

»Was soll ich tun? Was erwartet ihr von mir?«

»Uns besser kennenlernen, deine Zeit hier genießen, nicht über Entscheidungen nachdenken, zumindest noch nicht.« María zwinkert mir zu und räumt den Tisch ab. Die Ideen purzeln in meinem Kopf durcheinander, doch etwas bremst mich. Paul! Für ihn steht fest, dass ich verkaufen muss. Es macht mich traurig, dass er offensichtlich nie darüber nachgedacht hat, hier mit mir zu leben. Wir könnten neu anfangen, weg vom Kapuzenmann, dem Wald, meinen Erinnerungen ...

Als wenn du davonlaufen könntest!

»Wir haben einiges zu tun, Katharina«, unterbricht Fernando meine Gedanken. »Die Pferde wollen geritten werden und heute Abend entführe ich dich nach Granada. Es ist eine Schande, dass du noch nichts davon gesehen hast.«

»Gut. Ich freue mich.« Warum sage ich das? Sofort stolpert mein Herz voller Angst. Fremde Menschen, die mich anstarren werden, ein Albtraum, dem ich mich nicht stellen will.

»María, könntest du uns für morgen Früh zwei Rucksäcke packen? Wir reiten in die Sierra und bleiben eine Nacht. Ich möchte sehen, ob die Hütte den Winter überstanden hat.«

María nickt, als wäre es das Normalste der Welt, dass Fernando mit mir Anfängerin in die Sierra reitet und dort übernachtet.

»Über Nacht?«, frage ich verwirrt.

»Warum? Magst du nicht? Wo bleibt dein Sinn für das Abenteuer?«

Nebeneinander schlendern wir zum Stall. Fernando ist mir nah, ohne mich zu berühren. Ein sonderbares Gefühl erfasst mich und ich trete einen kleinen Schritt zur Seite, um etwas Raum zwischen uns zu bringen.

»Ich bin mir nicht sicher, ob das eine gute Idee ist.«

Fernando reicht mir den schweren Sattel und Osos Zaumzeug aus der Sattelkammer.

»Du schaffst das. Trau es dir zu!«

Unsere Arme berühren sich, als er mir den Sattel reicht. Ich spüre seine Haut auf meiner – eine Unachtsamkeit, die mich noch mehr verwirrt. Weshalb kann ich diese Berührung zulassen? Weshalb bei ihm?

Nachdenklich schleppe ich den Sattel zur Box, dort gibt es

eine Stange, auf die ich ihn hängen kann. Oso wartet schon auf mich, streckt mir seine Nase entgegen, prustet mir ins Gesicht und lässt sich kraulen. Wie es sich für einen Gentleman gehört, tritt er zur Seite, als ich die Tür öffne, zu ihm hineinschlüpfe und meine Arme um seinen Hals lege. Bei ihm zu sein, macht mich glücklich, es ist einfach. Liebe geben, Liebe erhalten. Würde sie eine Währung sein, stünde keine Bedingung im Vordergrund.

Der riesige Wallach freut sich auf mich, senkt seinen Kopf, damit ich das Halfter leichter anlegen kann, hält still und wartet, bis ich so weit bin, ihn herauszuführen. Vor seiner Box binde ich ihn mit dem Führstrick an, wie Fernando es mir gezeigt hat, und fahre mit der harten Bürste durch sein weiches Fell. Ein Zucken zeigt mir, ob er es genießt oder ich zu grob bin. Stundenlang könnte ich ihn putzen und streicheln. Meine Worte, die ich flüstere, sind nur für ihn bestimmt, und ich davon überzeugt, dass er jedes versteht. Seine lange weiße Mähne fällt über seine Stirn und seine Brust, ich kämme sie, löse Stroh aus den Strähnen, kontrolliere die Augen und die Nüstern, deren Weichheit meine Seele zum Schwingen bringt.

»Das zwischen euch ist etwas Besonderes. Es macht Spaß, dabei zuzusehen.«

»Er ist toll. Ich liebe ihn.«

»Das scheint auf Gegenseitigkeit zu beruhen. Soll ich dir helfen?«

Ich nicke, kämme Osos Mähne und seinen Schweif, während Fernando den Sattel behutsam auf seinen Rücken legt und festschnallt.

»Wie ist es für dich, hier zu leben? Wolltest du jemals etwas anderes?«

Fernando steht auf der anderen Seite des Schimmels und mustert mich überrascht. »Ich bin hier gestrandet. Ja, das trifft es. Gestrandet. Und José hat mich aufgenommen. Das war vor über zwanzig Jahren.« Geschickt legt er Oso das Zaumzeug um und klopft seinen Hals. »Ich habe in London studiert und die Umstände brachten mich zurück nach Spanien.«

»Was meinst du denn mit Umständen?«

»Eine zerbrochene Liebe.« Er mustert meinen Blick. »Ach, mach nicht so ein Gesicht, Katharina. Ich bin genau da, wo ich sein möchte. Ein Zustand, den ich dir voraushabe, nicht wahr?«

Meine Lippen bleiben verschlossen, sind nicht fähig, ihm zu antworten. Ich weiß auch, wo ich sein will, doch das darf ich nicht.

Er drückt mir die Zügel in die Hand, ich löse den Führstrick und gehe mit Oso auf den Reitplatz. Dort prüfe ich den Gurt des Sattels, damit ich problemlos aufsteigen kann, ohne dass er mir entgegenrutscht. Fernando reitet die schlanke Rappstute Noche, kommt mit ihr an meine Seite. Oso dreht seinen Hals und begrüßt sie mit seinem Brummen, das an einen Bären erinnert. Noche wiehert leise.

»Jetzt versuchen wir etwas anderes, wir bleiben nebeneinander, im Schritt, Trab und Galopp müssen die Köpfe der beiden auf einer Höhe sein. Achte nicht so sehr auf mich, fühle mich, meine Nähe. Bleib im Sattel sitzen, lange Beine! Oso und Noche mögen sich sehr gern, sie wissen, was ich von ihnen erwarte, das macht es leichter.«

»Okay, ich versuche es.«

»Du musst Vertrauen in dich haben und in Oso, sonst wird es nicht funktionieren.«

Auf sein Kommando traben wir an, die Pferde strecken sich, ich gebe Oso die Zügel nach, dann nehme ich sie auf, kippe mit der Hüfte nach vorn, werde schwerer und Oso galoppiert im selben Moment wie Noche los. Osos Hals ist rund, der Lederzügel in meiner Hand ist die Verlängerung meiner Gedanken, mein Körper die Übertragungsleitung. Ohne Worte galoppieren wir einen Zirkel, halbieren den Reitplatz, ziehen einen imaginären Durchmesser im Kreis. Der Wille, frei zu sein, erfasst mich, ich lasse die Angst los, sie sickert durch den trockenen Boden direkt in die Hölle, wo sie für immer bleiben kann. Ein wildes Glücksgefühl durchströmt mich, wie ich es schon lange nicht mehr erlebt habe und das mich den Rest des Tages dahinfliegen lässt.

Fernando und ich arbeiten bis zum Abend mit den Pferden. Ich lerne viel über die Zucht und die Rassen. 1912 wurde ein Stutbuch eingeführt, die spanischen Pferde wurden zur Pura Raza Española, wie die Rasse heute genannt wird.

Wir kümmern uns um Luna, deren Bauch mächtig ist. Ihr Fohlen wird bald zur Welt kommen. Fernando lässt sie allein auf den Platz, wo sie sich bewegt, dann auf den Boden fallen lässt und sich im Staub wälzt. Ich genieße den Anblick der Ungezwungenheit, bis es allmählich dunkel wird.

Abends begleitet mich Fernando zu meinem Zimmer und gibt mir genau eine Stunde Zeit, zu duschen und ihn in der Küche zu treffen. Mir schwirrt der Kopf von den vielen Eindrücken, ich hatte heute keine Zeit zum Nachdenken – über das Davor und das Danach.

Dann klopft es an der Tür, María steht mit einem großen Paket davor, dass sie mir mit den Worten überreicht: »Das ist wirklich kein Luxus.«

Es sind zwei Reithosen, Schuhe und Stiefel sowie eine Jacke. Begeistert probiere ich die Schuhe an, sie passen sehr gut, die Stiefel ebenso. Für den Ausflug in die Sierra brauche ich ein gutes Equipment. Jetzt habe ich wohl keine Ausrede mehr.

Die schmutzige Kleidung klebt an meinem Körper, ich

verliere wertvolle Minuten beim Ausziehen. Die heiße Dusche ist wunderbar, ich seife mich ein, reibe über die schmerzenden Stellen. Verblüfft gestehe ich mir ein, dass ich nicht weiß, wo ich mir die blauen Flecke zugezogen habe.

Meine Auswahl an Kleidung ist eher gering, doch ich habe noch eine saubere Jeans und eine gebügelte weiße Bluse von María. Sie war so freundlich, meine Wäsche zu waschen. Wohlwollend betrachte ich mein Spiegelbild, drehe das Gesicht so, dass ich die Narben nicht ansehen muss. Aus meinem Rucksack ziehe ich mein Schminktäschchen, tusche die Wimpern und ziehe meine Lippen mit dem roten Stift nach, dessen Farbe so gut zu meinen Haaren passt. Sie locken sich mittlerweile in meinem Nacken, rahmen mein Gesicht ein, verstecken die Narben nicht gänzlich, schmeicheln mir jedoch.

Ich bin fertig, werfe einen Blick auf mein Telefon, Paul hat mir geschrieben, ich antworte, erzähle von Oso und Noche, verstaue das Telefon zusammen mit dem Lippenstift in meiner Hosentasche.

Fernando wartet in der Küche auf mich. Galant reicht er mir die Hand und dreht mich um die eigene Achse.

»Wo sind María und Alejandro?«

»Haben sich in ihre Wohnung zurückgezogen. Wir machen uns jetzt einen schönen Abend. Granada bei Nacht, du wirst es lieben!«

Eine Dreiviertelstunde später fahren wir mit Fernandos altem Auto durch Granadas Straßen. Viele Spanier sind zu Fuß unterwegs, ich spüre das pulsierende Leben selbst durch die geschlossenen Fenster des Autos.

»Wo fahren wir denn hin?«

»Das ist eine Überraschung. In der nächsten Straße hat ein

Freund von mir ein Haus mit einem Parkplatz. Dort stelle ich das Auto ab und wir gehen zu Fuß zum Albaicin.«

»Dort ist das Haus von José«, sage ich mehr zu mir selbst.

Fernando nickt.

Wir haben die breite Straße verlassen und rollen an einem Fluss entlang, der zum alten maurischen Viertel führt. Ich erinnere mich an die Taxifahrt mit Javier, die Ewigkeiten her zu sein scheint. Fernando überholt Motorräder und Fußgänger, flucht leise vor sich hin und biegt auf den Weg ab, der so steil ist, dass ich dankbar bin, im Auto zu sitzen.

»Von der Stadt zum Albaicin führen kleine Wege, vorbei an Bars und den wundervollen und begehrten Häusern. Im Sommer sind diese Wege gesäumt von Blumen und bis man oben angekommen ist, hat man schon Wein getrunken und Tapas gegessen«, erklärt Fernando.

»Du sprichst aus Erfahrung?«

»Oh ja!«

Ich muss lachen, seine leidende Stimme passt nicht zu seinem fröhlichen Gesicht.

Je näher wir an unser Ziel kommen, desto enger stehen die Häuser, die wir bei jeder Kurve zu rammen drohen. Das eine oder andere Mal kralle ich meine Finger in den Sitz, doch Fernando weiß, was er tut. Hoffentlich!

»Unser Haus!« rufe ich begeistert, als wir daran vorbeifahren, dann merke ich, was ich gesagt habe. *Unser? Wie peinlich!*

Die Gasse wird enger, Fernando parkt an der rechten Seite so nah an einer Häuserwand, dass ich über den Fahrersitz klettern muss, um aussteigen zu können. »Da haben wir den perfekten Parkplatz gefunden.«

Einige Meter vor uns steht eine Gruppe Jugendlicher, Fernando gesellt sich zu ihnen, reicht einem der Kids die Hand und klopft ihm auf die Schulter, dann kommt er zufrieden schmunzelnd zurück.

»Alles erledigt. Die Jungs passen auf das Auto auf. Es werden immer wieder Fahrzeuge aufgebrochen oder die Fenster eingeschlagen.«

»Kennst du sie?«

»Diese Jungs gibt es in jedem Viertel, da muss ich sie nicht persönlich kennen. Entweder gibt man ihnen Geld oder sie demolieren dein Auto auf der Suche nach etwas, das sie verkaufen können.«

»Ernsthaft? Du hast ihnen Geld gegeben?«

»Ein paar Euro für Bier. Dafür passen sie jetzt gut auf meinen Wagen auf.«

Beeindruckt folge ich Fernando in das Gewirr der Gassen. Die Menschen sitzen vor den Lokalen auf Stühlen oder Treppen, reden, lachen und nehmen keine Notiz von mir.

»Was ist los? Willst du dich verstecken?« Er legt den Arm um meine Schulter, ich richte mich zu meiner vollen Größe auf.

»Möchtest du Bier oder lieber Wein? Hast du Hunger?«

»Ein Bier bitte.«

Fernando steuert auf einen kleinen Tisch mit zwei Stühlen zu, wovon er einen galant zurechtrückt, damit ich Platz nehmen kann. Ein junger Mann nimmt die Bestellung auf und starrt auf mein Gesicht. Das kenne ich, seine Augen weiten sich unmerklich, als er meine Narben sieht, er möchte wegschauen, schafft es nicht sofort. Meine Wangen werden heiß, die Verlegenheit frisst sich wie Säure in mein Gemüt. Was für eine dumme Idee! Wäre ich doch nur zu Hause geblieben. Ich starre zu Boden, halte meinen Kopf schräg, das geschieht automatisch, ich bin so konditioniert und hasse mich dafür.

»Erzählst du mir irgendwann, was dir passiert ist?«

»Die Narben? Und sag bitte nicht, dass sie dir erst später aufgefallen sind.«

»Habe ich nicht vor. Natürlich sind sie mir als Erstes aufgefallen, du lenkst mit deiner Art ja auch die Blicke darauf.«

Ich setze zu einer heftigen Erwiderung an, dann steht unsere Bedienung mit einem Tablett vor uns und ich schlucke den Satz hinunter. Zwei Flaschen Bier und zwei kleine Schälchen werden auf den Tisch gestellt.

»¡Salud!«

Wir stoßen an und trinken. Mit einem Zahnstocher spieße ich eine Olive auf und nehme mir ein Stück Käse dazu. Beides schmeckt köstlich.

»Ich wollte dich nicht vor den Kopf stoßen. Es ist doch normal, dass du angesehen wirst. Du drehst dich sofort weg, schaust auf den Boden, mit diesem Verhalten machst du die Menschen erst recht neugierig, was es in deinem Gesicht zu sehen gibt.«

Was soll ich darauf antworten, dass ich mich zutiefst schäme, dass ich am liebsten unsichtbar wäre?

»Mit meiner Art? Was soll ich deiner Meinung nach tun? Mit einem Schild herumlaufen, auf dem steht: Schaut alle her, ich wurde mit einem Messer verstümmelt!?«

»Es tut mir leid, Katharina.«

»Wenn du mich jetzt fragst, ob ich darüber sprechen will, gehe ich zu Fuß heim«, flüstere ich wütend.

Fernando schließt übertrieben den Mund. »Nein. Ich bin stumm.«

Schweigen breitet sich zwischen uns aus, das aber nicht unangenehm ist. Wortlos prosten wir uns zu, als Verbündete, wenn nicht sogar Freunde. Er bestellt noch eine Runde Bier, die Tapas-Portionen werden größer und Fernando erklärt mir, dass zu jeder bestellten Runde hochwertigere Tapas serviert werden.

»Hast du noch Hunger? Wir sollten langsam los. Die Überraschung wartet.«

»So langsam bin ich satt.«

Mit einer Serviette wische ich mir die Reste der Tomatensauce von den Lippen. Fernando rechnet in Windeseile die Bons zusammen und lässt das Geld auf einem kleinen Teller liegen.

Wir folgen dem Strom von Menschen, der sich den steilen schmalen Weg nach oben windet, als könne man am Ziel die Erleuchtung erlangen.

»Wir müssen auch nach oben?«

Fernando grinst. »Das sieht schlimmer aus, als es ist. Welchen Sport treibst du in Deutschland?«

»Ich bin gelaufen.«

»Dann los! Den Berg nach oben, dort kommen wir an einen Platz mit vielen Bars und Cafés.«

Der warme Frühlingstag hat die Menschen aus ihren Häusern gelockt. Auch wenn es abends kühler ist, herrscht hier oben auf dem Platz Jahrmarktstimmung. Aus einer Tapas-Bar läuft eine Frau mit einem großen Tablett voller Flaschen und Gläser. Ich springe zur Seite, um einen Aufprall zu verhindern. Sie wirft mir einen bitterbösen Blick zu, weil ich ihr im Weg stehe. Fernando bahnt sich seinen Weg durch die vielen Menschen, die ihre Stühle über den Platz verteilt haben, als würden sie ein Konzert erwarten. Ich dränge mich an Menschen vorbei, die mich nicht beachten, mit ihren Freunden beschäftigt sind. Dann und wann streift mich ein Blick, doch ich bin zu schnell verschwunden, um Aufmerksamkeit zu erregen. Ich folge Fernando, der lässig an einer Hauswand lehnt.

»Das war filmreif. Du siehst aus, als wäre eine Horde wildgewordener Stiere hinter dir her.«

»Ich mag keine Menschenansammlungen.«

»Wir sind gleich da. Freust du dich? Magst du Überraschungen?«

Mag ich nicht. »Ja, ich freue mich.«

Fernando macht es offensichtlich Spaß, mich auszuführen. Seine dunklen Augen glitzern fröhlich und seine Haare, nicht wie sonst versteckt unter einer Kappe, sind fast schwarz mit silbermelierten Schläfen. Er sieht gut aus, wie man sich einen Spanier vorstellt, nur eine größere Version davon.

Wir sind am Ziel angekommen. Es ist ein Lokal oder eine Bar, so genau kann ich das nicht erkennen. Fernando zieht zwei Karten aus seiner Hosentasche und gibt sie dem Türsteher, der mir zublinzelt. Vorsichtig lächle ich, überprüfe in Gedanken, ob meine rechte Seite sichtbar ist oder nicht. Fernando fasst meine Hand, steile Treppen führen in ein unteres Stockwert, die Wände sind aus grobgehauenem Stein.

»Ist das eine Bar in einer Höhle?«

Ich stehe auf der letzten Stufe, Fernandos breiter Rücken versperrt mir die Sicht.

»Eine Höhle, ja. Eine Bar, nein. Jedenfalls nicht so ganz.«

Er tritt zur Seite, nimmt wieder meine Hand und führt mich in das Gewölbe. Ich entdecke eine Bühne und Stühle, die so angeordnet sind, dass man eine gute Sicht nach vorn hat. Fernando zieht mich zu einer Holztheke, begrüßt einen Mann mit Handschlag.

»Antonío, das ist Katharina, Josés Enkelin.«

Der Angesprochene drückt mich an sich und küsst meine Wangen, als wäre ich mit ihm verwandt. »Dein Großvater war ein beeindruckender Mann. Ich habe ihn geliebt.«

Hilflos sehe ich zu Fernando. Was redet der Mann? Was hat mein Großvater mit dieser Höhle zu tun? Bevor ich Fragen stellen kann, legt Antonio die Finger an seine Lippen. »Es geht gleich los. Ich habe euch zwei Stühle in der ersten Reihe reserviert. Wir sprechen später.« Antonio wirft mir eine Kusshand zu.

»Wer ist das?«

»Lass uns zu den Plätzen gehen.«

Der höhlenartige Raum ist bis auf den letzten Stuhl besetzt, weitere Gäste lehnen an den Wänden. Es wird dunkel, die Bühne wird durch einen Spot erhellt, dann geht ein Raunen durch den Saal. Ein langhaariger junger Mann mit Gitarre kommt auf die Bühne, hebt seine Hand zum Gruß und nimmt auf einem Stuhl Platz.

Plötzlich ist es mucksmäuschenstill, die Spannung steigt, das Spiel beginnt. Seit Burgos weiß ich, welche Gefühle der Flamenco auslöst. Er ist Provokation, Hingabe und Verweigerung. Der junge Spanier auf der Bühne kann mit seinem Instrument genau diese Gefühle erzeugen. Mein Herz klopft dumpf an meine Rippen, am liebsten würde ich aufspringen und tanzen.

»Wie gefällt es dir?« Fernando beugt sich zu mir, sein Atem streicht über meinen Hals. Ich will weglaufen vor dieser Musik, die mich fühlen lässt, dass es noch etwas gibt im Danach, vor diesem Mann, der mehr sieht als den Buchstaben auf meiner Wange und mich aus meiner Zwischenwelt herausreißen wird, wenn ich nicht aufpasse.

»Wer ist das?«

»Antonios jüngster Sohn Camarón.«

Als ich dachte, dass es nicht mehr emotionaler werden könnte, beginnt er zu singen, die Menschen klatschen und jubeln, als eine junge Frau in einem roten Kleid die Bühne betritt. Das erste, was mir auffällt, sind ihre schwarzen Haare, die streng nach hinten gebunden sind und den schlanken Hals betonen. Sie ist wunderschön, ihre Haltung ist stolz, ihr Körper bis zu den Fingerspitzen gespannt. Leidenschaft brodelt zwischen Tänzerin und Gitarrenspieler, sie lockt, zieht sich zurück, gibt und fordert. Sie schenkt mir mit ihrem Tanz ein Stück ihrer Seele. Etwas pocht in mir, fordert, frei zu sein, zu leben, zu lieben, ich habe nicht die Kraft, es zurückzuhalten. Ich möchte auch auf die Bühne, mich in diese Emotionen fallen lassen, selbst wenn ich darin ertrinke.

Ich spüre die Tränen erst, als Fernando sie mit seinen Fingerspitzen fängt. »Das ist der Flamenco«, flüstert er. »Hab keine Angst!«

Wie in Trance treibe ich in der Musik, bin ein anderes Wesen, das die Kontrolle über das Danach übernommen und den Kapuzenmann verjagt hat. Meine Seele tanzt auf der Bühne den Flamenco, ich ahne die Schritte, bevor ich sie sehe, mein Leib saugt die Melodie gierig auf, als gehöre sie mir allein.

Als die Aufführung vorbei ist und die Höhle in Dunkelheit versinkt, klingen die Töne in mir weiter, der Gitano spielt für mich, berührt mich intensiver als eine streichelnde Hand und bringt mich zum Klingen wie ein Instrument.

»Du bist unglaublich. Seit zwei Stunden wirkst du wie im Rausch.«

»Wirklich? Wie meinst du das?« Meine Konzentration ist kläglich, mein Traum lässt mich noch nicht los.

»Ich musste meinen Arm um dich legen, um dich zu halten, weil ich fürchtete, dass du in Ohnmacht fällst. Was hast du gefühlt?«

Bevor ich antworten kann, schaltet Antonio das Licht ein. Es ist ein Schriftzug aus winzigen LEDs.

La Cueva de mujer pelirroja.

Die Höhle der rothaarigen Frau.

Mir wird schlecht, alles dreht sich um mich.

»Fernando, können wir nach draußen gehen?«

Ich bin froh, als wir vor der Höhle stehen und ich durchatmen kann. Antonio wollte uns nicht gehen lassen, Fernando musste ihm versprechen, dass wir an einem anderen Tag wiederkommen.

»Möchtest du nach Hause?«

»Ich würde gern noch etwas spazieren.«

»Gleich an der Ecke stehen Taxis. Einige Minuten entfernt ist etwas, das du unbedingt sehen solltest.«

»Gern, Fernando.« Sein Name fühlt sich anders an, wenn ich ihn ausspreche. Er ist mir nah, auf eine Weise, die ich nicht in Worte fassen kann, sich jedoch gut anfühlt. An der nächsten Kreuzung hält er ein Taxi an: »Por favor a la plaza San Nicolás.«

Der Taxifahrer nickt, ist allerdings wenig begeistert, dass er uns nur diese kurze Strecke transportieren darf. Fernando nimmt neben mir auf dem Rücksitz Platz. Wir reden nicht, ich kämpfe mit meinen Dämonen, fühle mich schwach. Doch dann lehne ich mich an ihn, sehne mich danach, ihn zu berühren. Ich kann es nicht glauben, das darf nicht sein! In meiner Manteltasche spüre ich mein Telefon. Ich umklammere es mit einer Hand wie einen Anker. Pauls letzte Nachricht war: *Vergiss nicht, dass ich dich liebe. Komm nach Hause.*

Mit diesen Gedanken habe ich keinen Blick für die Stadt meiner Großmutter. Fernando spürt meine innere Zerrissenheit, legt seine Hand auf meine. Langsam ziehe ich meine Finger aus dem warmen Schutz heraus. Es darf nicht sein!

Minuten später bin ich davon überzeugt, noch nie in meinem Leben etwas so Schönes gesehen zu haben wie diesen Palast, der vor den schneebedeckten Gipfeln der Sierra Nevada erstrahlt.

»Habe ich dir zu viel versprochen?«

»Das ist die Alhambra?«

»Ja, der steinerne Palast. Die bewehrte Stadt, die rote Burg. Sie entführt ihre Besucher in die Zeit der Mauren, 1492 vertrieben die katholischen Könige den letzten Maurenkönig Boabdil.«

Wir sitzen auf einer Mauer, die Alhambra erhebt sich auf

dem gegenüberliegenden Hügel wie ein Märchen aus Tausend und einer Nacht. Ich könnte diesen Anblick ewig genießen.

Hinter uns ist leise Gitarrenmusik zu hören, Straßenverkäufer bieten Schmuck an. Das Leben ist verlangsamt, es existiert keine Hektik, wir schmelzen zusammen, genießen die verrinnende Zeit wie ein einmaliges Geschenk.

»Morgen zeige ich dir ein anderes Gesicht von Spanien. Wir reiten in die Sierra, die im Frühling besonders schön ist.«

»Sag mir, Fernando, was hat es mit dem Namen der Höhle auf sich? La cuevade mujer pelirroja? Hat es etwas mit Margarete zu tun?«

»Ja, natürlich. Dein Großvater hat aus dieser Höhle einen Treffpunkt für den Flamenco gemacht und damit der Kunst und Kultur der Gitanos eine Heimat geschenkt. Aber erst jetzt wird mir die Bedeutung des Namens bewusst. Was verband deine Großmutter mit dem Flamenco?«

»Sie hat ihn getanzt, so haben José und Magarete sich verliebt.« Jene Geschichten, die mir Alba erzählte, fühlen sich plötzlich real an. José hat meine Großmutter geliebt, daran besteht wohl jetzt kein Zweifel mehr.

»Bist du müde? Komm, wir fahren nach Hause. Morgen geht es sehr früh los. Alejandro versorgt die Pferde, während wir unterwegs in der Sierra sind. Luna wird ihr Fohlen nicht bekommen, sie hat noch Zeit.«

Fernando hat recht. Ich bin so müde, dass ich seinen Worten fast nicht mehr folgen kann. Mit einem anderen Taxi lassen wir uns direkt bis zum Auto fahren, den Nachhauseweg verschlafe ich und falle weniger später vollkommen fertig in mein Bett. Ich hätte gern noch einen Brief gelesen, um meine neu gewonnenen Eindrücke mit denen der Vergangenheit zu vereinen, doch ich schaffe es nicht mehr. Bevor ich in den Schlag sinke, beschließe ich, die nächsten Briefe mit auf den Wanderritt zu nehmen.

17

Es ist früh am Morgen, die Sonne ist noch nicht aufgegangen, der Himmel wechselt vom schwarzen Sternenhimmel in ein helleres Blau. Die Dämmerung lässt die Bäume wie ein Volk mystischer Wesen am Rand des Weges stehen, ich höre das Rauschen des Flusses, es klingt wie Wind, der durch ein reifes Weizenfeld streift.

Oso ist aufmerksam, für ihn ist diese Zeit offenbar ebenso außergewöhnlich wie für mich. In die Satteltaschen habe ich warme Kleidung gepackt, Fernando hat kontrolliert, dass ich nichts Wichtiges vergessen habe. Hinter dem Sattel stecken eine Isomatte und ein Schlafsack. Wir haben so viel zu Essen dabei, dass es für einige Tage reichen würde. Fernando hat auch an die Pferde gedacht und Futter mitgenommen, Wasser gibt es genügend aus dem Fluss, auch für uns.

Fernando reitet vor mir auf Pajarito, es ist nicht die Zeit für eine Unterhaltung. Ich genieße den Rhythmus meines Pferdes, bin noch schläfrig und lasse den gestrigen Abend Revue passieren. Fernandos gerade Haltung zieht meinen Blick an, obwohl ich es nicht möchte. Als ich ihn nach dem

Aufstehen gesehen habe, machte mein verrücktes Herz einen Sprung.

Die Nacht hat die Kälte im Boden gespeichert, sie kriecht an Osos Beinen nach oben und ich bin froh, dass mir die Reithosen und Stiefel so gut passen. Wir sind am Fluss angekommen und reiten den schmalen Pfad entlang. Pajarito trabt an, Oso ebenso, seine Schritte werden länger, schwingen nach vorn und vertreiben die Müdigkeit. Die Sonne geht auf, erst eine kleine leuchtende Kugel, so hell, dass ich geblendet die Augen schließe. An der Stelle, wo der Fluss breiter wird und parallel zur Sierra fliest, fällt Pajarito in Galopp. Ich halte Oso noch zurück, denn ich liebe es, die Spannung zu spüren, die sich in ihm aufbaut, bevor er loslaufen kann. Dann gebe ich die Hilfe, lasse die Zügel nach und Oso galoppiert mit einem mächtigen Sprung an.

Ich lache laut, auf mir unvertraute Weise, die Sierra Nevada kommt näher und ich begebe mich auf die Spuren meiner Großmutter und ihres Geliebten. Die Hütte, in der wir übernachten, ist jene Hütte, in der auch Margarete mit José die Nacht verbracht hat. So habe ich es in den Briefen gelesen.

Fernando treibt Pajarito an, ich kann erkennen, wie er sich bereit macht. Er möchte ein Wettrennen? Oso spürt meine Aufregung, er wird schneller, seine Hufe wühlen den Boden auf, die Gipfel der Sierra liegen vor mir, die Spitzen verschneit, majestätisch und ewig. Wir kommen Pajarito näher, ich schnalze mit der Zunge, unbedingt will ich ihn überholen, doch ich schaffe es nicht. Fernando pariert sein Pferd durch in den Schritt und ich tue es ihm nach. Auf meinem Gesicht strahlt ein Lächeln, ungezwungen, Sinnbild purer Freude. Der Weg führt in eine Kurve und verliert sich im Gebüsch. Nur mit viel Mühe kann ich einen Trampelpfad ausmachen, hier zu galoppieren ist zu gefährlich.

»Weißt du eigentlich, wie gut du reitest, was für dein Talent du hast?«

»Ich fühle mich wohl auf einem Pferderücken.«

»Das merkt man dir an. Trotzdem hörst du mir jetzt bitte gut zu. Die ersten Kilometer sind gefährlich. Lass Oso sich seinen Weg suchen, wenn es steil bergauf geht, hoch im Bügel, nach vorn beugen. Behindere dein Pferd nicht! Wenn du wackelst, halte dich am Sattel fest.«

»Gefährlich?«

Ich muss schlucken. Mein Bedarf an gefährlichen Situationen ist für den Rest meines Lebens gedeckt.

»Hab Vertrauen! Ich habe Vertrauen in dich. Du schaffst das. Halte dich nur an das, was ich dir gesagt habe. Ab hier reiten wir hintereinander, bis wir die erste Etappe geschafft haben.«

»Okay.« Meine Stimme klingt ängstlich, es nervt mich, dass ich die Antwort piepse.

Wir folgen dem Trampelpfad, das Gras ist teilweise schon so hoch, dass es Oso am Bauch kitzelt und ein wellenartiges Zittern über seinen Körper läuft. Die Zügelenden liegen fest in meiner Hand, je länger wir der Spur folgen, desto ruhiger werde ich. Die Berge der Sierra Nevada warten auf mich, ein geheimnisvoller Sog zieht mich in den Nationalpark. Könnte mich Margarete nur sehen, wie ich auf Josés Pferd sitze und auf ihren Pfaden wandle.

Schau, Margarete! Ich liebe die Sierra ebenso wie du.

Vielleicht ist es ein Zauber, vielleicht die Heimat. So oder so genieße ich jede Sekunde.

Der weiche Untergrund wird jetzt von Steinen durchzogen, wir verlassen die Flussebene. Um zu sehen, wie weit wir von La Esperanza entfernt sind, drehe ich mich im Sattel um. Ich kann die Orangenplantage nur als solche identifizieren, weil ich weiß, dass sie existiert.

»Bleib bitte hinter mir!«

Täusche ich mich oder klingt Fernandos Stimme angespannt? Der Weg wird etwas breiter, besteht aus dicken plattgeklopften Steinen, auf der rechten Seite begrenzen bewachsene Hügel den Weg, die linke Seite ist voller Gestrüpp. Dann wird der Weg schnell steil. Ich lehne mich weit nach vorn, wie Fernando es mir geraten hat, meine Oberschenkel zittern vor Anstrengung. Wir reiten am Hang eines Berges entlang, der Weg wurde ihm abgerungen, aus ihm herausgeschlagen, links kann ich in das Tal hinuntersehen. In meinem Bauch kribbelt es, ich habe keine wirkliche Angst, Adrenalin tobt durch meinen Körper und macht meine Sinne noch empfänglicher für die Großartigkeit der kargen Landschaft.

»Katharina? Jetzt geht es gleich los! Einfach reiten, zieh auf keinen Fall am Zügel!«

Mein Herz rast, meine Hände werden glitschig. Es geht los? Ich dachte, das ist schon der gefährliche Weg! Für mich anstrengend genug. Dann sehe ich es und mein Atem stockt. Zwischen bewachsenen Hügeln gibt es nur einen schmalen Zugang.

»Das schaffen wir, Oso! Ich lasse dich machen, pass du gut auf mich auf.«

Ich wische mir den Schweiß aus den Augen und dann reiten wir Fernando hinterher. Der Weg ist eng, ich muss öfter die Position meiner Knie verändern, damit ich mich nicht an den dichtstehenden Bäumen verletze. Der Boden ist mit Wurzeln überzogen, Oso stolpert und erschrocken ziehe ich an den Zügeln. »Pass auf mich auf, Oso!«, flüstere ich – in der ängstlichen Gewissheit, dass ich nicht an den Zügeln ziehen soll.

Weshalb Fernando diesen Weg gewählt hat, ist mir schleierhaft. Hochgewachsene Bäume mit mächtigen Stämmen säumen unseren Pfad, sind Hindernisse, die wir dann und wann umgehen müssen. Mehr als einmal überlege ich, abzusteigen und Oso zu führen, der Weg wird so steil, dass ich fast auf seinem Hals liege. Ich muss so viel beachten, dass ich gar keine Zeit habe, die Angst zu fühlen.

Mit einem kleinen Sprung überwindet Oso eine besonders große Wurzel und ich halte mich am Sattel fest. Hoffentlich ist die Tortur bald vorbei, meine Kräfte lassen nach. Auf einmal geschehen mehrere Dinge gleichzeitig. Fernando steht, am Gipfel angekommen, auf einer Straße, der Weg dorthin ist unterbrochen, wurde weggespült. Es fehlt ein Stück, das wir überwinden müssen. Mache ich oder Oso einen Fehler, stürzen wir ab.

»Schau nicht runter, treib ihn an und los!«, brüllt Fernando.

Ich treibe Oso so stark an, wie ich es wage, stelle mich in die Steigbügel, er streckt sich und überwindet die Stelle mit einem großen Galoppsprung, als er die Hufe aufsetzt, bricht etwas vom Weg ab und der große Schimmel kann sich gerade noch fangen.

Sekunden später stehen wir neben Fernando, der mich in seine Arme reißt. »Es tut mir so leid, Katharina. Ich werde das der Parkverwaltung melden, ich hatte ja keine Ahnung.«

Mir fehlen die Worte, ich zittere und bin kurz davor, mich zu übergeben.

»Hier ist die alte Kastanie ...«

»El Abuelo.«

»Ja.« Fernando ist überrascht. »Woher weißt du das?«

»José hat es in einem seiner Briefe an Margarete erwähnt.« Ich reite an meinem Begleiter vorbei bis zu der uralten Kastanie, deren ausladende Baumkrone sich über den Weg spannt. Meine Knie zittern so sehr, dass es mir schwerfällt, vom Pferd zu steigen.

»Wir sollten frühstücken. María hat eine Thermoskanne Kaffee eingepackt. Magst du etwas essen?«

Da kann ich nur den Kopf schütteln. »Kaffee genügt.«

Aus seinem Rucksack zieht Fernando heraus, was wir für ein Frühstück im Freien brauchen. Ich lockere die Sattelgurte bei den Pferden, binde die Zügel hoch und lasse sie los.

»Faszinierend, dass die beiden nicht weglaufen.«

»Wohin sollten sie auch gehen? Wir sind ihre Herde.«

Seufzend setze ich mich hin, lehne mich an den mächtigen Eichenstamm und trinke den besten Kaffee meines Lebens.

»Weshalb sind wir hier?«

»Ist das nicht offensichtlich?«

»Nein, ist es nicht.«

Fernando hat sich neben mir niedergelassen, Sonnenlicht bricht sich in seinen Augen. Sie sind nicht völlig dunkelbraun, die bernsteinfarbenen Tupfer um die Pupillen sind mir noch nicht aufgefallen.

»Spanien ist dein Land, Katharina. Mir ist noch nie ein Mensch begegnet, der unsere Kultur absorbiert und völlig darin aufgeht. Du gehörst hierher. Ich möchte dir zeigen, wie wundervoll deine Heimat ist.«

Lächelnd trinke ich meinen Kaffee. Fernandos Worte sprechen mir aus der Seele. Hier zu leben, auf La Esperanza, das wäre so wundervoll.

»Ich kann nicht hierbleiben. Meine Heimat ist Deutschland. Dort ist alles, was mir wichtig ist.«

Warum sage ich das? Es ist nicht wahr. Nicht mehr.

Die Stille dehnt sich aus, wir sitzen nebeneinander, so nahe, dass sich unsere Schultern fast berühren. Und wieder sehne ich mich danach, Fernandos Wärme und Kraft zu spüren. Wortlos lehne ich meinen Oberkörper in seine Richtung, Fernando kommt mir entgegen, als wären wir Magnete, die keine andere Wahl haben, weil es im Universum so vorgesehen ist. Es kribbelt in meinem Bauch, mein Herz flattert wie ein Schmetterling. Noch einen Augenblick, eine winzige Sekunde, dann ...

Es ist nicht richtig, denke ich strafend, während das Danach lacht und springt, sich über meine Prinzipien lustig macht.

»Wie lange werden wir noch unterwegs sein, bis wir zur Hütte kommen?«

Gegen die Schmerzen ankämpfend, stehe ich auf und klopfe mir den Schmutz von der Hose. Fernando atmet tief ein und sieht mich mit leerem Ausdruck an, als hätte ich ihm etwas genommen. Vielleicht ist das auch der Fall. Er springt auf, macht einen Schritt auf mich zu. »Wollen wir darüber sprechen?«

Nichts will ich weniger, nichts fürchte ich mehr.

»Nein, ich kann nicht ...«

Einen Augenblick lang sehe ich mich auf Osos Rücken springen und zurückgaloppieren.

»Dann lass uns weiterreiten, wir haben noch einige Kilometer vor uns. Es gibt eine Stelle, die ich dir unbedingt zeigen möchte. Im Frühling zur Schneeschmelze wird das Wasser durch einen engen Durchgang im Berg gedrückt. Der Wasserfall ist um diese Jahreszeit beeindruckend.«

»Können wir dort zu Mittag essen?«

»Beim Wasserfall ist es sehr kalt, die Steine sind voller Moos und es ist rutschig. Wir finden schon eine schöne Stelle.«

Er stößt einen Pfiff aus, Hufgetrappel ist zu hören. Fernando lacht, als er es vernimmt. »Die beiden waren unterwegs und haben wohl eine Stelle zum Fressen gefunden.«

Er packt das Essen wieder in seinen Rucksack. Oso trabt auf mich zu, sein Maul ist grasverschmiert. »Na, mein Guter, hattest du Spaß?«

Oso reibt sich an meinem Arm und verteilt seine grüne

Spucke auf mir. »Du Blödmann!« Lachend schiebe ich ihn von mir weg.

Fernando ist in der Zwischenzeit aufgesessen, hat sein Gesicht der Sonne zugewandt. »Was für ein Tag! Ich kann dir gar nicht sagen, wie ich ihn genieße. Hier mit dir.«

Darauf kann ich nichts erwidern, ich ziehe mich in den Sattel und lasse mich vorsichtig auf meinem schmerzenden Po nieder. Wir reiten weiter, manchmal nebeneinander, über angelegte und befestigte Wanderwege, Fernando ist stets auf der Seite, die dem Tal zugewandt ist und an manchen Stellen steil abfällt. Die Landschaft ist abwechslungsreich, gelbe Sträucher, blühende Mandelbäume sehen wie Farbtupfer auf einer Leinwand aus, wilde Olivenbäume, kontrastrote Gräser und hellgrüne Farne, ich kann mich nicht sattsehen. Fernando reitet mit Pajarito voraus, es geht talwärts, der Weg verjüngt sich zu einem Pfad, der sich schlangenförmig an den Felsen nach unten windet. Helle Kieselsteine purzeln geräuschvoll nach unten, meine Muskeln spannen sich instinktiv an. Oso bleibt ruhig, er weiß genau, wie er seine Füße aufzusetzen hat und hilft mir mit seiner Souveränität, ruhiger zu werden. Wir überqueren einen kleinen Bach, müssen über flache Steine. Auch hier überlasse ich es meinem Schimmel, den richtigen Weg zu finden.

Ein Trampelpfad bringt uns an einem Felsvorsprung vorbei. Danach öffnet sich der Blick in die Weite. Wir stehen vor einer Ebene, die bis zum Horizont reicht. Ich kann einen hellen Pfad sehen, der an einer Hügelkette entlang kilometerweit zu führen scheint. Fernando stoppt Pajarito und dreht sich im Sattel zu mir um. Stolz hebt er eine Hand und zeigt auf die Weite: »Was sagst du?«

»Es ist fantastisch!«

Fernando scheint zufrieden. »Ein paar Meter weiter wird der Weg besser, weniger Steine und weicher Boden. Dann traben und galoppieren wir, halten unsere Pferde aber dicht beieinander. Genieße es, Katharina! Wenn du nicht mehr kannst, sag Bescheid.«

Aus dem Stand trabt Pajarito an, es sieht so aus, als würde er die Strecke kennen, auch Oso genügt ein leiser Schnalzer mit der Zunge und er tut es dem Braunen nach. Der Untergrund wird tatsächlich weicher, ich lege meinen linken Schenkel zurück, Oso galoppiert an. Der Himmel ist klar, der helle Fels blendet vor strahlendem Blau. Wie eine riesige Woge überschwemmt mich ein Glücksgefühl, reißt mich mit. Ich gebe mich hin, kein Davor und kein Danach spielen jetzt eine Rolle, sie finden keinen Platz in diesem Ozean der Gefühle.

»Ich lebe! ICH LEBE!«

Tränen laufen über meine Wangen, hinterlassen sengende Spuren der Hoffnung, die gleich einer kostbaren Blume nur für den Augenblick ihre Schönheit offenbaren.

So kann es sein? Die Frage prallt in meine Vergangenheit, ich kenne doch die Antwort. Es wird nie wieder so sein. Das ist meine Bürde, die ich trage.

»Langsam!« Fernando hebt eine Hand. Ich pariere meinen Schimmel in den Trab und dann in den Schritt.

Wir haben die Ebene durchquert, meterhohe Felsen ragen in den Himmel, sehen aus, als hätte ein Riese sie auf den Hügel gesetzt. Olivenbäume wachsen am Wegrand, große Kastanien stehen allein wie vergessene Krieger.

»Hier wird der Weg wieder anstrengend.« Fernando winkt mir zu. »Komm an meine Seite, dann muss ich nicht so schreien. Merkst du, wie stark der Wind weht?«

»Ja, wir sind hier auf einer Ebene.«

»Richtig. Nach dem Bergkamm«, er deutet auf ein Steingebilde, das mich an einen Wal beim Abtauchen erinnert,

»reiten wir an den Wäldern entlang. Ich habe dir den Wasserfall versprochen, dahin reiten wir jetzt.«

»Ist es noch weit?«

»Nicht so sehr. Die Zeit vergeht schnell, wenn das Gelände anspruchsvoll ist.«

»Oh Gott, wirklich?«

»Es ist nicht gefährlich, das verspreche ich dir. Die Strecke führt durch einen Wald, es gibt keinen Pfad, viele Wurzeln und Geröll machen diese Etappe beschwerlich. Du schaffst das.«

»Vor einem Monat wusste ich nicht, wie man auf ein Pferd steigt.«

»Unglaublich, oder? Ein Naturtalent!« In seinen Augen blitzt der Schalk, ich kann mir nicht erklären, was das zwischen uns ist, doch es verwirrt mich. Ich liebe Paul, wie ist es möglich, dass ich für Fernando etwas empfinde?

Diese Frage beschäftigt mich unaufhörlich. Fernando hat nicht übertrieben mit seiner Wegbeschreibung. Der Wald ist düster, das Rauschen des nahen Wasserfalls übertönt alle anderen Geräusche. Das Knacken der dürren Zweige unter Osos Hufen ist genau so wenig zu hören wie das Singen der Vögel. Wir reiten durch einen Kokon, der uns von der Welt außerhalb dieses Waldes abschottet.

»Hier steigen wir ab und binden die Pferde an.«

»Ist es noch weit bis zum Wasserfall?«

Ich muss meine Stimme erheben, das Rauschen ist zu einem Grollen angestiegen, was meine Frage im Grunde schon beantwortet.

»Nicht mehr weit. Alles okay?«

Aus den Satteltaschen nimmt Fernando zwei längere Führstricke heraus und bindet die Pferde an einem Baumstamm fest. Langsam geht er voraus, hat den Rucksack geschultert.

Durch die Feuchtigkeit sind selbst die Baumstämme voller grünem Moos, die Wurzeln der Bäume sind rutschig, ich verliere das Gleichgewicht, doch Fernando hält mich fest.

»Siehst du? Hier sind wir.«

Ich verstehe ihn kaum, obwohl er schreit. Das Brüllen des Wasserfalls ist ohrenbetäubend. Wasser stürzt aus dem Felsen gepresst mindestens zwanzig Meter in die Tiefe und läuft in ein großes Becken, von dem es in einem kleinen Fluss mündet. Ich trete einige Schritte an jenes Becken heran, das aussieht, als wäre es von Menschenhand aus dem Stein geschlagen worden. Das Wasser ist eiskalt und schwarz. Es muss sehr tief sein.

»Unglaublich! Wurde das Becken von Menschen aus dem Felsen gemeißelt?«

»Nein, das hat die Natur vollbracht.«

»Schön und schrecklich zugleich. Ich verstehe, weshalb wir hier nicht Mittag essen können. Es ist einfach zu kalt und irgendwie gruselig. Wie weit ist es noch bis zur Hütte?«

»Eine Stunde maximal, möchtest du durchreiten?«

»Ja, dort können wir essen.«

»Die Hütte steht seit dem Winter leer. Bevor wir irgendetwas anderes tun, müssen wir sie erst bewohnbar machen.«

»Kein Problem. Ich bin sehr neugierig darauf.«

»Gut, dann reiten wir weiter.«

Zitternd ziehe ich die Schultern nach oben, tatsächlich friere ich, die Anstrengung und der bohrende Hunger tun ihr übriges. Ich bin froh, wenn wir in der Hütte sind. Die Vorstellung, mich in meinen kuscheligen Schlafsack zu legen und den Reißverschluss nach oben zu ziehen, ist auf motivierende Weise verlockend.

»Fernando, ich habe das Gefühl, die Pferde sind unruhig.«

»Das Rauschen des Wasserfalls macht sie nervös. Ho, Pajarito, todo bien! Beruhig dich, Kleiner!«

Der Braune hat beschlossen, dass er lange genug gewartet hat. Fernando hat Schwierigkeiten, den Führstrick zu lösen und flucht leise. Ich führe Oso etwas von Pajarito weg und steige auf. Fernando braucht keinen Steigbügel, um auf das Pferd zu kommen. Er stößt sich vom Boden ab und sitzt auf Pajaritos Rücken, der Braune bockt und dreht sich im Kreis. Angst kriecht in meinen Körper, macht ihn steif. *Was passiert, wenn er die Kontrolle verliert?* Panik schmeckt nach Blut, das habe ich gelernt. Der Geschmack nach Eisen erfüllt meinen Mund, ich habe mir auf die Zunge gebissen. Der dunkle Wald, die Kälte und dieses Gefühl, dass dort etwas ist, was nicht hierhergehört, katapultiert meinen Geist Monate zurück in der Frankfurter Stadtwald. Mein Hals schnürt sich zu, ich atme und atme und bekomme doch keine Luft. Als würde mir jemand die Hände um den Hals legen und zudrücken. Die Angst rollt wie eine Welle auf mich zu, Oso spürt meine Panik, reißt seinen Kopf nach oben. Die Realität ist in mir geschrumpft, ich kann Fernandos Stimme nicht hören. Als die Angst über mir zusammenschlägt, lasse ich die Zügel fallen, Oso dreht sich und galoppiert durch den Wald. Starr und in meiner Vergangenheit gefangen, klammere ich mich an den Sattel und Osos Mähne, die Bäume kommen meinen Knien nah, mein Körper gehorcht mir nicht.

Dann sind wir aus dem Wald und Oso stürmt einen Weg entlang, wird langsamer. Hinter mir ruft eine Stimme, sie dringt in meinen Kopf, ich atme gierig und endlich erreicht der Sauerstoff meine Lungen. Der Spuk ist vorbei. Oso steht, ich richte mich auf, die Sonne wärmt mich, es ist hell, es ist gut.

»Katharina! Was ist passiert?«

Wie in Zeitlupe drehe ich meinen Kopf zur Seite. Fernando sitzt auf Pajarito, er hat Oso angehalten. Seine Stimme klingt dumpf im Rauschen meines Pulses, ich verstehe, was er von mir möchte, doch ich bin zu müde für eine Antwort. Fernando zieht mich vom Pferd. Weshalb falle ich in seine Arme? Er duftet nach Leder, Seife, Pferd. Ich drücke meine Nase an den Stoff seiner Jacke und atme tief ein. Wie gut er riecht, wie schön das ist. Dann sinke ich zu Boden und beginne zu weinen.

18

»Katharina? Sag doch was, du machst mir Angst!«

Wie gern würde ich ihm antworten, doch es ist, als stünde ich außerhalb meines Körpers. Das am Boden zusammengesunkene weinende Etwas bin ich, Fernando hat seine Arme um mich geschlungen und zieht mich auf seinen Schoß, wiegt mich wie ein kleines Kind, das nicht schlafen kann, weil es denkt, dass unter seinem Bett ein Monster wohnt. Der Unterschied ist: Ich weiß, dass Monster existieren und es kein Entkommen gibt.

»Es tut mir leid. Ich weiß nicht, was los war«, sage ich nach einer Weile.

»Bitte, entschuldige dich nicht. Es ist meine Schuld. Der Ort ist unheimlich, ich wollte ... ach, ich weiß nicht, was ich wollte.«

»Ich kann aufstehen«, erwidere ich schwach.

»Bleib noch ein wenig, beruhige dich und atme tief durch! Du weinst immer noch.«

»Das hört schon auf.« Beschämt wische ich über mein

Gesicht. Wie der Wasserfall im Wald lässt sich der Tränenstrom nicht stoppen.

»Das ist doch nicht schlimm. Ich bin so froh, dass du wieder hier bist. Was hat dich nur so verängstigt? In welcher Welt bist du gefangen?«

»Lass mich bitte wieder los!«

Fernando kommt meinem Wunsch nach, hilft mir beim Aufstehen. Die Pferde haben sich keinen Meter von uns entfernt, beide sind wohl genauso geschockt wie wir. Minuten später sitzen wir wieder im Sattel, ich bin völlig fertig, diese Panikattacke hat mir die letzten Kräfte geraubt.

»Es sind noch einige Kilometer bis zum Haus, vielleicht noch eine halbe Stunde. Schaffst du das, ohne vor Erschöpfung vom Pferd zu fallen?«

Verzweiflung steigt in mir hoch, ich schlucke sie hinunter, richte mich auf. »Ich schaffe das. Kennst du vielleicht eine Abkürzung?«

»Nein, aber ich erzähle dir, wie ich auf La Esperanza gekommen bin. Du wirst sehen, die Zeit vergeht wie im Flug.«

»Ich mag gute Geschichten.« Noch einmal atme ich tief die klare Luft und lausche gespannt Fernandos Geschichte.

»Ich kam von London zurück nach Granada. Meine Eltern lebten in Ronda, einer beschaulichen Stadt in Andalusien. Damals, und das ist sicherlich schon fünfundzwanzig Jahre her, war La Esperanza für seine Pferdezucht bekannt. Ich wollte unbedingt weg von zu Hause, und so bin ich eines Morgens aufgebrochen, nach La Esperanza gefahren und habe einfach beim Stallausmisten geholfen. Alle dachten, José hätte mich eingestellt. Er war damals nicht da, und als er eine Woche später ankam, gratulieren ihm alle zu seiner Neueinstellung, zu mir, dem fleißigen Stallburschen.« Fernando lacht, als er daran denkt.

»Was ist dann geschehen?«

»José erfuhr, dass ich den Hengst reiten konnte, seinen Hengst Oso. Damals war er ein wirklicher Teufel! Nur José war ihm Herr geworden und ich. Das war wohl der Grund, weshalb er meine Frechheiten bezüglich der Einstellung belohnte.«

»Oso ein Teufel? Das kann ich kaum glauben.«

Fernando lacht. »Ja, das war er. Heute ist Oso alt und hat keine Flausen mehr im Kopf.«

»Das ist eine schöne Anekdote. Mochtest du José?«

»Mehr als das. Im Laufe der Zeit lernten wir einander besser kennen und planten, uns als Geschäftspartner zusammenzutun. Aber das habe ich dir ja schon erzählt.«

»Die Idee finde ich fantastisch und natürlich werde ich sie unterstützen. Wann sind wir denn da?«

»Es ist nicht mehr weit. Gleich haben wir es geschafft.«

Wir reiten durch ein Wäldchen, das sonnig und hell ist, Pappeln stehen in Reih und Glied wie Soldaten. Ich begrüßte sie wie alte Freunde, dann sehe ich plötzlich ein Haus.

»Fernando, das ist nicht nur einfach eine Hütte, das ist ein richtiges Haus.«

»Ein sehr kleines Haus. Willkommen in La Talanquera, das dein Großvater gebaut hat. Hinter dem Haus ist der Stall, da bleiben die Pferde heute Nacht, es ist trocken und warm.«

Das Haus »Die Zuflucht« zu nennen, finde ich passend. Sofort fühle ich mich geschützt und geborgen. Ich falle mehr von Oso, als dass ich absteige, lockere den Gurt des Sattels und stapfe Fernando hinterher, der Pajarito zum Stall führt.

»Wunderbar, alles ist trocken. Führ den Großen herein, Sattel und Zaumzeug kannst du über den Balken hängen.« Er verschwindet in einen kleinen Raum und kommt mit einem Bündel Heu zurück. »Gib ihnen das, ich hole am Bach frisches Wasser. Bin gleich zurück.«

Mit zwei vollen Blecheimern kehrt Fernando nach einigen

Minuten zurück. »Die stellen wir hier hin, Futter haben sie auch, jetzt lassen wir sie in Ruhe.«

»Ein toller Stall, die beiden haben genug Platz, und wenn sie wollen, legen sie sich auf den Boden. Mein Großvater hat nichts dem Zufall überlassen.«

»Das, was er beeinflussen konnte, auf alle Fälle. Komm, lass uns reingehen!«

Das Haus besteht aus einem großen Raum mit einem Holzofen, Tisch und Stühlen, einem Bettgestell mit Matratze und allerlei Küchenutensilien, eine Waschschüssel aus Emaille hängt an der Wand neben einem Spiegel.

Über den wenigen Möbeln sind große Baumwolltücher gelegt, um sie vor Staub zu schützen. Wir decken sie vorsichtig ab und schütteln den Schmutz im Freien aus den Laken. Auch hier im Haus ist alles trocken, es duftet nach Holz und nach Vergangenheit. Fernando zieht einen kleinen Gaskocher aus dem Rucksack, legt eines der sauberen Laken auf die Matratze und holt meine Satteltaschen samt Schlafsack.

»Danke. Ich kann keinen Meter mehr laufen.«

»Entspann dich, jetzt sind wir ja hier. Am besten ziehst du Stiefel und Hose aus und kriechst in den Schlafsack. Ich koche uns Tee und packe die Leckereien von María aus.«

Aus den Satteltaschen ziehe ich eine Jogginghose und dicke Wollsocken, ein Geschenk von María. Fernando hat alle Fenster geöffnet, kehrt mit einem Besen die Fensterrahmen ab und säubert den Boden.

»Ich habe die Briefe dabei.«

»Hast du etwa immer noch nicht alle gelesen? Diese Geduld hätte ich nicht.«

»Ich glaube, dann hätte ich es nicht geglaubt.«

»Was geglaubt?«

»Dass Liebe so etwas machen kann.«

Fernando setzt sich auf den Rand des Bettes, streicht fürsorglich den Schlafsack glatt und öffnet den Reißverschluss.

»Los, kuschle dich hinein!«

Ich komme seiner Aufforderung gern nach. »Seit ich auf La Esperanza bin, verurteile ich Margarete nicht mehr.«

»An dem Tag, als deine Mutter und Großmutter tödlich verunglückt sind, ist José allein in die Sierra geritten und kam erst Tage später zurück. Ich habe damals nicht verstanden, was geschehen war, jetzt ergibt alles einen Sinn.«

Ein Schwall kalter Luft weht durch das Zimmer, Fernando schließt die Fenster. »Es wird kalt werden heute Nacht, ich koche uns Tee. Bin gleich wieder da.«

Mit einer Kanne in der Hand, verlässt er die Hütte und ich habe das Gefühl, dass er die restliche Wärme mit sich nimmt. In meinem Inneren ringen das Davor und das Danach miteinander, gehen auf Konfrontation mit dem Jetzt.

Die Tür fliegt auf und ein zerzauster Fernando betritt die Hütte. »Ich habe noch nach den Pferden gesehen, es ist alles in Ordnung. Willst du Tee? Du kannst auch ein Glas Wein haben, José hat das Haus hier voll ausgestattet.«

Er öffnet eine der Kisten, die aufgestapelt an der Wand stehen. »Ich wusste es doch, der gute Rotwein.« Er hält eine staubige Flasche hoch wie eine Trophäe. »Also: Tee oder Wein?«

»Genau in dieser Reihenfolge.«

»Kommt sofort.«

Angenehm erschöpft lehne ich mich an die Wand, Fernando wirft mir eine grobe Decke zu, die er aus einer der Kisten gezogen hat und die ich als Kissenersatz benutzen kann. Während er sich um das Essen und die Getränke kümmert, ist es mir möglich, ihn heimlich zu betrachten. Er hat die Kappe abgenommen, seine Haare könnten einen Friseur vertragen, sie stehen in alle Richtungen ab, was ihm ein jugendliches Aussehen verleiht. Seine Figur ist schlank mit breiten Schultern und langen Beinen in einer leichten O-Form, geschuldet einem Leben im Sattel. Geschickt baut er den Gaskocher zusammen, schüttet Wasser in eine Aluminiumkanne und stellt sie auf die Flamme.

»Geschafft!«

Er grinst glücklich, mein Herz hüpft. Eine leise Stimme mahnt mich, den Augenblick zu genießen, dem Danach eine Chance zu geben. Ich habe keine andere Wahl, ein anderes Leben bekomme ich nicht.

Der Tee ist fertig, Fernando drückt mir eine dampfende Metalltasse in die Hand und wechselt ebenfalls seine Kleidung. Ich drehe meinen Kopf zur Seite, gebe ihm zumindest etwas Privatsphäre. Schließlich sitzen wir uns gegenüber und ich frage mich, wo die Stunden des Tages geblieben sind. Wir prosten uns zu. Fernando hat es sich am anderen Ende der Matratze bequem gemacht.

»Was ist dort beim Wasserfall geschehen?«

»Ich weiß nicht, wie ich das erklären soll.«

»Du warst völlig weggetreten, wirktest wie ein Gespenst oder wie jemand, der eines gesehen hat.«

Er rutscht näher, will mich umarmen.

»Bitte nicht herkommen!«

Fernando rutscht wieder auf seinen Platz. »Es tut mir leid, Katharina«, sagt er betroffen. »Ich habe ständig das Bedürfnis, dich zu beschützen.«

»Das musst du nicht, es ist nicht deine Aufgabe. Es wäre meine Aufgabe gewesen.«

Mit dem schwächer werdenden Tageslicht entfernt sich die Realität aus der verborgenen Hütte in der einsamen Sierra Nevada und schafft Platz für Illusionen, verbotene Wünsche und Wahrheiten, die ungesagt bleiben sollten. Längst sind wir zum Wein übergegangen, längst dehnt sich das Schweigen zu einer Verrücktheit.

»Ich muss dir etwas sagen, Katharina.«

Da ist ein Band, das mich zu dir zieht und dich zu mir.

»Sag es bitte nicht!«

Wenn du es aussprichst, können wir nicht mehr umkehren, dann gibt es für mich nur die Möglichkeit, wegzulaufen.

Fernando sieht unglücklich aus, Ungesagtes baut sich zu einer Mauer auf, ich versuche, den Kloß herunterzuschlucken, der in meinem Hals steckt.

»Es wird dunkel. Ist das nicht zu früh?«, will ich das Thema wechseln.

»Die Sonne geht noch nicht unter, doch das Licht wird schwächer. Die Hütte im Wald ... das Licht bleibt draußen.«

»Ich mag es so, hier mit dir in diesem Haus.«

»Bleib in Spanien, Katharina, bleib auf La Esperanza! Wir brauchen dich, ich brauche dich.«

»Ich kann das noch nicht entscheiden, ich gehöre hierher, doch ich gehöre auch zu Paul. Es ist furchtbar.« Ich schlage die Hände vor mein Gesicht, spüre die Wülste unter meinen Fingern.

»Ich bin das!« Wütend deute ich auf meine narbige Wange. »Das hast du doch gesehen. Dieses N hat mich aus meinem Leben katapultiert und ich bin im Danach aufgeschlagen. Durch meine Schuld.«

Die Erinnerungen sind plötzlich überdeutlich. Die Tage im Krankenhaus, meine Schmerzen, die Ängste, Paul, der an meinem Bett saß, der immer da war.

»Ich ertrage keine Berührungen.«

»Was ist dir geschehen?«

Wenn ich mich kleinmache, die Knie zum Beispiel bis ganz unter mein Kinn ziehe, dann tut die Erinnerung nicht so weh.

Vielleicht weil ich dann kleiner bin und nicht viel Angriffsfläche biete?

»Ich wurde überfallen, als ich im Frankfurter Stadtwald gelaufen bin. Es war kalt, dunkel, ich dachte immer, das passiert nur anderen Frauen, niemals mir. Kapuzenmann stand auf dem Weg, ich hatte ein schlechtes Gefühl, bin aber nicht weggelaufen. Ich laufe nie weg. Verstehst du? Nie!«

Die Vergangenheit umspült mich träge wie ein Strom aus Lava. Wo er mich berührt, verbrenne ich. Längst bin ich im Danach zu dem Tag gereist, an dem es begann und ich alles verlor. Fernandos Anblick hält mich in der Realität, ist mein Rettungsseil.

»Als es zu spät war, erkannte ich das Monster, ich dachte, ich würde es schaffen zu entkommen, doch er war nicht allein. Sie schleppten mich zu ihrem Lieferwagen, den sie im Wald versteckt hatten.«

Die Luft im Haus ist mir zu wenig, ich bemühe mich, einzuatmen, doch ich schaffe es nicht, der Sauerstoff strömt aus mir heraus, der Kapuzenmann ist es, der das Leben aus mir saugt.

»Katharina, sieh mich an!«

Fernando sitzt plötzlich neben mir, hält mich an sich gepresst, als befürchte er, ich würde davonfliegen. Mit beiden Händen stemme ich mich gegen seine Brust, er rückt etwas von mir ab. Mein Geist verankert sich in seinem entsetzten Blick, der mein Erlebtes widerspiegelt, seinen Lippen, die Worte flüstern, die ich noch nie gehört habe. Er ist das Gute im Danach, doch für das Gute gibt es keine Zukunft.

»Sie haben mich auf die Ladefläche geworfen und vergewaltigt. Für meinen Körper hat es irgendwann keine Rolle mehr gespielt, ich war abgetrennt, um mich zu schützen. Verstehst du?«

Verzweifelt sehe ich ihn an, er muss begreifen, was dort in jener Nacht passiert ist.

»Ich verstehe, mach dir keine Sorgen, ich verstehe.«

Tränen laufen auch aus seinen Augen, vielleicht muss es so sein, vielleicht können Tränen einen Augenblick lang etwas ungeschehen machen. Seine Hände liegen auf seinen Oberschenkeln, meine Zurückweisung hat ihnen ihre Bestimmung genommen, sie sind zu Fäusten geballt.

»Ich bin aus meinem Körper getreten und habe Kapuzenmann dabei zugesehen, was er mit mir machte. Und dann, ich schwöre es dir, hat er es gemerkt. Er sah mich an, nicht durch mich hindurch, nein, er sah mich. Meinen Geist, meine Seele. Da wusste ich, dass ich verloren bin... Dann hat er das N in mein Gesicht geschnitten, ›wie es sich für eine Nutte gehört‹, das waren seine Worte. Ich würde es wollen, denn ich sei nicht weggerannt.«

»Mein Gott, Katharina, es tut mir so leid!« Fernandos Fäuste beben auf seinem Schoß, er kann nichts tun, nur zuhören.

»Kapuzenmann und der andere haben sich abgewechselt, doch nur er hat mich geschnitten. Irgendwann haben sie mich aus dem Fahrzeug geworfen und liegen lassen. Ein Hund hat mich gefunden, stell dir vor, sonst wäre ich sicherlich erfroren.«

Ein Schauer läuft mir über den Rücken. Es ist so kalt. Fernando räuspert sich, öffnet die Fäuste. »Ich weiß nicht, was ich sagen soll. Hat man die Schweine erwischt?«

»Nein. Es gab einen ähnlichen Fall im Ausland, was die Verletzung im Gesicht angeht. Der Kapuzenmann hat mir mein Leben im Davor genommen und bestimmt es auch noch im Danach. Seit diesem Tag kann ich mich nicht mehr berühren lassen. «

»Ich kann dich doch berühren. Wir haben uns umarmt, wir sind uns nähergekommen.«

»Das stimmt. Es hat sich manchmal auch gut angefühlt.«

Seine Hände umschließen meine Schultern, wandern zu meinem Rücken und drücken mich sanft zu ihm. Atemlos warte ich auf die Angst, den Ekel und den Fluchtreflex. Nichts geschieht. Zentimeter für Zentimeter nähert sich sein Gesicht dem meinen. Die Zeit steht still, als wäre ich in eine Heizdecke eingewickelt, wird mein Körper von Wärme erfüllt.

»Siehst du? Nichts passiert. Ich berühre dich und ich sehe dich. Was ich für dich empfinde, habe ich viele Jahre nicht mehr gespürt. Ich dachte, dass es nicht sein soll. Liebe, was ist das schon? Viele Menschen suchen das Glück, doch was ist mit tiefer Zufriedenheit? Ist das nicht mehr wert als ein kurzes Glück? Dann bis du mir begegnet und ich hatte meinen Gefühlen zu dir nichts entgegenzusetzen.«

»Was bedeutet das?«

»Ich habe mein Herz an dich verloren, Katharina. Ich habe mich in dich verliebt.«

Wir sind Gesicht an Gesicht, unsere Lippen berühren sich nicht, doch was er zu mir sagt, ist intensiver als ein Kuss.

»Es darf nicht sein. Ich bin verheiratet und ich liebe Paul. Ich kann das nicht tun, dann wäre ich nicht besser als mein Großvater. Ich habe deine Liebe nicht verdient. Alles, was passierte, ist meine Schuld. Allein meine Schuld! Ich habe keine Liebe verdient. Margarete war schwanger, als sie zurück nach Deutschland reiste. José war verheiratet und konnte nie mit ihr zusammen sein. Zu viele Lügen, zu viele Versprechungen.«

»Hör bitte auf, so etwas zu sagen! Es zerreißt mich. Jeder Mensch verdient es, geliebt zu werden.«

Sein Gesicht ist so nah, ein Gesicht, das voller Liebe für

mich ist. Meine ausgestreckte Hand kommt ihm entgegen, er schmiegt seine Wange hinein.

»Ich bin davon überzeugt, dass etwas, das aus Liebe geschieht, kein Fehler sein kann.«

»Ich würde dir so gern glauben, aber ich kann nichts mehr empfinden. Das Stück von mir, das dort draußen im Wald begraben liegt, kommt nie mehr zurück.«

»Mach die Augen zu.« Er klingt heiser, folgsam schließe ich die Lider, ein zarter Duft von Orangen steigt in meine Nase. Die Zeit zerfällt in Fragmente, seine Lippen liegen auf meinen.

»Siehst du? Nichts passiert. Lass deine Augen geschlossen.«

Seine Lippen küssen meinen Mundwinkel, wo die Haut besonders zart ist, kehren zurück und warten auf meine Antwort. Um mich herum stehen alle Augenblicke, alle Gedanken, alles Schreckliche, was im Danach die Kontrolle übernahm. Ich spüre meine Füße in den Sportschuhen im Stadtwald, die Kälte, die meine Beine hinaufkriecht, die Kraft, mit der ich mich vom Boden stoße, um schneller zu werden. Ich sehe Kapuzenmann lachend auf dem Weg stehen und laufe durch ihn hindurch, verweigere ihm seine Macht über mich.

Meine Lippen rezitieren Frau Roses Gedicht an Fernandos Mund: »Jeder Atemzug von dir ist mir alles, so wie du einfach viel bist, mehr bist, alles bist. Für mich.«

Mancher Augenblick zählt mehr als die Ewigkeit. Es gibt kein Davor mehr und kein Danach, nur noch das Jetzt – erblüht aus einer Vergangenheit, die nun auch zu mir gehört.

Er küsst mich. Es ist der Kuss, der in Märchen die Prinzessin aus dem hundertjährigen Schlaf erweckt, der Kuss, der so süß ist wie alle Orangen dieser Welt.

Fernando presst mich an sich, holt mich zurück aus

meinem Sumpf der Schuld und des Verschweigens, berührt meine Seele und meinen Geist.

Ich werde wach, es ist noch Nacht, Fernando hält mich umschlungen. Vorsichtig löse ich mich aus seiner Umarmung, um ihn nicht zu wecken. Mein Handy liegt am Boden, ich schalte es an, nehme Fernandos Schlafsack, der zusammengerollt auf dem Boden liegt, und verlasse die Hütte. Ich muss meine Gedanken ordnen und denke immer wieder an Fernandos Kuss.

Es ist gar nicht so kalt, wie ich erwartet habe. Oso begrüßt mich, als ich den Stall betrete. Ich streichle ihn, er lässt sich auf die Nüstern küssen, Pajarito schiebt sich zwischen uns, möchte auch gestreichelt werden. Ich lege mich etwas abseits von der kalten Steinwand auf den Boden und hoffe, dass kein Pferd auf mich steigt. Morgen werde ich über alles nachdenken. Ich kuschle mich in Fernandos Schlafsack und fühle mich lebendig wie schon lange nicht mehr.

Etwas scharrt neben mir, ich öffne die Augen und befinde mich in Augenhöhe mit Oso. Der Riese hat sich zum Schlafen hingelegt, seine Vorderbeine unter die Brust gezogen.

»Guten Morgen, du Riese!«

Sicherheitshalber rolle ich mich etwas zur Seite, richte mich auf und bedauere dies sofort. Ich habe Rückenschmerzen, der Boden ist hart und kalt. Oso öffnet nur ein Auge, als ich den Stall verlasse, Pajarito steht dösend in der Ecke. Leise gehe ich zurück in die Hütte. Fernando ist bereits wach, angezogen und hat zusammengepackt. Es duftet nach frisch gebrühtem Kaffee, er drückt mir lächelnd eine Tasse in die Hand.

»Gerade wollte ich dich wecken. Du und Oso, ihr beide passt sehr gut zusammen. Nach Josés Tod hat er sich nach jemandem gesehnt, jetzt hat er dich gefunden.«

Ich schweige und trinke einen Schluck des Kaffees, der so stark ist, wie ich es mag.

»Hier, in der Schüssel ist Tortilla, wir haben gestern Abend nichts mehr gegessen.«

Hungrig greife ich zu. Neulich habe ich geglaubt, das beste Frühstück zu essen, aber das hier toppt alles.

»Reiten wir jetzt zurück?«

»Ja. Oder möchtest du noch bleiben?«

Du könntest es versuchen, noch eine Nacht, eine Nacht, in der mehr geschehen kann als ein Kuss ...

»Ich würde gern zurückreiten.«

Wenn Fernando enttäuscht ist, lässt er es sich nicht anmerken. Wir gehen uns aus dem Weg, ich habe mich zurückgezogen, obwohl ich mir meiner Gefühle ebenso im Klaren bin wie er. Ich habe mich in Fernando verliebt, ich könnte in Spanien bleiben, die Finca bewirtschaften, mit ihm zusammen sein. Paul erwartet eine Frau, die nicht mehr existiert, die nie mehr existieren wird, weil sie in jener Nacht im Stadtwald starb.

»Fernando? Ich muss über uns nachdenken.«

»Natürlich. Ich möchte dir nur sagen, dass du mir mit diesem Kuss ein Geschenk gemacht hast.«

Du weißt gar nicht, welches Geschenk es für mich war. Gibt es Hoffnung für mich im Danach ... im Jetzt?

19

María und Alejandro erwarten uns. Beide sind aufgeregt, erzählen, lachen, helfen mit, die Pferde zu versorgen und ziehen Fernando und mich in die Küche.

»Heute ist ein Tag zum Feiern.«

»Ah, deshalb der Orangenlikör, dann müsst ihr etwas Wunderbares zu erzählen haben.«

»Soll ich?« Alejandro sieht zu María, die ihm verschwörerisch zuzwinkert.

»Wir haben die ersten Bäume verkauft! Gestern wurde ein Interview mit mir in einer Onlinezeitung veröffentlicht, wie du es gesagt hast, Katharina.«

»Lasst uns darauf anstoßen! Auf unsere Zukunft, auf La Esperanza!«

Lachende Gesichter sehen mich an, ich erhebe mein Glas, wahrscheinlich sollte ich einen Toast ausbringen, doch mir fehlen die Worte. Was soll ich sagen? Die Wahrheit, dass die Menschen hier meine Familie geworden sind, dass ich mich in einen Mann verliebt habe, der nicht mein Ehemann ist?

Wir trinken den Orangenlikör, Fernando legt seine Hand

auf meine und ich lasse es geschehen. Die Männer stehen auf und wollen in den Stall gehen, um nach Luna zu sehen, die in zwei Monaten ihr Fohlen zur Welt bringen soll. María hält mich am Arm zurück.

»Lass sie gehen und bleib bei mir! Du solltest dich ausruhen.«

Dabei mustert sie mich mit einem seltsamen Blick. Als wüsste sie etwas, was ich nicht erzählt habe.

»Ach, Katharina. Es ist so, als hätten wir alle auf dich gewartet. Seit dem Tag, als deine Mutter und deine Großmutter verunglückt sind, war José ein gebrochener Mann.«

»Die Briefe in dem Kästchen. Dort sind auch Josés Briefe. Wie kann das sein?«

»Also gut. José und deine Großmutter haben sich am Abend vor ihrem Unfall hier auf der Finca getroffen.«

»Was?«

»Ich habe Margarete an diesem Abend kennengelernt. Die beiden waren so miteinander verbunden, als hätten sie sich nie getrennt.«

»Dann hast du sie unmittelbar vor ihrem Tod gesehen. War sie glücklich? Was hatten sie geplant?«

»Das kann ich nicht beantworten, aber die beiden machten nicht den Anschein, als ob sie sich wieder trennen wollten.«

»Du meinst, Margarete wollte hierbleiben?«

»Davon bin ich überzeugt.«

»Meine Mama war nicht dabei?«

María verneint: »Das Treffen mit deiner Mutter war für den nächsten Tag geplant.«

»Oh mein Gott, du weißt gar nicht, was mir das bedeutet.«

»José hat an diesem Abend mit mir Orangenlikör getrunken. Er war unglücklich, weil Luisa verstorben war, und glücklich, weil es nach so vielen Jahren und einem fast gelebten Leben eine Zukunft für ihn und Margarete geben sollte. Er war beseelt, ich habe ihn vorher nie in einem solchen Zustand gesehen. Margarete blieb über Nacht bei ihm, ich hörte sie morgens gehen. Wahrscheinlich hat sie ihm ihre Briefe gegeben.«

»Und dann ist sie mit Mama verunglückt.« Ein Schauer überläuft mich, als hätte Margaretes Geist mich berührt. Es kommt mir vor, als könne ich den Schmerz spüren, die Tragik des Unglücks, der endgültige Verlust einer großen Liebe.

»Auf dem Weg hierher, ja. José wartete an jenem dunklen Tag, stand erst euphorisch, dann nervös vor dem Haus, und als er merkte, dass sie nicht kamen, wusste er, dass etwas Tragisches passiert sein musste.« María hält inne und ringt um Beherrschung. »Er bat mich, ihn nach Granada zu fahren, er wollte sie in ihrem Hotel aufsuchen. Wir kamen an der Unfallstelle vorbei, es war fürchterlich!«

Ich bin erstarrt, die Trauer drückt mich nieder.

»Deine Mutter saß am Steuer, das weißt du ja sicherlich. Der Wagen kam von der Straße ab und prallte an den Felsen. Dein Großvater schrie wie ein tödlich verwundetes Tier, er wusste augenblicklich, dass es Margarete und seine Tochter waren, die in Leichensäcken abtransportiert wurden.«

Bewegt sieht sie aus dem Fenster und umfasst meinen Arm, ich ziehe ihn zurück. In meinem Kopf pocht es schmerzhaft, ich höre mein Blut in den Ohren rauschen.

»José hat sich nicht bei mir gemeldet. Ich war siebzehn und ganz allein. Wie glücklich wäre ich gewesen, ihn kennenzulernen.«

»Ich weiß, und ich habe es nicht verstanden. Ich sah seinen Schmerz, er war ein gebrochener Mann, doch ich konnte nicht verstehen, dass er dich alleingelassen hat.«

María weint, sie streckt ihre Arme nach mir aus, ich flüchte mich in den Trost. Unsere Tränen vermischen sich, es ist keine Wut in mir, nur Licht, Verständnis und die Gewissheit, dass wenige Tage manchmal genug sind für ein ganzes Leben.

»Es gibt einen Brief, der nicht im Kästchen ist.«

María steht auf, küsst mich auf die Wange und geht aus der Küche. Mein Telefon summt, ich ziehe es aus der Tasche. Sieben Nachrichten von Paul. Ohne sie zu lesen, lege ich das Telefon auf den Tisch. Fernandos Kuss der letzten Nacht klingt in mir nach.

María ist zurück. Sie legt ein Kuvert neben das Telefon. »Ich lasse dich allein. Irgendwie fühle ich, dass es jetzt der richtige Augenblick für dich ist, ihn zu lesen und dann eine Entscheidung zu treffen.

Für Katharina.

In meinem Leben wollte ich nichts mehr als deine Großmutter. Was macht Liebe aus? Ich weiß es nicht. Meine Liebe zu ihr war einfach da, von Anfang an. Ich habe mir in den Jahren ohne sie manchmal gewünscht, ich hätte eine Wahl oder es könnte auch einen anderen Menschen für mich geben.

Was war ich doch für ein Narr!

Ich kann mich nicht bei dir entschuldigen, ich habe dich im Stich gelassen, als du mich am nötigsten gebraucht hast. Egoistisch habe ich mich in meinem Schmerz vergraben und dabei übersehen, dass er mir nicht allein gehört. Ich wollte ihn mit niemandem teilen, nicht einmal mit dir.

In meinem langen Leben habe ich eines für mich gelernt: Kämpfe für die Liebe! Du wirst es wissen. Manche Gefühle sind für die Ewigkeit, manche für den Moment. Auch wenn dieser Moment in deinem Universum viele Jahre dauert, triffst du die Entscheidung.

Nun am Ende meiner Tage weiß ich endlich, dass die wenige Zeit, die Margarete und ich zusammen hatten, der Sinn meines Lebens war. Deine Mutter und du ... wie oft kann ein Herz brechen?

Ich liebe dich.
José

Es ist die Summe der Entscheidungen, nach der wir beurteilt werden, davon bin ich überzeugt. Wir waren *Die Hexen von Eastwick* und ich bin meiner Mutter und meiner Großmutter dankbar für die Liebe, die ich erfahren durfte. Keine von beiden hat jemals aufgegeben, sie haben für das gekämpft, was wichtig war. Ich werde auch nicht aufgeben. Niemals!

Im Stall finde ich Fernando, der gelöst und glücklich scheint. Alejandro steht neben ihm, beide fachsimpeln über Pferde, die Zucht und die Zukunft. Fernando spürt meine Anwesenheit, dreht sich freudestrahlend zu mir um.

»Dem Fohlen geht es gut. Mit seiner Geburt werden wir die Zuchtlinie fortführen. Wir schaffen das, Katharina.«

Die Liebe, die ich für ihn empfinde, lässt mich diese Zukunft, seine Zukunft miterleben.

»Wollen wir spazieren gehen?«

Lächelnd kommt mir Fernando entgegen, nimmt meine Hand und führt sie an seine Lippen, als wäre es das Selbstverständlichste auf der Welt.

»Sehr gern. Bist du nicht müde?«

»Gerade gar nicht.«

Wir schlendern eng nebeneinander den Weg bis zum Fluss entlang, unsere Hände berühren sich bei jedem Schritt aufs Neue. Ich kann mir in diesem Moment nichts Schöneres und gleichzeitig Grausameres vorstellen, als das Glück dieser Verbindung und den Verlust. Wir setzen uns nebeneinander auf die großen Steine, die Sierra glüht vor uns in tausend Facetten.

»Fernando, du kannst dir nicht vorstellen, was mir die

letzten Wochen bedeutet haben. Hier auf La Esperanza meine Familie zu finden, Menschen, die ich liebe, die mich lieben.«

»Was ist denn los, Katharina?«

»Ich hatte mich verloren im Danach, bin durch die Dunkelheit geirrt. Ich kann es nicht anders ausdrücken. Margaretes Schicksal, die Menschen, die ich auf dieser Reise getroffen habe ... Ich bin sehr dankbar.«

»Warte! Bitte, Katharina, warte! Sag es nicht!«

Er legt seinen Arm um meine Schultern und zieht mich an seine Brust. Ich spüre sein Herz an meiner versehrten Wange schlagen.

»Ich werde nicht bleiben, kann nicht aufgeben, was ich in Deutschland habe, nicht ohne dafür zu kämpfen.«

Für einen Moment hält meine Welt den Atem an, ich spüre Fernandos Trauer, sein Verlust ist mein Schmerz.

»Was ist mit La Esperanza? Kommst du wieder?«

»Ich werde Javier anweisen, ein paar Schriftstücke aufzusetzen. Du sollst die Zucht übernehmen. Ich überschreibe dir die Pferde und das Recht, dieses Anwesen dafür zu nutzen.«

»Wie kannst du wieder aus meinem Leben verschwinden? Du passt so gut hinein. Ich will nicht, dass du gehst.«

»Ich komme wieder, ich gebe La Esperanza nicht auf.«

»Aber mich gibst du auf?«

Er erhebt sich und blickt auf mich herab.

»Fernando, geh nicht! Ich habe Josés letzten Brief gelesen, er hat ihn María zur Aufbewahrung gegeben. Mein Großvater hat mich im Stich gelassen, er konnte nach Margaretes und Josefinas Tod keinen Kontakt zu mir aufnehmen. Er hat den Rest seines Lebens darunter gelitten. Diesen Weg möchte ich nicht gehen. Ich würde es mir nicht verzeihen, Paul im Stich zu lassen.«

Wir stehen uns gegenüber, der Abstand zwischen unseren Körpern ist erfüllt von Abschied und Gefühlen, die zu benennen ich nicht in der Lage bin. Er nimmt mich in den Arm, drückt mich fest an sich und ich ergebe mich meiner Liebe zu ihm.

Dann bin ich frei, friere ohne Fernandos Arme, und doch weiß ich, so klar wie der Himmel über den Bergen an manchen Tagen, dass meine Entscheidung richtig ist.

Wortlos gehen wir zum Haus zurück, Oso schaut mir aus seiner Box entgegen. Emotional lege ich mein Gesicht an seine Stirn, er hält still und ich weine Tränen des Abschieds. Es sind gute Tränen, ehrliche Tränen. Ich verspreche ihm und mir, zurückzukommen in meine Heimat. Denn das ist Andalusien für mich geworden.

María und Alejandro warten zusammen mit Fernando in der Küche auf mich. Als ich eintrete, umarmt mich María weinend. »Fernando hat es uns erzählt, doch ich habe es schon geahnt. Es ist eine gute Entscheidung.«

»Alejandro, ich überschreibe dir die Plantagen zur Hälfte, ich würde gern deine Partnerin sein, gemeinsam mit euch La Esperanza bewirtschaften und die Idee des Crowd-Farmings weiter vorantreiben, vorerst von Deutschland aus.«

»Ich kann mir nichts Schöneres vorstellen, als mit dir zusammenzuarbeiten.« Alejandro wirft seiner weinenden Frau einen strafenden Blick zu. »Hör jetzt auf mit der Heulerei, das hier ist kein Abschied für immer!«

»Wann möchtest du zurück nach Deutschland?«

»Ich fliege morgen Nachmittag.«

EPILOG

Meinen Rucksack habe ich schnell gepackt, bei geöffnetem Fenster lese ich die restlichen Briefe meiner Großeltern. Was ich zu Fernando gesagt habe, stimmt, ich bin dankbar, dass ich diese Reise unternommen habe. Einer Eingebung folgend, lege ich alle Briefe zurück in das Kästchen und lasse es auf dem Tisch in meinem Zimmer stehen. Ich möchte die Vergangenheit nicht mit nach Deutschland nehmen, wo ich die Zukunft für mich sehe.

Es klopft leise, ich springe aus dem Bett und öffne die Tür. Fernando zieht mich in seine Arme, seine Lippen legen sich auf meine, sanft, mit dem Geschmack des Abschieds. Ich nehme diesen Kuss mit mir, schließe ihn in mein Herz.

»Du kannst jederzeit zurückkommen.« Dann ist er verschwunden und ich weiß, dass ich ihn morgen nicht mehr sehen werde.

Die nächste Stunde schreibe ich eine ausführliche E-Mail an meinen Anwalt und bitte ihn, mir die Verträge zur Ansicht zukommen zu lassen. Ich trete ans Fenster und schaue in die Nacht hinaus. Heute wird es keinen Kapuzenmann geben. Ich habe das Danach gezwungen, mir Platz zu schaffen für das Jetzt, denn ich komme nach Hause.

Ende

NACHWORT

Als ich vor einem Jahr mit dem Schreiben von »Der Duft von Orangenblüten« begann, habe ich viel darüber gelesen, wie ein traumatisches Erlebnis Auswirkungen auf die Psyche einer Frau haben kann. Im Zuge meiner Recherche lernte ich eine junge Frau kennen, die vergewaltigt worden war und mir darüber erzählte.

Ich danke dir für dein Vertrauen.

Als Pate für die Orangenplantage auf *La Esperanza* stand Naranjas del Carmen und die fantastische Idee des Crowdfarmings®. Der Name und Idee stammt von den Gebrüdern Úrculo, die damit eine vollkommen neue Art des ökologischen Orangenanbaus ins Leben riefen. Auch ich bin stolze Besitzerin eines Orangenbaumes bei Naranja del Carmen und freue mich jedes Jahr aufs Neue über die Ernte. Wer sich im virtuellen Obstgarten umsehen möchte: www.naranjasdelcarmen.com

Vielen Dank an euch, dass ich mir eure Idee für meinem Roman ausleihen durfte.

Liebe Marion Mergen, danke für das Lektorat, dein Nachhaken und Mitfühlen.

Mein Dank gilt ebenfalls Rainer Wekwerth für das Coaching der Geschichte und das schöne Cover.

Nur durch die Unterstützung meiner Familie kann ich meinem wundervollen Beruf nachgehen. Ich danke euch dafür.

Alexandra Mazar, im Mai 2020

ALEXANDRA MAZAR

Alexandra Mazar schreibt Entwicklungsromane, Love&Landscape und Dramen.

Eine starke Heldin ist stets Mittelpunkt ihrer Erzählungen und Romane.

Sie ist Stammautorin im **Strange Tales Club**, dem Autorenkollektiv, das in regelmäßigen Abständen genreunabhängige Anthologien veröffentlicht.
#literaturdiebesticht
Besuchen Sie dazu die Facebookgruppe:
https://www.facebook.com/STCAutorenkollektiv

Unter ihrem Pseudonym Alex Miller schreibt sie Thriller, Dark Fantasy und Hard-Boild Romane.

Außerdem ist sie Mitglied der #BookBitches, ein Zusammenschluss verschiedener Autorinnen, die sich gegenseitig unterstützen und an gemeinsamen Projekten arbeiten.

Besuchen Sie dazu die Facebookgruppe:
https://www.facebook.com/groups/bookb.tches/

BÜCHER VON ALEXANDRA MAZAR

Und so stieß ich mir mein Herz an dir.

inklusive Roses Gedicht

Die Farben des Verzeihens

Ein packendes Drama über Schuld und Vergebung